일러두기

1. 번역에 쓰인 원전은 2013년 중국 장강문예출판사에서 출간한 '얼웨허 문집' 제1판을 사용했다.
2. 맞춤법과 띄어쓰기는 한글 맞춤법과 외래어 표기법에 따랐다.
3. 한자는 우리말로 표기하고, 꼭 필요한 경우에만 괄호 속에 원음을 병기해 이해하기 쉽도록 했다.
   예 : 다이곤多爾滾(도르곤)
4. 인명과 지명은 우리말로 표기했다. 단, 이미 굳어진 표현은 원지음을 존중했다.
   예 : 나찰국羅刹國(러시아). 이후에는 '러시아'로 표기
5. 본문 중의 괄호 안에 뜻을 풀이한 것은 모두 옮긴이의 설명이다.

【전면개정판】

건륭황제

인류 역사상 최대의 제국을 지배한 위대한 황제

4

얼웨허 역사소설

홍순도 옮김

더봄

건륭황제 4권

개정판 1판 1쇄 인쇄   2016년 5월 13일
개정판 1판 1쇄 발행   2016년 5월 18일

지은이   얼웨허(二月河)
옮긴이   홍순도
펴낸이   김덕문

펴낸곳   더봄
등록번호   제399-2016-000012호
주소   경기도 남양주시 별내면 청학로중앙길 71, 502호(상록수오피스텔)
대표전화   031-848-8007   **팩스**   031-848-8006
전자우편   thebom21@naver.com
블로그   blog.naver.com/thebom21

ISBN 979-11-86589-56-4 04820
ISBN 979-11-86589-52-6 04820(전18권)

책값은 뒤표지에 있습니다.

雲陰来坐榻
花氣入簾紗

張廷玉

재상 장정옥張廷玉의 글씨
1672~1755. 대대로 저명한 학자를 배출한 안휘성의 명문가 자손이다.
자는 형신衡臣으로, 이름 그대로 절묘한 균형 감각을 갖춤으로써 강희,
옹정, 건륭 3대에 걸쳐 재상을 지냈다. 옹정은 그의 이름이 새겨진
위패를 태묘에 배향하겠다고 약속했다. 황족도 아니고 만주족도
아니었던 사람에게는 유례가 없는 영예였다. 말년에는 건륭의 노기를
사는 일이 있었지만 건륭은 결국 그를 태묘에 배향했다.

유통훈劉統勛

1698~1773. 산동성 사람으로, 자는 연청延淸이다. 옹정과 건륭 2대에 걸쳐 형부상서, 공부상서, 이부상서, 내각대학사, 한림원 장원학사, 군기처대신 등 요직을 두루 지냈다. 건륭제 38년(1773)에 조회에 참석하는 도중 갑작스럽게 사망하자 건륭제는 고굉지신을 잃었다며 슬퍼하고 태부太傅로 예우했다. 시호는 문정文正이다. 청렴과 정직, 간언으로 유명세를 떨쳤으며, 정무와 군사, 치수 등 다방면에 많은 업적을 남겨 그를 주인공으로 하는 중국 드라마가 만들어지기도 했다.

皇清大學士諡文端尹公繼善

以寬御眾
以簡理繁
有斐君子
終不可諼

윤계선尹繼善

1696~1771. 만주양황기滿洲鑲黃族 출신으로, 성은 장가章佳씨이다.
자는 원장元章. 대학사와 병부상서를 지낸 윤태尹泰의 아들로, 옹정
원년(1723)에 진사進士가 되어 관직에 나아갔다. 옹정과 건륭 2대에
걸쳐 운남총독雲南總督, 천섬총독川陝總督, 양강총독兩江總督,
문화전대학사文華殿大學士, 한림원 장원학사翰林院掌院學士 등을
역임하는 등 칭나라 중기의 내신으로 이름을 떨쳤다.

2부 석조공산夕照空山

1장 | 풀무치떼의 습격　　　　　　　　　009

2장 | 비적떼 소탕작전　　　　　　　　　031

3장 | 모습을 드러낸 일지화一枝花　　　　051

4장 | 황은皇恩을 입는 소로자　　　　　　076

5장 | 재상 장정옥의 가르침　　　　　　　099

6장 | 대장군 악종기의 회상　　　　　　　120

7장 | 골육상잔骨肉相殘　　　　　　　　　132

8장 | 당아의 내조　　　　　　　　　　　144

9장 | 눈바람 몰아치는 밤에 중대사를 논하다　159

10장 | 궁중의 여인들　　　　　　　　　　179

11장 | 나라를 위해 정을 끊는 풍류황제　　201

12장 | 풍류남아와 황친의 의기투합　　　　224

13장 | 전쟁의 불길은 타오르고　　　　　　246

14장 | 광란의 봉채루　　　　　　　　　　266

15장 | 일지화의 군비 탈취 계획　　　　　281

1장
풀무치떼의 습격

거대한 풀무치蝗蟲(메뚜깃과의 일종. 몸길이는 5~6센티미터 정도)떼가 하늘을 온통 새까맣게 뒤덮었다. 언뜻 보면 짙은 먹구름이 몰려오는 것 같았다. 어쩌면 음산한 안개가 스멀스멀 밀려오는 것 같기도 했다. 하지만 풀무치떼는 낭만적인 것과는 거리가 멀었다. 그것들이 지나가는 곳은 태양도 빛을 잃었다. 사방에는 어둠만 시커멓게 깔렸다. 그 어둠을 뚫고 들려오는 사락사락 소리는 마치 한여름의 갑작스러운 소나기 같았다. 조금 더 귀를 기울이면 가을바람에 술렁이는 소나무 숲의 소리 같기도 했다.

풀무치떼의 느닷없는 습격으로 인해 한창 영글어 가던 농작물은 치명적인 타격을 입고 말았다. 농민들이 봄여름 내내 피땀을 흘리며 가꾼 전답은 말할 것도 없고 앞뒤 산의 나무들마저 재앙을 비껴가지 못했다. 잎과 가느다란 가지는 모두 풀무치에게 뜯기고 앙상한 줄기만 남은 채 숨

막히는 잿빛 하늘 아래에 겨우 버티고 서 있었다. 나중에는 산과 들이 모두 풀무치의 끈적끈적한 분비물로 온통 뒤덮였다. 강과 호수마저 혼탁해졌다. 7월 말 산동 동쪽의 해양海陽, 서하棲霞로부터 시작된 풀무치의 피해는 서쪽으로 빠르게 확산됐다. 보이는 것은 피폐해진 산천의 살풍경한 모습 외에는 없었다. 들리는 것도 불쌍한 농민들의 통곡소리뿐이었다. 건륭 6년 산동의 대지는 그렇게 무시무시한 홍역을 앓고 있었다.

이날 녹색 덮개를 씌운 큰 가마 한 대가 요란한 징소리를 앞세우면서 제남성濟南城 안으로 들어섰다. 의장대는 남색 바탕에 노란 글을 새긴 팻말 두 개를 들고 있었다. 그 중 하나에는 간단한 글이 적혀 있었다.

진사급제進士及第 흠명欽命 산동山東 선무사宣撫使 유劉

다른 글 역시 길지는 않았다.

문무백관과 군민들은 모두 물러나라.

가마는 제남성 서남쪽에 있는 청하淸河 역관 앞에서 천천히 멈춰 섰다. 이어 그 속에서 다부진 체격에 얼굴이 검은 중년의 관리 한 명이 허리를 굽힌 채 천천히 걸어 나왔다. 사내는 구망오조의 관복에 금계金鷄를 수놓은 보복을 입고 있었다. 사내의 각진 얼굴에는 주름이 깊게 패어 있었다. 짙고 숱 많은 눈썹의 끝이 약간 치켜 올라간 것이 상당히 매서워 보였으나 세모눈은 반짝거리는 것이 총기가 가득했다.

청하 역관은 무척 한산했다. 길가에 생약生藥가게 하나와 허름한 밥집이 두어 군데 있을 뿐 다른 점포들은 보이지 않았다. 때마침 생약가게에서 약을 사들고 나오던 사람 몇몇이 가마에서 내린 2품 대신을 보면서 자기들끼리 목소리를 낮춰 수군거렸다.

"누구지?"

"유통훈 대인이라고, 조정에서 요즘 한창 잘 나가는 어른이야! 우리 이곳이 풀무치 피해를 입었다고 하니까 식량을 지원해 주려고 온 것이 틀림없어. 저기 좀 봐, 가랑이에 불이 나게 쫓아가 허리를 굽실거리는 치들 모두 산동에서 방귀깨나 뀐다는 인물들이잖아."

"아, 저 사람이 바로 유강 번대와 객이흠 학정의 목을 쳤다는 그 유통훈이라고?"

"그렇고말고! 그 정도로 배짱 있는 사람이 우리 대청에 몇 명이나 되겠어? 하로형의 관을 대리시大理寺 앞에 가져다 그 많은 구경꾼들 앞에서 완전히 해부를 했잖아. 내가 그 장면을 보고 기절하는 줄 알았지 뭐야. 저 대인이 아니었더라면 하로형 사건은 미궁에 빠지고 억울하게 죽은 원혼이 구천을 떠돌 뻔했지!"

"쯧쯧! 그러게 사람은 겉만 봐서는 모른다고 했네. 저렇게 험악하게 생긴 사람이 그리 대단한 인물일 줄이야 누가 꿈에나 생각했겠나. 정말이지 저분도 겉모습만 봐서는 우리 집에서 밥 제일 잘 먹는 일꾼보다 나은 게 없어 보이는데?"

"어쭈, 오줌 물에 자네 꼬락서니나 비춰보고 그런 얘기를 하시지! 자네 그 주제에 누구보고 못 생겼다고 비웃을 입장이 되나? 저 가마 좀 봐. 저 정자와 꿩의 깃하고 말이야."

"그건 공작 화령이라는 거야. 아무것도 모르면서 아는 척하기는. 악중승도 공작 화령은 달지 못했다고!"

……

길 건너편의 유통훈은 반대쪽에서 몇 사람이 와자지껄 웃고 낄낄대는 것에는 아랑곳 하지 않고 가볍게 몸을 풀고 있었다. 장시간 가마에 앉아오느라 뻣뻣해진 몸을 펴느라 그러는 모양이었다. 얼굴에는 피곤한 기색이 역력했다. 그가 안으로 약간 흰 다리를 가볍게 움직이면서 영접 나온 산동성 포정사 고항高恒에게 물었다.

"악 중승은 보이지 않네요? 아문에 없나 보죠?"

고항이 미소 띤 얼굴로 대답했다.

"그럴 일이 있어요. 제녕濟寧 쪽에서 이재민들끼리 싸움이 일어났어요. 악 중승은 더 큰 사달이 일어날까 봐 어젯밤 보고 받은 즉시 법사아문의 엽葉 대인을 대동하고 현장으로 갔어요. 나는 여기 온 지 얼마 안 돼요. 이곳 사정에 어두우니 들어앉아 집이나 지키는 수밖에."

고항이 유통훈을 역관으로 안내하면서 다시 말을 이었다.

"연청 공도 알다시피 이곳 산동성은 민풍이 여느 지역과는 확연히 다릅니다. 사람들이 여간 억세고 사나워야 말이죠. 예로부터 마적들의 소굴이었던 데다 이번에 풀무치 때문에 큰 피해까지 입어 낟알 한 톨 못 건지게 생겼으니 자칫 사소한 다툼이 큰 사건으로 번질 수 있습니다."

고항은 유통훈을 상방으로 안내했다. 이어 정참례庭參禮(격식을 차려 상대방에게 하는 인사)를 올리고 차를 가져오게 한 다음 비로소 자리에 앉았다.

유통훈은 그윽한 눈빛으로 눈앞의 고항을 찬찬히 뜯어봤다. 나이는 아직 서른도 되지 않은 사람이었다. 체구가 남자답지 않게 바람에 날려 갈 것처럼 가냘프게 보이는 것이 특징이었다. 그래서일까, 쌍꺼풀이 없는 선이 고운 눈매를 비롯해 가느다란 눈썹과 갸름한 얼굴형은 어딘가 여자 같은 분위기를 물씬 풍겼다.

고항은 명문가의 후예였다. 아버지 고빈高斌은 지금은 세상을 뜨고 없으나 한때 대학사와 군기대신 겸 직예 총독을 지낸 고관이었다. 사촌형 고진高晉 역시 만만치 않았다. 현직에서 예부상서로 있으면서 직예 총독

을 서리하고 있었다. 고항의 동복누나는 더 말할 필요가 없었다. 건륭황
제의 총애를 받는 황귀비 고가高佳씨였다. 한마디로 출세가도를 달릴 수
있는 기반을 확고하게 잡고 있는 사람이었다. 실제로 잘 나가기도 했다.
건륭 원년에 호부의 주사主事직을 맡더니 몇 년 뒤에는 염정鹽政에서 총
병總兵으로 승진했다. 지금은 산동성에서 번대아문을 관리하고 있었다.

고항은 무엇 하나 무심코 쳐다보는 법이 없는 유통훈의 깊은 눈빛이
다소 부담스러운 듯 고개를 살짝 돌렸다. 이어 풀무치떼에 의해 쭈글쭈
글한 몸뚱이만 남은 홰나무를 바라보면서 담담한 어조로 말을 꺼냈다.

"연청 공은 청렴하고 강직한 관리로 널리 회자된 분인데 만나 뵙고 가
르침을 받을 기회가 없어서 늘 아쉬웠습니다. 그런데 이렇게 타향에서
만나게 되니 무척 반갑군요. 아직 여러모로 부족한 이 사람에게 많은
가르침을 주셨으면 합니다. 나는 국척國戚이라는 신분 때문에 언행 하나
하나가 얼마나 부담스러운지 모릅니다. 잘하면 당연한 것이고 아차 잘못
했을 경우 책임이 나 한 사람으로 끝나는 것이 아니라 폐하에게까지 불
똥이 튈 수 있으니 말이에요. 정말 너무나도 조심스럽습니다."

고항은 유통훈의 생각을 정확히 꿰뚫어보고 선수를 치고 있었다. 유
통훈은 속으로 조금 놀랐으나 곧 미소를 지으며 말을 받았다.

"그렇지 않습니다. 부항 어르신은 그 누이가 황후임에도 승승장구하
며 잘만 나가지 않습니까? 처음에는 황후의 후광을 업었느니 어쩌느니
말들이 많았지만 흑사산의 비적떼를 평정하고 나서는 그런 말들이 다
사라졌잖습니까. 요즘은 '국척'이라는 꼬리표를 떼고 스스로의 힘으로
자리 매김을 해서 당당하게 군기대신의 자리에 올랐지 뭡니까. 모든 것
은 자기 하기 나름입니다. 사람들의 안목이 얼마나 무서운데요!"

유통훈이 말을 마치고 천천히 일어나 발걸음을 뗐다. 그는 몇 발자국
옮겨 창가로 다가갔다. 그리고는 넓은 창문 너머로 가을하늘을 바라보

면서 물었다.

"그래 악 중승하고 피해 구제 방안에 대해서는 논의해 봤습니까? 악 중승이 폐하께 올린 상주문이 그리 상세하지는 않더군요. 폐하께서는 궁금하신 점이 한두 가지가 아닌 것 같았습니다. 내가 북경을 떠나올 때 폐하께서는 재삼 당부하셨습니다. 피해 상황을 제대로 파악하고 백성들이 어떤 어려움을 겪고 있는지 잘 살펴보라고 말이에요."

유통훈의 말에 고항이 가느다란 두 눈을 반짝였다. 이어 잠시 침묵하더니 다시 입을 열었다.

"아무래도 식량 문제가 제일 시급한 것 같습니다. 풀무치 때문에 추수는 망쳤지만 여름 보리는 작황이 괜찮은 편입니다. 일찍이 파종한 옥수수, 벼, 고구마와 마도 그나마 먹을 만하고요. 산동성 번고에 저장해둔 곡물이 백이십만 석 정도 되고 각 지역의 의창義會에도 오십만 석 정도가 있어요. 모두 합치면 그리 큰 어려움은 없을 겁니다. 일인당 하루에 쌀을 반 근씩 먹는다고 치면 백칠십만 석 정도 부족하네요. 우리 성의 각 부府와 진鎭의 부잣집들이 갖고 있는 식량도 사십만 석은 될 겁니다. 그러니 백에서 백삼십만 석 정도만 더 있으면 될 것 같습니다."

고항은 말을 마치고는 자리에서 일어났다. 그러다 무슨 생각을 다시 했는지 미간을 찌푸린 채 잠시 생각에 잠겼다. 이어 발걸음을 천천히 옮기면서 자문자답하듯 말했다.

"그렇다면 모자라는 백삼십만 석은 어디서 구해 와야 합니까? 당연히 폐하께서 은조恩詔를 내리시기는 할 겁니다. 그러나 폐하의 부담을 미리 헤아려 덜어주고자 노력하는 것이 신하된 도리가 아니겠습니까? 안일하게 앉아서 은조만 기다릴 것이 아니라 윤계선 양강 총독에게 도움을 청하는 것이 나을 겁니다. 먼저 강남으로부터 잡곡 칠십만 석을 지원받아 발등의 불을 끈 다음 내년에 강남의 조운 공사에 필요한 인력을 우리 산동에서 제공하는 식으로 하면 좋을 겁니다. 내가 염정鹽政을 맡아봐서 잘 아는데, 산동성 염장鹽場 몇 곳에서는 올해 지방세를 전부 면제했습니다. 그 돈만 해도 은자 삼십만 냥은 될 테고 그 돈으로 쌀을 사면 십만 석 정도는 살 수 있을 겁니다. 그리고 산동성 북쪽은 수산물이 많이 납니다. 또 동부 지역은 다행히 큰 피해를 입지 않았습니다. 여기저기에서 빡빡 긁어모으면 조정의 출혈 없이도 우리 산동에서 스스로 이 위기를 넘길 수 있을 것 같네요. 물론 우리가 자구책을 마련한다고 해도 폐하께서는 따로 식량을 보내주실 겁니다. 우리가 혹시라도 백성들을 착취해 민란이라도 일어나지 않을까 염려가 크실 테니까요. 내 생각에는 조정에서 칠십에서 백만 석 정도만 지원해주면 내년의 종자 문제까지 해결할 수 있을 것 같네요."

유통훈은 원래 순무 악준岳浚과 얼대臬臺(법사라고도 불리는 얼사臬司의 최고책임자) 정국동丁國棟을 만나 대안을 상의할 생각이었다. 그런데 겉보기에 별 볼 일 없어 보이는 '국척'에게서 기가 막힌 '해결책'이 나왔다. 그는 놀라지 않을 수 없었다. 자신도 모르게 자세를 바로잡으면서 그를 향해 고개를 숙였다.

"고 대인이 이리 마음을 쓰시니 산동성에 기민이 있을 리가 있겠소이까? 다만 아무리 식량을 싸게 공급한다고 해도 그마저도 돈이 없어 못 사먹는 사람은 많을 겁니다. 또 식량을 저장해둔 부잣집들도 식량을 풀라고 하면 말들이 많을 텐데요."

고항이 유통훈의 말에 웃는 얼굴로 대답했다.

"그거야 또 실정에 맞는 조치를 해야겠죠. 이를테면 각 고을에 죽 배식소를 설치하고 번고에서 식량을 내주는 식으로 하는 겁니다. 위에서 층층이 떼먹는다고 해도 이재민들에게 최소 이십만 석은 공급될 거라고 생각합니다. 아마 이렇게 하려면 번고에서 적어도 사십만 석은 내야 할 겁니다. 벼룩의 간을 빼먹으려는 자들이 오죽 많소이까. 사실 풍작을 거둔 해에도 굶어 죽고 얼어 죽은 사람은 있었습니다."

유통훈이 쓸쓸한 미소를 지었다.

"그러게 말입니다. 나도 전에 몇 번 경험했었는데, 조정에서 내려온 구제 양곡 중에서 반이라도 백성들에게 전달되면 그나마 다행이더군요."

고항은 유통훈의 말이 끝나기를 기다렸다가 그림자가 드리워지기 시작한 뜰을 내다봤다. 이어 웃는 듯 마는 듯한 표정으로 입을 열었다.

"해도 해도 끝이 없는 것이 탐관오리들을 숙청하는 일인 것 같네요. 내려온 김에 내가 몇 놈 잡아 족치는 걸 보고 가십시오. 구제 양곡에 검은 손을 뻗치는 자들과 백성들이 다 굶어 죽게 된 마당에 식량을 사재기하는 자들이 있으면 가차 없이 목을 쳐버릴 것이니!"

유통훈은 고항의 말을 들으면 들을수록 놀라움을 금치 못했다. 고항은 산해관에서 염정 담당 관리로 10년을 일했다. 이어 옹정 8년부터 건륭 5년까지는 호부에 몸을 담았다. 그 사이 유통훈은 비밀리에 고항이 다룬 업무의 거래 장부를 세 번이나 조사했다. 놀랍게도 동전 한 닢도 차이가 나지 않았다. 그뿐만이 아니었다. 고공사考功司의 뒷조사에서도 늘 '청렴한 관리'라는 평가를 받곤 했다. 그러나 사람들의 선입견이라는 것은 참으로 무서운 것이었다. 심지어 유통훈마저도 그가 '국척'의 체면을 유지하기 위해 마음에도 없는 '청백리'의 이미지를 연출한다고 생각해왔으니 말이다. 그런데 오늘 처음 무릎을 맞대고 깊은 대화를 나눠보니 진짜 고항이라는 사람의 마음 씀씀이는 왕년의 이위나 윤계선에 뒤지지 않았다. 유통훈은 자신이 준비한 말이 한낱 군더더기에 불과하다고 생각했다.

"고 대인의 주도면밀한 생각에 내가 할 말이 없네요. 그러나 늘 그렇듯 큰 재해가 휩쓸고 지나가면 전염병과 도적떼가 창궐하게 돼 있습니다. 비 오기 전에 우산을 준비하는 자세를 겸비하면 금상첨화일 것 같다는 얘기입니다."

그러자 고항이 껄껄 웃었다.

"그렇지 않아도 폐하의 밀지를 받고 이미 강남, 광동, 운귀 지역에 사람을 보내 대황大黃과 황련黃連 따위의 약재들을 구해오도록 했습니다. 전염병을 미리 예방해야겠다는 생각에서 그렇게 했죠. 그런데 나는 솔직히 도적 잡는 데는 도무지 자신이 없습니다. 그러나 걱정은 하지 않습니다. 장군 가문의 후예인 악 중승이 있고, 정세웅丁世雄 역시 부항 흠차 밑에서 잔뼈가 굵은 '비적 토벌꾼'이니까요. 게다가 비적들이 이름만 듣고도 벌벌 떤다는 연청 대인도 오셨겠다, 그까짓 놈들 갈아엎는 것은 손바닥 뒤집기보다 쉬운 일 아니겠어요?"

유통훈도 웃음 띤 어조로 화답했다.

"사실 재해 복구만 제대로 이뤄진다면 일반 생계형 도둑들이 일어날 이유가 없습니다. 문제는 표고나 '일지화'처럼 생계와는 무관하게 다른 꿍꿍이속을 지닌 자들이 조정과 대적한다는 것이죠. 이것들이 마음 둘 곳을 모르고 지푸라기라도 잡고 싶어 하는 백성들에게 선교라는 미명으로 바람을 넣으니 사달이 일어나기 십상이죠. 내가 이리로 내려오기 직전 폐하께서는 재해 복구와 민변民變에 대한 대비를 역설하셨어요. 지금은 가을이 끝나는 시점이라 내년 삼월까지는 전염병이 확산될 걱정을 하지 않아도 될 것 같네요. 그러니 악준 중승이 오는 대로 중요한 일부터 상의하세요. 현재로서는 백성들에게 고하는 글을 발표해 민심을 안정시키는 것이 급선무인 것 같습니다."

유통훈의 말이 이어질 때 역정驛丁(역에서 일하는 장정)이 급히 달려 들어와 아뢰었다.

"유 대인, 얼사아문에서 뵙기를 청합니다!"

고항은 얼사아문에서 사람이 왔다는 말을 듣자마자 바로 떠오르는 것이 있었다. 얼사아문의 책임자인 정세웅이 왔을 거라는 생각을 한 것이다. 그는 벌떡 일어나 밖으로 나갔다. 과연 정세웅의 모습이 보였다. 고항은 소탈하게 웃으면서 빠른 걸음으로 다가가 정세웅의 손을 잡았다.

"빨라야 내일쯤 도착할 거라 생각했는데 생각보다 일찍 왔군! 악 중승은 같이 오지 않았는가? 이분은 처음 보는 사람인데 누구신지?"

고항이 정세웅의 등 뒤에 서 있는 젊은 무관을 보고는 궁금한 듯 물었다.

"아, 이 사람은 연청 대인을 수행해 산동으로 온 형부 순검사巡檢司의 황黃 관찰觀察입니다. 이름은 천패天覇죠. 유 대인께서는 안에 계시죠? 뵙고 긴히 상의드릴 말씀이 있는데!"

정세웅이 말을 마치자마자 바로 계단을 올랐다. 이어 유통훈을 보더니 무릎을 꿇은 채 천자의 안부를 물었다.

"폐하께서는 강녕하신지요?"

"폐하께서는 안강하시네."

유통훈이 주름진 얼굴에 국화처럼 환한 미소를 지었다. 그리고는 정세웅에게 다가가 부축하는 시늉을 했다. 이어 자리에 앉히고 차를 가져오게 한 다음 입을 열었다.

"저쪽에 사달이 생겨 처리하러 갔다더니 이리 눈썹 휘날리면서까지 달려올 것은 뭔가? 너 나 없이 같은 주인을 섬기는 마당에 괜한 격식을 차릴 필요가 있는가?"

정세웅이 자리에 비스듬히 앉아 말했다.

"그쪽 일은 이미 다 처리하고 오는 길입니다. 죽 가마를 부수고 아문을 아수라장으로 만든 두목들은 모두 잡아 처넣었습니다. 더불어 일이 이 지경에 이를 때까지 방관한 관리들의 책임도 묻기로 했습니다. 이 사건의 주동자들, 그리고 이들과 한 통속이 된 몇몇 관리들은 목을 치기로 했습니다. 악 중승께서는 형장에서 뒷일을 감독하시고 내일쯤 돌아오실 겁니다. 어젯밤에 흑풍애黑風崖의 비적들이 식량을 약탈하려고 하산한다는 긴급한 소식을 입수했기에 저는 먼저 돌아왔습니다. 안 그래도 민심이 불안한 이때 비적들의 움직임을 예의 주시하고 대비하지 않을 수 없었습니다."

유통훈이 형형한 눈빛으로 정세웅의 말에 귀를 기울이고 있었다. 그러더니 의자를 뒤로 밀치면서 일어났다. 이어 다그쳐 물었다.

"흑풍애라고 했나? 비적 수는 얼마나 된다던가?"

"그곳은 지대가 외지고 황량한 곳입니다. 그래서 예로부터 도적떼들이 둥지를 잘 트는 곳입니다. 온종일 산에 진을 치고 있는 비적들은 약 일이백 명 정도 됩니다. 나머지는 관군들이 왔을 때는 착한 '백성' 행세를 하다가 상인들이 지나갈 때면 우르르 몰려들어 수탈을 감행하는 백성들이라고 들었습니다."

"흑풍애의 비적들은 재작년에 깡그리 소탕했다고 하지 않았나? 그때는 누가 그런 보고를 올렸지?"

"하관이 알기로는 전임 총병이었고, 지금은 흑룡강 도통으로 있는 목창아穆彰阿입니다."

"아니, 그러면 이곳 얼사아문의 인장印章을 관리하는 자네는 흑풍애의 비적들이 그대로 있다는 것을 알면서도 형부에 보고하지 않고 뭘 했는가?"

유통훈의 어조가 매서웠다. 정세웅은 그 서슬에 덜컥 겁을 먹은 듯 벌떡 일어나더니 두 손을 모으고 섰다. 그리고는 유통훈의 매서운 눈빛을 똑바로 쳐다보지도 못한 채 고개를 숙이고 우물거렸다.

"중낭, 사기의 관할권 내에 비적이 있다는 사실을 드러내려고 하지 않는 것은 지방관들의 생리인 것 같습니다."

유통훈의 말이 채 끝나기도 전에 고항이 차갑게 한마디 끼어들었다. 이어 정세웅을 향해 일침을 날렸다.

"그게 전부는 아니겠지. 자네는 목창아의 천거를 받아 이 자리에 올랐으니 입술이 없으면 이가 시리다는 사실 때문에 전전긍긍한 것이 아닌가?"

고항의 뼈 있는 질책에 정세웅은 가타부타 말이 없었다.

"이 일은 잠시 접어두지. 비적들이 움직인다고 하니 먼저 그것들부터 처치해야겠군. 어떻게 할 것인지 방책이나 말해보게나."

유통훈은 치미는 분노를 겨우 누르면서 입을 열었다. 그러나 속에서는 부글부글 화가 끓었다.

흑풍애는 내무현萊蕪縣에서 서북쪽으로 60리 정도 떨어진 태평진太平鎭에 소재하고 있었다. 제남에서는 불과 70리밖에 떨어지지 않은 곳이었다. 그다지 멀다고 할 수 없었다. 그러나 산세가 험준하고 수림이 우거진 데다 우중충한 기암괴석들이 호랑이와 이리떼처럼 도처에 을씨년스럽게 박혀 있어 비적들이 유격전을 벌이기에는 그저 그만인 곳이었다. 게다가 그곳으로 통하는 길은 딱 두 갈래 뿐이었다. 한 갈래는 석문산石門山이었고, 다른 한 갈래는 내무, 태안泰安, 박산博山 및 제남 성城이 교차하는 곳까지 이어질 수 있었다. 그러다보니 거의 법의 '사각지대'라 해도 과언이 아닌 곳이 돼버렸다. 강희 연간에 산동성의 비적 두목 유대파劉大疤가 그곳에 둥지를 틀고 겨울을 날 수 있었던 것도 바로 그런 지리적 이점 때문이었다. 훗날 삼번三藩의 난이 발발한 후 조양동이 수차례 비적 토벌에 나섰음에도 깨끗하게 청소하지 못한 것 역시 마찬가지였다. 그나마 다행인 것은 강희 23년에 유대파가 조정의 선무 공작으로 귀순했다는 사실이었다. 이후 그곳은 몇 십 년 동안 별다른 잡음이 없었다.

그러나 옹정 연간에 하남의 '모범 총독' 전문경이 백성들을 억지로 동원해 황무지 개간에 착수하면서 문제가 생겼다. 살길을 찾아 산동으로 흘러들어온 하남의 백성들이 그곳에서 다시 비적으로 전락해 말썽을 일으켰던 것이다. 불행히도 당시의 산동 순무 막대흥莫大興은 소문난 무골충이었다. 비적들을 소탕할 줄도 몰랐을 뿐 아니라 전문경을 탄핵할 배짱도 없었다. 다행히 악준이 순무로 부임한 다음 비적들과의 전쟁을 선언하면서 상황은 일변했다. 포독고抱犢崮, 맹량고孟良崮, 귀몽정龜蒙頂, 노산魯山 일대의 비적 소굴들이 거의 다 사라진 것이다. 그러나 법의 사각지대인 그곳 흑풍애만은 예나 지금이나 사건 사고가 끊이지 않았다. 비적들은 관군이 단속을 나오면 어디론가 숨어들었다가 관군이 물러가고 나면 다시 기어 나오는 식으로 활동을 계속했다. 그곳의 좀도둑 두목 유삼독자劉三禿子 역시 통 크게 놀지 않았다. 절대로 큰 사건을 저지르는 법이 없었다. 그저 오가는 상인들의 '통행세'를 '적당히' 받아내고 여기저기에서 조금씩 쌀을 '빌리는' 짓 따위만 했을 뿐이었다. 그래서 주변 부府와 현縣에서는 한쪽 눈을 지그시 감아주고는 했었다.

그러나 올해는 상황이 달랐다. 풀무치떼의 피해로 인해 산동성 전체가 '민둥산'으로 전락했으니 유삼독자도 생계를 걱정하지 않을 수 없었다. 다른 자들이 선수를 치기 전에 어떻게든 식량을 비축해놓아야 한다는 생각도 했다. 급기야 태평진의 부자인 마대선인馬大善人(마본선馬本善의 별칭)에게 "식량 칠백 석을 빌려 달라"는 내용의 쪽지를 보냈다.

"여기 마대선인이 보내온 쪽지가 있습니다."

정세웅은 자초지종을 대충 설명하고는 장화 속에서 쪽지를 꺼내 유통훈에게 건네줬다. 이어 천천히 덧붙였다.

"아무래도 유삼독자는 마대선인의 아들 혼사를 틈타 식량을 강탈하려는 것 같습니다."

고항은 황급히 쪽지를 들여다봤다. 쪽지에는 진흙바닥에 어지러이 찍힌 오리발처럼 난잡한 글씨로 어이가 없는 내용이 적혀 있었다.

마대산(선)인, 팔월 이십이 일에 며느리를 맞는다니 추카(축하)하오! 나같이 대갈통에 든 것 없고 사람 죽이는 게 업인 사람은 마땅히 선물할 것도 없소. 그저 산 호두를 한 수레 보내니 며느리에게 많이 처먹이시오. 그리고는 손자새끼나 쑥쑥 많이 낳아 달라고 하시구려.

고맙다고 추카주(축하주)를 따로 준비할 필요는 없소. 대신 산 속에서 배 곯는 우리 형제들에게 쌀이나 칠백 석 보내주오. 조상 무덤을 파서라도 이만큼은 보내줘야 할 것이오. 다른 허튼 수작은 부릴 생각 하지 말고……

내가 얼굴 붉히게 하지 마시오. 좋을 일이 없을 것이니. 제기랄, 내가 말한 대로 한 글자도 빠짐없이 적어서 그 염병할 놈에게 보내!

고항이 글을 다 읽고 나더니 흠칫 했다. 그 사이 유통훈이 피식 웃으면서 말했다.

"그놈 소굴에 있는 막료라는 자도 참 웃기는 놈이로군. '한 글자도 빠짐없이 적으라'고 한 말까지 다 적어놓다니. 이거 무서워서 간이 다 오그라드는군! 그래 이를 어찌 처리할 셈인가?"

정세웅이 고개를 돌려 황천패를 바라보고는 대답했다.

"하관은 오는 길에 이 천패 아우와 의논을 마쳤습니다. 오늘 유 대인을 뵙고자 함은 이 친구를 며칠만 빌렸으면 해서입니다."

황천패는 자신의 이름이 들먹여지자 여느 때처럼 비굴하지도 오만하지도 않은 표정을 지었다. 그리고는 유통훈과 고항을 향해 두 손을 맞잡은 채 읍을 했다. 이어 침착하게 입을 열었다.

"흑풍애의 비적떼는 인원도 별로 많지 않습니다. 그럼에도 관군들이 몇 번씩이나 소탕 작전에 실패한 것은 그자들의 정보가 빠르기 때문입니다. 우리 목에 방울이 달린 것도 아닌데 여기서 조금만 부스럭거려도 금세 눈치채고 종적을 감춰버리죠. 그래서 이번에는 마본선의 집에서 잔치가 벌어지는 틈을 타 흑풍애의 비적 소굴을 소탕해버리기로 정세웅 대인과 의견을 같이 했습니다. 정 대인이 벌써 이백여 명의 관병을 쌀장수로 변장시켜 태평진에 잠입시킨 걸로 알고 있습니다. 때가 되면 저희 두 사람이 밤을 새워 마씨의 집으로 달려가 혼례식장에서 유삼독자와 한판 붙을 생각입니다."

"음, 좋은 생각이야!"

고항이 흥분한 듯 눈빛을 반짝였다. 잘하면 정세웅 등의 공로에 숟가락을 얹을 수도 있겠다는 계산이 바로 나온 듯했다. 곧이어 그가 주먹으로 손바닥을 힘껏 치면서 필요 이상으로 수선을 떨었다.

"북경에서 태어나 비단 무더기 속에서 장성한 내가 제법 재밌는 눈요기를 할 수 있을 것 같군. 기대가 되는데? 때가 되면 나도 북경에서 데려온 가노 서른 명을 데리고 구경 가야겠어."

유통훈도 황천패가 제시한 방안이 새롭다는 생각은 했다. 그러나 구태여 그런 내색은 하지 않았다. 그는 천천히 일어나 방 안을 배회하면서 천천히 입을 열었다.

"결코 연극 구경하듯 가볍게 대할 일이 아니야. 총칼이 난무하는 피의 현장이야. 나는 자네 얼사아문 내부에 적과 내통하는 자가 있을 거라는 의심이 드네. 조정 고관 두 명에 형부의 책임자까지 내려온 마당에 실패해서는 절대 안 되네. 몇몇 나부랭이들에게 놀아난다면 조정의 체통이 어찌 되겠는가. 자네들의 의견에 제동을 거는 것은 아니고 그저 조금 더 치밀하게 계획을 짰으면 하는 바람이네."

유통훈의 말에 성세웅이 황급히 대답했다.

"내부에 적이 있을 거라는 생각은 저희들도 했습니다. 그래서 얼사아문 소속 병사들 말고 악 중승이 사천에서 데려온 친병들을 투입시키기로 했습니다. 우리가 신중하게 접근한다면 충분히 승산이 있는 싸움입니다."

"자네들이 나에게 말하지 않았다면 몰라도 이제는 나도 알고 있으니 하는 말이네. 결과가 어떻든 나도 그 책임에서 자유로울 수 없을 것 같아서 말이네."

유통훈으로서는 만에 하나 패했을 경우 자신이 감당해야 할 무게가 부담스러울 수 있었다. 때문에 목소리에 긴장이 듬뿍 묻어나고 있었다. 그러나 애써 그런 감정은 숨긴 채 담담하게 다시 입을 열었다.

"나의 영패令牌를 이용해 흑풍애 근처에 주둔하고 있는 녹영병 한 개 소대를 팔월 이십이일 해시 정각까지 태풍진에 잠입시키게. 그대들 생각은 어떤가?"

"실로 훌륭한 묘책입니다!"

"무슨 묘책씩이나 되겠어. 그저 만일에 대비하자는 것뿐이네. 내가 공로를 탐내서 그러는 것은 아니니 그런 걱정은 붙들어 매도 괜찮네."

유통훈이 소탈하게 웃으면서 말을 이었다.

"나하고 악 중승은 제남성에 앉아 기다릴 테니 승전보나 전해주도록 하라고!"

"예, 필히 승전보를 전해 드리겠습니다!"

정세웅 등 세 사람은 마치 약속이나 한 듯 이구동성으로 대답했다. 그리고는 밖으로 발길을 옮겼다.

유통훈은 역관을 나서는 세 사람의 뒷모습을 눈으로 전송한 다음 건륭에게 올릴 주장의 내용에 대해 곰곰이 생각했다. 산동성의 재해복구 현황을 소상히 상주하려면 아무래도 고향에 대해 언급해야 할 것 같다는 생각이 든 것이다. 그러나 어떤 내용을 써야 할지 감이 잡히지 않았다.

　그 시각 태평진의 갑부 마본선은 집에서 좌불안석의 시간을 보내고 있었다. 그럴 수밖에 없는 것이, 사실 그는 비적들에게 돈 이삼천 냥 정도나 쌀 천 근 정도를 빌려주는 일은 가끔 있었다. 법의 사각지대에 위치해 있는 터라 관군이나 비적들에게 다 밉보일 수 없는 처지 때문에 울며 겨자 먹기로 조금씩 '출혈'해가면서 비교적 원만한 관계를 유지해왔던 것이다. 그러나 채워도, 채워도 끝이 없는 것이 사람의 욕심이던가. 그렇게 잘해줬는데 이번에는 한꺼번에 몇 십 석도 아니고 칠백 석을 내놓으라고 엄포를 놓고 있지 않은가. 도대체 말이 안 되는 소리였다. 그는 머릿속으로 주판알을 튕겨봤다.

　'요즘은 쌀값도 껑충 올랐어. 한 섬에 은자 삼십 냥이나 해. 그러니 칠백 석이면 앉은 자리에서 은자 이만 냥을 날리는 셈이야.'

　마본선의 생각은 틀리지 않았다. 은자 2만 냥이라면 그 누구라도 가슴이 아플 일이었다. 때문에 그는 유삼독자의 협박성 편지를 받자 이리 뒤척 저리 뒤척하며 고민을 계속했다. 결국 궁여지책으로 성부省府에 도움을 요청하고 말았다. 그러나 곧 후회했다. 얼사아문에 유삼독자와 내통하는 사람이 있을 수도 있겠다는 생각이 뒤늦게 뇌리를 쳤던 것이다. 그런 자신의 행보가 들통나는 날에는 유삼독자가 가만히 놔둘 리도 만무했다. 실제로 유삼독자가 행패를 부릴 경우 어렵게 이룬 가업이 하루아침에 쑥대밭이 되는 것은 시간문제였다. 온 식구가 거리로 나앉을 수도 있었다.

　"도대체 이를 어찌하면 좋다는 말인가. 정말 미치겠군."

　마본선은 유삼독자가 보낸 협박성 편지를 성부에 보낸 이후 사흘 동안 온갖 생각을 다해도 해답이 나오지 않자 끝내 자신의 가슴을 치고 말았다. 불가마 위의 개미처럼 어찌할 바를 몰라 했다. 그럼에도 혼례 준비는 착착 순조롭게 진행되고 있었다. 우선 마본선의 큰아들 마기요馬驥遙는 장가만張家灣에 있는 사돈댁에 혼약서와 납채(신랑 집에서 신부 집에 혼인을 요청하는 의례)를 보내는 일을 담당했다. 신랑인 둘째아들 마기원馬驥遠은 아리따운 신부를 맞아들일 생각에 마냥 기분이 둥둥 떠 있었다. 친인척들에게 청첩장을 돌리고 연회 상을 차리고 악대를 초청하는 일은 셋째아들의 몫이었다. 온 식구는 그처럼 모두 팔을 걷어붙인 채 나서서 바삐 움직이고 있었다. 그러나 마본선은 온통 정신이 딴 곳에 팔려 있었다. 가끔 집사 마씨를 불러 "대문 밖을 살펴보라"고 엉뚱한 지시를 내리기도 했다. 식구들은 몹시 이상하다는 생각을 했으나 구태여 따져 묻지는 않았다.

가슴 졸이는 나날이 연 며칠 이어졌다. 드디어 예정된 결혼식 날짜인 22일이 다가왔다. 그때까지 관부나 비적 그 어느 쪽에서도 색다른 움직임은 없었다. 신경이 날카로워질 대로 날카로워진 마본선은 남들 모르게 안도의 숨을 길게 내쉬었다.

이날 아침 그는 닭이 홰를 치기도 전에 자리를 박차고 일어났다. 이어 둘째아들의 신방을 둘러보고 바깥 천막 안에서 밤새워 잔치음식을 만드느라 여념이 없는 일꾼들을 격려하기도 하면서 전날과는 사뭇 다른 여유 있는 모습을 보였다. 고기 익는 냄새가 차가운 새벽공기에 흠뻑 스며들어 뜰 가득 구수한 냄새가 진동하는 것을 맡는 여유도 생겼다. 그리고는 뒷짐을 지고 서서 연신 코를 벌름거리면서 심호흡을 했다. 그때 마침 집사 마씨가 찬이슬을 잔뜩 뒤집어쓰고 마당에 들어서는 모습이 보였다. 그는 마씨를 향해 손짓을 했다.

"이리로 와 봐!"

마씨는 그제야 마본선을 발견한 듯 얼어붙은 두 손을 비비면서 엉거주춤 다가왔다.

"어르신! 왜 이렇게 일찍 기침하셨습니까? 안 그래도 소식 전하려고 달려왔는데……. 어르신, 밖에 사람이 왔습니다."

"사람이 왔다고? 어느 쪽에서 온 사람인가?"

마본선이 소스라치듯 놀라면서 물었다. 그러자 집사 마씨가 흥분한 듯 떨리는 목소리로 대답했다.

"관부에서 대단한 인물이 내려왔습니다. 성 법사아문의 정 나리께서 친히 병사들을 거느리고 밖에 와 있습니다!"

순간 마본선은 두 다리가 휘청거렸다. 하마터면 그대로 땅바닥에 주저앉을 뻔했다. 마씨가 이상한 눈치를 챘는지 황급히 부축하려고 그에게 다가섰다. 그러나 마본선은 손짓으로 막으면서 자세를 바로 했다. 이어 황급히 분부했다.

"어서! 어서 안으로 모시지 않고 뭘 꾸물거리나?"

마씨는 종종걸음으로 다가가 대문을 활짝 열어젖혔다. 과연 대문 앞 말을 매 두는 곳에 세 사람이 서 있었다. 검정색 비단 장포를 입은 마흔 살 가량의 중년사내가 하마석 위에 발을 올려놓은 채 다른 두 젊은이와 담소를 나누고 있었다. 진한 남색 두루마기를 입은 두 젊은이는 언뜻 보기에 장사꾼 같았다. 마본선이 다가오자 세 사람도 마주 걸어왔다. 마본선은 습관적으로 주변을 두리번거리면서 친병이 얼마나 따라왔는지 살펴봤다. 그러나 친병들은 그림자조차 보이지 않았다. 그는 내심 불안해졌다. 그때 집사 마씨가 다가와 나지막하게 말했다.

"이 세 분 모두 장가만張家灣 쪽에서 온 관리들입니다."

마씨의 말을 듣고 난 마본선이 마주 걸어오는 고항과 황천패를 어리벙벙한 표정으로 바라봤다. 그러나 어떻게 칭해야 할지 몰라 흠칫거렸다. 그때 황천패가 먼저 말을 꺼냈다.

"신부 측의 부탁을 받고 혼수품을 가져온 사람들입니다!"

정세웅이 황천패의 말이 끝나기를 기다렸다가 손짓을 했다. 그 신호에 하인 차림을 한 수행원이 노새를 끌고 가까이 왔다. 그리고는 노새 등에 실려 있는 두 개의 큰 나무상자를 가리키면서 말했다.

"상자가 미어터지도록 뭐가 많이 들었으니 열어보면 틀림없이 좋아할 겁니다!"

마본선은 그제야 눈앞의 세 사람이 심부름꾼으로 가장한 관병이라는 사실을 눈치챘다. 본능적으로 어리둥절한 표정을 한 채 연신 "아, 예!"를 연발했다. 이어 손을 들며 안내를 했다.

"만나서 반갑습니다. 어서 안으로 드시죠."

그러나 마본선이 무심코 길 저편으로 시선을 보내는 순간, 그의 얼굴에 갑자기 놀란 표정이 떠올랐다. 동시에 말까지 더듬거리면서 황급히 재촉했다.

"마씨! 어서, 어서 이분들을 안으로 안내하게. 서두르게!"

마본선의 시선이 향했던 쪽을 쳐다본 마씨의 안색 역시 새파랗게 질렸다. 그러나 곧 정신을 차리고는 의아해 하는 정세웅을 향해 떨리는 목소리로 말했다.

"흑풍애 쪽의 장삼가蔣三哥가 내려왔습니다!"

정세웅 일행은 마씨가 가리키는 방향을 바라봤다. 과연 뚱뚱한 중년의 사내가 노새를 타고 이쪽으로 달려오고 있었다. 사내는 정수리까지 훤하게 드러난 대머리를 하고 있었다. 그랬는데도 뒤통수부터 귀밑을 따라 까맣고 숱 많은 머리채를 길게 땋아 내리고 있었다. 때문에 대머리가 더 부각되었다. 그는 이내 가까이 다가왔다. 정세웅 일행에게 다가온 그의 몰골은 멀리서 볼 때보다 훨씬 더 흉했다. 주먹만 한 매부리코와 시뻘건 코끝은 보는 사람들의 눈을 괴롭게 만들 정도였다. 게다가 비대한 몸집 때문에 벌어진 앞섶 사이로는 묵직한 뱃살까지 출렁이고 있었다. 허리춤에는 크고 작은 두 개의 비수가 꽂혀 있어 더 분위기를 흉흉하게 만들었다. 어디에서 빼앗아 타고 온 것이 분명한 새끼 노새는 그 사내의 몸무게를 이기지 못해 가쁜 숨을 몰아쉬고 있었다.

마본선과 정세웅 일행을 발견한 장삼가는 노새에서 뛰어내렸다. 그리고는 바로 고삐를 내던졌다. 이어 둔중한 몸을 나름 날렵하게 놀리면서 다가왔다. 그가 정세웅 일행을 힐끗 째려보고는 마본선을 향해 퉁명스럽게 물었다.

"다 준비됐는가?"

마본선은 정세웅 등을 의식해 잠시 주춤했으나 억지로 진정하면서 얼굴 가득 웃음을 지었다.

"준비됐습니다. 진작 가져다 드렸어야 했는데 이리 걸음을 하게 해서 미안합니다. 자루에 꽁꽁 담아보니 총 열 석이 모자라는 칠백 석이었습니다. 뒤뜰 창고에 있으니 사람들을 데려다 실어가면 됩니다."

그러자 장삼가가 앞으로 다가서더니 고항 등 세 사람을 유심히 바라봤다. 그리고는 피식 웃었다.

"며느리 맞을 준비가 잘 돼가나 궁금해서 온 사람에게 생뚱맞은 소리는! 칠백 석은 뭐고 육백 석은 또 뭔가?"

장삼가가 내뱉듯 말하면서 마본선을 앞질러 씽하니 뜰 안으로 들어갔다. 마본선과 정세웅 일행은 서둘러 뒤를 따랐다. 장삼가가 앞서 걸으면서 구시렁댔다.

"웃기는 일이 있었네. 우리가 이리로 쌀을 빌리러 오는데 어떤 한심한 자가 글쎄 우리 산채를 찾아와 쌀을 빌려달라고 하지 않겠는가. 세상을 구제하기 위해 산서성에서 온 협객이라나 뭐라니! 얼어 죽을 협객은 무슨, 거지같은 놈……. 우리 어르신이 조금 있다 직접 내려오셔서 축하주를 한잔 마시고 신랑신부를 놀려주신 후 식량을 가져가시겠다고 했네. 마본선 자네가 이번에 통쾌하게 나온 덕분에 산채에 큰 도움이 됐네. 내년에 꼭 배로 갚을 테니 그리 알게. 내년에는 개뼈다귀나 떡두꺼비를 닮은 손자에다 쌀 벼락까지 맞게 됐으니 자네도 참 복이 많은 사람이야."

장삼가는 걸쭉한 욕지거리를 퍼부으면서 방 안으로 들어갔다. 고항과 정세웅, 황천패 등도 뒤따라 들어갔다. 그러자 장삼가는 살찐 얼굴에 노골적으로 불쾌한 기색을 띠었다.

2장
비적떼 소탕작전

황천패는 마본선이 뭐라고 대꾸해야 할지 몰라 우물쭈물하는 사이 장삼가를 일별하면서 묻지도 않은 말을 토해냈다.

"우리는 사돈댁에 혼수품과 혼서婚書를 가져다 드리라는 주인나리의 당부를 받고 왔습니다."

황천패는 말을 마치기 무섭게 자라 껍데기 같은 손을 가슴속에 넣었다. 이어 커다란 '희'喜자가 박힌 빨간색 희첩을 꺼내 마본선에게 건넸다. 마본선이 펼쳐보니 역시 예상했던 글귀가 적혀 있었다.

정삼관丁三官의 중매로 사돈어른의 천금 같은 언약을 믿고 못난 딸 아추阿秋를 귀댁의 둘째귀공자 마기원에게 시집보내게 됐으니 참으로 감개가 무량합니다. 특별히 고高, 황黃 두 사람을 보내 혼수를 드리오니 그 깊은 뜻을 사돈어른께서 잘 미뤄 짐작하시리라 믿이미지 않습니다.

-건룡 6년 8월 22일

희첩의 아래에는 혼수품 목록도 적혀 있었다.

금 10냥, 은 50냥, 채색비단 6필, 잡용견雜用絹 40필

마본선은 글을 다 읽고 나서 사돈이 비적에게 대처하기 위해 관군과 손을 잡았다는 사실을 알 수 있었다. 그러나 짐짓 아무런 내색도 하지 않은 채 희첩을 장삼가에게 넘겨주면서 말했다.

"장 어르신도 한번 읽어보시죠."

"정교하게 만들었네."

장삼가가 심드렁한 표정으로 낚아채듯 희첩을 받아들었다. 그리고는 앞뒤로 뒤집어 봤으나 까막눈인지라 무슨 내용인지 알 리가 만무했다. 그때 뒤뜰에서 돼지 멱따는 소리가 들려왔다. 장삼가가 희첩을 탁자 위에 던지면서 말했다.

"뭐 먹을 거 좀 안 가져오나? 이거 손님 대접이 영 엉망인데? 그리고 돼지내장은 깨끗이 손질해둬. 갈 때 가지고 가서 술안주나 하게."

말을 마친 장삼가가 꿀꺽 소리가 나도록 군침을 삼켰다. 그러자 마본선은 아예 장삼가를 술독에 빠뜨리는 편이 더 낫겠다는 생각을 했는지 황급히 가인을 불러 분부를 내렸다.

"아이고 내 정신 좀 봐, 빨리 주안상을 올렸어야 하는데! 어서 서쪽 별채에 주안상을 차리고 장 어르신을 그리로 모시게."

마본선은 억지로 웃음을 지으면서 등 떠밀 듯 장삼가를 밖으로 내보냈다. 그리고는 장삼가가 서쪽 별채 쪽으로 걸어가는 모습을 확인하고 나서야 비로소 땀이 돋은 이마를 쓸어 올렸다.

"저 자식이 뭔가 눈치챘을까봐 얼마나 조마조마했는지 모릅니다. 여기서 칼부림이라도 벌어진다면 큰일 아닙니까?"

"마 어른은 아직도 저놈들에게 환상을 품고 있는 것 같소. 그 자식 하는 꼴을 보면 칼부림은 피할 수 없을 것 같소. 남의 경사에 초를 치는 게 아니라 태평스런 잔칫날이 되기는 글렀다는 거죠. 마 어른은 관군을 도와 저자들과 한판 승부를 하는 수밖에 다른 길은 없는 것 같소. 이참에 흑풍애의 비적들을 소굴째 깨끗이 날려 보내버려야 앞으로도 평안할 거라는 말이오."

황천패가 분주히 뜰을 오가는 사람들을 힐끔 바라보면서 쌀쌀맞은 어투로 말했다. 그때 뜰에서 음악소리가 크게 울려 퍼졌다. 배불리 먹고 마신 풍각쟁이들도 그에 뒤질세라 징을 치고 꽹과리를 두드려대기 시작했다. 황천패는 시간을 봤다. 어느새 신랑이 신부를 맞이할 때가 된 듯했다.

신랑 마기원이 한껏 상기된 표정을 한 채 가슴을 내밀고 사당 쪽에서 걸어 나왔다. 새 옷을 차려입고 머리에 금으로 만든 꽃을 꽂은 모습이었다. 마본선은 마음이 급해진 듯 아들이 다가올 때까지 기다리지 못했다. 서둘러 계단 앞으로 마중을 나갔다. 이어서 처마 밑에서 아들의 사행례辭行禮를 받고 나서 귀청을 찢어놓을 듯한 음악소리에 맞춰 큰 소리로 말했다.

"조심해서 다녀오너라. 그쪽으로 가는 길이 험한가 보더라. 혼수를 전하러 온 손님들은 내가 잘 모실 것이니 염려 놓으시라고 바깥사돈께 말씀 올려라."

마본선은 둘째를 이문까지 바래다준 다음 큰아들 마기요와 함께 손님을 맞이하고 연회석 배치를 지휘하면서 바쁘게 움직였다. 그때 고향이 피곤기가 역력한 황천패를 보고 말했다.

"우리 사이에 격식을 군이 차릴 필요가 있는가? 하늘이 무너지면 우리보다 키 큰 사람들이 떠받칠 것이니 걱정 말고 자리에 앉게."

"예!"

황천패는 말 잘 듣는 어린아이처럼 자리에 앉았다. 그러나 고항의 농담을 받아들일 여유가 없는지 긴 한숨을 내쉬었다.

"만에 하나 아까 장삼가의 말처럼 다른 비적 무리들도 어수선한 틈을 타 이곳을 습격한다면 어떡합니까?"

정세웅이 기다렸다는 듯 바로 자신의 생각을 입에 올렸다.

"그건 장삼가 그놈이 그냥 지껄여본 소리일 거야. 설마 그리 공교로운 일이야 있을라고? 또 그게 사실이라도 뭐가 문제가 되는가? 유통훈 대인이 해시 정각에 일천 녹영병을 파견하기로 약조하셨으니 얼마든지 덤비라고 해. 다 잡아들일 거야!"

고항도 입을 열었다.

"조심해서 나쁠 것 없어. 조금 있다 우리 사람들이 신부를 데려오면 유통훈 중당에게 연락을 해야겠어. 며칠 전 관보를 보니 관군이 동평산東平山의 비적떼와 자미봉紫微峰의 모진조毛振祖 등을 섬멸했는데 두목들은 모두 놓쳐 버렸다고 하더군. 강서성에서 활동하던 일지화도 작년에 하남 대별산大別山 쪽으로 들어갔다고 하니 산동으로 잠입했을 가능성을 배제할 수 없어. 공공연히 백련교의 깃발을 내걸고 조정에 대항하는 반역자들인 만큼 일반 비적들보다 경계를 강화할 수밖에 없어. 울고 싶을 때 뺨 때려주는 격으로 지금 재해 때문에 난리통인 산동성에 대란을 몰고 올 수도 있다는 말이지."

정세웅은 고항의 말에 충분히 공감했다. 갈수록 어깨가 무거워지는 것 같았다. 그들이 그렇게 대화를 나누는 사이 뜰 안에는 주인의 위망을 말해주듯 점잖은 향신들과 유지들이 가득 몰려들었다. 마당 한쪽에는 사람들이 보내온 축하선물도 산더미처럼 쌓였다. 정세웅이 잔치 분위기가 물씬 풍기는 뜰을 지그시 바라보더니 자리에서 일어섰다.

"여기는 긴 말을 나눌 장소가 못 되는 것 같습니다. 뒤뜰로 갑시다. 마본선에게 조용한 방을 하나 달라고 해서 거기서 구체적인 작전을 짜는 게 좋겠습니다."

정세웅이 말을 마치고는 마기요를 향해 손짓을 했다. 이어 뭔가 귀엣말을 몇 마디 했다. 그러자 마기요가 연신 눈을 끔뻑이면서 고개를 끄덕였다.

"역시 치밀하십니다. 저의 방에서 하시죠. 제 집사람과 여동생이 시중을 들면 불편함이 없을 것입니다."

마기요는 힘차게 고개를 끄덕이고는 바로 세 사람을 데리고 뒤뜰로 향했다.

마본선의 집은 널찍한 사합원이었다. 북향 방은 총 다섯 칸으로 각각 마본선 부부, 큰아들 마기요 부부, 그리고 딸 방방芳芳이 살고 있었다. 원래 마본선은 그중 남는 방을 둘째아들 마기원의 신방으로 꾸미려했다. 그러나 곧 생각을 바꿔 마당 서쪽 연못가에 집을 새로 지어 신방을 마련했다.

마본선 부부는 앞뜰에서 손님들을 접대하느라 여념이 없었다. 아직 멋모르는 막내아들은 어디로 가버렸는지 커다란 뒤뜰은 물 뿌린 듯 조용했다. 맨살을 드러낸 나뭇가지 사이로 바람이 지나가는 소리마저 들릴 정도였다. 뜰 네 면에는 멀리 내다볼 수 있는 전망대가 있었다. 정세웅은 그것을 보면서 마본선의 철저한 보안 조치에 공감한다는 듯 고개를 끄덕였다.

얼마 후 고향 일행은 마기요를 따라 서쪽 별채에 들어섰다. 그곳에서는 마기요의 처 신申씨와 여동생 빙방이 바느질을 하고 있었다. 느닷없는 인기척에 고개를 든 신씨는 남편이 데려온 낯모르는 세 남자를 보자 당황한 채 시누이를 잡아끌면서 안방으로 숨으려고 했다.

"왜 사람을 보고 그리 놀라나? 비적들을 족치러 내려오신 관부 나리들이야. 밖의 이목이 복잡해서 이리로 들어오시라고 했으니 잘 모시도록 해!"

마기요가 내뱉듯 말했다. 신씨와 방방 두 여자는 비적들이 잔칫날에 식량을 빌리러 내려올 것이라는 말을 얼핏 들은 적이 있었다. 그래서 잔뜩 불안해하고 있던 참이었다. 그 와중에 그와 관련한 말을 듣자 더욱 놀란 듯 순간적으로 바들바들 몸을 떨면서 어찌 할 바를 몰라 했다.

마기요는 할 말을 마치고 황급히 자리를 떴다. 두 여인은 주안상을 내오려는 듯 식탁을 닦고 술 주전자와 그릇을 옮겼다. 정세웅이 그 모습을 보고는 만류했다.

"지금은 먹는 게 문제가 아니니 그리 서두르지 않아도 되오. 긴요하게 쓸 일이 있으니 먼저 이 집의 지도를 좀 그려줘야겠소."

정세웅은 말을 마치고 창가에 수놓을 때 쓰는 종이와 붓이 있는 것을 보고는 그것을 집었다. 이어 신씨에게 건네줬다.

"이 집의 주변 환경과 정확한 위치 및 구도를 수를 놓듯 세세히 그려줘야겠소. 북쪽에 뭐가 있고 또 남쪽에는 뭐가 어떻게 자리하고 있다든지 그런 식으로 말이오. 여기는 북쪽, 여기는 남쪽 이렇게 말이오. 무슨 말인지 알겠소?"

"예, 나리……."

신씨가 수줍은 얼굴을 숨기지 못한 채 말했다. 얼굴이 금세 봉숭아 빛으로 물들었다. 그러나 부탁 받은 일에 바로 착수하는 것은 잊지 않았다. 고개를 숙이면서 탁자 앞 걸상에 살포시 엉덩이를 붙이고 앉았다.

하지만 역시 적지 않게 당황했는지 탁자 위에 종이를 펴는 두 손이 가늘게 떨렸다. 그리고는 몇 번 실수도 하는 듯했다. 그러나 정세웅의 격려와 도움을 받자 점차 익숙하게 그리기 시작했다.

황천패는 다소곳이 한쪽에 앉아 있는 마기요의 여동생 방방에게 자신도 모르게 눈길을 돌렸다. 순간 북경에서 아버지 병간호를 하느라 꽃다운 나이에 고생하고 있을 여동생이 갑자기 그리워졌다. 황천패의 아버지 황곤黃滾이 이위가 내준 자그마한 방에서 병상 신세를 지고 있는 사실을 감안하면 괜한 감상만은 아니었다.

황곤은 녹림의 비적들을 호령하면서 평생을 살아온 사람이었다. 그러나 말년에 그만 단 한 번의 실수로 서리 맞은 가지처럼 처량한 신세가 되고 말았다. 직예에서 무예 시합에 참가했다가 일지화 휘하의 생철불生鐵佛이라는 자에게 패했다는 이유로 조정으로부터 '적을 방조'했다는 죄명을 뒤집어썼던 것이다. 급기야 파직을 당하고 말았다. 화불단행禍不單行이라는 말처럼 처벌을 기다리다가 병이 도져 드러눕는 신세가 됐다. 황천패의 여동생은 아버지를 돌보지 않을 수 없게 됐다. 황천패는 다시 한 번 이팔청춘의 꽃다운 나이에 꽃을 피우기는커녕 시들시들 말라가는 여동생의 수심 어린 얼굴을 눈앞에 떠올렸다. 자신도 모르게 눈물이 앞을 가렸다. 어린 여동생이 홀로 마음고생을 하고 있을 생각을 하자 가슴이 저미고 아팠던 것이다. 방방은 이상한 느낌이 들어 고개를 살짝 들었다. 순간 사뭇 정겨우면서 착잡한 표정으로 자신을 응시하는 황천패의 시선과 마주쳤다. 그녀는 더욱 얼굴을 붉히면서 고개를 숙였다.

한편 고항은 고항대로 그 순간 엉뚱한 어려움에 직면하고 있었다. 신씨의 미색에 반해 온갖 음탕한 생각이 떠올라 자기도 모르게 온몸이 달아올랐던 것이다. 온열과 향기가 그대로 느껴질 정도로 그녀가 가까이에 앉아 있었으니 그럴 만도 했다. 그는 치밀어 오르는 욕정을 참기가 힘들었다.

고항은 처첩을 셋씩이나 거느리고 있었다. 그러나 그 정도로 만족할 그가 아니었다. 얼굴이 반반하다 싶은 계집종들을 옷 갈아입듯 번갈아 품어왔던 사람이 그 아니던가. 심지어 그는 어느 날 우연히 부항의 처 당아를 보고 나서 홀딱 빠졌다. 다른 여자들은 여자도 아니라는 생각까지 했을 정도였다. 그러나 처음에는 가슴이 찌릿찌릿 녹아내리도록 살살 눈웃음치면서 유혹하던 당아는 어느 순간 갑자기 변해버렸다. 완전히 얼음처럼 변했다고 할 수 있었다. 나중에는 궁중에서 맞닥뜨려도 쌀쌀맞게 외면하기까지 했다. 고항으로서는 벙어리 냉가슴이 따로 없었다. 무언가 이상하다는 생각이 들었다. 급기야 그는 은자 천 냥으로 사람을 사서 몰래 염탐을 했다. 그리고는 엄청난 사실을 알게 되었다. 불여우 같은 년이 어느새 지금의 천자인 건륭과 눈이 맞았던 것이다. 그제야 그는 부항만 유독 빠르게 승진한 것이 이해가 됐다. 아무리 황친 국척이라고 해도 그렇게 빨리 승진하는 것은 이례적인 일이었던 것이다.

'당아가 해산하는데 폐하께서 아들딸 여부를 물었다고 했어. 게다가 직접 복강안福康安이라는 이름까지 하사했어. 이제 생각하니 다 이유가 있었어.'

고항은 당시 분노에 차 그렇게 생각했으나 어찌할 방법이 없었다. 높은 가지를 골라 앉는 여자의 행태가 괘씸하고 얄미워 이를 부득부득 갈았으나 감히 밖으로 표출할 수는 없었다.

그런데 오늘 만난 신씨는 당아와 묘하게 닮은 구석이 있었다. 용모는 당아와 비할 바가 못 됐다. 그러나 다소곳한 자태, 섬세하고 단아한 손놀림, 까만 기름이 자르르 흐르는 머리카락, 우유처럼 희고 보드라운 목덜미는 당아와 아주 흡사해 보였다.

고항은 벼슬길이 그런대로 탄탄대로라고 할 수 있었다. 그래서 현실에 만족하며 욕심도 그다지 없었다. 그러나 여자에 대해서는 그렇지를 못했다. 집을 떠나 타지에 오래 있게 되자 더욱 그랬다. 여자의 속살이 그리워질 수밖에 없었다. 오늘도 중요한 임무를 맡고 왔으니 망정이지 그렇지 않았더라면 진작에 눈앞의 여자를 솜이불처럼 깔아뭉개버렸을 수도 있었다.

고항이 엉뚱한 생각에 사로잡혀 있을 때 정세웅이 신씨가 자신 없어 하며 내놓은 지도를 집어 들었다. 이어 고개를 갸우뚱했다. 더불어 미간을 살짝 찌푸린 채 의문스러운 곳을 짚어가며 세세히 물었다. 그리고는 신씨와 방방에게 말했다.

"번거롭게 주안상을 내오느라 할 것 없이 차나 한 잔 주시오. 다른 것은 굳이 신경 쓰지 않아도 되오."

정세웅이 다시 지도를 가리키면서 말을 이었다.

"유삼독자도 바보가 아닌 이상 마 대인이 나름대로 대처 방안을 세웠으리라 예상하고 있을 겁니다. 여기 보면 뜰 서북쪽의 연못이 반쯤 뜰밖에 나가 있지 않습니까? 지금이 한창 연근을 캐고 연못을 비우는 계절이고 보면 그쪽으로 길이 생기게 될 것은 자명한 일입니다. 모르기는 해도 유삼독자는 그곳에 유사시를 대비한 인마를 한 무리 포진시켜 놓았을 겁니다. 그래서 말인데요, 우리도 뜰 안에서만 맴돌 것이 아니라 삼십 명 정도 연못 쪽으로 보내 밖으로 나가는 길을 차단시키는 것이 바람직할 것 같습니다. 아무튼 우리로서는 유삼독자를 생포하는 것이 가장 중요하고 큰 임무가 아니겠습니까? 고 대인께서는 어찌 생각하시는지요?"

"어? 어어!"

고항이 홀린 듯 퀭한 두 눈을 신씨에게 고정하고 있다가 문득 제정신이 돌아온 듯 황급히 어색한 웃음을 흘렸다. 이어 당황한 표정을 애써 숨기려는 듯 말했다.

"아, 저기 담벼락에서 놀고 있는 고양이를 보느라 잘 못 들었네. 자네와 천패 두 사람이면 제갈량도 저리 가라 할 정도 아닌가. 나야 전적으로 자네들 뜻에 따르지! 굳게 믿고 있으니 알아서들 하시게. 나는 뒤에서 관전이나 하고 있을 터이니.”

정세웅과 황천패는 코앞에 닥친 위기를 어떻게 풀어갈까 머릿속이 복잡한 터였다. 당연히 이런 중요한 순간에 명색이 국척이라는 사람이 남의 마누라에게 춘심이 동해 허우적대고 있을 것이라고는 꿈에도 생각하지 않았다. 그런 생각을 하는 자체가 이상한 일이었다. 정세웅이 다시 한 번 창밖의 해 그림자를 바라보면서 말했다.

“장가만 측의 하객들을 따라 오기로 한 우리 애들도 이제 곧 도착할 겁니다. 저하고 천패가 나가 보고 올 테니 고 대인께서는 여기서 잠깐 기다리시는 것이 좋겠습니다.”

고항은 속으로 쾌재를 불렀다. 정세웅의 그 말만 기다려왔으니 왜 안 그렇겠는가. 바로 그렇게 하라고 연신 고개를 끄덕였다.

“그게 좋겠네. 나는 장가만 측의 ‘들러리’라고 해야 하지 않겠는가. 마기원이 색시를 데려오면 그때 나가도록 하지.”

정세웅과 황천패는 자리를 떴다. 이제 커다란 방 안에는 고항과 신씨, 방방만 남았다. 그랬으니 서로 아무 말도 하지 않는 난감하고 어색한 분위기는 한참이나 이어졌다. 그럼에도 고항의 시선은 신씨의 몸에서 한순간도 떠나지 않았다. 그는 신씨의 약간 흘러내린 귀밑 잔머리에 슬쩍 눈을 돌렸다. 웬일인지 그것마저 참을 수 없을 정도로 여성스러워 보였다. 긴 치마폭에 반쯤 감춰진 작은 발을 살며시 안으로 끌어당기는 몸짓이나 눈길 둘 데를 몰라 움찔거리는 모습은 더 말할 필요가 없었다. 여자 후리는 데는 이골이 난 고항에게는 어떻게 보면 은근한 추파로 느껴질 수밖에 없었다.

고항이 찻잔을 들어 천천히 찻물을 홀짝였다. 그리고는 방방을 밖으

로 내보낼 방도만 생각했다. 한참 뒤 그가 나름대로 묘책을 생각해내고
는 방방에게 물었다.

"자네는 마 대인의 따님이라 했던가?"

"예."

"……이름을 물어도 될까?"

"소녀는 방방이라 합니다."

"자매는 따로 없고?"

"없습니다."

방방이 말을 마치고는 뭔가 의심스러운 눈빛으로 고항을 흘낏 훔쳐
봤다. 고항은 시선을 신씨에게 고정시킨 채 히죽 웃고 있었다. 이어 혀를
끌끌 차면서 다시 방방에게 입에 발린 말을 연발했다.

"심산 속의 꽃이 아름답다더니 옛말 그른 것이 없소. 생김새만 꽃 같
은 줄 알았더니 바느질 솜씨 또한 빼어나오. 궁중의 삼천궁녀들은 저리
가라 할 정도요. 저 베개에 수놓은 모란꽃은 그대의 솜씨요?"

방방은 낯모르는 고위 관리로부터 과분한 찬사를 받자 부끄러운지 혀
를 홀랑 내밀었다. 동시에 고개를 숙였다. 이어 발끝으로 방바닥을 후비
면서 기어들어가는 목소리로 대답했다.

"어머니 어깨 너머로 조금 배웠을 뿐입니다. 대인의 과찬에 몸 둘 바
를 모르겠습니다."

그러자 고항이 허리춤에서 와룡대를 풀어 건네고는 말했다.

"이것 보오. 내정에서 만들었다고 하는데 어디 그대의 솜씨와 비교
할 수 있겠소? 보라고, 몇 번 안 달고 다녔는데 벌써 옆구리가 터지려
고 하지 않소. 엎드린 김에 절한다고 금선金線으로 이걸 좀 꿰매줄 수
없겠소?"

"면구스럽사오나 여기에는 이 같은 붉은 횡색 실이 없사옵니다."

방방이 와룡대를 유심히 들여다보더니 대답했다. 그 사이 고항의 심사를 훤히 꿰뚫어본 신씨가 이 정도 인물이면 마다할 이유가 없겠다는 생각이 들었는지 옆에서 시누이를 부추겼다.

"아가씨, 꿩 대신 닭이라고 노란색 실이 없으면 은색, 보라, 월백 삼색으로 곱게 수놓아도 이색적인 와룡대가 될 것 같지 않아?"

"그래, 그렇게 하면 더 곱겠네!"

고항이 기다렸다는 듯 연신 맞장구를 쳤다. 커다란 입이 귀에 걸릴 것처럼 찢어졌다. 방방은 알겠노라면서 와룡대를 들고 다소곳이 물러갔다.

고항은 기회를 놓치지 않았다. 곧바로 지레 고개를 숙이고 옷고름만 감았다 풀었다 하는 신씨를 향해 다가앉았다. 신씨 역시 기다렸다는 듯 고항을 싫지 않게 살며시 밀치는 시늉을 했다. 그러나 주체할 수 없이 차오르는 숨소리까지 죽일 수는 없었다. 한참 후 신씨가 기어들어가는 목소리로 말했다.

"찻물을 좀 바꿔 올게요."

고항은 신씨가 옷섶을 조심조심 여미면서 일어서려고 하자 그녀의 손을 덥석 잡았다. 이어 흥분에서인지 두려움에서인지 몸을 바르르 떠는 신씨를 와락 껴안았다. 동시에 거친 숨소리와 함께 고르지 못한 목소리로 속삭이듯 말했다.

"차는 안 마셔도 돼. 자네를 한 번만 안으면 백년 묵은 갈증이 확 풀릴 텐데 뭘……."

"나리처럼 지체 높으신 분들도 이리…… 여색을 탐하나이까."

신씨는 못 이기는 척 고항의 품에 안겼다. 그리고는 짐짓 반항하듯 몸을 움찔거렸다. 그러나 남자의 온기가 느껴지자 어느새 온몸이 물 먹은 솜처럼 나른해지고 말았다. 고항의 손길이 닿는 곳마다 신호가 오는지 촉촉한 신음소리를 내기도 했다. 급기야 그녀는 어느새 가느다란 두 팔을 고향의 목에 칭칭 휘감았다. 고향은 우유단지에서 막 빠져나온 듯 뽀얀 여자의 탐스러운 알몸에 빗방울처럼 입술도장을 찍었다. 곧 오르락내리락 미끄럼 타는 고향의 입에서 황소의 한숨 같은 것이 터져 나왔다. 얼마 후 조용한 방 안에는 만리장성을 쌓는 두 남녀의 이상야릇한 신음소리가 가득 찼다.

그렇게 시간이 한동안 흘렀다. 두 사람은 팽팽하던 고무줄이 느슨해지듯 혼신이 노곤해져 누워 있었다. 그때 갑자기 밖에서 콩 볶듯 하는 폭죽소리가 울려 퍼졌다. 멀리서 징소리와 꽹과리 소리도 들려오기 시작했다. 그제야 번쩍 제정신이 돌아온 신씨가 먼저 후닥닥 일어나 앉았다. 고향이 부랴부랴 옷을 주워 입는 여자의 흘러내린 귀밑머리를 쓰다듬어 얹어주면서 물었다.

"정작 이 맛을 봐야 할 사람들은 아직 신방에 들지도 않았는데 우리가 먼저 운우지정을 나누다니. 그런데 집의 남정네와 비교하면 어떻던가?"

신씨가 나지막하게 대답했다.

"그이는 고자예요. 남자 구실도 못하면서 아들을 못 낳는다고 허구한 날 사람을 잡지 뭐예요! 우리 시아버지도 다 같은 물건이에요. 겉으로는 저렇게 멀쩡해 보여도 몰래 내 엉덩이를 만지면서 징글맞게 군 적이 한두 번이 아니에요. 나이는 밑구멍으로 처먹었는지 고슴도치 같은 턱수염으로 마구 문지르려고 달려들 때는 구역질이 나서 참을 수가 없었어요. 나리께서 원하신다면 공무가 끝난 뒤 며칠 더 머물렀다 가셔도 되는데……."

그렇게 말한 신씨는 당치도 않은 말인 걸 안다는 듯 서글픈 웃음을 지었다. 그때 방방이 가벼운 기침으로 인기척을 내면서 문을 밀고 들어섰다.

"수는 진작에 다 놓았어요. 하객들이 얼마나 왔나 이문에 갔다 오느라 조금 늦었어요."

방방은 수줍게 와룡대를 두 손으로 받쳐 올렸다. 이어 고항의 눈빛을 피해 기어들어가는 목소리로 덧붙였다.

"원래 재주가 형편없어 국척 나리의 마음에 드실지 모르겠습니다."

고항은 와룡대를 받아들고 자세히 들여다봤다. 이어 웃음 띤 얼굴로 말했다.

"이보다 더 어떻게 잘하겠소! 그런데 내가 국척이라는 것은 어찌 알았소?"

신씨는 방방의 말을 듣고는 소스라칠 듯 놀랐다. 고항의 진짜 신분을 알게 되었으니 그럴 만도 했다. 그러나 곧 자신이 황친국척과 살을 섞었다는 사실을 깨닫고는 흥분을 감추지 못했다. 온몸의 땀구멍으로 꿀이 배어나올 것처럼 달콤한 기분에 빠지는 듯했다. 그때 방방이 고개를 숙인 채 대답했다.

"나리를 수행하던 황씨 성의 젊은 사람에게 들었습니다."

방방의 말이 떨어지기 무섭게 그녀가 말한 당사자인 황천패가 발을 걷고 빠른 걸음으로 들어섰다. 이어 고항을 향해 읍을 하면서 다급한 어조로 말했다.

"우리 사람들이 전부 당도했습니다. 기왕 들러리로 나섰으니 신부를 데리고 신방까지 들어가야 예를 다했다고 할 수 있습니다."

"그래, 모두 얼마나 왔던가?"

고항이 밖으로 나섰다.

"식탁이 백 개입니다. 적어도 천 명은 되지 않겠습니까!"

황천패가 바싹 뒤따라가면서 대답했다.

"흑풍애 쪽에서는 얼마나 내려왔지?"

"거기서는 아직 이렇다 할 움직임이 없습니다. 탐마를 보내 동정을 살피게 했습니다."

"모르기는 해도 이미 잠입한 놈들도 적지 않을 거야."

"그럴 가능성도 배제할 수 없습니다. 허나 유삼독자가 아직 대가리를 내밀지 않았습니다."

고항과 황천패 두 사람은 그렇게 두어 마디 주고받으면서 어느새 마씨 집의 대청에까지 이르렀다. 이어 돌계단을 따라 대청을 가로질러 나갔다. 그러자 300평은 족히 될 것 같은 넓은 공터가 눈앞에 펼쳐졌다. 서쪽에 있는 간이 무대에서는 연극 공연이 한창 벌어지고 있었다. 또 동쪽에는 식탁이 즐비하게 정렬돼 있었다. 그 맨 앞자리 식탁 열 개에는 이미 사람들이 빼곡히 자리를 잡고 있었다. 모두가 두루마기와 마고자를 점잖게 차려 입은 향신들이었다. 그 뒷줄에는 서당 훈장을 비롯해 옷차림이 후줄근한 늙은 수재, 낭중들이 몰려 앉아 있었다. 그들은 은색 수염을 쓸어내리며 가끔씩 "으흠, 으흠!" 헛기침을 하면서 무게나 잡는 신사紳士들과는 완전히 달랐다. 해바라기 씨를 퉤퉤 뱉으면서 수다 떨기에 여념이 없었다. 양측이 지척에 있었으나 풍경은 완연히 달랐다. 뒷줄로 갈수록 그런 흐트러진 모습들은 더욱 다양하게 펼쳐졌다. 땟자국으로 얼룩진 다 해진 솜저고리를 입고 연극에는 전혀 관심 없는 듯 쭈그리고 앉은 채 곰방대를 뻑뻑 빨아대는 남정네들이 우선 눈에 보였다. 그런가 하면 삼거웃 같은 머리에 서캐를 하얗게 뒤집어쓰고 식탁 밑으로 들락거리면서 술래잡기를 하는 아이들도 있었다. 한마디로 잔칫집 마당은 평소 주인의 넓은 인맥을 보여주는 듯 각계각층의 사람들로 인산인해를 이루고 있었다.

고항은 고개를 들었다. 대청 정문 중앙에 문짝만한 '희'囍자가 적혀 있었다. 또 양측에는 금방이라도 믹물이 떨어질 듯 선명한 글씨의 대련이 있었다.

달 속의 선녀가 길을 잃어 인간 세상에 내려왔으니,
지척에 신선이 사는 곳 있는 줄 모르고 그리 헤맸다네.

고항은 대련을 읽어보고는 피식 웃었다. 그때 황천패가 저 앞에서 신
랑신부를 가리키면서 눈짓을 보내는 모습이 보였다. 그제야 고항은 신
부의 뒤를 따라 점잔을 빼면서 대청으로 향했다. 어느새 땅바닥에는 호
두와 대추, 밤이 가득 널려 있었다. 정수리 위에서 터지는 폭죽 소리는
귀청을 얼얼하게 만들고 있었다. 그 폭죽의 불똥은 가끔씩 벌어진 옷깃
사이로 날려 들어와 목덜미를 움찔움찔하게 만들기도 했다. 그제야 고
항은 신부가 결혼식에서 빨간 두건을 뒤집어쓰는 이유를 알 것 같았다.
문어귀에서 대청에 이르는 길은 불과 석 장丈 정도 되나마나했다. 그
러나 앞서가면서 흥겨운 노래를 부르는 흥가랑興歌郞(요즘의 가수)은 좀
체 앞으로 나아가지 못했다. 사방에서 던져주는 은자를 받아 챙기느라
바쁜 탓이었다. "십리마다 바람이 다르고 백리마다 풍속이 다르다"라는
말은 확실히 틀린 말이 아니었다. 고항은 북경에서는 볼 수 없었던 이곳
특유의 결혼 풍속을 처음 접하는지라 마냥 신기하고 얼떨떨하기만 했
다. 그때 결혼식 주례가 목소리를 돋우며 외쳤다.
"신랑 들러리와 신부 들러리는 인정人情을 표하시오."
고항은 당연히 '인정'이 뭔지 몰랐다. 신랑 들러리로 변장한 황천패를
멍하니 바라봤다. 그러나 황천패라고 해서 알 까닭이 없었다. 둘이 똑
같이 멍한 표정을 지은 채 서 있자 보다 못한 주례가 고항의 귀에 대고
뭔가를 소곤거렸다. 고항은 비로소 '인정'이 '축의금'을 내라는 뜻이라
는 사실을 알아차리고 주머니를 뒤졌다. 그러나 가지고 온 금덩이는 모

두 방방에게 줘버리고 없었다. 그렇다고 500냥짜리 용두 은표를 내놓을 수는 없는 노릇이었다. 고항과 황천패가 어찌할 바를 몰라 할 때였다. 눈치 빠른 마씨가 어느새 어린 가인에게 두 광주리의 건룡전을 들려 보내는 모습이 보였다.

곧이어 주례의 지시에 따라 화분火盆을 건너뛰고 말안장을 뛰어 넘는 등 여러 절차가 차례로 이어졌다. 인생의 새 출발을 하는 신랑신부들에게 꽃을 달아주거나 덕담 가득한 시를 읊어 찬사를 보내는 과정도 계속됐다. 그렇게 붉은 두건을 쓴 신부는 드디어 마씨 가문의 일원이 됐다. 하객들은 그 순간을 경축하기 위해 기둥에 줄줄이 매단 폭죽 심지에 불을 붙였다. 곧 대청 안팎에서 다시 폭죽소리가 크게 울리기 시작했다. 동시에 풍각쟁이들이 목에 핏대를 세우면서 신들린 듯 나팔을 불었다. 아낙네들의 꽃가루 뿌리는 손길도 바빠졌다.

한 쌍의 신랑신부는 주례가 길게 뽑아 올리는 소리에 맞춰 윗자리에 올라앉은 마본선을 향해 깍듯하게 예를 올렸다. 그때 언제 단장했는지 꽃처럼 고운 방방이 사뿐사뿐 걸어 나와 새 올케를 부축해 일으켰다. 이제 남은 것은 신방으로 들어가 화촉을 밝히는 일 뿐이었다.

여기저기 나뒹구는 폭죽 껍질에서 서서히 화약 냄새가 수그러들었다. 음악소리도 잠시 멈췄다. 왁자지껄 떠들던 사람소리 역시 한결 조용해졌다. 마치 자신이 장가드는 것처럼 들떠 있던 고항은 사방을 두리번거리면서 정세웅을 찾았다. 그러나 삼삼오오 떼를 지어 연회 장소로 들어가는 사람들을 아무리 살펴봐도 정세웅은 보이지 않았다. 다행히 정세웅이 먼저 고항을 발견했다. 그는 인파를 비집고 고항의 등 뒤로 다가갔다. 그리고는 고항이 놀랄세라 살며시 어깨를 잡으면서 말했다.

"저 여기 있습니다. 이목이 많으니 다른 데로 옮겨서 얘기하는 게 좋겠습니다."

고항이 구레나룻이 더부룩한 정세웅을 보고 말했다.

"구레나룻은 언제 붙였는가? 까마귀가 친구 하자고 하지 않던가? 그러니 내가 못 찾지. 진짜 수염 같구면."

고항과 정세웅은 여인네들을 위해 마련한 서쪽의 천막을 지나 대청 뒤쪽의 조용한 곳으로 걸어갔다. 어디선가 신랑신부를 놀리면서 웃고 떠드는 사람들의 소리가 바람을 타고 희미하게 들려왔다. 고항은 발걸음을 멈추고 귀를 쫑긋 세워 들으면서 빙그레 웃음을 지었다. 정세웅이 그의 그런 모습을 보고 말했다.

"저쪽 하례청의 손님들 중 반은 비적이고 반은 관군입니다. 다들 긴장해서 숨이 막히는 분위기인데 대인은 역시 여유만만하시군요."

고항이 정세웅의 말을 듣고 그제야 긴장을 한 듯 다그쳐 물었다.

"유삼독자는 왔나? 왜 안 보이지?"

"신시쯤에 왔는데 쭉 장삼가 방에 있는 것 같았습니다."

"작전상 먼저 그자에게 곤죽이 되도록 술을 권하기로 했잖아!"

"그놈이 무슨 냄새를 맡았는지 한 방울도 입에 대지 않는다고 하네요."

고항이 경멸스러운 표정을 지으면서 고개를 끄덕였다.

"황천패에게 결코 그자를 놓쳐서는 안 된다고 전하게. 연회를 마치는 대로 먼저 단칼에 그놈의 대가리를 쳐버려야지. 나머지는 오갈 데를 잃은 오합지졸이니 처리하기 쉬울 거야. 몇 놈 놓치는 것쯤은 신경 쓰지 말자고."

정세웅이 얼굴 가득 붙인 가짜 수염을 매만지면서 말했다.

"지당한 말씀이기는 한데 저는 혹시 다른 놈들이 끼어들지 않았나 걱정스럽습니다. 공연한 기우였으면 좋으련만⋯⋯."

"그게 무슨 소리인가?"

"저도 딱히 뭐라고 꼬집어 말할 수는 없습니다. 그러나 우리가 입수한 정보에 따르면 비적들은 백여 명 내외라고 했습니다. 그러니 우리 관병들까지 합쳐봐야 이백 명밖에 더 되겠습니까? 그런데 지금 대청에는 삼백 명도 넘게 몰려 있습니다. 게다가 채 못 들어온 사람들도 있다고 합니다. 한쪽에 식탁을 더 들여놓느라 야단법석이잖습니까."

정세웅이 잠시 말을 마치고는 뭔가 석연찮은 듯 고개를 갸웃했다. 그러더니 느릿느릿 말을 이었다.

"……유삼독자도 술 한 모금 입에 안 대고 저리 긴장하고 있는 데는 이유가 있을 것 아닙니까. 틀림없이 밖에 복병을 매복시켰을 것입니다. 그리고 저기를 좀 보십시오. 대문 쪽 식탁에 자리를 잡은 젊은 청년, 손에 커다란 부채를 들고 있는 저 사람 말입니다. 눈에 확 띄지 않습니까? 아까부터 엄청 신경 쓰이는데 고 대인 생각은 어떻습니까?"

고항이 미간을 찌푸린 채 정세웅이 가리킨 쪽을 한참 응시했다. 이어 고개를 주억거렸다.

"음, 범상한 인물은 아닌 것 같군. 헌데 뭐 이상한 낌새는 없는 것 같은데?"

"저 사람이 축의금을 제일 많이 보내왔다고 하네요. 무려 백은 이천 하고도 사백 냥이라고 합니다."

고항이 정세웅의 말에 흠칫 놀라더니 눈을 크게 떴다. 그가 놀라는 것도 당연했다. 현 조정의 재상이자 세 조대를 내리 보필한 원로 공신 장정옥의 막내아들이 결혼할 때 동친왕東親王이 은자 1600냥을 보내 한동안 큰 화젯거리가 된 적이 있었다. 하지만 일반 여염집 잔치에 축의금 2400냥을 내는 것은 분명히 보통 일이 아니었다.

'도대체 이건 또 무슨 일인가! 도대체 저 사람은 어디서 뭘 하는 사람인가? 무슨 목적을 품고 있기에 이토록 통 크게 노는 것인가?'

고항은 계속 고개를 갸웃거리면서 생각을 했다. 그러나 답은 나오지 않았다. 그가 그렇게 생각을 하느라고 끙끙거리고 있을 때였다. 저쪽에서 한 무리의 계집종과 어멈이 신랑 마기원을 에워싼 채 다가오고 있었다. 아마 동방례洞房禮(한 방에 들어 남녀의 정을 나누는 것)를 마친 신랑이 하객들에게 인사를 하려는 모양이었다. 그는 그쪽으로 시선을 돌렸다. 이제 더 이상 깊은 얘기를 나눌 형편이 못 되었다. 결국 목소리를 죽인 채 말했다.

"애들을 두어 명 붙여 저자를 감시하도록 하게. 요주의 인물임에 틀림없어!"

말을 마친 고항은 발길을 돌려 대청 안으로 들어갔다. 그의 눈에 비친 대청은 시끌벅적했다. 우선 대청의 안팎에 이삼백 개의 촛불이 구석구석까지 환하게 밝히고 있었다. 술자리도 한창 무르익은 것 같았다. 언뜻 봐도 관군과 비적은 행색부터 달랐다. 당연히 그 두 패거리 외에도 신분을 짐작하기 어려운 불청객들이 없지 않았다. 그들은 벌겋게 취기가 오른 얼굴로 둘러앉은 채 주령을 외치기에 여념이 없었다. 그 고함소리에 대들보가 내려앉지 않는 것이 의심스러울 지경이었다.

대청에 있던 사람들은 아무도 상석을 향해 걸어오는 고항과 정세웅에게 눈길을 주지 않았다. 그러나 이미 만취한 듯 될 대로 되라는 식으로 이 사람 저 사람에게 휘둘리면서 술 세례를 받고 있던 마본선은 그렇지 않았다. 고항과 정세웅, 그리고 새신랑인 둘째를 보고는 마음이 한결 든든해진 듯 편안한 표정을 짓고 있었다.

3장
모습을 드러낸 일지화—枝花

"자자, 이리 와 앉으십시오, 고 어른!"

마기요가 고항 등 세 사람을 보는 순간 오그라들었던 마음이 다소 펴지는 듯 황급히 말했다. 이어 마주 걸어오면서 덧붙였다.

"정 선생도 어서 오십시오. 기원아, 먼저 두 분 어른께 술부터 따라 올려야지!"

고항은 희색이 만면한 얼굴을 한 채 술잔을 받아 술을 입 안에 털어 넣었다. 그리고는 주위를 언뜻 살폈다. 요주의 인물이라던 젊은 공자가 상석에 앉아있는 모습도 보였다. 게다가 앉다 보니 정세웅이 그 공자의 옆자리에 있게 됐다. 고항은 일순 눈에서 매서운 빛을 발했다. 그러나 아무런 내색도 하지 않고 실실 웃으면서 말했다.

"술독에 빠뜨리려고 해도 숨 돌릴 틈은 주면서 권해야지. 안 그런가, 마기요? 술은 떡이 되도록 마셔줄 테니 먼저 좌중의 여러분과 서로 안고나 지냅시다."

마기요가 고항의 말에 공수를 했다.

"저도 오늘 처음 보는 얼굴들이 있습니다. 제가 소개하는 분들은 스스로 존함을 말씀해 주셨으면 합니다."

마기요가 곧 첫 자리에 앉은 노인부터 차례로 소개하기 시작했다.

"이분은 여기 태평진의 마씨 족장어른 되시는 분입니다. 여기는 우리 문중의 백부 되시는 분, 그 옆에 자리하신 분은 옆 동네의 촌장 되는 분이십니다. 그리고 이분은……."

마기요는 젊은 공자 차례가 되자 말끝을 흐렸다. 이어 스스로 소개를 해주십사 하는 뜻으로 손짓을 해 보였다. 공자는 희색이 만면한 마기요의 얼굴을 힐끗 쳐다보더니 입을 여는 대신 손에 들고 있던 부채를 쫙 펼쳤다. 부채 위에는 홍매 한 가지만 청아한 자태를 뽐내고 있을 뿐이었다. 좌중의 사람들이 자세히 살피자 그 위에 작은 글씨가 한 줄 적혀 있었다.

　　영상각迎霜閣 주인 역영易瑛 선생께 삼가 증정함

그 밑의 낙관에는 '나박생'羅泊生이라는 이름이 적혀 있었다. 그렇다면 공자의 성은 역易씨임이 분명했다. 다음에는 정세웅 차례였다.

"나는 정씨이고, 정대산이라고 합니다. 만나서 반갑소이다."

다음에는 정세웅과 고항 사이에 끼어 앉은 채 굳은 표정으로 묵묵히 술만 마시던 사내의 차례였다. 사내가 술잔을 소리나게 힘껏 탁자 위에 내려놓으면서 말했다.

"나는 이곳 녹림의 대왕이오. 다들 나를 편하게 유삼독자라 부르죠. 대갈빡에 털 나기 바쁘게 지어준 이름은 잊어버린 지 옛날이오. 여러분도 편한 대로 불러주면 좋겠소."

유삼독자가 입을 열자 장내는 물 뿌린 듯 조용해졌다. 대청 안팎에서 자신들 세상을 만난 듯 술이 취해 와자지껄 떠들던 무리들도 모두 입을 다물었다. 하나같이 벌겋게 취기가 오른 얼굴들이 일제히 그쪽으로 쏠렸다. 놀라워하는 사람도 있었으나 반신반의하는 표정도 없지 않았다. 그러자 유삼독자는 가발을 홱 벗더니 탁자 위에 내팽개쳤다. 그리고는 거들먹거리는 어조로 내뱉었다.

"이런 제기랄! 유삼독자가 어쩌다 제대로 맵시 한번 내봤더니 아무도 못 알아보네!"

유삼독자가 내뱉듯 씨부렁거린 다음 역영을 곁눈질로 흘겨봤다. 이어 이내 헤헤 하고 멋쩍은 웃음을 흘리면서 다시 입을 열었다.

"다들 된서리라도 맞았나? 왜들 그러고 있어? 걱정 말라고. 토끼도 제 굴 옆의 풀은 안 먹는다고 했어. 계속 술이나 마시자고."

"그렇게 변장하시니 정말 몰라봤습니다. 어찌나 놀랐는지 으쌰으쌰 하고 어깨춤을 추던 이놈의 고추가 자라대가리처럼 쏙 들어가 버리고 말았지 뭡니까. 오늘밤에는 어떤 년을 요절 내주나 생각 중이었는데 말입니다!"

키 작은 비적 한 명이 엉거주춤 자리에서 일어나더니 농담을 했다.

하하하하…… 히히히…… 헤헤헤…… 크윽크윽…….

대청 안팎에서 한바탕 폭소가 터졌다. 그때 갑자기 여자의 째지는 듯한 고함소리가 들려왔다. 사람들은 영문을 몰라 문어귀를 바라봤다. 순간 봉두난발한 웬 여자가 고꾸라질 듯 문을 박차고 방 안으로 뛰어 들어왔다. 그 뒤로는 얼굴이 돼지 간처럼 벌겋게 달아오른 장삼가가 비틀거리면서 쫓아 들어왔다. 장삼가는 방 안을 가득 메운 사람들은 안중에도 없는 듯 위태롭게 비틀대면서 연신 중얼거렸다.

"갈보 같은 년. 윽! 뛰어봤자 벼룩이지. 어디 숨었어? 윽! 내 목소리가 계집년 같다고? 어디 잡히기만 해봐라. 내가 얼마나 사내다운지 뼈저리게 느끼게 해줄 테니!"

여자는 오로지 장삼가의 손아귀에서 벗어나려는 일념 하나로 필사적으로 사람들 사이를 비집고 들어갔다. 그러나 장삼가와 한통속인 인면수심의 비적들이 여자를 가만히 놔줄 리 만무했다. 슬쩍슬쩍 다리를 걸거나 옷자락을 잡아채면서 장삼가를 도왔다. 그 바람에 여자는 얼마 못 가서 장삼가에게 목덜미를 잡히고 말았다. 장삼가는 성난 사자처럼 불똥 튀는 두 눈을 번들거리면서 사정없이 여자를 품안으로 낚아챘다. 험상궂은 얼굴에서는 싯누런 이빨이 송곳처럼 삐죽 튀어나왔다. 급기야 그 육중한 몸뚱이로 한줌밖에 안 되는 가냘픈 여자를 땅바닥에 쓰러뜨려 눕혔다.

"아니, 여기서 이게 무슨 짓이오? 아니…… 좋게 말로 하지."

마본선은 어찌할 바를 몰라 말을 더듬었다. 그저 손가락으로 장삼가를 가리키기만 했다. 그리고는 도움을 청하는 간절한 눈빛으로 고항을 바라봤다. 그러나 고항은 마본선의 눈길을 외면해 버렸다. 아직 손쓰기에는 너무 이르다는 판단을 한 것 같았다. 하기야 자칫 유삼독자가 인질극을 벌이기라도 한다면 일이 더 복잡해질 수 있었기 때문에 섣부른 행동은 금물이었다. 고항이 유삼독자에게 말했다.

"어르신, 보아하니 어르신의 말씀 한마디면 여기 있는 모든 이들이 죽는 시늉이라도 할 것 같은데 좀 도와주시죠. 늘 있는 잔칫날도 아니고."

그러자 유삼독자가 실소를 흘렸다.

"고년이 뒤지려고 환장을 했구먼. 감히 어느 면전이라고 우리 장삼가에게 그런 악다구니질을 해? 계집년은 아무 때건 시집가기 마련인데 우리 장삼가가 뭐 어떻다고 그래?"

여자는 그 사이 고함을 지르며 반항하다 못해 완전히 진이 빠져 버렸다. 맥없이 발버둥을 쳐봤으나 어느새 장삼가에 의해 속곳까지 훤히 드러났다. 빙 둘러선 한 무리의 비적들은 징글맞은 웃음을 지으면서 괴성을 터트렸다.

아무도 선뜻 나서지 못하는 사이 사태는 점점 악화되고 있었다. 그때 갑자기 왼편 세 번째 탁자에 앉아 있던 검고 다부진 인상의 사내가 무섭게 탁자를 내리치면서 일어섰다. 이어 성큼성큼 큰 걸음으로 장삼가 앞에 다가가더니 다짜고짜 장삼가의 살찐 뒷덜미를 움켜잡아 일으켰다. 동시에 오른 주먹으로 불이 번쩍 나게 장삼가의 턱을 올려 쳤다. 한낱 비계덩이 같은 장삼가는 주먹 한번 못 써보고 바로 헌신짝처럼 대청 밖으로 나가떨어졌다. 삽시간에 대청에는 쥐 죽은 듯한 적막이 감돌았다.

"개 같은 놈, 네놈은 뭐 계집 사타구니에서 빠져 나오지 않고 허공에서 떨어진 줄 알아? 네놈에게는 어미, 누이도 없단 말이냐?"

사내가 씨근대면서 자신의 장포자락을 쫙 찢었다. 그리고는 갈기갈기 찢긴 속곳을 간신히 부여잡고 있는 여자에게 던져줬다.

너무나 돌발적인 사태라 좌중의 사람들은 모두 그대로 그 자리에 조각처럼 굳어지고 말았다. 전후 사연으로 미루어 옳고 그름을 판가름할 여유도 없는 듯했다. 그럼에도 사내는 불끈 튀어나온 근육질 가슴을 자랑하면서 날이 넓은 칼에 손을 얹은 채 주전자의 술을 꿀꺽꿀꺽 들이켰다. 그리고는 마본선을 향해 말했다.

"계집종들을 불러 이 여자를 돌봐주도록 하오. 유 어른, 본의 아니게 그대의 부하에게 손을 대서 미안하오. 할 말이 있으면 해보시오!"

"호인중胡印中? 그대가? 음, 아무튼 유감이기는 하지만 따지고 보면 다들 한솥밥 먹는 형제 아니겠소? 내외를 할 일이 아니라고 생각하오."

유삼녹자가 싫은 눈썹을 한데 모으면서 잠시 생각하더니 말했다. 그러나 그가 말을 끝맺기도 전에 장삼가가 웃통을 벗어 던지고 황소 같은 숨을 몰아쉬면서 달려들었다. 이어 시퍼런 입술을 덜덜 떨면서 호인중을 향해 뇌까렸다.

"네 이놈, 나에게 헤살을 부린 것이 이번까지 벌써 두 번째야! 나하고 애비 때려죽인 원수라도 졌냐?"

장삼가는 치밀어 오르는 분노를 삭이지 못한 듯 급기야 칼을 뽑아들었다. 순간 옆에 있던 비적이 죽어라고 장삼가의 몸뚱이를 껴안으면서 고함을 질렀다.

"호형, 어서 피하지 않고 뭘 해요?"

"나는 당당한 칠 척 대장부야. 뭘 잘못했다고 도망가!"

호인중도 덤빌 테면 덤벼보라는 듯 걸걸한 쇳소리를 내면서 칼집에서 칼을 뽑았다. 그리고는 큰 소리로 말했다.

"우리가 이 바닥에 굴러들어와 살인백정 노릇을 하는 것은 최악의 경우에 내린 어쩔 수 없는 선택이었어. 부녀자를 겁탈하는 짓 따위는 결코 용납할 수 없어! 나를 따르기를 원하는 자들은 내 뒤에 서고, 저자의 그늘이 좋은 자들은 저리로 가도 좋다!"

호인중의 말이 끝나기 무섭게 네댓 명의 사내들이 그의 등 뒤로 몰려들었다. 장삼가 뒤에도 예닐곱 명이 줄을 섰다. 나머지는 고개를 뺀 채 사태를 관망할 뿐 자리를 뜨지 않았다. 그제야 사람들은 흑풍애에서 내려온 비적들이 집안싸움을 벌이고 있다는 사실을 알게 됐다.

"집안 흉은 밖에서 보여주는 게 아니야. 자네들, 여기서 이러지 말게."

분위기가 살벌해지자 드디어 유삼독자가 나섰다. 그는 지금이 말 한마디 잘못했다가는 잔칫집을 피바다로 만들 수도 있는 위험한 상황이라는 사실을 분명히 인식한 것 같았다. 얼굴에 긴장감이 역력했다. 그러나 짐짓 대수롭지 않다는 듯 웃음을 흘렸다.

"장삼가가 먼저 잘못했어. 남의 좋은 날에 분위기를 깨고 대낮에 부녀자를 겁탈하려 들었으니 우리 산채山寨의 규칙을 어겼네. 결코 용서받을 수 없어. 허나 호형도 너무 성격이 급했던 것 같소. 아무튼 다 지나간 일이니 잘잘못을 따지지 말자고. 자자, 좋은 게 좋은 거 아니겠소? 술이나 마시. 우리는 오늘 쌀 빌리러 왔지 남의 잔치를 쑥대밭으로 만들러 온 것은 아니잖소."

유삼독자가 말을 마치더니 호인중의 손에서 칼을 빼앗았다. 그런 다음 장삼가를 향해 고함을 질렀다.

"그 칼 못 치워?"

유삼독자가 언제 일갈을 했더냐 싶게 다시 마본선을 향해 말했다.

"자, 이제는 술도 밥도 배불리 먹었겠다, 떠날 채비를 해야지? 식량을 실어주게!"

"잠깐만!"

그때까지 내내 말을 아끼고 있던 역영이라는 사람이 자리에서 불쑥 일어났다. 이어 뜻을 알 수 없는 야릇한 미소를 머금었다. 그리고는 유삼독자 앞으로 천천히 걸어가더니 단도직입적으로 물었다.

"쌀을 빌리러 왔다고 했소?"

"그렇소."

"얼마나 원하는지 그 수량을 물어봐도 되겠소?"

"칠백 석이오."

"칠백 석? 지금 칠백 석이라고 했소?"

역영이 믿기지 않는다는 듯 다시 되물었다.

"산채의 식솔이 몇 명인데 그리 많은 양이 필요한가?"

유삼독자는 대답 대신 머리채를 어깨 너머로 휙 넘겼다. 그와 동시에 두 눈에 시퍼렇게 날을 세웠다.

"이봐 젊은이, 강호 바닥의 법도도 모르는 하룻강아지 같은데 좋게 말할 때 입 닫고 물러나지!"

"강호의 법도를 모르니 한 수 가르침 받고자 이러는 게 아니오! 사실은 나도 쌀을 빌리러 온 사람이오. 헌데 당신이 다 가져가면 우리는 입에 거미줄을 치라는 말이오? 나는 이미 계약금으로 삼천 냥을 내놓았는데 그쪽은 얼마나 내놓았소?"

역영의 입가에 냉소가 스쳤다. 상대를 무시하는 기색이 역력했다.

정세웅과 황천패의 원래 계획은 피로연이 끝난 다음 비적들이 식량을 운송하기 시작할 즈음에 행동하는 것이었다. 그러면 이곳의 비적과 산채에 있는 비적들을 동시에 습격해 일망타진하는 것이 가능했다. 그런데 난데없이 곁가지가 불쑥 생겨나고 말았다. 계획에 차질을 빚을 변수가 생긴 것이다. 순간적으로 당황하지 않을 수 없었다.

고항은 순간 명석하고 상황 판단에 능한 사람답게 재빨리 생각을 더듬었다.

'포독고, 맹량고, 와우산 등지의 비적 소굴은 관군에 의해 없어진 지이미 한참이나 됐어. 그렇다면 그 잔여 세력들이 오늘 이곳에서 힘을 모으기라도 하려는 것일까? '영상각'이라면 어디선가 얼핏 들은 기억도 나는데, '역영'이라고? 그렇다면 혹시 이자는 일지화가 아닐까?'

고항이 머릿속에 떠올린 일지화一枝花는 하남과 강서 일대에 둥지를 틀고 공공연히 조정에 도발을 감행해 왔던 녹림의 여자 두목이었다. 형부에서 현상금으로 은자 3만 냥을 내걸 만큼 '요주의' 인물이기도 했다. 그런 그녀가 흔적도 없이 자취를 감춘 것은 부항이 흑사산 백련교 무리를 일망타진한 뒤부터였다. 한동안 동정을 드러내지 않아 조정에서도 잠시 경계를 느슨히 했던 것이 사실이었다. 고항은 갑자기 머릿속이 "윙!" 하고 울리며 벌집을 건드린 것 같은 기분을 느꼈다. 허공을 응시하는 눈빛도 굳어져 버렸다. 그때 황천패가 다가와 고항에게 귀엣말을 했다.

"정 대인께서 선수를 칠 심산이신 것 같습니다. 고 대인께서는 정체를 드러내지 말고 여기 앉아만 계십시오."

고항은 그러나 짤막하게 말하고 돌아서는 황천패의 옷자락을 가볍게 당기면서 소리를 한껏 낮췄다.

"내가 봤을 때 틀림없는 일지화야! 유삼독자는 이년에 비하면 발가락의 때만큼도 못한 존재이니 무슨 수를 쓰든 이년을 잡아야 해!"

황천패는 고항의 말에 흠칫하면서 역영을 곁눈질로 훔쳐봤다. 순간 피가 거꾸로 솟구치는 듯 그의 얼굴이 벌겋게 달아올랐다. 그러나 애써 감정을 진정시키고는 나지막하게 대답을 했다.

"예, 무슨 말씀인지 알겠습니다!"

유삼독자와 역영은 황천패가 작전을 위해 밖으로 몰래 빠져나가는 것도 모른 채 한 치의 양보도 없이 으르렁대기에 여념이 없었다.

"분명히 이천사백 냥을 내는 걸 봤는데 삼천 냥이라고 우겨? 내가 까막눈이라고 우습게 보는 거야?"

"들짐승 같은 비적 두목이 축의금을 팔할로 계산해서 받는다는 법도를 알겠어? 그래, 나는 이천사백 냥이라 치고, 너는 몇 푼을 내놓았나?"

"나는 맨손으로 천하를 누비는 사람이야. 그따위 축의금에 연연하지 않는다고! 아무튼 누가 뭐래도 나는 칠백 석에서 한 톨도 모자라면 못 참아!"

"그러면 오십 석이라도 나눠 줄게. 나머지는 우리가 가져간다."

"흥! 설령 내가 허락한다고 해도 우리 형제들에게는 씨알도 안 먹힐걸?"

"그래? 잘난 형제들 어디 한번 만나나 보지!"

유삼독자는 그렇게 입씨름을 하다 역영이 잠시 고개를 돌리는 틈을 타 선수를 쳤다. 쓱 하는 쇳소리와 함께 허리춤의 칼을 뽑아들고는 역영에게 덤빈 것이다. 섬광이 번쩍이는 것과 동시에 흰 안개가 자욱하게 피어오르더니 사람들의 시선을 가렸다. 그와 동시에 무방비 상태에 노출돼 있던 역영의 머리가 툭하고 꺾이더니 땅바닥에 굴러 떨어졌다. 너무나도 순간적인 일이었다. 장내의 사람들은 모골이 송연한 듯 제자리에서 몸만 바르르 떨었다. 반면 흑풍애의 비적들은 장내가 떠나가라 박수갈채를 보냈다. 그러나 그것도 잠시였다. 안개가 걷히면서 드러난 역영의 모습은 비적들마저 오줌을 지리게 만들기에 충분했다. 머리가 없는 역영의 몸통이 넘어지지 않고 꼿꼿하게 버티고 서 있었던 것이다. 게다가 목이 잘려나간 곳에서 쏟아져 나오는 것은 피가 아닌 흰 안개였다. 심지어 그 몸뚱이에서는 부엉이 소리를 방불케 하는 섬뜩한 웃음소리마저 터져 나오고 있었다. 잔뜩 얼어붙은 사람들의 팔다리에서는 좁쌀 같은 소름이 돋았다.

"하하하! 감히 누구 면전이라고 칼을 뽑아!"

갑자기 벽력같은 고함 소리에 이어 촛불을 불어 끄는 소리가 들려왔다. 그러자 자욱한 흰 안개는 모두 걷히고 동시에 역영의 머리와 몸뚱이는 온데간데 없이 사라졌다. 이어 모든 것이 방금 전의 그 상태 그대로 돌아왔다. 낭자한 술판과 대낮 같은 밝은 촛불 모두 그대로였다. 장내의 사람들은 소리 나는 쪽을 일제히 바라봤다. 역영이 어느새 대들보에 거꾸로 매달려 있는 모습이 보였다. 역영이 쇠방망이에 얻어맞은 듯 멍해 있는 사람들 앞에서 섬뜩하게 말했다.

"이게 바로 체신술體身術이라는 거야. 내가 그렇게 쉽게 죽을 줄 알았더냐! 나 같으면 쑥스러워 접시 물에 코를 처박고 죽어버리겠다. 그깟 쥐꼬리만 한 재주로 녹림의 맏형 노릇을 하겠다고? 어림도 없지!"

역영은 말을 마치자마자 훌쩍 몸을 솟구쳐 뛰어내렸다. 이어 대경실

색한 유삼독자 앞으로 한 발자국씩 다가갔다. 그리고는 얼굴에 가소롭다는 듯 미소를 지으면서 내뱉었다.

"나는 무극교주無極敎主 휘하의 사화시자司花侍者야. 산동성의 영웅호걸들을 긁어모아 성스러운 사업을 하려고 여기까지 왔지. 당분간 사정이 어려워 자네 산채에서 쉬어가려고 했었는데, 보아하니 뱃댕이 소갈머리가 영 못 쓰겠구먼. 사나이라면 아량이 나룻배 띄울 정도는 돼야지. 그래도 여기 이 호씨 성을 가진 형은 의로운 열혈남아 같아 보여서 다행이네. 이보시오, 호형! 그대를 산채의 주인으로 추대할 테니 우리 같이 손을 잡아보는 것이 어떻겠소?"

호인중은 역영이 느닷없이 자신의 이름을 거론하자 잠시 어정쩡한 모습을 보였다. 그러나 곧 정신을 차린 다음 공수를 했다.

"역 선생이라면 손을 잡아도 후회는 없을 듯하오. 허나 산채 주인은 그래도 역 선생이 맡아주는 것이 좋겠소."

"하기야 의기투합만 한다면 누가 주인이 되든지 그게 무슨 대수겠소. 허나 굴러 온 돌이 박힌 돌을 뺄 수는 없지 않겠소? 게다가 말하기는 곤란하지만 나는 바깥출입이 자유롭지 못한 몸이오. 이곳 산채에 잠시 머물러 가는 나그네에 불과하니 호형이 아무래도 총대를 메는 게 낫지 않을까 하오."

역영이 거듭 사양했다. 그렇게 역영과 호인중이 서로 산채 주인 자리를 양보하느라 사소한 실랑이를 벌이고 있을 때 유삼독자가 험상궂은 면상을 한껏 구기면서 소리쳤다.

"다들 들었지? 이자들은 조정과 불구대천의 원수 사이인 백련교 쓰레기들이야. 백번 죽었다 깨어나도 용서받지 못할 이자들을 우리 산채에 들여서는 안 돼. 자칫하면 우리까지 골치 아플 수 있어. 형제들, 이자들이 아무리 날고 긴다고 해도 수적으로는 우리가 우세야. 이 골칫거리들을 때려잡아!"

유삼독자가 말을 마치자마자 칼을 뽑아들었다. 동시에 가장 먼저 식탁 위로 펄쩍 뛰어올랐다.

"덤벼라!"

유삼독자의 부하들은 곧바로 기세등등한 모습으로 호응하고 나섰다. 그러자 탁자 위의 그릇들이 뒤집어지고 음식이 사방에 튀었다. 장내는 삽시간에 아수라장으로 변했다. 그때 역영이 자만하다가 자칫 변을 당할까 우려했는지 휘파람을 불어서 무슨 신호를 보냈다. 순간 구석구석에서 백 명은 족히 될 부하들이 병기를 챙겨들고 모습을 드러냈다.

"대청 밖으로 나가 싸우도록 해. 우리 사람 칠라."

역영의 고함소리가 채 떨어지기도 전이었다. 어둠 속에서 황천패가 내던진 두 개의 표창이 날아왔다. 제아무리 날렵하고 눈치 빠른 역영이라고는 하나 그 역시 사람이었다. 그중 하나밖에 피하지 못한 것이다. 다른 하나의 표창은 역영의 왼쪽 어깨에 깊숙이 박혔다. 그는 분노에 가득 찬 눈을 허옇게 부릅뜨면서 어둠 속을 노려봤다. 이를 악물고 뽑아낸 표창에는 시커먼 피가 독처럼 묻어 있었다.

그 많던 촛불은 언제 꺼졌는지 다 꺼져 버렸다. 대청 안은 어느새 암흑세계로 변해 버렸다. 곧이어 비적들과 관군 정예병들은 한 덩어리가 돼 싸우기 시작했다. 당연히 마본선 일가는 위기를 피해 숨었고, 700여 명의 하객들 역시 걸음아 나 살려라 하고 도망을 가 버렸다.

고항은 미처 몸을 피하지 못하고 정세웅, 황천패와 떨어져 빈 술항아리 틈에 숨어 바깥 동정에 귀를 기울이고 있었다. 그는 쌍방이 뒤섞여 어지러운 틈을 타서 밖으로 나가고 싶었으나 고개를 내밀지 못했다. 누가 누구인지도 보이지 않는 상황에서 눈먼 칼에 맞아 자칫 타지에서 원귀寃鬼가 될까봐 두려웠던 것이다. 그때 갑자기 비적 한 명이 고항이 숨어 있는 곳으로 다가오더니 다짜고짜 술항아리들을 들어 내던지기 시작했다. 고향이 숨어 있다는 사실이 탄로 날 위기일발의 순간이었다. 고향은 순간적으로 어디에서 그런 힘이 솟아났는지 무거운 술항아리를 들어 비적에게 내던졌다. 아무 것도 모르는 비적은 술항아리가 저절로 날아오는 줄 알고 혼비백산해 고함을 질렀다.

"엄마야, 귀신이다! 여기 귀신이 있다!"

비적은 고함을 지르면서 정신없이 밖으로 뛰쳐나갔다. 한데 엉켜 싸우던 사람들이 그 소리를 듣고 멈칫했다. 이어 누구라 할 것 없이 밖으로 뛰쳐나갔다. 그래도 남은 비적들은 희끄무레한 뜰에서 다시 싸움을 이어갔다. 그 사이 역영은 유삼독자 등을 제외하고도 몇 갈래의 정체 모를 세력이 더 있다는 사실을 직감한 듯 옆에 있던 호인중에게 물었다.

"호형, 이 근방에 주둔하고 있는 관군이 왔다는 소리를 못 들었소?"

호인중이 고개를 저었다.

"관군은 없을 거요. 자고로 여기는 어느 관아에서나 외면하고 싶어 하는 '내놓은' 땅이오. 그래서 관군들은 얼씬도 하지 않는다고 들었소. 흑풍애의 저것들이 내려오기 전에 염탐을 했는데 각 아문들에서도 아무런 동정이 없다고 했소. 헌데 지금 보니 저쪽에 하얀 두건을 두른 대열이 어쩐지 흑풍애를 겨누고 온 관군들인 것 같소."

역영은 호인중의 말에 충분히 일리가 있다고 생각했다. 다급히 손짓으로 키다리 중년 사내를 불렀다.

"연燕형, 보아 하니 우리가 관군의 그물에 걸린 것 같소. 내 판단이 틀림없다면 저 하얀 두건들은 우리를 견제하러 나선 자들일 거요. 틀림없이 관군의 대부대가 근방 어딘가에 매복해 있을 것이오. 서둘러 여기를 빠져 나가야겠소."

다급한 역영과는 달리 연형이라고 불린 사내는 심드렁한 표정으로 딴

청을 피웠다. 이어 한참 후 대수롭지 않게 대꾸했다.

"그래서 나더러 어떻게 하라는 말이오? 잘난 호형은 어디에다 써먹으려고 모셔놓고 비실비실한 내 등을 떠미는 거요?"

호인중은 사내의 말을 듣자 속에서 주먹만 한 것이 불끈 치밀어 올랐다. 그러나 어쩔 수 없었다. 그저 꿀꺽 마른 침만 삼켜야 했다. 그러자 역영이 다시 말했다.

"연형, 지금은 사소한 감정싸움을 할 때가 아니오. 나는 달면 삼키고 쓰면 뱉는 사람이 아니오. 연형은 서른 명을 데리고 오른쪽을 돌파하오. 나는 정면에서 치고 나갈 테니! 먼저 저자들부터 없애버려야겠소."

역영의 목소리에서 긴박감이 느껴졌다. 연씨라는 사내는 그러나 요지부동이었다.

"나는 산동 영웅들을 거느릴 자신이 없소. 두 사람을 따라다니면서 심부름이나 하라면 모를까."

호인중은 사태가 긴박하게 돌아가는 마당에 엿가락처럼 늘어지기만 하는 사내의 모습을 보고 단단히 화가 치밀었다. 뭐라고 한마디 쏘아붙이려고 했다. 그때 역영이 먼저 말했다.

"연입운燕入雲, 그래 내 명령을 거역하겠다는 얘기인가?"

호인중은 강호 바닥에서는 아직 '피라미'에 불과했다. 그래도 연입운이라는 이름을 모르지는 않았다. 그는 순간 흠칫 놀랐다. 녹림에는 워낙 영웅들이 많아 뛰는 놈 위에 나는 놈이 있는 것이 다반사였다. 그러나 연입운은 결코 껍데기 이름만 알린 평범한 인물이 아니었다. 일지화의 탈옥을 도와 강호에 이름을 떨친 협객으로 유명한 사람이었다.

'그런데 그런 자가 이렇게 속이 좁아? 앞으로 어떻게 함께 머리를 맞대고 일해야 할지 모르겠군.'

호인중이 그렇게 생각을 하는 사이 일지화 패거리는 이미 관군을 향해 서서히 다가가기 시작했다. 유삼독자의 발악 역시 극에 달했다.

"녹림의 영웅들이여, 우리는 다 같은 형제가 아닌가? 관군을 때려 없애야 살길이 나온다. 다들 덤벼라!"

고항은 계속해서 술항아리 뒤에 숨어 뼛속까지 스며드는 추위에 덜덜 떨고 있었다. 말이 사태를 관망하는 것이지 목숨을 구하기 위해 숨어있는 것이나 다름이 없었다. 그때 그의 눈에 자신을 찾아 나선 듯 여기저기 기웃거리는 황천패의 모습이 보였다. 고항은 그제야 술항아리 뒤에서 나와 모습을 드러냈다. 관군은 어느새 정연하게 대열을 갖추고 서 있었다. 황천패는 황급히 자신의 외투를 벗어 고항에게 걸쳐줬다.

정세웅은 적들이 세 갈래로 나눠 관군을 목표로 공격해오자 덜컥 겁이 났다. 사람 때려잡는 것에 이골이 난 녹림의 맹수들이 한두 명도 아니고 관군의 두 배도 더 되는 규모로 파죽지세처럼 몰려오는 데야 어찌할 방법이 없다고 생각한 것이다. 그러나 자신의 안위는 차치하더라도 고항이 털끝 하나라도 다치는 날에는 그 책임 소재가 만만치 않을 터였다. 그는 갑자기 타오르는 전의를 느꼈다. 목소리를 낮춰 황천패에게 결연한 어조로 당부했다.

"만에 하나 우리가 패해 내가 잘못 되더라도 자네는 고 대인의 신변을 끝까지 책임져야 하네."

황천패는 비감 어린 정세웅의 말에 손가락 마디를 따닥따닥 꺾으면서 분기탱천했다.

"그럴 리 없습니다. 대가리 수만 많다고 이기는 것이 아니에요. 길고 짧은 건 대봐야 아는 법입니다."

황천패는 말을 마치는 순간 갑자기 한 가지 꾀가 떠올랐다. 이어 손나팔을 한 다음 큰 소리로 외쳤다.

"들어라, 녹림 형제들아! 나는 황전패라고 한다. 강호에 이름 있는 '표창의 귀재' 황곤黃滾이 우리 아버지이시다. 그러고 보면 나도 녹림호걸의 후예가 아니냐. 도둑이나 비적으로 이 바닥에 흘러든 자들은 대부분 당장 먹고 살 길이 막막해 울며 겨자 먹기로 이 길에 들어온 사람들이 아니더냐. 너희들이 대장이라고 믿고 따르는 역영은 공공연히 조정에 반기를 들어 수배령까지 내려진 악질범이다. 하늘이 개고 태양이 비추면 언젠가는 녹아 없어질 얼음조각 같은 존재란 말이다. 너희들은 아직 모르나본데 조정에서는 일지화의 두목 역영을 생포하는 자에게 현상금으로 은자 삼만 냥을 걸었다. 이곳 얼사아문의 대인께서도 방금 말씀하셨다. 너희들 중에서 일지화를 생포하는 데 결정적인 공을 세운 자는 이제까지의 죄를 모두 면해준다고 말이다. 또 거액의 현상금을 줄 뿐 아니라 버슬도 내려주신다고 했다. 그러나 끝까지 반역자를 방조하는 자는 구족을 멸하실 거라고 하셨어. 진정 현명한 형제들이라면 도랑 치고 가재 잡는 이 절호의 기회를 놓치지 않기를 바란다. 총대를 돌려 메고 방향을 틀어라! 이자는 내가 던진 표창에 맞았으니 별로 힘을 못 쓸 것이다. 바로 지금이 기회다. 다들 덮쳐라!"

황천패의 말이 끝나자 관군을 포위하고 있던 유삼독자의 비적 무리 안에서 한바탕 혼란이 일었다. 이어 고개를 맞대고는 숙덕거리는 것도 같았다. 결국 금전의 유혹을 떨치지 못한 듯 하늘을 울릴 것 같은 함성으로 황천패의 호소에 화답했다.

"사력을 다해 일지화를 생포하라! 관군 아닌 자들은 무조건 때려죽여라! 일지화를 붙잡아 공을 세우자!"

유삼독자의 비적 무리는 순식간에 관군과 합류해 일지화 무리에게 창끝을 돌렸다. 인원이 겨우 100여 명밖에 안 되는 데다 두 갈래로 나뉘기까지 한 일지화의 무리는 그렇게 되자 독 안에 든 쥐 신세가 돼 버렸다. 무리는 갈팡질팡 헤매기 시작했다.

정세웅이 병기가 어지럽게 부딪치는 소리를 들으면서 고항에게 말했다.

"지금 당장은 일지화가 당황해 위태로운 것처럼 보입니다. 그러나 시간이 갈수록 흑풍애의 비적들이 불리해질 것 같습니다. 우리가 거들지 않아도 될까요?"

그러나 고항은 아무 대답도 하지 않고 두 눈만 유리알처럼 반짝였다. 그러다 한참 후에야 입을 열었다.

"뭘? 산에 앉아 자기네들끼리 물고 뜯고 하는 걸 구경하는 재미가 끝내주는구먼. 잠자코 조금만 더 지켜보자고!"

하지만 정세웅의 예측은 적중했다. 실력 차이가 워낙 현저했던 터라 불과 곰방대 하나 태울 만큼의 짧은 시간에 유삼독자의 무리는 열 몇 명의 잔병밖에 남지 않게 됐다. 그러자 유삼독자마저도 엉뚱하게 관군에게 놀아났다면서 크게 씨부렁대고는 장삼가를 데리고 꼬리를 빳빳이 세운 채 도망을 가 버렸다. 그러자 잔뜩 독이 오른 일지화는 노기충천해서 관군을 향해 덮쳐들었다.

고항은 애써 진정하면서 군심을 안정시키려고 했다. 하지만 관군은 낫자루에 보리이삭 쓰러지듯 비실비실 다 넘어가고 있었다. 그는 관군들의 그런 나약한 모습을 보고 그만 기가 질리고 말았다. 급기야는 마본선 집의 개구멍으로 들어가 숨어버렸다.

그는 개구멍 안에 숨어서 조심스레 밖을 내다봤다. 황천패가 일지화를 생포하려는 일념으로 필사적으로 칼을 휘두르는 모습이 눈에 들어왔다. 황천패는 네 살부터 무예를 연마해온 사람답게 혼전 속에서도 침착하게 거구의 비적 일곱 명을 처치했다. 잠시 후 그가 진검 승부를 내려는 듯 장검을 힘껏 휘두르면서 외쳤다.

"일지화! 이 요사스러운 여우 같은 년아! 감히 누구 앞에서 칼을 빼들고 설쳐? 어디 나하고 일대일로 붙어볼 용기가 있으면 나와 봐!"

"아무튼 불러주니 고맙군! 다들 물러서라. 내가 이 조정의 주구, 녹림의 쓰레기를 없애버릴 테다!"

황천패의 말이 끝나기 무섭게 어둠 속에서 이를 앙다문 역영, 아니 일지화의 말소리가 들려왔다. 사람들은 약속이나 한 듯 사방으로 뒷걸음쳐 둥그런 공터를 만들었다. 곧 어둑어둑한 별빛 아래에서 손에 쌍검을 움켜쥔 일지화와 쾌도 한 자루를 비스듬히 어깨에 걸친 황천패가 마주 섰다. 공기 중에 터질 것 같은 팽팽한 긴장감이 흘렀다. 쨍그랑! 누가 먼저 손을 썼는지는 몰라도 칼과 검이 사정없이 부딪쳤다. 동시에 불꽃이 사방에 튕겼다.

황천패는 목표물을 향해 무섭게 내리 꽂는 독수리처럼 날렵하게 허공에서 연속 회전을 했다. 그리고는 일지화를 향해 칼을 휘둘렀다. 일지화도 만만치 않았다. 마치 꽃을 밟는 선녀처럼 가벼운 몸짓으로 허공에 발판이라도 있는 양 요리조리 잘도 딛고 방어했다. 한 줄기 회오리바람처럼 행적도 종잡을 수 없었다. 옆에서 구경하는 비적들은 모두 칼잡이로 잔뼈가 굵어온 자들이었다. 그러나 두 사람의 무예를 보고는 하나같이 감탄을 금치 못했다. 사실 황천패도 일지화를 직접 만나기 전까지는 그녀에게 선입견을 가지고 있었다. 제아무리 강호를 종횡하는 거물이라고는 하나 역시 여자인지라 요술로 상대를 현혹시켜 틈새를 노리는 자일 것이라고 생각해왔던 것이다. 그래서 일지화의 요술을 방비하고자 사전에 표창과 칼을 여자 측간에 집어넣어 오물을 묻혀온 터였다. 그는 여차할 때 쓰려고 안주머니에 석회 주머니도 품고 있었다. 그러나 그녀의 무검舞劍은 용이 꿈틀거리는 듯 빈틈이 전혀 보이지 않았다. 허공에 솟구치는 몸짓은 물 찬 제비요, 검을 휘두르는 솜씨는 묘기라고밖에 할 수 없었다. 건륭이 몇 번이고 어지를 내려 생포하라고 명한 데는 다 이유가 있었다. 그만큼 그녀는 조정에 위협적인 존재였던 것이다.

싸움이 거듭될수록 황천패는 공격보다 방어를 해야 했다. 그러다보니 점점 더 지치기 시작했다. 차츰 기진맥진해가는 황천패를 의식한 듯 일지화의 공격은 갈수록 대담해졌다. 일지화가 날름대는 독사의 혀를 방불케 하는 초식으로 진격하려는 순간이었다. 황천패는 그 서슬에 자기도 모르게 뒷걸음질을 쳤다. 그예 몸을 가누지 못하고 벌러덩 엉덩방아를 찧고 말았다. 그는 자신도 모르게 "아이고!" 하는 소리를 뱉었다. 일지화는 그 소리를 듣고 단칼에 황천패를 요절낼 심산으로 온 힘을 다해 달려들었다.

위기일발의 순간이었다. 그러나 황천패는 기다렸다는 듯 벌떡 몸을 솟구치면서 석회 주머니를 꺼내 목표물을 명중시켰다. 곧바로 석회 주머니가 터지면서 삽시간에 독한 안개가 두 사람 사이를 가로막았다. 그 속에서 황천패는 한바탕 눈 먼 칼질을 해댔다. 그 찰나 "아악!" 하는 짧막한 비명과 함께 쿵! 하며 떨어지는 소리가 들렸다.

황천패는 일지화가 적어도 치명상을 입었을 것이라고 생각했다. 자연스럽게 칼도 거둬들였다. 이어 코웃음을 쳤다.

"반역자! 무기를 내려놓고 순순히 항복하지 못해?"

그러나 황천패의 말이 끝나기 무섭게 먼발치에서 소름 끼치는 웃음소리와 함께 일지화의 섬뜩한 목소리가 들려왔다.

"일지화를 그렇게도 원한다니 좋아, 한 송이 보내주지!"

황천패는 상대의 말에 어리둥절해져서 잠깐 두리번거렸다. 그 사이 그의 이마는 벌써 암기暗器의 표적이 되고 말았다. 그는 따끔한 느낌이 드는 순간 바로 그것을 뽑아내 살펴봤다. 가늘고 긴 은침銀鍼이었다. 은침의 한쪽 끝에는 매화가 새겨져 있었다. 놀라움과 분노에 뒤이어 극심한 통증과 어지럼증이 밀려왔다. 황천패는 급기야 고통을 못 이긴 채 취객처럼 몸을 비틀거렸다. 그는 그래도 가물거리는 정신을 애써 추스르려고 했다. 코앞에서 자신을 내려다보는 일지화를 향해 덮치려고도 했다. 그러나 역시 몸이 말을 듣지 않았다. 그는 결국 돌부리에 걸리듯 푹 고꾸라지고 말았다.

일지화는 길게 숨을 내쉬면서 하늘을 바라봤다. 해시가 다 된 것 같았다. 그녀는 그제야 표창에 맞은 어깨와 엉덩이에 통증이 밀려오는 것을 느꼈다. 그러나 사내 부하들이 옆에 있는 터라 상처를 살펴볼 수는 없었다. 다행히 사지를 움직일 수는 있었다. 그녀는 본능적으로 근골은 다치지 않은 것 같다는 생각을 했다. 얼마 후 그녀가 이를 악물고 고통을 참으면서 근처 바위에 비스듬히 기대앉은 채 부하들에게 명령을 내렸다.

"황천패 저 자식을 끌고 와!"

고항은 이때 일지화와 불과 몇 발자국도 떨어지지 않은 개구멍에 숨어 있었다. 일지화의 말이 바로 귓전에서 들리는 듯 생생하게 들렸다. 가슴이 쿵쾅거리면서 숨도 막혔다. 들키지 않으려고 안간힘을 쓰는 그의 귀에 잠시 후 짐짝 끄는 듯한 소리가 들려왔다. 이어 "푸우, 푸우!" 하고 입안의 물을 뿜는 소리가 들렸다. 곧이어 야유와 조롱이 섞인 일지화의 심문이 시작됐다.

"한숨 잘 잤어? 내 비녀 맛이 황홀했나 보지?"

"치사한 년, 암기로 사람을 해치다니! 나는 죽어도 패배를 시인할 수 없어!"

황천패가 마구 큰 소리를 쳤다. 일지화가 그 말에 풋 하고 웃음을 터트렸다.

"먼저 더럽고 치사하게 나온 인간이 누군데 그래? 네놈이 먼저 석회 가루를 뿌리고 표창을 날렸잖아? 조상의 이름에 먹칠을 한 바보 같은 놈아. 말해! 밖에 매복해 있는 관군이 얼마나 되느냐? 묻는 말에 제대로 불면 내가 이곳을 빠져나간 후 네 목숨만은 살려줄 것을 약조한다!"

"퉷!"

황천패가 침을 뱉으며 반항하자 일지화가 한심하다는 듯 코웃음을 쳤다.

"어허, 이놈 봐라! 방금 물을 뿌려서 독이 퍼지는 걸 잠시 억제시켰다는 것을 알아야지. 좋게 말할 때 어서 불어. 아니면 조금 있다 가렵고 저리고 아파서 지레 뒈질 거야!"

일지화의 얼굴에 잔인한 미소가 독처럼 번졌다. 황천패는 그녀의 말이 맞다고 인정하지 않을 수 없었다. 벌써부터 이가 기어 다니는 것 같은 간지러움과 불에 달군 쇠꼬챙이로 쑤시는 듯한 통증이 엄습하기 시작했던 것이다. 독침에 꼼짝없이 당했다고 생각하자 분통이 터졌다. 얼마 후 황천패가 분노와 고통으로 일그러진 험상궂은 얼굴을 들더니 간신히 일지화를 노려보면서 이를 갈았다.

"예전에 우리 황씨 가문이 옹정황제에게 귀순했다는 이유로 두이돈竇爾敦과 생철불生鐵佛이 네년의 부하들과 손잡고 우리 일가 칠십이 명을 죽였지? 큰형님의 창자를 뽑아 나뭇가지에 걸어놓고 넷째, 다섯째 숙부는 산채로 끌고 가서 불에 태워 죽였지? 잔인무도한 놈들, 내가 원수를 갚지 않고 가만히 있을 것 같아? 네년이 나를 박살내 가루째 마셔버리는 한이 있더라도 나 황천패는 신음소리 한 번 내지 않을 거야. 만약 그렇다면 나는 황씨의 후예가 아니다!"

"주둥아리는 아직 시퍼렇게 살아 있군. 차라리 빨리 죽여줬으면 좋겠지?"

일지화가 고개를 뒤로 꺾으면서 앙천대소했다. 그 사이 독성이 더 발작한 황천패는 참기 어려운 간지러움과 통증 때문에 온몸을 꼬면서 괴로워했다. 그때 일지화가 갑자기 웃음을 뚝 멈추더니 말했다.

"당장 뒈지게 생겼는데 알량한 자존심만은 지키겠다? 그래 좋아, 너 같은 무지렁이를 죽여 내 손을 더럽히느니 풀어주지. 썩 물러가!"

일지화의 말이 끝남과 동시에 그녀의 손에서 또다시 두 개의 암기가 날아왔다. 황천패는 무방비한 상태로 고스란히 공격을 당할 수밖에 없었다. 그저 일지화를 노려보면서 "이년, 이년!"을 연발할 뿐 다른 말은 한마디도 하지 못했다.

"빨리 죽고 싶어 환장한 것 같은데 어쩌지? 나는 생각이 바뀌었어. 그래도 썩 괜찮은 사내인 것 같으니 풀어줄게. 내가 방금 뿌린 것은 해독약이야. 지금쯤 통증이 다 멎었을 걸?"

황천패가 일지화의 말에 깜짝 놀라며 몸을 만져봤다. 과연 죽고 싶을 정도로 고통스럽던 느낌은 어디로 갔는지 감쪽같이 사라져버렸다.

"마음 변하기 전에 어서 가."

일지화가 도도하고 날카로운 어조로 말했다. 그녀의 두 눈에 순간 암담한 빛이 스치고 지나갔다. 그녀가 다시 입을 열었다.

"전에 내 부하들이 당신 일문에 피해를 입혔다는 사실은 방금 당신의 말을 듣고서야 알았어. 물론 내가 지시한 것은 아니었으나 내 책임도 있다고 생각한다. 가, 빨리!"

"……"

"가라고!"

황천패는 일지화가 과거의 일을 사죄하는 뜻에서 자신을 순순히 풀어줄 것이라고는 기대조차 하지 않았었다. 때문에 그저 놀랍고 황당하기만 했다. 그러나 곧 어서 떠나라고 다그치고 돌아서는 일지화의 뒷모습에 시선을 꽂은 채 조금씩 뒷걸음치면서 말했다.

"어찌 됐든 이 한 목숨 살려준 은혜는 잊지 않겠소. 허나, 오늘의 굴

욕은 내가 살아 있는 한 반드시 돌려줄 거요!"

황천패는 곧 어둠 속으로 사라졌다. 그러자 일지화는 호인중과 연입운을 불러 긴급 대책을 상의했다. 그리고는 산동성에서 꼬리를 밟힌 이상 하루빨리 이 지역을 벗어나는 것이 상책이라는 결론을 내렸다. 이어 오늘 밤 즉각 무리를 몇 패로 나누어 흩어져서 산동을 빠져나가 직예에서 다시 집합한다는 명령을 내렸다. 그러고 보면 일지화 역영도 어지간히 지친 듯했다.

고항은 그 사이 꼼짝할 수 없이 꼭 끼어버린 개구멍에서 혼절하기 직전이었다. 시간이 흐를수록 피가 통하지 않으면서 정신마저 아득해지고 있었다. 비적들이 물러가기를 기다렸다가 정세웅이 구출하러 올 때쯤이면 이미 굳어져 미라가 된 후일 것만 같았다. 더군다나 비적들의 도주 계획까지 눈앞에서 들었으니 조급함에 가슴은 터질 것만 같았다.

얼마 후 줄행랑을 치는 비적들의 발소리가 멀어져갔다. 그러는가 싶더니 갑자기 저 멀리서 "돌격!" 하고 외치는 왁자지껄한 소리가 은은하게 들려왔다. 그러나 그 향방을 가늠할 길은 없었다. 그는 잠시 고개를 내민 채 주위를 살폈다. 과연 멀리서 대부대가 파도처럼 밀려오고 있었다. 함성으로 미뤄볼 때 수천 명은 될 것 같았다. 순간 그의 두 눈이 반짝 빛났다. 유통훈이 파견한 관군의 지원병이 틀림없다는 생각이 든 것이다. 그는 마지막 남은 힘을 겨우 끌어 모아 정신없이 개구멍을 빠져나왔다. 이어 난생 처음 맡아보는 듯한 시원한 밤공기를 게걸스레 들이켰다. 그리고는 미친 듯이 고함을 질렀다.

"정세웅! 어디 있나? 일지화가 나에게 얻어맞고 도망간 지가 언젠데 여태 자라 대가리처럼 숨어 있는 거야! 우리 관군 지원병이 파죽지세로 달려오는 모습이 안 보이는가!"

정세웅은 그 사이 안뜰로 퇴각해 있다가 일지화의 선심 딕분에 겨우 목숨을 부지한 황천패와 갓 합류한 상태였다. 고항이 보이지 않아 은근히 걱정을 하고 있던 터였다. 그러던 차에 고항이 고래고래 질러대는 고함 소리가 들리자 황급히 공터로 뛰쳐나왔다.

정세웅은 사람들이 피워 올린 횃불 빛을 빌어 주위를 둘러봤다. 공터에서 손나팔을 한 채 고함을 지르는 고항이 보였다. 그의 몰골은 차마 눈 뜨고 보기 어려울 만큼 가관이었다. 머리는 삼거웃처럼 흐트러지고 앞섶과 등에 진흙같이 더덕더덕 달려 있는 오물은 지독한 구린내를 풍겼다. 황천패는 고항이 여태까지 어디서 뭘 하고 있었는지 대충 직감하고도 남았으나 짐짓 비위를 맞춰주었다.

"역시 고 대인은 독불장군이십니다. 홀로 일지화를 격퇴시키셨다니 실로 놀랍습니다."

그때 횃불을 치켜든 관군들이 기세충천한 모습으로 달려와서 바로 앞에서 대오를 정렬하기 시작했다. 이어 대장격인 천총이 날듯이 달려와 군례를 올렸다.

"하관 부용傅勇이 유통훈 대인의 명을 받고 지원을 왔습니다."

"적들은 이미 꼬리를 내리고 도망가 버렸어. 내가 격퇴시켰지!"

고항이 가슴팍을 두드리면서 의기양양하게 말하고는 덧붙였다.

"잘 왔어! 이것들이 상교桑橋를 거쳐 직예 태항산으로 도주한다고 했어. 그러니 여기서 이러고 있지 말고 어서 추격해. 무슨 수를 쓰더라도 일지화를 생포해 공을 세워야지!"

"예!"

"무슨 수를 쓰든 일지화만 생포해오면 내가 자네를 크게 키워줄 것이네. 내가 성省으로 돌아가는 대로 병사들에게 일인당 은자 열 냥씩을 상으로 내릴 거라고 전하게. 그들의 사기를 백배로 진작시키게!"

"예, 명령에 따르겠습니다!"

고항은 부용이 물러가기를 기다렸다가 마본선에게 말했다.

"밤새도록 비적과 대적하느라 수고한 사람들에게 상다리 부러지게 주안상이나 차려다 바치게. 기분이 째지는데 술이나 한잔 걸치고 폐하께 주장을 올려야지."

고항이 말을 마치고는 슬그머니 신씨를 쓸어봤다. 그러나 신씨는 마치 못 볼 것을 본 것처럼 고개를 외로 꼬았다. 그리고는 허공만 바라봤다.

4장
황은皇恩을 입는 소로자

산동 순무 악준이 '산동 포정사 고항과 산동 안찰사 정세웅이 친히 정예병을 거느리고 흑풍애의 비적을 섬멸한 전후 과정'이라는 제목으로 올린 주장은 12일 뒤에 북경에 전해졌다. 때는 중양절重陽節(음력 9월 9일)이라 절기상으로는 찬바람이 소슬한 가을이었다. 그러나 계절에 맞지 않게 벌써 열흘째 반갑지 않은 가을비가 추적추적 내리고 있었다. 마침 이날 당직은 군기대신 눌친이었다. 그는 상주문에서 요주의 인물인 일지화가 정체를 드러냈다는 내용을 접한 순간 부랴부랴 장경들에게 명령을 내려 상주문의 내용을 요약하도록 했다. 그리고는 이날 올라온 다른 급보 요약문과 함께 건청문으로 들여보냈다. 잠시 후 군기처에서 잡역을 맡은 소로자小路子가 도롱이를 걸친 채 타박타박 빗물 밟는 소리를 내면서 들어왔다.

"눌 중당, 분부하신 급보들을 올려 보냈습니다. 태감 왕신王信이 받고

증명서를 보냈습니다."

눌친은 사천성에서 보내온 군보를 읽고 있었다. 그래서인지 고개도 들지 않은 채 말했다.

"알겠네. 폐하께서 양심전에 계신지 아니면 건청문으로 거동하셨는지 여쭤보지는 않았나? 내가 폐하를 알현할 일이 있어서 그러네."

"눌 중당, 폐하께서는 지금 대인을 접견하시지 못하실 겁니다. 폐하께서는 황후마마, 민비敏妃마마, 현비賢妃마마를 대동한 채 태후마마를 뫼시고 종수궁 불당에 가셨습니다. 비를 그만 그치게 해주십사 하고 제를 지낸다고 합니다. 왕신 태감이 전하라더군요. 폐하께서는 군기처에 급한 사안이 있을 경우 오후에 양심전으로 와서 말씀드리라고 하셨다고 합니다."

소로자가 허리를 굽실거리면서 말했다. 붓을 들어 뭔가를 적으려던 눌친은 건륭이 사전에 그렇게 언급했다는 말을 전해 듣는 순간 튕기듯 일어나 대답했다.

"그리 하겠사옵니다, 폐하!"

눌친이 말을 마친 다음 책상 위에 어지럽게 널려 있는 문서들을 정리하면서 다시 분부를 내렸다.

"나는 서화문 밖의 장상 댁에 다녀올 테니 내 말을 잘 듣게. 이건 방금 올라온 소금천小金川 지역의 상첨대上瞻對와 하첨대下瞻對의 군정軍情이네. 요약본만 남기고 원본은 병부에 보내게. 병부에서 다 본 뒤에는 호부에 전해주고, 호부에다가는 이틀 후에 다시 군기처로 돌려보내라고 하게. 알겠는가?"

소로자는 알겠노라고 연신 대답을 했다. 그러자 눌친은 장화와 우비를 착용하고 서둘러 밖으로 걸음을 뗐다. 그러다 무슨 할 말이 남은 듯 갑자기 멈춰 섰다. 그리고는 물었다.

"자네, 소로자라고 했던가?"

소로자는 천자의 성총을 한 몸에 받는 고관이 돌연 자신의 미천한 이름을 물어오자 황공한 듯 몸 둘 바를 몰라 했다. 그러나 곧 정신을 차리고 황급히 대답했다.

"하관의 천한 이름을 존귀하신 혀끝에 올리시니 황감해 쥐구멍이라도 찾아들어가고 싶습니다. 소인은 건륭 원년에 양명시 총독을 따라 운남에서 북경으로 왔습니다. 군기처에서 잡역을 맡아 하면서 작년에 감생監生에 납연捐官(돈으로 관직이나 공명첩을 사는 것)을 했습니다. 올해부터는 운 좋게 이부 일까지 거들게 됐습니다. 올해는 현縣의 지방관으로……."

눌친은 필요 이상으로 수다를 떠는 소로자를 아래위로 훑어보더니 말허리를 잘랐다.

"내가 언제까지 자네 수다를 들어줘야겠나? 갑자기 궁금해져서 물었을 뿐이니 과민반응하지 말고 잘해보게."

말을 마친 눌친은 쌩하니 밖으로 나가버렸다.

"살펴 다녀오십시오."

소로자는 땅바닥에 닿을 정도로 허리를 굽혀 보이고는 뒤뚱대면서 멀어져 가는 눌친의 뒷모습을 멍하니 바라봤다. 서당개 3년이면 풍월을 읊는다고 했다. 그래서인지 북경에 온 지도 이미 4년이 된 그는 픽 노련해져 있었다. 하기야 중앙의 주요 부처에서 눈칫밥을 먹으면서 고관대작, 재상, 훈척들의 생각이나 마음을 읽는 법도 어지간히 터득했으니 그럴 만도 했다.

소로자가 겪은 고관대작들은 죄를 짓고 불행한 상황에 처한 사람들에게는 일부러 가까이 다가갔다. 더불어 따뜻한 말 한마디라도 건네주고 관심을 보여주었다. 그러나 반대로 곧 승진을 하게 됐거나 좋은 일을 앞둔 사람 앞에서는 개 닭 보듯 하면서 외면하거나 어쭙잖은 일에도 꼬투리를 잡아 크게 훈계를 하기 일쑤였다. 그러고 보니 갈 길 바쁜 눌친이 갑자기 자신에게 관심을 보였다는 사실이 어쩐지 석연치가 않았다. 혹시라도 장정옥이 애지중지하던 제자 양명시의 천거를 받아 군기처에서 일하게 된 사람이라고 한번 건드려 본 것은 아닐까 하고 대수롭지 않게 생각하며 불안한 마음을 누르려고도 했다. 그것도 영 틀린 생각은 아닐 수 있었다. 눌친과 악이태는 만주족 관리들의 대변인인 반면 장정옥은 한족들과 한 배를 탄 사람이라 두 사람 사이에 알게 모르게 알력이 많았던 것이다. 그러나 다시 생각해보면 그것도 아닌 것 같았다. 그동안 눈치가 빠른 덕분에 얼음 위에 말똥 굴러가듯 나름대로 그 어느 대신에게도 미운 털 박히지 않고 무난히 지내온 사람이 자신이라는 생각이 들었던 탓이다.

소로자는 흘러내리는 콧물을 후루룩 들이마시면서 겨우 마음을 추슬렀다. 그리고는 눌친이 분부한 서류를 안고 돌아서려고 했다. 바로 그때 갑자기 키가 껑충 큰 관리 한 명이 성큼 들어섰다. 그가 삿갓을 벗고 방 안을 두리번거리더니 물었다.

"눌 중당은 자리에 안 계시나?"

바깥 날씨는 어두웠다. 게다가 사내는 촛불을 등지고 있었다. 그러다 보니 얼굴을 알아볼 수가 없었다. 소로자는 눈을 좁힌 채 천천히 그를 뜯어봤다. 사내는 설안雪雁 보복을 입고 관모에 청금석青金石 정자를 드리운 모습을 하고 있었다. 얼굴은 약간 각이 지고 안색은 파리했다. 머리에서는 빗물이 뚝뚝 떨어지고 있었다. 소로자는 신색이 초라한 사내를 한참 눈여겨본 다음에야 무릎을 탁 치면서 반색했다.

"아니 늑민 대인이 여기는 어떻게……? 호광도대湖廣道(호남, 호북의 형벌 관련 업무를 맡는 도찰원都察院의 관리)로 발령이 났다고 들었는데요. 북경에는 언제 오셨어요?"

늑민 역시 그제야 소로자를 알아보고는 피곤이 잔뜩 묻어나는 얼굴에 미소를 띠웠다.

"그래서 왔네. 외지로 떠나기에 앞서 폐하를 알현하고 사은을 표하기로 돼 있었네. 그런데 이상하게 폐하께서 다른 도대道臺들은 일괄 접견하시면서 나에게는 단독으로 패찰을 건네라고 하시지 뭔가. 당황한 김에 눌친 중당께 가르침을 받고자 왔네."

늑민의 말을 듣고 난 소로자가 말했다.

"그러면 온돌에 잠깐 올라와 한숨 돌리고 계셔요. 지금 여기서는 중당, 군기처 장경, 군기처 행주行走 다음으로 제가 제일 세요. 그러니 제 말을 들으셔도 됩니다. 눌 중당께서는 방금 장상 댁으로 걸음 하셨으니 한 시간 안에는 못 돌아오실 거예요. 이렇게 비가 많이 내리니 여기 앉아 몸이나 녹이시면서 기다리세요."

"고맙네."

늑민이 빙그레 웃으면서 소로자가 건네는 찻잔을 받았다. 이어 한 모금 마셔 입을 축이고는 어두운 하늘을 그윽하게 바라보면서 물었다.

"연청 대인은 산동으로 내려가셨다고 들었는데, 혹시 언제 귀경하시는지 알고 있나?"

늑민의 말이 채 끝나기도 전이었다. 또 다른 젊은 관리가 빗물을 흩뿌리면서 들어섰다. 소로자는 그에게도 황급히 자리를 내주면서 웃는 얼굴로 말했다.

"평소 같으면 허락 없이는 여기에 들어올 수 없습니다. 그러나 비가 오거나 너무 추운 날에는 안으로 들게 해도 된다는 폐하의 지시가 계셨어요. 다만 온돌 이쪽으로 가까이 오지만 않으면 되니 아무 데나 편한 곳에 자리를 하시죠."

소로자가 말을 마치고는 차 한 잔을 따라 젊은 관리에게 건넸다. 이어 늑민의 물음에 대답했다.

"오늘 연청 대인의 주장이 날아온 걸 보면 하관의 소견으로는 사나흘 이내에는 귀경하기 힘들지 않나 싶어요. 자고로 '산동의 마적, 하북의 도둑'이라는 말이 있듯 산동성 사람들이 오죽 드세야 말이죠. 아마 그곳에서 일 처리하기가 내리막에서 수레 밀듯 그렇게 수월하지는 않을 거예요. 우리 대청에 연청 대인 같은 분이 더도 말고 스무 명만 더 있다면 얼마나 좋을까요. 그들을 한 개 성에 한 명씩만 파견해도 비적이 끓고 난리가 나는 일은 없을 것 아니에요?"

늑민은 연신 혀를 차는 소로자의 모습을 바라보면서 다문 입꼬리를 약간 올리며 웃었다. 그리고는 한참 후 다시 물었다.

"들리는 소문에는 자네도 지현 후보라고 하던데, 곧 발령이 날 거라고 하는 것 같더군."

소로자는 차를 끓인다, 화로에 숯을 집어넣는다, 입김으로 불을 지핀다 하면서 잠시도 엉덩이 붙일 틈 없이 바쁘게 움직였다. 그럼에도 늑민의 질문에 대답하는 것은 잊지 않았다.

"평생 여기에 빈대처럼 붙어 있어봤자 해 뜰 날이 올 것 같지 않아서요. 그럴 바에는 차라리 문관이든 무관이든 조그만 자리라도 따내서 살림을 나는 것이 조상님 뵙기에도 좋지 않겠어요?"

늑민이 소로자의 말에 가볍게 면박을 주었다.

"자네는 벼슬을 너무 쉽게 생각하는 것 같군. 벼슬이라는 것이 그저 아랫사람에게 삿대질하며 호통을 치거나 윗선에 굽실거리면서 아부하는 것이라면 원숭이라도 벼슬을 하려고 들지 않겠나? 그렇게 머리에 붙는 정자가 붉으면 뭘 하겠나? 조상들은 체통이 구겨진다고 절도 안 받으려 하실 텐데."

그러자 소로자가 말을 받았다.

"저도 그런 생각을 하지 않은 것은 아닙니다. 허나 여기에서 몇 해 동안 어깨너머로 훔쳐보고 귀동냥한 바에 의하면 메뚜기도 한 철이라는 말이 틀린 말은 아닌 것 같아요. 시골에서 땡볕을 이고 콩밭 매는 것이 전부였던 조상을 둔 이 사람이 감히 세 치 혓바닥에 올리기 황송하기는 하나 악동미(악종기) 장군을 보세요. 불세출의 무장 아닌가요? 그럼에도 한번 삐끗해서 실수했다고 그 많은 공적이 흔적도 없이 사라지고 말았어요. 반면 잘못은 집채처럼 쌓였죠. 그러니 그 집 도련님 악 중승(악준)까지도 기를 못 펴고 살잖아요. 그리고 늑민 대인도 아시겠지만 조설근 선생도 보세요. 부항 중당도 흠모해 마지않는 문학의 귀재인데 지난번에 가보니 멀건 옥수수죽에 소금에 절인 짠지쪼가리로 근근이 먹고 살더라고요. 이게 가당키나 한 소리예요? 조상 때는 얼마나 어마어마했던 사람들인데!"

소로자의 말이 끝나기 무섭게 문어귀에 앉아 부채를 만지작거리면서 빗방울이 떨어지는 바깥을 내다보던 젊은이가 급기야 고개를 돌리더니 참견을 하기 시작했다.

"악 중승은 산동 순무 자리에 버젓이 앉아 있는 거 아닙니까? 조정에서 달리 처벌한 것도 아닌데, 어찌 그리 불쌍하다고 하는 겁니까?"

소로자가 히죽 웃으면서 젊은이의 찻잔에 차를 따르면서 대답했다.

"그건 뭘 몰라서 하는 소리예요. 이부에서 지방관 실적을 평가할 때 원래 악 중승에 대한 평가는 '탁월함'이었어요. 들리는 소문에 곧 호광 총독으로 발령이 난다고도 했죠. 그런데 악동미 장군이 실족한 후 악 중승에 대한 평가가 '평범함'으로 강등됐다는 것 아닙니까. 삼천리 밖으로 유배 보내는 것만 처벌이 아니죠. 이런 식으로 하는 것이 더 심한 경우가 아닐까요? 한 사람이 권세를 얻으면 그 집의 개와 닭도 승천한다고 했어요. 반대의 경우에는 한 사람으로 인해 가문 일족이 화를 입는 것이 관가의 생리 아닐까요?"

소로자의 말에 청년이 호탕한 웃음을 터트렸다.

"한 사람이 권세를 얻으면 개와 닭도 승천한다? 말 잘했군요. 그렇다면 그대 가문에서는 누가 '권세'를 얻었나요? 그대도 따라서 승천할 수 있는 건가요?"

늑민이 청년에게 시선을 돌렸다. 거침없이 크게 웃고 말하는 모습이 어딘가 예사롭지 않았다.

'군기처와 같은 주요 부처에서는 소리 죽여 말하고 조신하게 행동하는 것이 당연한 일 아닌가? 이는 삼척동자도 아는 이치인데, 이 사람은 과연 누구이기에 이다지도 간이 부었다는 말인가?'

늑민은 그런 생각을 하면서 다시 한 번 찬찬히 청년을 바라봤다. 은은하고 고급스러운 남색 비단 장포에 자주색 양가죽 조끼를 받쳐 입은 모습이 멋스럽고 점잖아 보였다. 물결이 잔잔한 밤 호수를 방불케 하는 까만 눈동자는 귀티 나는 그 얼굴에 광채를 더해주고 있었다. 어디서 봤더라? 틀림없이 눈에 익은데? 늑민은 눈을 지그시 감고 잠시 생각을 더듬었다. 그러나 어디에서 봤는지 잘 생각이 나지 않았다. 소로자 역시 청년의 내력이 대단히 궁금했으나 아예 관심을 끄고 자신의 유일한 재산인 과거사를 구구절절 나열하기에 바빴다. 우선 누추한 객잔에서 심부름꾼으로 일하다가 우연하게 하로형의 피살 장면을 목격한 일부터 털어놓았다. 이어 죄가 두려워 타지로 도망갔다가 양명시를 만나 북경으로 따라온 일, 군기처에 정착하게 된 일 같은 파란만장한 과거사도 입에 올렸다. 마지막에는 짧은 쇠막대기 하나 없이 고난을 헤쳐 오느라 이만저만 고생한 것이 아니라는 말까지 덧붙였다. 젊은 관리는 소로자의 다사다난했던 과거에 공감한 듯 연신 머리를 끄덕이면서 물었다.

"말대로라면 이제 곧 외지로 발령이 날 텐데 장래에 대한 설계는 해 봤습니까?"

소로자는 잠시 말을 쉬는 사이 젊은 관리의 허리띠에 시선을 보냈다. 밝은 황금색이었다. 황실 자제일 가능성이 높았다. 그는 그렇게 지레짐작하고는 황급히 대답했다.

"글쎄요. 일단 소임에 충실해야 하는 것은 두말하면 잔소리겠죠. 허나 저는 큰 욕심은 없습니다. 천하가 태평하고 군주께서 성명하시오니 검은 재물을 탐하지 않고 제가 할 일만 잘하면 된다고 생각합니다. 백성들을 위해 다리를 놓거나 제방을 쌓는 등 실질적인 도움을 주면서 더불어 사는 게 하관의 소박한 꿈입니다. 하로형 도대는 철두철미한 청백리였죠. 그러나 그분처럼 살려면 너무 힘들 것 같습니다. 그리고 유연청 대인은 하늘의 별이 인간의 몸을 빌려 내려오신 분이니 저 같은 놈은 백년이 넘도록 노력해도 그분의 발바닥도 따라가지 못할 겁니다. 하관은 그저 맡은 지역의 백성들을 두루 어루만지면서 안정적으로 사는 것으로 만족하렵니다. 사내놈이 큰 뜻이 없다고 웃지 않으셨으면 좋겠습니다."

청년이 소로자의 말에 싱긋 웃었다. 이어 천천히 다시 입을 열었다.

"그럴 리가요? 자신이 들어가고 나갈 때를 알고 개구멍일지라도 제자리라면서 찾아들 줄 아는 사람도 흔치는 않아요. 그대 이름이 어떻게 됩니까?"

"다들 소로자라 부릅니다. 본명은 초류肖六입니다."

소로자가 헤헤 웃으면서 대답했다. 이어 늘민과 청년의 식은 찻잔에 따끈한 차를 더 따라주면서 되물었다.

"나리는 예사 사람이 아닌 것 같은데, 존함을 여쭤 봐도 되겠습니까?"

청년이 잠시 멈칫했다. 그 사이 스물 여남은 살 가량 돼 보이는 젊은 무관이 빠른 걸음으로 들어왔다. 이어 우비를 벗어 소로자에게 던져주고는 말했다.

"방 안에 들어오니 훈훈한 김이 돌아 살 것 같군. 그런데 눌 중당은 자리에 안 계시네?"

"아! 아계阿桂 대인, 걸음 하셨습니까!"

소로자가 부랴부랴 예를 갖춰 아계에게 인사를 올렸다. 그리고는 다시 반색을 했다.

"눌 중당께서는 잠시 장상 댁에 다니러 가셨습니다. 아이고 이를 어쩌나, 우비를 입으셨는데도 옷이 흠뻑 젖으셨네요. 막 끓인 홍차인데 이거라도 한잔 드십시오. 하온데 대인, 소인이 사천으로 발령이 날 수도 있다는 거 아직 모르시죠? 장광사 장군이 발만 한번 굴러도 사천은 물론 호광까지도 지진이 일어난다고 들었습니다. 소인 같은 무지렁이는 근처에 얼씬도 못할 게 뻔하니 이를 어쩌면 좋습니까? 소인이 장 대장군의 방구 냄새라도 맡아볼 수 있게 대인께서 좀 밀어주시면 안 될까요?"

"원숭이 새끼 같으니라고. 높은 가지를 바라보고 오르려는 건 여전하군. 모두 자기가 하기 나름이니 그런 청탁은 하지 않는 것만 못해."

아계가 꾸중하듯 말하고는 찻잔에 얼굴을 묻었다. 이어 두어 모금 마시고 찻잔을 내려놓았다. 그리고는 어둠을 등지고 앉은 청년에게 시선을 보냈다. 순간 그가 흠칫하면서 몸을 떨었다. 설마? 하면서 고개를 가볍게 젓고 눈을 다시 비비는 아계를 향해 젊은이가 웃음기 가득한 어투로 말했다.

"그래, 짐이네! 뭘 그리 뜯어보나!"

마른하늘의 천둥소리가 이보다 더 놀라우랴. 방 안의 사람들은 모두 사색이 돼 그 자리에 굳어버리고 말았다. 아계는 벼락 맞은 통나무처럼 쿵! 하고 무너지면서 죽어라고 이마를 찧었다. 쿵! 쿵! 소리가 나도록 머리를 조아리는 그의 입에서 다급한 소리가 흘러나왔다.

"신이 눈이 삐어 폐하를 알아보지 못했사옵니다, 죽을죄를 지었사옵니다! 방 안이 어두운 탓도 있사오나 설마하니 폐하께서 여기 계실 줄은 꿈에도 몰랐사옵니다……."

늑민과 소로자 역시 죽어라 머리를 조아릴 뿐이었다.

"그만들 하고 일어나게."

건륭이 온돌로 올라가 다리를 포개고 앉았다. 그리고는 천천히 말을 이었다.

"짐이 궁중에 살고 있지만 짐의 얼굴을 모르는 태감들도 태반이라네. 그러니 자네들이 무슨 죄인가!"

건륭이 손으로 재계패齋戒牌를 만지작거리면서 그리 기분이 나쁘지 않은 듯 비 내리는 창밖을 한참 내다봤다. 좌중의 사람들은 그가 아무 말도 하지 않자 감히 입도 벙긋하지 못했다. 그렇게 등을 구부린 채 숨죽이고 서 있는 사람들의 귓전에 빗소리가 파도소리처럼 들려왔다. 건륭은 그런 무거운 침묵이 한참 흐른 다음에야 천천히 입을 열었다.

"종수궁에서 오는 길에 들렀네. 사실 짐은 비나 눈이 내리는 날을 좋아하지. 눈이 얼얼해질 정도로 주장을 읽고 머리가 터질 정도로 신하들과 의사議事를 하고 나서 밖에 나왔을 때 더운 이마에 내려앉는 찬 빗방울이 얼마나 시원하고 고마운지 모른다네. 헌데 이번 비는 너무 많이 내려 걱정이네. 농민들이 애써 가꾼 작물이 피해를 입을까 발을 뻗고 잠을 잘 수가 있어야지."

아계는 눈치가 빠르기로 소문난 사람이었다. 건륭의 말속에 평범한 내용과는 다른 깊은 뜻이 숨어 있다는 것을 눈치챘다. 하지만 딱 꼬집어 이것이라고 할 수는 없었다. 그가 잠시 생각하더니 아뢰었다.

"소인도 문관 시절에는 비나 눈이 내리는 날을 유난히 좋아했었사옵니다. 하오나 무관인 참장이 된 후 작년 가을에 칠백 명의 병사를 이끌

고 전쟁터로 나갔다가 빗길에 호되게 혼이 나고부터는 풍류니 시흥이니
하는 따위에는 흥미를 싹 잃고 말았사옵니다."

건륭이 아계의 말에 웃음을 지어보였다.

"그래서 처한 상황이 달라지면 생각도 바뀐다고 하지 않는가. 시흥 애
기가 나왔으니 하는 말인데, 태평한 나날이 이어지니 시문에 능한 문재
는 느는 반면 총대 메고 전쟁터를 종횡무진 누빌 수 있는 무장은 등불
을 밝히고 다녀도 찾기 어려운 실정이네. 문무를 겸비한 인재는 더더욱
드물고 귀하지."

건륭의 말을 듣고 아계가 다시 아뢰었다.

"인재는 발굴하고 키우기 나름이라 사료되옵니다. 모든 것은 군주의
일념에 달린 것이 아니겠사옵니까? 문무를 겸비한 인재의 표상으로 부
항이 있지 않사옵니까? 그리고 문신은 대학사인 경복慶復, 무관은 대장
군 장광사가 든든하지 않사옵니까? 고항도 요즘 '제 이의 부항'으로 불
릴 정도로 유명해졌사옵니다. 듣자 하니 산동에서 유삼독자의 일천 명
비적을 깡그리 소탕했다 하옵니다. 폐하께서 인재를 갈구하시는 한 '백
락'伯樂(주周나라 때 사람으로 천리마를 알아보는 혜안을 지닌 사람으로 유명
함)을 향해 달려오는 천리마는 반드시 있을 것이옵니다."

그러나 건륭은 고개를 저었다. 동시에 한숨을 내쉬었다.

"말처럼 쉬운 것이 어디 있겠나? 다들 짐의 비위를 맞추려고 입에 침
을 바르고 말하는 것을 짐이 모를 것 같은가? 장광사는 선제께서 키우
신 무장으로서 그 진가를 발휘하고 있지. 그리고 부항이 믿음직한 것도
사실이네. 나머지는 말짱 헛것이야. 짐이 알기로 유삼독자는 도망치다
가 풍한風寒을 만나 병사했다고 하네. 그자의 부하가 공로를 탐내 그자
의 수급을 고항에게 갖다 바친 걸로 알고 있네. 일지화와 연입운은 입
질을 하네 마네 하다가 결국 다 도망가 버렸지 않은가. 사람 약만 산뜩

올려준 셈이지. 물론 고항이 일지화와 정면대결하고 그 행방을 끝까지 추적하려고 한 것은 칭찬받아 마땅하지만 말일세."

건륭이 말을 마치고는 늑민을 향해 물었다.

"호광 지역으로 발령이 난 지 얼마 안 된 것으로 알고 있는데, 어쩌면 짐을 몰라볼 수 있다는 말인가?"

"망극하옵니다, 폐하!"

늑민은 건륭의 말을 귀담아 듣던 중 불현듯 말끝이 자신에게 향하자 깜짝 놀랐다. 잔뜩 구부린 허리를 새우처럼 더 구부리면서 정색한 표정을 한 채 대답했다.

"신은 남경 해관도海關道로 있다가 호광 지역으로 전근된 지 이제 겨우 삼 개월밖에 되지 않았사옵니다. 아직 채 처리하지 못한 사안이 몇 가지 남아 있는데 다시 사천성 양대糧臺로 발령이 났사옵니다. 부임지로 떠나기 전 폐하의 훈육을 청하고자 북경에 온 것이옵니다. 소신은 운 좋게 폐하를 두 번 알현하기는 했사옵니다. 그러나 당시 여러 명이 함께 한 자리였을 뿐 아니라 폐하의 준엄하신 가르침에만 귀를 기울이다 보니 감히 용안을 바로 뵈올 수 없었사옵니다. 그래서 오늘 같은 불찰이 생긴 것 같사옵니다. 깊이 반성하오니 부디 폐하의 용서를 비옵니다!"

"그게 무슨 죄라고 용서를 비는가!"

건륭이 넉넉한 미소를 지어 보였다. 이어 천천히 온돌에서 내려와 방 안을 거닐면서 잿빛 하늘에 시선을 고정시키더니 지나가는 말처럼 물었다.

"그러면 경은 어찌해서 갑자기 호광을 떠나게 됐는지 알고 있는가?"

"잘 모르겠사옵니다, 폐하."

건륭이 고개를 끄덕였다. 그리고는 방금 전보다 다소 침울해진 어조로 말을 이었다.

"지난 구월 예부에서 제안이 들어왔었네. 선대 신하들 중에서 억울한 누명을 쓰고 죽은 신하들의 명예를 회복시켜 주십사 하는 내용이었지. 자네 부친 이름이 늑영선勒英善이지? 옹정 육 년에 집을 차압당하고 파직을 당했던 그 늑영선 맞지? 그래서 짐이 생각난 김에 물었다네. 호광도로 있는 늑민이 늑영선의 아들이 아니냐고 말일세. 그렇다고 하더군. 어찌 됐든 자네 선친이 순무로 있던 곳이 호광이고, 실족해서 몰락한 곳도 호광이 아닌가? 그래서 자네가 그곳에 있는 것이 부적절하다고 판단해 그리 조처한 거네."

건륭의 입에서 늑영선이라는 이름이 거론되기 무섭게 늑민의 얼굴은 순식간에 땀범벅이 됐다. 곧 늑민이 땅에 납작 엎드려 머리를 조아리면서 간곡히 호소했다.

"성명하신 폐하께서는 통촉해 주시옵소서. 이 늑민 역시 기인旗人이옵니다. 총각總角(상투를 틀지 않은 남자, 결혼하지 않은 남자) 때부터 성인들의 가르침을 받고 책을 읽어 바른 이치를 깨달으려고 노력해 왔사옵니다. 그러니 어찌 선대의 원한을 가슴에 품는 어리석음을 범할 수 있겠사옵니까? 폐하께서 친히 간택해주신 은혜는 이 한 목숨 다할 때까지 갚아도 다 못 갚을 것이옵니다. 신은 오직 폐하의 말과 소가 돼 본분에 충실하고 선친의 과오를 조금이나마 갚아나가는 것이 신하이자 자식된 도리라고 생각하옵니다, 폐하!"

건륭이 입술을 빨면서 흡족해했다.

"일어나게! 자네의 각오가 그러니 짐도 더 이상 말하지 않겠네. 자네의 행실이 대쪽같이 바르다는 칭찬도 심심찮게 들리더군. 이런 자리에서 우연히 짐을 만난 것도 자네의 복이라고 하겠네. 사천에 가서 장광사의 손발이 돼 잘 움직여 주리라 믿네. 자네와 아계 두 사람은 조정의 때가 아직 묻지 않은 만큼 조정에서도 각별히 관심을 보일 것이네."

건륭이 말을 마치더니 갑자기 고개를 틀어 소로자에게 물었다.

"자네 이름이 뭐라고 했지?"

"소로자라고 하옵니다!"

건륭이 말을 이었다.

"소로자……, 썩 거북한 이름은 아니나 우아함과는 거리가 멀군. 아무래도 자네는 본명을 쓰는 게 낫겠네. 자네 본명이 초륙肖六이라고 했지? 이제부터는 초로肖路라는 이름을 쓰게. 어쩌다 보니 여기는 모두 사천으로 가는 사람들만 모였군. 아무튼 사천의 최대 현안은 대금천과 소금천 지역의 난을 평정해 그곳의 안정을 도모하는 일이네. 열혈남아라면 큰 공을 세워 공명을 얻을 수 있는 최고의 기회가 아니겠나? 장군과 재상이라고 피에 따로 금싸라기가 든 것이 아니네. 장상將相이 되느냐 아니면 졸부拙夫가 되느냐 하는 것은 모두 자기하기 나름이다 이 말이네. 무슨 말인지 알겠는가?"

"알겠사옵니다, 폐하!"

"내가 지켜볼 것이네. 군주에게 충성하는 자의 첫째 덕목은 군주를 기만하지 않는 것이네. 아부를 일삼아 군주의 시야를 흙탕물로 가리지 않고 자신의 부족한 점을 일부러 은폐하지 않아야 하네. 재주와 능력이 모자라는 건 강철을 단련하듯 담금질해 키우면 되나 마음보가 비뚤어진 자는 약도 없다네."

건륭이 훈계조로 말했다. 얼굴에서는 어느덧 미소가 사라지고 있었다.

"폐하의 훈육을 가슴속에 깊이 새기겠사옵니다!"

세 사람은 일제히 머리를 조아리면서 외쳤다. 건륭은 더 이상 입을 열지 않고 그들을 지나 문어귀로 걸어갔다. 그러자 줄곧 밖에서 기다리고 있던 왕충과 복효 두 태감이 우비와 장화를 껴안은 채 부랴부랴 달려왔다. 건륭은 우비 대신 외투를 걸쳤다. 이어 복효에게 뒤에서 우산을 받쳐 들라고 명하고는 빗길을 나섰다. 순간 빗물을 머금은 한줄기 회오리바람이 아직도 따스한 건륭의 얼굴을 강타했다. 순간 건륭은 흠칫 몸을 떨었다. 무시로 건륭의 신색을 살피던 왕충이 조심조심 아뢰었다.

"폐하의 산책은 정무의 연장인 것 같사옵니다. 조금 뒤면 저녁 수라 드실 시간이옵니다. 눌 중당은 필히 무슨 요긴한 일로 장상 댁에 발목이 잡힌 것 같사옵니다. 폐하께서 급히 접견하실 예정이시라면 소인이 달려갔다 오겠사옵니다."

"자네 언제부터 이리 수다스러워졌나? 자네는 짐의 의식기거만 빼고는 입도 뻥긋해서는 안 된다는 말을 벌써 잊었는가? 겁대가리 없는 놈, 자네 대장 고대용이 겁도 없이 아무 소리나 해도 된다고 그렇게 일러 주던가?"

건륭이 눈을 부릅뜨면서 왕충을 힐끗 쳐다봤다. 왕충은 자기 딴에는 다듬고 다듬어 조심스레 한 말이 건륭의 심기를 건드릴 줄은 미처 생각하지 못했다. 놀란 그는 급기야 "털썩!" 하는 소리와 함께 빗물에 무릎을 꿇었다. 이어 안색이 파리하게 질린 채 죽어라 머리를 조아렸다.

"요놈의 입이 방정이옵니다. 두 번 다시 더러운 주둥아리를 마음대로 놀리지 않도록 조심 또 조심하겠사옵니다. 한 번만 용서해주시옵소서……."

건륭이 눈을 가늘게 좁혀 은실 같은 가랑비를 바라보면서 내뱉었다.

"잘못을 범했으면 죄를 물어야 마땅하지 어찌 그대로 덮어둔다는 말인가? 양심전 태감들 중에서는 고대용 다음으로 자네가 연장자야. 자네의 죄를 묻지 않고 어찌 다수를 다스릴 수 있겠는가? 마땅히 죽을죄에 해당하나 평소에 지극 정성으로 시중들었던 점을 감안해 큰 벌은 내리지 않겠네. 양심전 밖에서 사흘 동안 석고대죄하고 따귀 백 대를 때리도록 하라. 그것으로 가볍게 벌하겠노라. 그리 알고 그만 물러가라!"

아계를 비롯해 늑민, 초로(소로자)는 건륭을 배웅하기 위해 무릎을 꿇었다. 곧 조심해서 걸음을 하시라고 인사도 해야 했다. 그러나 건륭의 서슬에 기가 질려 숨 한 번 크게 내쉬지 못했다.

건륭은 왕충에게 벌을 내리자 기분이 언짢아졌다. 양심전으로 돌아가고 싶은 마음도 싹 사라지고 말았다. 그러나 어디로든 가기는 가야 했다. 그가 빗속에서 잠시 망설인 것도 그 때문이었다. 얼마 후 그는 발걸음을 돌려 융종문으로 향했다. 태감 복효가 부랴부랴 우산을 받쳐 들고 따라 나섰다. 느렸다 빨랐다 하는 건륭의 발걸음에 맞춰 우산을 받쳐 드느라 진땀을 빼면서 걸어가는 뒷모습이 무척이나 애처로웠다. 한편으로는 뒤뚱거리는 오리처럼 우스꽝스럽기도 했다.

건륭이 움직이자 당연히 건청궁으로 돌아가겠거니 생각하고 영항 입구에서 대기 중이던 색륜 등 몇몇 시위들은 말없이 눈짓을 주고받고는 그를 따라나섰다. 그러나 건륭은 자녕궁의 태후에게 문후 올리러 갈 것이라는 사람들의 예상과는 달리 융종문에서 서쪽으로 꺾지 않았다. 대신 숭루崇樓와 석익문石翼門, 홍의각弘義閣을 유유히 지나 무영전武英殿에서 서쪽으로 돌아서고 있었다. 그런 행보로 보아 출궁하려는 것 같기도 했다. 아버지 낭심狼瞫을 닮아 눈치가 빠른 시위 색륜이 황급히 태감 한 명을 부르더니 조용히 귀엣말로 지시했다.

"폐하께서 출궁하시려는 모양이야. 건청궁 시위총관에게 이를 알리고 순천부 사람들에게 먼발치에서 따르도록 하라고 이르게!"

색륜은 말을 마치고는 다시 빠른 걸음으로 건륭을 뒤따라갔다. 그런데 건륭은 서화문을 나선 후 돌사자 옆에서 멈칫했다. 접견을 기다리는 관리들의 대기처가 평상시와는 달리 휑뎅그렁한 것이 이상했던 것이다. 곧이어 자못 의아해하는 표정을 한 채 태감 복효에게 물었다.

"날이 어두워지려면 아직 멀었는데, 어찌 여기는 차례를 기다리는 사람이 하나도 없는가?"

복효가 아뢰었다.

"이렇게 음산한 날씨에 밖에서 기다리느니 직접 장상과 악상 댁으로 찾아가는 것이 더 낫다고 생각한 것 같사옵니다. 두 재상은 폐하께서 자택에서 정무를 볼 수 있도록 윤허하시지 않았사옵니까. 그러니 폐하의 어비와 관련된 사안이 아닌 이상 자질구레한 정무는 모두 댁에서 보기로 합의를 본 모양이옵니다. 요즘은 악 중당이 병석에 계시니 장상이 곱절이나 더 바쁠 것이옵니다."

건륭은 알겠노라고 짤막하게 대답하고는 천천히 계단을 내려섰다. 이어 서화문 맞은편에 위치한 장정옥의 자택을 향해 걸으면서 다시 물었다.

"듣기로는 장상 쪽에는 한족 관리들, 악이태에게는 만주족 관리들이 많이 들락거린다던데 그게 과연 사실인가?"

복효가 조심스레 아뢰었다.

"황공하오나 소인은 금시초문이옵니다. 하오나 장상을 찾는 사람들이 악이태 중당의 문전을 드나드는 사람보다 갑절 더 많은 것은 사실이옵니다. 하기야 세 조대의 원로대신이시니 문생이 천하에 널리지 않았겠사옵니까. 장상과 인맥을 겨룰 수 있는 사람은 없다고 생각되옵니다."

건륭은 복효의 말을 듣는 둥 마는 둥 하며 계속 앞으로 걸었다. 곧 장정옥의 집 앞에 다다랐다.

장정옥의 관저는 원래 옛 제화문齊化門 밖에 있었다. 강희황제로부터 하사받은 저택으로 널찍하고 고풍스러웠다. 때문에 눈독을 들이는 사람이 한둘이 아니었다. 더구나 앞뜰과 뒤뜰의 녹지 면적 같은 경우에는 오륙십 무畝(1무는 약 100평)는 충분히 되는 연병장 같은 곳인 탓에 황실 사람들까지 욕심을 낼 정도였다. 그러나 그의 관저를 선드릴 수는 없었다. 그런 그에게 옹정은 즉위한 다음 서화문 밖에 마당이 세 개인 이 사합원 한 채를 또 하사했다. 장정옥의 거동이 불편한 점을 배려해서였다. 이곳은 원래 태의원 의생들이 내정의 부름을 받고 대기하던 곳이었다. 지방에서 올라와 접견을 기다리는 관리들과 집이 대내에서 멀리 떨어진 경관들이 잠시 머물러가던 곳이기도 했다. 장정옥이 옮겨온 뒤 태의원은 다른 곳으로 옮겨가야 했다.

장정옥의 집을 지키는 문지기들은 내무부에서 파견한 태감 일색이었다. 역시 옹정이 저택과 함께 하사한 사람들이었다. 문지기 태감들은 평소에 자주 보던 복효와 친한 듯 스스럼없이 농담을 주고받았다.

"오늘은 꼬리를 많이 달고 오지 않았네? 설마 어지를 전하러 온 건 아니겠지?"

"이 어르신께서 장상을 뵈러 왔소. 어지도 계시고."

그러나 복효는 평소처럼 그들과 농담을 주고받으면서 늑장 부릴 입장이 아니었다. 곧 다그쳐 물었다.

"장상은 안에 계신가?"

그러자 태감 한 명이 건륭을 힐끔 쳐다보더니 대꾸했다.

"오늘은 어째 평소 같지 않구먼. 나를 따라오시게. 장상은 청우헌聽雨軒에서 여러 대인들과 의사議事 중이시네!"

건륭은 바로 대문 안으로 들어섰다. 곧 북쪽에 있는 커다란 화청花廳이 한눈에 들어왔다. 바람이 찬데도 창문이 활짝 열려 있었다. 건륭은 그 안에 옹기종기 모여 있는 머릿수를 대충 세어봤다. 족히 수십 명은 될 것 같았다. 건륭은 더욱 자세히 그들을 살폈다. 의관을 정제하고 그런 듯 앉아 있는 사람이 있는가 하면 귀엣말로 속닥대면서 낄낄 웃는 관리들도 있었다. 담배 연기가 자욱한 가운데 사람들의 떠드는 소리가 시끄러웠다. 귓전이 어지러울 지경이었다. 건륭이 태감에게 물었다.

"무슨 사람이 이리도 많은가? 연회중인가?"

태감은 본능적으로 눈앞의 젊은이가 평범한 사람이 아닐 거라고 짐작하고 있었다. 그 때문에 자세를 낮춰 공손하게 대답했다.

"그런 건 아닙니다. 평소에 늘 있는 풍경입니다. 지방에서 올라와 장상의 접견을 기다리는 주현의 관리들입니다. 콩나물시루가 따로 없습니다. 자기 집처럼 먹고 자면서 기다리는 사람들도 더러 있습니다."

건륭은 잠시 침묵했다. 태감의 안내를 받으면서 묵묵히 대청을 가로질렀다. 얼마 후 건륭이 다시 물었다.

"그러면 끼니도 여기서 해결하고 그러나?"

태감이 황급히 대답했다.

"장상께서는 각박한 분이 아니시라 처음에는 끼니때마다 따로 상을 차려주게 했습니다. 헌데 장상의 깊은 뜻을 헤아리지 못하고 나중에는 밥 한 끼 해결하려고 일부러 일을 만들어 찾아오는 사람들이 수두룩하더군요. 그래서 지금은 밥은 엄두도 못 내고 그냥 차 한 잔만 대접하고 있습니다. 세상천지에 별나게 치사한 족속들이 다 있습니다."

건륭은 태감의 수다를 들으면서 구불구불 이어진 복도를 돌았다. 곧이어 한적한 연못이 나타났다. 자그마한 집도 보였다. 잿빛 하늘이 그림자를 드리우고 찬 물결이 일렁이는 연못가에 '청우헌'이라는 세 글자가 새겨진 자그마한 집이었다. 아직 주변이 어수선하고 기둥에 대련조차 없는 것을 보면 지은 지 얼마 안 된 것 같았다. 건륭은 수행한 시위들에게 걸음을 멈추라고 명령을 내리고 홀로 울타리를 밀고 들어섰다. 이어 안쪽 방의 동정에 잠시 귀를 기울였다. 그러자 부항의 말소리가 들려왔다.

"상첨대와 하첨대는 서장西藏으로 통하는 요새입니다. 어떻게든 우리가 선점해야 합니다. 경복 대인은 그곳 반군세력의 두목인 반곤班滾이

불에 타죽었다고 했습니다. 그런데 악종기 장군은 그가 아직 살아 있다고 하니 대체 누구 말을 믿어야 할지 모르겠습니다. 누군가는 소금천에서 사라분莎羅奔과 함께 있는 것을 봤다고 하지 않습니까? 저는 경복 대인을 우유부단한 사람으로 안 봤는데 오늘은 어쩐지 조금 이상한 것 같네요."

방 안이 잠시 조용해졌다. 잠시 후 경복의 느릿느릿한 목소리가 들려왔다.

"반곤은 정확히 유월 이십삼 일에 죽었습니다. 그 당시 칠천 인마를 이끌고 여랑채如郎寨를 함락시키고 아로채阿魯寨를 물샐틈없이 포위했던 사람이 바로 나라는 사람입니다. 투항을 권유해도 막무가내이기에 궁여지책으로 불을 놓아버렸죠. 반곤은 말할 것도 없고 그를 따르던 자들도 몽땅 타죽은 걸로 알고 있어요. 반곤의 시신을 확인한 사람도 있습니다. 총병 송종장宋宗璋, 하첨대의 토사土司 아목정俄木丁과 혁송결革松結이 증인이에요. 내가 어찌 감히 없는 일을 꾸며내 군주를 기만할 수 있겠습니까! 동미(악종기의 호) 장군, 혹시 장군이 화통박和通泊 전투에서 패한 일 때문에 나에게 앙금이 남아 있는 것 아닙니까? 내가 승리를 거뒀다고 해서 질투하는 것 아닌가 말입니다. 그게 아니라면 확실한 근거도 없이 갑자기 반곤이 죽지 않았다는 요언을 퍼뜨리는 이유가 대체 뭡니까?"

건륭은 귀를 쫑긋 세웠다. 악종기의 대답을 듣고 싶었던 것이다. 그러나 악종기는 말이 없었다. 대신 눌친의 말소리가 새어나왔다.

"반곤이 죽은 것을 직접 확인한 것은 아니지 않소! 까맣게 타버린 시체를 확인했다고 하는데 불에 탄 것이 뉘 집 누렁이인지 어떻게 알 수 있겠소? 문제는 요즘 소금천 일대에서 멀쩡히 살아 움직이는 반곤을 본 사람이 있다고 하니 우리 군기처 입장에서 어떻게 두 분을 대질하지 않을 수 있겠소?"

그러자 경복이 발끈했다.

"반곤이 살아 있다는 말 역시 결국은 근거 없는 뜬소문이지 않습니까? 악종기 장군이 직접 본 것도 아니고! 상첨대, 하첨대의 일백칠십여 개 망루를 평지로 만들어 버리고 삼만 명의 장족藏族 백성을 무사히 대금천으로 대피시켜 사천과 서장의 명줄을 확실히 틀어쥔 나에게 고작 해줄 수 있는 것이 이따위 문책이라는 말입니까?"

악종기는 경복이 계속 자신을 물고 늘어지자 화가 난 모양이었다. 갑자기 목소리를 높였다.

"지금은 그대의 죄를 논하는 자리가 아니지 않습니까! 나는 반곤의 생사 자체가 궁금해서 이러는 것이 아니에요. 그놈이 정말 살아서 소금천으로 도주했다면 앞으로 큰 문제가 되기 때문이죠. 겨우 한숨을 돌린 상첨대, 하첨대 지역이 다시 혼란에 빠질 수도 있다는 말이에요. 상첨대, 하첨대의 주둔군은 자그마치 이만 사천 명이에요. 한 달에 소요되는 군량미만 해도 은자 십사만 냥으로도 모자라는 실정이라고요. 과연 그대의 말대로 반곤이 죽고 승리가 확실하다면 무엇 때문에 오백 군사만 주둔시켜도 충분할 그곳에 이만 사천 명을 그대로 박아두었냐 이 말이에요. 철수 명령을 내려도 열두 번도 더 내렸어야죠!"

악종기가 거론한 내용은 건륭도 관심을 가졌던 부분이었다. 진鎭보다도 규모가 작은 몇몇 토채土寨를 평정하는 데 장장 8개월 동안 자그마치 은자를 백만 냥이나 쏟아 부었으니 아무리 생각해도 속이 뒤틀리는 노릇이었던 것이다. 그가 잠시 흥분을 가라앉히고 있자 다시 경복의 말소리가 들렸다.

"나는 대국을 두루 염두에 둬야 하는 총책임자라는 말입니다! 내가 자대기로 이를 쑤시든 말든 그대가 무슨 상관이에요? 다 꺼져가던 불씨도 바람이 불면 되살아난다고 하잖소. 더구나 교활한 반군들이 이디에 어떻게 더 도사리고 있을지 누가 알겠습니까? 그래서 만일을 대비해 대군을 철수시키지 않은 거예요. 이제는 됐습니까? 허이고, 까마귀가 어찌 봉황의 깊은 뜻을 알겠습니까?"

악종기가 다시 반격을 가하려는 듯 목청을 가다듬을 때였다. 느닷없이 장정옥의 위엄 어린 목소리가 터져 나왔다.

"반곤의 생사 여부는 폐하께서 이미 장광사에게 철저히 확인하라고 지시를 내리셨네. 천한 상것들도 아니고 체통 있는 사람들이 지금 뭐하는 짓들이오?"

건륭 역시 더 이상 참을 수가 없었다. 곧장 조용히 문을 밀고 들어갔다. 이어 서늘한 눈빛으로 방 안을 쓸어봤다. 장정옥이 다리를 포개고 온돌 한가운데 앉아 있는 모습이 보였다. 그를 마주하고 빙 둘러 앉은 눌친, 부항, 장유공, 전도가 보였다. 호부 시랑 악선도 눈에 들어왔다. 수염이 허연 악종기와 의관을 정제한 경복은 탁자를 사이에 두고 마주 앉은 채 벌겋게 부풀어 오른 핏줄을 푸들거리면서 개 닭 보듯 외면하고 있었다. 건륭은 가슴속의 울화를 토해내듯 깊은 한숨을 내쉬면서 천천히 입을 열었다.

"악종기, 화통박 대전에서 아군을 삼만 명이나 잃고서도 아직 할 말이 남아있는가? 사는 것이 귀찮은가?"

5장
재상 장정옥의 가르침

장내의 사람들은 느닷없는 건륭의 등장에 모두 기절할 듯 놀랐다. 편한 자세로 앉아 있던 장정옥은 누군가에게 등이라도 떠밀리듯 온돌에서 내려와 털썩 엎드렸다. 문어귀에 지키고 서 있던 장정옥의 아들 장약징張若澄 역시 황급히 구석자리로 물러나며 무릎을 꿇었다. 장정옥이 연신 고개를 조아리면서 입을 열었다.

"폐하께서 어인 연유로 이리 누추한 거처로 거동하셨사옵니까?"

건륭은 차갑게 굳은 표정으로 주위를 휙 쓸어봤다. 그러더니 뚜벅뚜벅 장정옥에게 다가갔다. 이어 뼈만 남아 앙상한 노신을 일으켜 세우면서 안쓰러운 듯 물었다.

"경들은 지금 무슨 회의를 하고 있었는가?"

장정옥이 황급히 아뢰었다.

"이 늙은 것이 어찌 감히 자택에서 국가의 중대사를 논하겠사옵니까?

사사로운 자리에서 대사를 운운할 수 없음은 성조 때부터 내려온 제도이옵니다. 신은 선제와 폐하의 크나큰 성은에 황감할 따름이옵니다. 성치 못한 팔다리를 겨우 놀리면서 입궐하는 불미스런 모습을 보이지 않게 된 것만으로도 폐하의 은혜는 백골난망이옵니다. 소신은 지금 폐하의 어람을 거친 상주문들 중에서 달리 주청 올릴 필요가 있다고 사료되는 주장들을 골라 관련자들에게 자초지종을 물어보고 있었사옵니다. 눌 중당은 산동, 직예 지역의 재해구제 사안 때문에 온 것이옵고, 또 악선은 영정하永定河, 호타하滹沱河와 전하磚河 제방 공사 때문에 온 것이옵니다. 예년에는 이맘때쯤이면 하도河道 공사 때문에 마음 썩일 일이 없었는데 올해는 비가 하도 많이 와서 이 계절에도 무너지는 제방이 있다고 하옵니다. 장유공은 한림원의 시강侍講이나 수찬修撰으로 들어갈 수 없을까 군기처에 부탁을 드리러 온 것이옵니다."

건륭이 장정옥의 설명에 무슨 뜻인지 알겠다는 듯 고개를 끄덕였다.

"신하들은 사석에서 국가의 중대사를 논의하지 못하도록 되어있지만 경은 예외라 할 수 있네. 다만 공공연히 윤허해주면 짐의 뜻을 깊이 헤아리지 못하는 자손들이 엉뚱하게 따라 해서 사달을 일으킬까 저어했던 것이네. 강희황제 때의 중신인 오배鰲拜도 처음부터 흑심을 품은 저질 인간이었던 것은 아니네. 자택에서 군국의 요무를 봐도 좋다는 세조(순치제)의 파격적인 대우를 악용해 전횡과 발호의 발판으로 삼은 것이 사달로 연결된 것이지. 허나 형신 자네는 명실상부한 삼조三朝의 원로로서 그 진가를 유감없이 발휘해 왔어. 지금까지도 짐의 인정을 받는 사람이지. 옛말에 이슬 맺힌 길을 오래 걷고도 바짓가랑이가 젖지 않는 사람은 없다고 했네. 한자리에 오래 앉아 있으면서 청렴하기가 그리 쉽지 않다는 뜻으로 풀이되겠지. 허나 경은 예외였네. 말 많고 탈 많은 재상 자리에서 사십 년 동안 있으면서도 티끌 하나 묻지 않고 건재하다는 것은 자네가 지닌 품성이 최고라는 유력한 방증 아니겠나. 짐은 세상사람 아무도 못 믿어도 경의 충정과 인품은 믿어마지 않네."

건륭은 세찬 빗속을 걸어 신하의 집까지 친히 왕림한 것도 모자라 무릎을 맞댄 채 따뜻한 말을 아낌없이 쏟아놓았다. 좌중의 사람들은 모두 감동의 눈물을 흘리지 않을 수 없었다. 사실 건륭의 말은 조금의 과장도 없는 진심이었다. 그러나 장정옥은 마음을 놓을 수 없었다. 장정옥은 강산이 네 번 바뀔 동안 건륭의 조손祖孫 삼대를 섬겨오면서 군이 권력을 지향한 적은 없었다. 하지만 워낙 배출한 문생이 많다보니 문호門戶 내지 파벌派閥이 저절로 생기는 것은 어쩔 수 없었다. 그것 때문에 늘 불안하게 생각해왔던 터이기도 했다. 또 그래서 매사에 더더욱 신중을 기할 수밖에 없었다. 그럼에도 악이태의 문생들은 끊임없이 장정옥에 대해 없는 말까지 만들어가며 비난을 가해왔다. 때문에 조정에서는 장정옥과 악이태를 서로 다른 이익을 대변하는 파벌로 간주하는 분위기가 은연중에 만연해 있었다. 장정옥 역시 이 같은 사실을 모르는 바 아니었다. 그랬으니 건륭이 악천후를 마다하고 느닷없이 걸음을 한 것에 대해 여러 가지 가능성을 염두에 두지 않을 수 없었다.

'갑자기 폐하께서 걸음하신 것은 독버섯처럼 번지고 있는 '장당'張黨, '악당'鄂黨 설의 허실을 엿보기 위해 온 것은 아닐까?'

장정옥은 불길한 생각이 뇌리를 치자 자신도 모르게 등골에 식은 땀이 쫙 흘렀다. 그러나 애써 마음을 달래면서 연신 고개를 조아렸다.

"폐하께서도 주지하시다시피 신은 조정과 폐하, 그리고 종묘사직에 맹세코 추호도 분수에 넘치는 마음을 품어본 적이 없사옵니다! 하오나 신은 벌써 나이가 칠십 하고도 셋이옵니다. 민간의 속담에 일흔셋, 여든넷은 염라대왕이 부르지 않아도 저절로 알아서 간다고 했사옵니다. 신도 이제는 한쪽 다리를 관속에 넣어놓고 있다고 해도 과언이 아닐 듯싶사옵니다. 때문에 명태껍질 씌워 놓은 것처럼 침침한 노안을 부비면서 덜덜 떨리는 손으로 오리발을 그리고 싶지 않사옵니다. 그러니 정신이 아직 온전할 때 향리로 돌아가게 윤허해주시옵소서. 졸졸 흐르는 개울의 물가에 잔뼈를 묻는 것이 소원이옵니다."

건륭이 눈물이 번진 장정옥의 두 눈을 응시했다. 이어 인자한 표정으로 말했다.

"또 그 소리인가! 듣기 좋은 꽃노래도 한두 번이라고 했네. 짐은 경의 노고를 치하하고 격려하려고 걸음을 했네. 그런데 무슨 그런 당치도 않은 말을 하는가! 경이 조정을 위해 일생을 바친 만큼 조정에서도 자네에게 해줄 만큼 해줬다고 생각하네. 개국 이래 문신으로 자네처럼 삼등 백작 자리에 앉은 사람은 아무도 없었네. 대행황제의 유명에 따라 태묘太廟까지 하사 받은 사람이 어찌 향리로 돌아간다는 말을 그리 쉬이 할 수 있다는 말인가!"

건륭이 말을 마치고는 그만 일어나라는 손짓을 했다. 장정옥은 그런 그를 가만히 훔쳐봤다. 화가 난 기색은 없었고 만면에 웃음이 가득했다. 장정옥은 벽에 걸린 서화에 눈길을 돌리는 건륭을 향해 큰 용기를 냈다.

"송나라, 명나라 때에도 태묘를 하사받은 신하들 중에 귀향을 윤허 받은 사람들이 있었사옵니다."

"지금은 송대, 명대가 아닌 청대이네. 경 또한 그들과는 차원이 다르네. 사십 년 동안 몸담고 있던 재상 자리를 내던지고 하루아침에 향리의 이 빠진 백발 노인네로 전락하는 것이 그리도 좋은가? 정녕 조정에 추호의 미련도 없다는 말인가?"

건륭의 타이르듯 조곤조곤한 말투는 변함이 없었다. 그러나 장정옥의 정수리에 내리꽂히는 시선은 날카로웠다.

장정옥은 등허리에 가시가 박히는 듯한 긴장감 때문에 진땀을 줄줄

흘렸다. 연신 고개도 주억거렸다. 그는 '만 마디 옳은 말보다 한 번의 침묵이 값지다'라는 말을 평생의 신조로 삼고 굳게 지켜온 사람이었다. 그런데 이번에는 무슨 용기가 생겼는지 황제에게 또박또박 말대꾸를 하고 있었다. 그 자신도 의아스러울 정도였다. 아마 이제 그만 손 털고 싶은 마음이 그만큼 간절했기 때문이 아니었을까. 그러나 그는 같은 말은 두 번 다시 하지 않는 건륭의 단호한 성격을 모르지 않았다. 결국 더는 대꾸할 엄두를 내지 못했다. 사다리 놔줄 때 내려오지 않고 굴욕을 자초할 필요는 없지 않은가. 장정옥이 잠시 뭔가를 생각하더니 나지막이 입을 열었다.

"신의 불경을 용서해주시옵소서, 폐하! 폐하의 은택으로 하루하루 살아가면서도 그 소중함을 몰랐던 신의 우매함을 너그러이 용서해 주시옵소서."

건륭 역시 자신이 억지를 부린다는 사실을 잘 안다는 듯 화답했다.

"됐네, 그리 느꼈다니 다행이네. 짐이 경을 얼마나 애지중지하는지 경은 모를 거네. 경은 그저 짐의 곁에 있어주기만 하면 되네. 그것만으로도 짐은 든든하니 말일세. 이제부터 사소한 골칫거리에는 신경 쓰지 말고 짐의 군국대사에만 협조하도록 하게. 당분간 이부상서 직은 그대로 겸하고 사품 이하 관리들의 전근과 파면을 윤허하는 일을 맡게."

건륭이 말을 마치고는 신발을 벗으려고 했다. 그러자 눈치 빠른 장정옥의 두 아들이 재빠르게 다가왔다. 그러더니 건륭 앞에 무릎을 꿇고 축축해져 잘 벗겨지지 않는 사슴가죽 장화를 조심스레 벗겨냈다. 이어 평소에 아비 장정옥에게 해드리던 것처럼 건륭의 찬 발을 두 손으로 감싸 부드럽게 안마를 했다. 둘은 건륭의 발에 온기가 돌자 새 양말을 가져다 신겨주고 물러갔다. 건륭은 보송보송하게 마른 양말이 피부에 닿는 감촉이 좋은지 흡족한 표정으로 따뜻한 온돌에 다리를 포개고 앉았다. 그리고 나서야 아직도 표정이 굳어 있는 악종기를 향해 입을 열었다.

"듣자니 경은 불평불만이 이만저만 아닌 것 같더군. 화통박 전투에서 수만 관병을 이끌고 나가 패하고 돌아온 주제에 뭐가 모자라 그러는가? 죗값을 치르려면 엄벌에 처해야 마땅하나 자네 과거의 업적을 고려해 파직만 시켰는데 못마땅할 일이 뭔가? 경복이 승전고를 울렸다고 하니 배가 아프기라도 한 것인가?"

건륭의 호통은 서슬이 퍼랬다. 그 정도면 당하는 쪽이 오금이 저려야 정상이라고 할 수 있었다. 그러나 악종기는 전혀 그렇지 않았다. 놀라는 기색조차 없이 오래 꿇어앉은 탓에 저려오는 다리를 조금 움찔거리면서 머리를 조아렸다.

"화통박 대전에서의 패배는 신의 지휘 능력 부족으로 인한 인재人災임에 틀림없사옵니다. 신은 세 번이나 장검을 들어 자결을 시도했으나 번번이 부하들에게 붙들려 성사시키지 못했사옵니다. 신도 오늘날까지 구차하게 목숨을 부지해오고 있음을 참으로 비루하게 생각하고 있사옵니다. 그러나 신이 일전에 올린 상주문은 결코 신이 책임을 회피하거나 누군가를 모함하고 변명하기 위한 것이 아니었사옵니다. 신의 무능함, 지원병의 때늦은 도착, 휘하 몇몇 장군들의 지휘 능력 부재, 그리고 늑장 대응 등 몇 가지 패인을 종합적으로 분석해 훗날의 교훈으로 삼으십사 해서 주장을 올렸던 것이옵니다. 신이 오늘 상첨대와 하첨대 전투를 논하면서 반곤의 생사 여부를 거듭 따지는 이유는 따로 있사옵니다. 신은 겉으로는 단순히 반곤의 생사 여부에 관심을 가지고 있는 것 같으나 실은 전투의 승패를 의심하고 있사옵니다. 그래서 주제넘게 남의 잔치에 감 놔라 배 놔라 했던 것이옵니다. 신은 사천에서 수년간 병마를 통솔한 탓에 그곳 지형을 손금 보듯 알고 있다고 자부하옵니다. 그곳 토착민들은 보기만 해도 아득하고 미로 같은 수풀과 험산 준령을 원숭이처럼 자유자재로 지나다니옵니다. 또 은신술이 뛰어나 관군의 최신 무기도 손쉽게 무력화시키옵니다. 따라서 팔백, 천 명을 사살했다고 해서 승전이라고 볼 수는 없사옵니다. 또한 토착민들은 자신들의 우두머리를 신격화하고 하늘처럼 추앙하는 풍습이 있사옵니다. 그러니 그자들의 우두머리인 반곤을 생포하는 것만이 진정한 승리라 할 수 있사옵니다. 신은 반곤이 그리 쉽게 죽을 리 없다고 확신하옵니다. 장장 팔 개월 동안 수만 명의 천병天兵이 백만 은자를 소모하면서 이뤄냈다는 '승전'이 겨우 이 정도라면 그건 진정한 '승전'이 아니옵니다. 신은 사천장군 장광사가 머지않아 신의 주장을 입증하리라 믿어마지 않사옵니다. 장광사는 한때는 신의 부하였으나 지금은 신의 자리를 대체한 장군으로 신과는 불편한 사이이옵니다. 이 점을 감안하신다면 폐하께서 장광사의 말은 믿을 수 있으시리라 사료되옵니다!"

악종기는 마치 반곤이 살아 있는 것을 직접 목격하기라도 한 것처럼 의기충천한 채 진언을 올렸다. 경복도 지지 않았다. 바로 황급히 건륭을 향해 머리를 조아렸다.

"반곤의 불에 탄 사체는 신의 몇몇 부하 장군과 적군의 포로들이 한자리에서 확인했사옵니다. 때가 삼복이라 쉬이 부패할까봐 그자의 수급을 북경으로 보내지 못했사옵니다. 신의 생각으로 볼 때 지금 악 장군은 '제발 그랬으면……' 하는 자신의 바람을 말하고 있을 뿐이옵니다. 자신이 쫓겨난 자리에서 다른 사람이 잘 나가는 것을 바라봐야 하니 악 장군의 마음이 오죽 불편하겠사옵니까? 신은 십분 이해하옵니다."

"이자가 정말?"

악종기가 갑자기 성난 사자처럼 온몸을 부르르 떨었다. 그러더니 통째로 집어삼킬 듯한 기세로 경복을 노려보면서 씩씩거렸다. 그러자 건륭이 노여움을 참지 못하고 고함을 질렀다.

"둘 다 썩 물러가지 못할까! 자신의 잘못을 충분히 뉘우친 후 다시 뵙기를 청하라!"

악종기와 경복은 건륭의 호통에 바로 어깻죽지를 축 늘어뜨린 채 엉기적거리면서 물러갔다. 이번에는 눌친이 조심스럽게 입을 열었다.

"부디 고정하시옵소서, 폐하! 신의 소견으로는 악종기의 말이 불행히도 적중할 가능성이 큰 것 같사옵니다."

"그게 무슨 소리인가?"

"신이 지켜본 바에 의하면 경복은 어딘가 속빈 강정같이 실속이 없어 보이옵니다. 지금 생각해보니 처음 상첨대, 하첨대 전투의 첩보가 날아들었을 당시 일관성 없이 이랬다저랬다 하던 내용이 떠오릅니다. '반곤이 몸에 칼침을 무려 열 번이나 맞아 숨졌'라고 하던 사람이 돌아서더니 '반곤이 자결했다'라고 자신의 말을 번복했사옵니다. 그러던 중 폐하께서 이 일을 주목하시게 되자 급기야 불에 타죽었다고 고집하고 있사옵니다. 아무려면 악종기가 제 코가 석 자인 마당에 평소 이해충돌도 없었던 경복을 아무 이유도 없이 모함할 리가 있겠사옵니까? 그것이 자신의 명을 재촉하는 중대사임을 아는 사람이 그렇게 어이없는 짓을 할 리는 없다고 사료되옵니다. 따라서 신은 반곤이 아직 살아 있다고 생각하옵니다."

건륭이 창밖을 내다봤다. 어느새 빗줄기가 약해져 있었다. 그는 찻잔을 들어 한 모금 마시고 굵은 주름을 밀어 올리면서 한숨을 내쉬었다.

"짐은 산동에서 다잡은 일지화를 놓쳤다고 할 때부터 심기가 불편했네. 엎친 데 덮친다고 수재에 풀무치 피해까지 심각하다는 등 요즘은 기분 나쁜 소식들만 이어지고 있어. 그래서 짐도 걸핏하면 화를 주체하지 못하는 것 같네. 부항 자네가 가서 짐을 대신해 악종기를 위로하도록 하게. 경복을 질투해 모함한 것만 아니라면 반곤의 생사와 무관하게 짐은 그 책임을 추궁하지 않을 거라고 전하게. 나선 김에 경복에게도 들러보게. 반곤이 살아있는 것이 사실이라면 부의部議에서 추궁할 때까지 기다리지 말고 미리 사죄문을 올리라고 하게."

"어명을 받들겠사옵니다, 폐하! 신도 반곤이 살아 있을 가능성이 크다는 눌친 중당의 말에 공감하옵니다. 경복에게 군량미를 조달한 호광양도湖廣糧道 이시요 역시 편지에서 반곤이 살아 있는 것 같다고 말했사옵니다."

부항이 황급히 절을 하면서 대답했다. 건륭이 부항의 말을 듣고 물었다.

"이시요라고? 자네를 따라 흑사산 비적들을 물리쳤던 그 통판 말인가?"

부항이 지체 없이 대답했다.

"그렇사옵니다, 폐하. 폐하께서 친히 간택하시어 지방으로 내려 보내신 관리이옵니다. 그는 폐하의 성은에 황감하다는 말을 늘 입에 달고 있사옵니다. 지난번 편지에서는 이렇게 말했사옵니다. '반곤이 죽지 않은 것이 사실이라면 금천 지역의 재앙은 끝나지 않았습니다. 폐하께서는 필히 천병을 파견해 정벌하실 것입니다. 하관은 이참에 군중으로 들어가 황은에 보답하고 싶은 소망이 간절합니다. 하관의 뜻을 폐하께 전해주셨으면 합니다'라고 말입니다."

건륭은 부항의 말에 이시요와의 사이에 있었던 지난 일들을 떠올리면서 빙그레 웃었다. 그때 건륭에게 면박을 당하고 오히려 마음이 편해진 장정옥이 천천히 입을 열었다.

"폐하, 풀무치 피해는 더 이상 번지지 않을 것이오니 심려 거두시옵소서. 며칠 사이에 직예, 산동 일대에 된서리가 내렸다 하옵니다. 연주부兗州府 공림孔林 근처에서만 서리 맞아 죽은 풀무치를 산더미처럼 쓸어 모왔다 하옵니다. 무게로 따지면 백만 근이 넘을 거라고 하옵니다. 신은 이미 호부에 지시해 죽은 풀무치와 쌀을 맞바꾸도록 조처했사옵니다. 기이한 발상이라 할 수도 있겠사오나 조정에서 일괄적으로 사들여 소각하는 것이 바람직할 것 같았사옵니다."

장유공이 장정옥의 말을 듣고는 호기심에 찬 눈빛으로 물었다.

"그렇지 않아도 오면서 길에 나붙은 공고문을 보고 의아한 생각이 들었습니다. 조정에서 굳이 식량과 죽은 풀무치를 맞바꾸는 의도는 무엇입니까?"

장정옥이 빙긋 웃으면서 대답했다.

"죽은 풀무치를 민간의 자율적 처분에 맡기면 그들은 간편하게 파묻어버리기 일쑤이네. 그리 되면 내년에 알을 까고 나오는 풀무치들 때문에 다시 재앙을 불러올 가능성이 크지. 일괄 수거해 불에 태워버리는 것이 재앙을 끊어버리는 최선책이네!"

장정옥의 말에 건륭이 고개를 끄덕였다.

"좋은 생각이야. 그리 추진하게. 풀무치 피해가 오직 산동성에만 국한된 것에 대해 짐은 이상하게 생각했네. 그곳 관리들이 어질지 못하고 덕을 쌓지 못했기에 하늘이 노해서 벌한 것이라고 생각하네. 자신들의 부덕으로 수많은 백성을 힘들게 한 관리들을 결코 용서할 수 없네. 악준의 관직을 박탈하고 관리들의 녹봉을 반년 동안 지급 정지시키게."

그러자 장정옥이 황급히 고개를 흔들면서 아뢰었다.

"천만 지당하신 말씀이옵니다. 하오나 음양이 조화롭지 못함은 재상의 책임이 먼저라고 사료되옵니다. 그러니 그들을 벌하기에 앞서 상서방과 군기대신들의 책임부터 물어 주시옵소서, 폐하."

"그래, 좋은 생각이네. 상서방대신, 군기대신, 영시위내대신들이 앞장서는 모습이 아무래도 보기 좋겠지. 일 년치 녹봉을 차압하도록 하게."

건륭이 한숨을 지으면서 굳은 어조로 입을 열었다. 이어 많이 피곤한 듯 얼굴을 쓱 문지르면서 자리에서 일어났다.

건륭은 장정옥의 아들 장약징의 시중을 받으면서 떠날 채비를 했다. 그러자 그때까지 한마디도 끼어들지 못하고 구석자리만 지키고 있던 악선이 갑자기 허둥지둥 뛰쳐나와 무릎을 꿇었다. 그러나 그가 미처 입을 열기도 전에 눌친이 나무라고 나섰다.

"무슨 사람이 이리 눈치가 없는가? 폐하께서 처소로 거동하시려는 것을 보고도 이렇게 막고 나서면 뭘 어쩌겠다는 거야?"

그러나 건륭은 괜찮다는 듯 고개를 끄덕였다.

"경들처럼 짐을 자주 알현할 수 있는 사람이 아니니 그리 나무라지 말게."

눌친은 건륭의 말에 두말없이 고개를 숙이고는 뒤로 물러났다.

"지금 꼭 아뢰야 할 말씀이 있어 이같이 불경을 저지르고 말았사옵니다. 비가 그치면 기온이 뚝 떨어져 길바닥에 얼음이 얼 것이옵니다."

악선의 말은 두서가 없었다. 아마 황급한 마음에 그런 듯했다. 하기야 건륭과 독대해 본 적이 없는 데다 눌친의 꾸중까지 들었으니 긴장할 만도 했다. 건륭이 히죽 웃어보였다.

"급할수록 돌아가라고 했네. 숨을 고르고 천천히 말해보게!"

"황감하옵니다, 폐하!"

악선이 다시 머리를 조아렸다. 그리고는 방금 전보다 훨씬 평온한 어조로 말을 이었다.

"백성들은 연일 이어지는 비를 고스란히 맞으면서 물속에 뛰어들어 제방의 둑 공사 작업에 매달려 있었사옵니다. 찬물에 오래 들어가 있다 보니 손발이 쩍쩍 갈라 터져 피가 나고 살이 허옇게 드러났사옵니다. 여태까지는 하루 품삯을 구 푼까지 올려주면서 억지로 날래 일을 시켰사오나 인부들이 이제는 더 이상 못하겠다고 드러눕고 있사옵니다. 비가 그치면 기온이 급강하하고 얼음이 얼 터인데 그때 가서는 일전 오푼을 준다고 해도 선뜻 나설 사람이 없을 것이옵니다. 그렇다고 공사를 포기하면 내년 봄 강물이 해동될 때 큰 피해를 볼 것이 틀림없사옵니다. 여태 들인 공이 헛수고가 되기 십상이옵니다!"

악선이 잠시 말을 멈추고는 침을 꿀꺽 삼켰다. 이어 덧붙였다.

"다급한 김에 신이 집을 팔아 은자 이만 냥을 만들었사옵니다. 인부들에게 밀가루떡 한 근, 황주 한 근씩을 제공하면서 어떻게든 다독여 작업을 계속하려고 말이옵니다. 하온데 번고에서는 도와주지는 못할망정 시가 그대로 신에게 밀가루를 팔아 차익을 챙겼사옵니다. 신의 간곡한 마음을 이렇게 노골적으로 비웃다니 분통이 터져 참을 수가 없사옵니다!"

묵묵히 듣고 있는 건륭의 표정이 갑자기 무거워졌다. 이어 고개를 끄덕이더니 장정옥에게 시선을 돌렸다. 장정옥이 황급히 입을 열었다.

"그건 오해가 있었던 것 같사옵니다. 곡물 가격은 북경에서 겨울나기에 필요한 식량 사백만 석이 확보된 뒤에야 비교적 자유로워질 수 있사옵니다. 그런 연유에서 그랬던 것이 아닌가 하옵니다. 물론 집까지 팔면서 공사에 매달린 개인의 입장에서는 대단히 유감스러울 것이옵니다. 악선의 뜻은 가상하오나 이는 한두 사람의 희생으로 되는 일이 아니옵니다. 호부와 병부에서 출혈을 하도록 조처하는 것이 어떨까 하옵니다."

건륭이 고개를 갸웃하더니 물었다.

"호부에서는 누가 이 일을 주관하고 있는가?"

건륭의 물음에 장정옥이 고개를 갸웃거리면서 기억을 더듬었다. 그 사이 옆에 앉은 부항이 대답했다.

"원래 한림원 서길사庶吉士를 맡았던 사람이온데 작년에 특지를 받아 호부로 발령이 났사옵니다. 학문이 출중하다고 폐하께서 칭찬하신 사람이옵니다!"

건륭이 그제야 기억을 떠올렸다.

"고리타분한 선비가 주판알을 튕길 줄 알겠어? 아무튼 내일 패찰을 건네라고 하게."

장정옥이 알겠다고 황급히 대답하자 건륭이 다시 덧붙였다.

"하나 명심할 것은 이번같이 특별한 경우를 제외하고는 하공河工 지출은 호부에서 전적으로 도맡도록 하게. 툭하면 병부의 도움을 바라는 것도 버릇이 되면 안 되는 것이네. 그리고 악선의 행동은 경들이 보기에는 바보스러울지 모르나 짐은 바로 이런 신하를 필요로 하네. 이 손 좀 보게. 자라 껍데기가 이보다 더할까! 현장에 가서 눈으로 직접 보지 않아도 모름지기 백성들과 함께 고생했다는 분명한 증거가 아니겠나? 백 마디 미사여구가 무색하지 않은가? 짐은 물질적인 포상은 물론 진급까지 시켜줄 것이네. 순천부 부윤이 부친상을 당해 향리로 돌아갔으니 그 자리에 악선을 앉히게. 관직이 뒷받침되면 하공 일을 하는 데도 여러모로 편할 것이네."

"망극하옵니다, 폐하!"

악선의 목소리는 마치 우는 것처럼 심하게 떨렸다. 감동한 것이 분명했다. 얼마 후 악선이 다시 입을 열었다.

"신은 맡은 바 소임에 충실했을 따름이옵니다. 폐하께서 이토록 과분한 은혜를 내리시니 소인은 몸 둘 바를 모르겠사옵니다. 신은 이 한 몸이 으스러져 가루가 되는 그날까지 전력투구할 것이옵니다!"

악선이 말을 마치고는 연신 머리를 조아렸다. 건륭은 그런 악선을 뒤로 하고 이미 문을 나서고 있었다.

부항이 두 손으로 악선을 부축해 일으켰다. 둘은 평소에 친분이 두터웠던 사이였다. 그는 가볍게 악선의 어깨를 두드리면서 진급을 축하하려 했다. 그러나 갈라터져 흙물이 밴 악선의 시커먼 손을 잡는 순간 목이 메어 아무 말도 하지 못했다. 그가 애써 악선을 외면한 채 등을 다독여주면서 눌친과 장정옥을 향해 말했다.

"두 분 재상 대인, 저는 악종기 대인에게 가봐야 하니 달리 분부가 없으시다면 그만 일어나겠습니다."

장정옥이 대답했다.

"그러세요. 그리고 고항이 북경으로 조운 중인 식량 십만 석을 빼돌렸다고 탄핵상주문이 들어왔어요. 전후 사정을 잘 조사해봐야겠지만 당분간은 폐하께 상주하지 않는 것이 나을 것 같네요."

장정옥은 직접 눌친과 부항을 월동문 입구까지 배웅한 다음 다시 청우헌으로 돌아왔다. 장유공이 달려 나가 가랑비를 맞으면서 조심스레 걸어오는 장정옥을 부축했다.

"조심하세요, 계단이 미끄럽습니다. 이 제자는 궁금해서 못 견디겠습니다. 산동 평도平度에서 안희심顔希深이 제멋대로 곡창을 열어 마치 자기 것인 양 백성들에게 다 퍼주는데도, 고항이 감히 조운 식량을 가로채도 조정에서 벌하지 않는 이유가 뭡니까?"

장정옥은 장유공의 부축을 받으면서 안락의자에 쓰러지듯 몸을 내맡겼다. 이어 한숨을 내쉬고는 앞이마를 덮은 몇 가닥 흰머리를 쓸어 올리고 나서 삭은 음성으로 대답했다.

"그런 선례가 있었다네. 우성룡于成龍이 굶어 죽기 직전인 백성들을 가엽게 여겨 자신의 안위는 염두에도 두지 않고 청강淸江의 곡창 문을 열어 젖혔지. 그 일 때문에 부의에서 파직을 논했으나 성조께서는 크게 노하시면서 그를 중용하셨어. 백성들의 눈으로 보고, 백성들의 귀로 듣고, 백성들의 질고를 자신의 안위보다 우선시하는 관리를 탄핵하려 든다고 대로하셨지. 다시 이 일을 거론하는 자는 절대 용서하지 않으실 거라고 못 박으셨어. 그때 당시 이 일로 인해 체통을 단단히 구긴 사람이 있었으니 바로 재상 색액도索額圖였어. 색액도는 지금의 나나 악이태와 같은 위치에 있던 사람이었지. 이번 일도 비슷하지 않은가? 우리가 주청을 올려봤자 본전도 못 찾을 게 뻔한데, 이 나이에 새파란 젊은이들 앞에서 뺨 맞을 일이 있나? 먼저 관련 상주문을 그대로 군기처 관보에 실어 폐하의 의중을 가늠해 보는 것도 나쁘지 않을 거네."

장유공은 장정옥의 깊은 생각에 탄복하지 않을 수 없었다. 그는 자기도 모르게 연신 고개를 끄덕였다. 이어 잠시 생각하더니 웃음 머금은 얼굴로 말했다.

"그래도 너무 오래 방치하면 폐하께서 언젠가는 하문하실 것입니다."

장정옥은 장유공의 말을 듣고는 조용히 웃기만 했다. 더 이상 말할 생각이 없는 듯했다. 그저 눈시울을 좁혀 천장을 뚫어지게 바라보면서 무거운 한숨을 쏟아낼 뿐이었다. 때는 황혼녘이었다. 비는 그쳤으나 가뜩이나 우중충하던 하늘은 더욱 어두워졌다. 그때 우두커니 서 있는 나무 사이로 소슬한 바람이 거세게 몰아쳤다. 순간 벽에 붙어 있던 서화가 바람에 날리면서 정적을 깼다. 장유공은 자신의 진로에 대해 물어보고 싶었으나 지금은 때가 아니라고 생각했다. 결국 어색한 웃음을 지으면서 말했다.

"사부님, 나중에 시간이 나시면 제자에게 서화 한 점을 상으로 내려주실 수 있겠습니까?"

장정옥이 두 말 없이 고개를 끄덕였다. 이어 한참 눈을 감고 명상에 잠기더니 조금 정신을 추슬렀는지 의자등받이를 잡고 일어섰다.

"지금 몇 글자 적어 줄 테니 가지고 가서 음미하도록 하게."

장정옥이 말을 마치고는 붓을 들고 소매를 걷어 올렸다. 언제 봐도 품위 있고 멋스러워 보이는 모습이었다. 곧 그가 먹물을 듬뿍 묻힌 붓을 힘 있게 내려놓으면서 말을 이었다.

"자네가 무슨 얘기를 하고 싶은지 잘 아네. 과거에 장원급제한 사람이니 한림원으로 들어가면 시강侍講 정도는 떼놓은 당상이라 이거 아닌가. 몇 년 경력을 쌓고 운 좋게 태자태부太子太傅로 낙점되는 날에는 가문의 영광이 되겠지. 출세의 지름길에 들어서는 것이 되겠고. 이변이 없는 한 십 년 내에 상서尙書까지는 식은 죽 먹기라는 계산도 했겠지. 허나 세상만사는 내 마음 같지 않아. 인생살이도 뜻대로 되지 않고……. 그 사실을 명심하게."

장정옥은 이야기를 하는 동안에도 계속해서 붓을 놀려 어느덧 용과 봉황이 춤추는 듯한 멋진 글씨가 완성됐다. 장유공이 화선지 한 끝을 잡고 있다 천천히 글씨에 눈길을 돌렸다. 먹빛이 선연한 몇 글자가 바로 눈에 들어왔다.

能愼獨則器自重
홀로 있을 때도 도리에 어긋남이 없도록 몸가짐을 바로하고 언행을 삼가다.

장유공은 스승에게 감사하며 미소를 띤 채 글을 한참이나 바라보았다. 그러나 마음은 심란하기 그지없었다. 다른 사람도 아닌 스승에게서 찬물 세례와도 같은 날카로운 훈육을 받았으니 그럴 만도 했다. 장정옥이 그런 장유공의 마음을 모를 리 없었다.

"물론 자네의 꿈이 허황되다는 뜻은 아니네. 수많은 이갑 진사들도 그 길로 들어서고자 안간힘을 쓰는데 장원인 자네가 뜻을 두지 않을 리가 있겠나! 문제는 자네가 벼슬에 너무 집착한다는 거네. 자네가 장원급제한 날 흥분한 나머지 잠시 정신을 놓았었다는 얘기를 들었네. 사실 말이지 나는 아직도 그게 선뜻 믿기지가 않네. 하지만 그 일은 폐하께서도 알고 계시네. 그날의 실수는 공명에 뜻이 깊은 자네에게 긍정적으로 작용하지 못할 것이네. 그래서 내가 자네를 외지의 관리로 내보내려는 거네. 폐하의 가시권 밖에서 실력을 다지고 경력을 쌓은 후 다시 돌아오는 것이 더 낫다는 판단에서지. 그러니 지금으로서는 일단 떠나는 게 좋겠네. 후생後生, 내 말이 어떠한가?"

장유공이 얼굴을 붉히며 고개를 푹 숙였다. 화선지 끄트머리를 잡고 있는 손이 바르르 떨렸다. 정곡을 찌른 장정옥의 말에 부끄러워 쥐구멍이라도 찾고 싶었다. 그런 장유공을 넌지시 바라보는 장정옥의 주름진 얼굴에 서서히 미소가 번졌다. 곧 그가 다시 붓을 들더니 흔연히 두 글자를 더 썼다.

戒得

탐욕을 경계하라.

장정옥이 붓을 내려놓고는 만족스러운 표정으로 인장을 찾고 있을 때였다. 소로자가 문서를 한아름 껴안은 채 태감 한 명을 앞세우고 들어섰다. 장정옥이 고개를 돌려 그를 보고는 물었다.

"소로자, 다리는 왜 그런가? 약간 저는 것 같은데?"

소로자가 문서를 조심스럽게 책상 위에 내려놓으면서 대답했다.

"오다가 미끄러져 넘어졌습니다. 이 신주단지들이 젖을세라 몸을 한쪽으로 틀다보니 다리에 쥐가 난 것 같습니다. 그런데 장상께서는 소인이 소원을 어떻게 아시고 붓을 들고 계십니까? 그렇지 않아도 외임 발령에 앞서 장상께 몇 글자 내려주십사 청하려던 참이었는데 말입니다.

아참, 장상! 소인이 오늘 개명을 했지 뭡니까? 폐하께서 친히 새 이름을 지어주셨습니다."

장정옥은 누군가의 부탁으로 쉽사리 붓을 드는 사람이 아니었다. 그러나 황제가 친히 개명해주셨다면서 기뻐하는 소로자의 청을 마다할 수는 없었다. 그가 기분 좋은 웃음을 지어보였다.

"내가 봐도 나는 그리 명필은 아니네. 높은 자리에 앉아 있으니 사람들이 호들갑을 떨어서 그렇지."

장정옥은 그렇게 말하면서도 조금 작은 화선지 한 장을 앞으로 당겨놓았다. 그리고는 어떤 글이 좋을까 골똘하게 생각했다. 이어 벼슬길에 첫발을 들여놓은 애송이니 만큼 군자와 소인에 관한 글을 남겨 훗날 큰 깨우침을 얻도록 하는 것이 좋겠다는 생각을 굳히고는 붓을 휘둘렀다.

인仁과 의義를 행하는 자는 군자이고, 인의에서 멀어지는 자는 소인이니라. 군자 중에도 수백, 수천 가지 등급이 있듯 소인배들 중에도 수백, 수천 가지 등급이 있느니라. 군자로서 소인의 행각을 일삼는 자가 있는가 하면 소인이라 지탄받는 자들 중에도 군자의 덕목을 지닌 사람이 있는 법이다. 대도大道라는 것은 항구불변이 아니니 오직 덕을 쌓고 수양을 기르는 것만이 유일한 길이니라.

장정옥이 글을 다 쓴 다음 먹물이 채 마르지 않은 화선지를 소로자에게 건네주면서 당부했다.

"무슨 일이든 첫 단추부터 잘 꿰어야 하는 법이네. 자네는 이제 험난한 벼슬길에 첫발을 내디뎠네. 이 글 속에는 자네를 향한 천 가지 당부가 함축돼 있으니 잘 음미해보게. 부디 한 지역의 어버이 관리가 돼 폐하의 성은에 보답하기를 기대해마지 않네."

"장상의 준엄한 가르침을 가슴깊이 새기겠습니다. 글월 감사합니다."

소로자는 좋아서 어쩔 줄 몰라 하면서 조심스레 화선지를 받았다. 그리고는 신주단지 받들 듯 받쳐 들고 조심스레 호호 하고 불었다. 그 표정에는 경건함마저 묻어났다.

그 시각 부항은 악종기의 관저에 도착했다. 악종기의 식솔은 여전히 사천에 머무르고 있었기에 사람이 살지 않은 지 오래인 그 집은 낡을 대로 낡은 상태였다. 악종기가 분위장군으로 승진한 후 옹정황제로부터 하사받은 집이었고, 산동에서 순무로 있는 아들 악준에게 물려준 지 한참 되기도 했다. 그러나 지금 그는 죄를 짓고 처벌을 기다리는 중이었기에 당분간 이 집에 머물 수밖에 없었다. 악종기는 장정옥의 처소에서 돌아온 뒤 주위를 모두 물리쳤다. 그리고는 홀로 앉아 진하다 못해 쓰기까지 한 찻물을 냉수 마시듯 벌컥벌컥 들이마시고 있었다.

부항은 위로해주라는 말 외에 달리 전달 사항이 없었던 탓에 먼저 들어가 아뢰려는 문지기를 만류하고 혼자 안으로 들어갔다. 악종기는 안락의자에 눌러앉은 채 눈을 지그시 감고 있었다. 부항은 일부러 너스레를 떨었다.

"동미공, 참선에 열중이시구려. 도둑이 들어와 다 훔쳐가도 모르겠소."

"아니 부상傅相이 여기는 어떻게?"

악종기가 벌떡 일어나 앉았다. 어느새 날이 저물어 방 안은 무척 어두웠다. 그는 황급히 주위에 등촉을 밝히라고 명하고는 다급하게 물었다.

"헌데 부상, 어지를 전하러 걸음을 하신 겁니까?"

부항은 흰 수염을 떨면서 엉거주춤 일어나 예를 행하려는 악종기를 애써 눌러 앉혔다. 이어 격의 없이 말했다.

"어지는 무슨! 내가 뭐 못 올 데를 왔소? 열넷째황숙의 병문안을 왔다가 생각나서 들렀소. 헌데 역시 대장군은 뭐가 달라도 다른가 보오. 나 같으면 이렇게 절간처럼 고즈넉한 곳에서는 하루도 못살 것 같은데! 하루 이틀 있을 것도 아닌데 부인과 자녀들을 데려오는 것이 낫지 않겠소?"

악종기가 서글픈 웃음을 지으면서 부항에게 자리를 권했다. 그리고는 직접 찻물을 따라준 뒤 제자리로 돌아가 앉으면서 한숨을 토해냈다.

"부상이야 금지옥엽의 몸이지만 나같이 병영에서 거칠게 뒹굴면서 살아온 천덕꾸러기야 어디 더운 밥 찬 밥 가릴 처지가 됩니까? 지금 있는 가인들은 모두 옛날에 부리던 병사들이에요. 늙고 병든 데다 마땅한 직업까지 없으니 나에게 의탁하지 않으면 갈 곳도 없는 처량한 신세들이죠."

악종기는 머릿속으로 부항이 찾아온 이유를 계속 점치고 있었다. 그러나 왜 왔는지 도무지 감을 잡을 수가 없었다. 그가 곧 체념한 듯한 어조로 말을 이었다.

"부상은 시문에만 능한 줄 알았더니 지난번 내 아들 악준을 데리고 처소를 방문했을 때 보니 비파琵琶 다루는 재주도 수준급이더군요. 게다가 병법에도 능해 전장에서도 승승장구하시니…… 참으로 부럽습니다! 나는 이제 서산에 간당간당 매달려 있는 저녁해와도 같은 신세지만 부상은 중천의 해처럼 앞날이 창창합니다."

부항은 긴 다리를 꼬고 앉은 채 부채를 접었다 폈다 하고 있었다. 그 모습이 등촉 아래에서 더욱 기품이 흘러넘쳤다. 게다가 관옥冠玉(남자의 아름다운 얼굴을 비유한 말) 같은 얼굴에 정기 있는 두 눈은 별처럼 까맣게 빛나고 있었다. 부항이 한 수레도 넘을 악종기의 사탕발림 소리가 끝나자 빙그레 웃으면서 입을 열었다.

"듣기 좋은 소리도 너무 과분하니 부담스럽소. 내가 소싯적부터 귀에 쟁쟁하도록 들어온 이름이 둘 있었소. 한 사람은 연갱요, 다른 한 사람은 바로 악 장군이었소. 요즘 들어 악 장군이 장상의 문전을 자주 드나든다고 들었소. 화통박 전투의 패배를 설욕할 수 있게 대금천, 소금천으로 파견해 주십사 해서 그러는 거요?"

악종기가 빙긋 웃으면서 대답했다.

"역시 부상은 족집게입니다. 내가 그리 뻔질나게 쫓아다녀도 장상은 천연덕스럽게 모르는 척하고 있어요. 부상이 내 속마음을 기막히게 꿰뚫은 이상 엎드린 김에 절한다고 염치를 무릅쓰고 부탁을 하고 싶습니다. 한 번만 도와주세요. 패장을 하루아침에 영웅으로 만들어 주십사 하는 것은 아닙니다. 그저 어떻게든 폐하께서 이 사람을 단독으로 불러주시도록 다리만 놓아주시면 내 평생 그 은혜를 잊지 않겠습니다."

부항의 얼굴에서는 어느새 웃음기가 사라졌다. 그가 잠자코 악종기를 응시하더니 한참 만에 입을 열었다.

"악 장군은 폐하께서 그대를 외면하시는 것이 그대가 무능해서라고 생각하오?"

"그게……?"

"그대가 공을 세워 속죄하려는 마음이 급하다는 걸 폐하께서 모르고 계신다고 생각하오?"

"……"

부항이 멍한 얼굴로 바라보는 악종기를 향해 다시 덧붙였다.

"화통박 전투의 패배는 선제의 잘못된 막후 지휘가 주요 원인이었소. 폐하께서도 그리 생각하고 계신다는 말이오. 무슨 말인지 알겠소?"

6장
대장군 악종기의 회상

부항이 아연한 표정으로 아무 말도 못하고 있는 악종기를 다시 뚫어 져라 쳐다봤다. 이어 쐐기를 박듯 또박또박 힘주어 말했다.

"전쟁터의 형세라는 것은 순식간에 천변만화하오. 그런 것을 만 리 밖 의 자금성에서 지휘했으니 패하지 않을 수 있었겠소?"

악종기의 두 눈이 더욱 휘둥그레졌다. 부항이 '당금 천자'가 했던 말 을 그대로 옮기고 있다는 사실은 의심할 여지가 없었다. 그러나 이토록 아무렇지도 않게 천자의 말을 옮기는 것은 분명 아무나 할 수 있는 것 은 아니었다. 짐짓 딴청을 부리고 있기는 하나 혹시 건륭의 어지를 받고 온 것은 아닐까? 악종기는 그렇게 생각하자 흥분하지 않을 수 없었다. 호흡마저 가빠지고 있었다. 부항의 말은 계속 이어졌다.

"화통박 전투 때 나는 어멈의 젖이나 빠는 어린 아이여서 당시 상황 을 알 수가 없소. 그러나 우연한 기회에 폐하로부터 그때 얘기를 소상히 들어서 자초지종을 알게 되었소. 뱃사공이 많으면 배가 산으로 간다더니 꼭 그 형국이더구먼. 악 장군이 전군을 통솔한 총지휘관이었다고는 하나 북로군北路軍에만 선제께서 특파하신 주장主將이 둘이나 있었다고 들었소. 한마음 한뜻으로 전력투구해도 될까 말까한 상황에 그렇게 머리가 여럿 있었으니 상대의 맹수 같은 삼만 기병을 어찌 당해낼 수 있었겠소? 지금 폐하께서는 그런 와중에도 일사불란하게 잔병을 지휘해 알타이산 북쪽으로 퇴거시킨 악 장군을 높이 치하하셨소.”

부항이 한 말은 그가 산서에서 돌아오던 날 건륭으로부터 들은 것이 분명했다. 당시 건륭은 그와 주안상을 마주하면서 군사 문제를 논하던 중 확실히 그렇게 말한 바 있었다. 그래서 그 말은 부항 외에는 아무도 들은 이가 없었다. 악종기는 흥분하지 않을 수 없었다. 심장이 튀어나올 것만 같았다. 그러나 입으로는 아무런 말도 나오지 않았다. 새옹지마塞翁之馬라는 말이 이런 경우를 두고 하는 말인가? 자신이 직접 가슴을 가르고 폐부를 드러낸다고 한들 이보다 더 진솔할까? 악종기는 자신이 감히 대놓고 하지 못한 말을 젊은 군주가 미리 헤아려줬다는 사실에 그야말로 감격하지 않을 수 없었다. 눈물이 흐르는 것을 참을 수가 없었다. 순간 그는 화통박 패전 이후 꿔다놓은 보릿자루 신세가 돼 받아왔던 온갖 설움이 한꺼번에 눈물과 함께 녹아내리는 것 같았다. 눈물과 함께 가슴에 맺힌 한도 서서히 풀어지는 느낌이었다.

“물론 폐하께서는 악 장군에게도 패망을 초래한 몇 가지 문제점이 있었다고 지적하셨소. 적들이 간첩을 북경으로 보내 선제의 판단을 흐리게 만들고 교란작전을 쓸 때까지 악 장군은 뭘 하고 있었소? 또 만주족 녹영병의 군기를 움켜잡지 못해 대장군으로서의 입지를 굳히지 못하고 결정적인 순간에 통솔력을 상실했다고 꼬집으셨소.”

부항이 단호한 손짓을 곁들이면서 악종기의 패인을 나열했다. 사실이 부분은 건륭에게서 들은 말만 있는 것은 아니었다. 언젠가 이시요와 서북 정세에 대해 논하면서 나눴던 대화 내용이 더 많았다. 그러나 다시 포화 속으로 뛰어들어 공로를 세우고픈 일념밖에 없는 악종기로서는 어디까지가 건륭의 말이고 어디까지가 부항의 사견인지 따져볼 여유가 없었다. 그저 자신의 운명을 한순간에 뒤바꿔버린 화통박 전투를 다른 사람도 아닌 건륭이 그토록 공정하게 평가해줬다는 사실에 감격의 눈물만 흘릴 뿐이었다. 고개를 숙인 채 허연 턱수염을 떨면서 어깨를 들썩이던 악종기는 마침내 목 놓아 대성통곡을 했다.

"부상, 부디 폐하께 이 못난 놈의 진심을 대신…… 전해주세요. 바람든 무처럼 늙어 쇠약해져버린 몸이지만 부서져 가루가 돼 흩날리는 한이 있어도 폐하의 성은에 두고두고 보답하겠노라고 말입니다. 마지막으로 한 번만 이놈에게 대죄입공戴罪立功할 기회를 주십사 하는 부탁도 드려주시면 고맙겠소이다……."

악종기의 눈물은 그칠 줄 몰랐다.

"그만 눈물을 거두시오, 동미공."

부항도 감명을 받은 듯 눈가가 촉촉해지고 있었다. 얼마 후 그가 다시 입을 열었다.

"폐하께서는 송충이는 솔잎을 먹어야 산다고 말씀하셨소. 아마 대죄입공을 소원하는 장군의 속마음을 다 헤아리고 계실 거요. 허나 반곤의 생사가 아직 불투명한 마당에 경복의 입장도 고려하지 않을 수 없소. 그러니 조정에서 어찌 무작정 그대를 서정西征 길에 보내겠소?"

악종기가 고함치듯 갑자기 부항의 말을 자르고 나섰다.

"반곤은 결코 죽지 않았습니다. 반곤이 죽었다면 경복이 상첨대, 하첨대에 그 많은 인마를 주둔시킬 리 없습니다. 몇 백 명만 남겨 식량창고만 지키면 되는 거예요. 반곤이 만약 죽지 않았다면 틀림없이 금천 지역으로 도주해 또 다른 혼란을 일으킬 겁니다. 아직도 늦지 않았으니 폐하께서 나를 사천에 보내주시면 내가 사라분莎羅奔과의 친분을 이용해 반곤을 잡아들이는 것은 식은 죽 먹기입니다!"

악종기는 도대체 뭘 믿고 이다지도 확신에 찬 얘기를 하는 것일까? 부항은 갑자기 그의 말에 호기심이 일었다. 급기야 의자로 돌아와 앉으면서 악종기에게 궁금증을 털어놓았다.

"그런데 동미공은 어떻게 해서 사라분과 친분을 쌓은 거요? 예전에도 비슷한 얘기를 들었던 것 같은데 대체 어찌 된 일인지 무척 궁금하오. 그 얘기를 좀 자세히 들려주시오."

악종기가 눈물을 닦은 다음 찻잔을 집어 들었다. 이어 찻물을 한 모금 마시고는 자조하는 표정으로 입을 열었다.

"사실 나와 친분이 깊었던 사람은 사라분의 형 색륵분色勒奔이었습니다."

악종기의 어투는 서서히 무거워졌다. 먼 옛날의 기억을 끄집어내기가 쉽지 않은 듯했다.

"강희 오십팔 년에 준갈이準噶爾의 책망아랍포탄策妄阿拉布坦은 부하 장군 책령 돈다복策零敦多蔔을 파견해 서장을 공격했습니다. 성조께서는 정홍기正紅旗 도통都統 법랍法拉에게 군사를 이끌고 이당里塘과 파당巴塘을 평정하라고 명령을 내리셨어요. 그때 당시 고작 부장副將에 불과했던 나는 법랍의 명을 받고 선봉대장으로 나섰습니다. 그리고 칠천 명 군사를 거느리고 사흘 밤낮 동안 고전한 결과 순조롭게 이당과 파당을 수복했습니다. 승전했으니 당연히 기뻐해야 마땅했습니다. 그러나 나는 기뻐할 수가 없었어요. 일개 부장에 불과한 사람이 큰 전공을 세웠으니 도통 법랍의 체면이 뭐가 됐겠어요. 게다가 그때 세상물정을 잘 몰랐던 나는 첩보 문서를 작성할 때 '법 군문이 대영에서 훌륭하게 지휘하신 덕분에 큰 승리를 거둔 것'이라고 간략하게 쓰고 말았어요. 이 때문에 나는 법랍에게 미운 털이 단단히 박히고 말았습니다."

악종기가 잠깐 말을 끊더니 한숨을 내쉬었다. 과거를 회상하니 만감이 교차하는 모양이었다. 얼마 후 그가 다시 천천히 말을 이었다.

"법랍이 열넷째마마(윤제)께 어떤 얘기를 했는지는 모릅니다. 그러나 나중에 관보를 받아보고 나는 화병이 나서 자리에 드러눕고 말았어요. 관보에는 부선봉副先鋒부터 말단 천총千總에 이르기까지 유공자들의 이름이 줄줄이 실렸는데 유독 선봉대장인 내 이름만 없는 것 아니겠습니까. 여섯째어르신(부항)도 잘 아시겠지만 나는 그때 갓 유격遊擊에서 부장으로 승진한 터라 싸움판에서 용맹을 떨칠 줄만 알았지 누군가의 눈치를 보면서 잇속을 차리는 데는 영 숙맥이었습니다. 내가 앓아눕자 법랍이 병문안을 왔더군요. 관보를 들고 이죽거리면서 말하기를, '이번 일은 실수로 그런 것이니 나중에 라싸拉薩를 완전히 평정한 다음에는 큰 공을 기입해주겠다'고 했습니다. 그 말에 내가 '법 군문의 호의는 잘 알겠으니 저를 송반松潘 옛 대영으로 보내주십시오. 여기는 제가 있을 곳이 못 됩니다'라고 부탁했습니다. 그러자 법랍이 코웃음을 치면서 '앓는다는 사람이 제 속셈은 잘도 차리는군. 송반 대영이 열넷째마마 대영과 가까운 거리에 있다는 것을 누가 모르나. 왜? 송반에 간다는 핑계로 열넷째마마를 찾아가 나를 탄핵하려고? 어림도 없네! 지금 당장 일어나 내 명령을 듣게. 내일 즉시 수행원들을 거느리고 사천으로 떠나게. 사천의 식량 만 석을 두 달 안으로 여기까지 운송해 와야 하네. 차질이 생기면 군법에 의해 엄벌에 처할 것이네'라고 말하더군요. 그제야 나는 법랍의 검은 속셈을 알 수 있었습니다. 여섯째어르신도 아시겠지만 무더위가 한창 기승을 부리는 오월에 대금천, 소금천 지역을 통과한다는 것은 곧 죽을 자리를 찾아가는 것이나 다름없었습니다. 법랍은 말도 안 되는 명령을 내려 나를 사지로 몰아가려고 한 거였죠. 이튿날 나는 울며 겨자 먹기로 열 명의 친병을 거느리고 사천으로 향했습니다. 그래도 살겠다고 지남침指南針(나침반)과 뱀독을 물리치는 약, 금계랍金鷄納(학질, 즉 말라리아 치료제) 등의 물건들을 챙겨 길을 떠났습니다. 현지 사람들 중에서 길잡이를 찾으려 했으나 돈을 아무리 많이 줘도 나서는 사람이 없어서 결국 우리끼리 험난한 여정을 시작했죠. 그때 길에서 겪은 고생은 이루 다 말할 수 없습니다……."

악종기가 감정이 격해진 듯 잠깐 말을 멈췄다. 눈에서는 또다시 눈물이 흘러내리고 있었다. 부항 역시 당시 악종기가 겪었을 상황을 상상하니 절로 가슴이 저렸다. 그가 악종기를 위로했다.

"그러게 죄는 지은대로 간다고 하지 않소. 나도 법랍의 죽음에 대해서 들은 바가 있소. 서장으로 진격하는 길에 눈사태가 나는 바람에 목숨을 잃었다고 했죠. 그러게 사람은 마음보를 곱게 써야 하는 법이오. 그래서요? 사라분은 어떻게 만난 거요?"

"듣기 좋아 눈사태지 법랍은 부하에게 살해당한 겁니다. 서장으로 진격하는 길에 법랍의 횡포를 견디지 못한 부하가 그가 방심한 틈을 타서 목을 쳐버린 것이었죠."

악종기가 긴 한숨을 내쉬었다. 그러더니 다시 말을 이었다.

"아무튼 밀림 속을 정처 없이 헤매다가 엿새째 되는 날 운 좋게 어떤 마을에 도착했습니다. 그때의 기분은 정말이지 바다 위를 떠돌다가 뭍을 발견한 사람처럼 이루 다 형언할 수 없었죠. 그런데 꽤 큰 마을에 이상하게 남자들은 하나도 보이지 않고 늙은 아낙네들만 있는 것이 아니겠습니까? 말이 통하지 않아 손짓발짓으로 먹을 것을 좀 얻어먹고 다른 사람들은 다 어디로 갔느냐고 물었더니, 한 아낙네가 눈물을 흘리면서 탈곡장 쪽을 가리키는 것이었습니다. 직감적으로 마을에 무슨 일이 생겼구나 하는 생각이 들었죠. 우리 일행 열한 명은 검과 활을 몸에 차고 화총 여덟 자루까지 지닌 채 마을 앞에 있는 탈곡장으로 갔죠. 그랬더니 멀리서도 탈곡장 옆의 용수나무 밑에 사람들이 잔뜩 몰려있는 것이 보였습니다. 탈곡장 공터에서는 웃통을 벗어 던진 젊은 남자 한 무리가 온몸에 땀을 흘리면서 빙빙 돌고 있었어요. 춤도 추고 있었고요. 특히 그 한가운데 있는 늙은 사내는 얼굴에 얼룩덜룩한 색을 칠하고 머리에 여러 가지 색깔의 천을 둘렀더라고요. 입으로 뭐라고 중얼중얼하는 것이 제사를 주관하는 제사장이 틀림없었습니다. 나는 예전에 귀주성 묘족苗族 부락에서 비슷한 장면을 본 적이 있었던 터라 대수롭지 않게 웃으면서 친병들에게 말했습니다. '보아하니 온신瘟神(전염병)을 쫓는 제례를 지내는 것 같군. 아까 늙은 아낙네는 별일도 아닌 걸 가지고 호들갑을 떨었고! 우리하고는 상관없는 일이니 돌아가서 잠이나 자자고' 라고 말입니다. 그때 한 노병老兵이 흙으로 쌓은 제단을 가리키면서 나에게 귓속말로 말하기를 '저기를 좀 보십시오. 사람이 묶여 있는 것 같습니다'라고 하더군요. 그제야 자세히 보니 제단 위 널빤지에 사내 두 명이 알몸으로 꽁꽁 묶여 있는 것이 보였습니다. 제단 옆에는 사람 키만큼 되는 높이로 장작이 쌓여 있었죠. 아마 제례가 끝난 뒤 장작에 불을 붙여 두 사람을 태워 죽이려는 것 같았습니다."

"……"

부항은 악종기의 얘기에 재미를 붙인 듯 침만 꼴깍 삼킨 채 입을 열 생각조차 하지 않았다. 악종기가 계속 말을 이었다.

"그때 갑자기 몰려 있던 사람들 속에서 젊은 여자 한 명이 날카로운 비명을 지르면서 뛰쳐나왔습니다. 이어 미친 듯 제단 앞으로 다가가더니 손에 들고 있던 칼로 사내들을 묶은 밧줄을 잘라버리는 것이었습니다. 그러나 여자는 곧 제압당하고 사내들 옆에 나란히 포박을 당했죠.

여자의 말은 몇 마디밖에 못 알아들었는데 '네가 악마다', '색륙분이 어떻다' 뭐 그런 내용이었습니다. 아무려나 제사장은 섬뜩한 웃음소리를 내더니 손에 든 횃불을 장작더미에 내던졌어요. 더 말하지 않아도 이어지는 순서는 아시겠죠? 묶여 있는 세 사람을 불붙는 장작더미에 내던지는 것이었습니다. 그 순간 내 입에서는 저도 모르게 고함소리가 터져 나왔습니다. '멈춰! 우리는 관부에서 파견한 사람들이다!'라는 말이었습니다. 그 순간 사람들의 눈길이 일제히 우리 불청객들에게 집중됐죠. 순간 널빤지에 묶여 있던 두 사내 중 나이가 조금 더 많아 보이는 젊은이가 유창한 한어漢語로 우리를 향해 소리를 쳤습니다. '살려주십시오, 관부 나리들! 이자는 소금천의 역적입니다'라고 말입니다. 나는 한 손으로 검을 잡은 채 큰 소리로 제사장을 향해 '천조天朝의 율령이 지엄하거늘 어찌 사람을 마음대로 죽일 수 있다는 말이오? 당장 저 사람들을 풀어주시오!'라고 명령했습니다. 그러나 내 말을 알아듣는 사람은 아무도 없었습니다. 곧이어 젊은 여자가 제사장과 한바탕 입씨름을 하는 것 같더니 제사장이 주문을 외웠습니다. 그러자 칼을 든 사내들이 묶여 있는 세 사람의 주위로 몰려들기 시작했어요. 나는 다시 친병들에게 '하늘을 향해 총을 쏘라!'고 명령했습니다. '탕!' 하는 소리가 나자 좌중은 잠깐 술렁였습니다. 그러나 제사장과 사내들은 이내 진정하고 다시 세 사람에게 다가갔습니다. 나는 만부득이한 상황이라고 생각해 다시 이를 악물고 친병들에게 '저 제사장을 향해 쏘라!'고 명령을 내렸습니다. 다시 탕탕탕…… 하는 소리가 울려 퍼졌습니다. 모두 일곱 발의 총소리였습니다. 그와 함께 제사장은 흙 제단 옆에 쓰러지고 말았죠. 벌집처럼 생겨난 일곱 개의 구멍에서는 선지피가 콸콸 쏟아져 나왔고요. 나는 제사장의 시체를 기리키면서 사람들을 향해 소리쳤습니다. '내 명에 따르는 자는 살려주고 어기는 자는 이자의 뒤를 따르게 되리라. 다들 칼을 내려놓으라!'고 말입니다. 그때 묶여 있던 사내가 통역을 해줬습니다. 사람들은 모두 들고 있던 칼을 내려 놓았죠."

"아, 악 장군은 그렇게 해서 색륵분의 목숨을 구해줬군요?"

악종기의 얘기에 깊이 빠져들었던 부항이 그제야 알겠다는 듯 무릎을 탁 쳤다. 동시에 다시 말을 이었다.

"대체 그 마을에는 무슨 일이 있었던 거요?"

"대금천과 소금천은 예전부터 사이가 좋지 않았다고 합니다. 그런데 당시 조정에서는 대금천, 소금천 전 지역을 통틀어 토사土司(서부 및 서남부의 여러 성省에 두었던 일종의 지방관)를 한 명밖에 두지 않았어요. 그런데 소금천의 옥일沃日이라는 자가 토사직을 맡게 되면서부터 대금천 지역과 분쟁이 끊이지 않았다고 해요. 그렇게 대금천과 소금천 사이에 싸움이 벌어지면 열에 아홉은 대금천의 패배로 끝났다고 하더군요. 상, 하첨대와 지리적으로 가까운 위치에 있는 소금천이 반곤으로부터 조총과 화총 등 좋은 무기를 구할 수 있었던 것이 원인이 아니었나 싶네요. 또 관부와도 좋은 관계를 유지해 두 지역 사이에 싸움이 생길 때마다 관부는 소금천의 손을 들어주고는 했다는 거예요. 문제는 우연한 기회에 대금천의 토사土舍(촌장) 가륵파嘉勒巴가 청해에서 금천으로 도망쳐온 청나라 관군 이백 명의 목숨을 구해준 일이 있었다는 사실입니다. 이 일을 계기로 가륵파는 사천 장군의 접견을 받게 됐죠. 그때 가륵파는 항상 자신들의 위에 군림하던 토사土司라는 자도 대청 황제 앞에서는 지렁이만도 못한 존재라는 것을 알게 됐습니다. 두뇌 회전이 빠른 가륵파는 즉시 마을 청년들을 모아 군대를 조직하고 대금천에서 많이 생산되는 약재와 금을 사천으로 가지고 가서 화약과 무기들을 구매했죠. 또 반곤과 관부에 두둑한 뇌물을 바쳐 양측의 호감을 얻었다고 합니다. 그후 대금천은 여러 차례 벌어진 소금천과의 전투에서 거듭 승전고를 울리면서 대부분 지역을 평정했습니다. 이렇게 되자 소금천은 관부도 믿을 곳이 못 된다고 생각해 이후부터 조정의 명령에 따르지 않게 됐죠."

부항은 악종기의 긴 얘기가 끝나자 고개를 끄덕였다. 그는 이 이야기를 통해 상, 하첨대와 대, 소금천 사이의 오래되고 복잡한 갈등에 대해 일목요연하게 알 수 있게 됐다. 악종기가 잠깐 숨을 고르고 나더니 다시 얘기를 이어나갔다.

"사실 조정에서는 가륵파만 잘 구슬려 삶으면 돈 한 푼 들이지 않고 대, 소금천 지역을 평정할 수 있었어요. 대, 소금천이 안정을 회복하면 상, 하첨대에 무혈 입성하는 것도 시간문제였죠."

악종기가 잠깐 말을 멈추고 기울어진 촛대를 바로 세웠다. 이어 조용히 탄식을 내뱉었다.

"안타깝게도 가륵파는 급사하고 말았습니다. 그의 부인 말에 따르면 소금천 토사 옥일의 초대에 응해 아들과 함께 연회에 참석했다가 둘 다 변을 당했다고 합니다. 장족藏族은 신앙심이 깊은 민족이죠. 가륵파의 아내는 남편과 아들의 망령을 위로하기 위해 소금천의 홍의활불紅衣活佛 제상결조第桑結措를 초청했습니다. 그런데 그게 결국 이리를 집안으로 끌어들인 격이 되고 말았어요. 제상결조가 바로 내가 서두에서 얘기한 제사장이었죠. 제상결조는 이백 명의 라마를 데리고 가륵파의 집에 왔다가 마침 그의 손자 색륵분과 사라분이 앓고 있는 것을 보고 나쁜 마음을 품었던 것이죠. 나는 색륵분과 사라분의 목숨을 구해준 뒤 두 사람의 맥을 짚어봤습니다. 의술에 전혀 문외한인 내가 봐도 두 사람의 상태는 매우 심각했어요. 열이 심하고 거의 혼수상태에 빠지기 직전이었죠. 그때 마을사람들 틈에서 백발의 노인 한 사람이 나에게 읍을 하면서 공손하게 말을 꺼냈습니다. '나리, 제가 한어를 조금 압니다. 가륵파 토사는 전쟁을 즐겼습니다. 하늘을 노엽게 했습니다. 그래서 제 녕을 다 못 살고 죽은 것입니다. 그의 두 손자도 죗값을 받아 이렇게 앓고 있는 것입니다. 이 둘을 죽이지 않으면 우리 마을 전체가 전염병의 위협에서 벗어나지 못할 것입니다. 우리는 지금까지 관부의 명령을 어긴 일도, 조정에 죄를 지은 일도 없습니다. 그러니 나리께서도 우리 가문의 일에 대해서는 손을 떼셨으면 합니다'라고 말이죠. 그래서 내가 '이건 그대 생각이오? 아니면 다른 사람의 말을 대신 전해주는 것이오?' 하고 물었죠. 그러자 노인이 '이는 제상결조 활불이 부처님의 뜻을 그대로 전한 것입니다'라고 말하더군요. 내가 다시 '제상결조는 소금천 사람인데, 어찌 대금천의 일에 관여할 수 있다는 말인가?'라고 물었습니다. 노인이 다시 정중하게 인사하고 나서 '저는 가륵파 토사의 숙부가 되는 사람으로 상조桑措라고 합니다. 제 형님의 가족이 이런 변을 당했으니 저도 슬프기 그지없습니다. 그러나 제가 방금 했던 말은 대불사大佛寺에 가서 점을 쳐서 얻은 점괘를 해석한 것입니다. 그런데 나리께서 대불사에서 파견한 제사장을 죽였으니 곧 천벌을 면치 못할 것입니다'라고 말하더군요. 그 말에 나는 하하 웃으면서 '제사장은 부처님의 사자使者라고 하니 총칼을 맞아도 멀쩡하게 살아 있어야 마땅한 것이 아니오? 그런 그가 죽었다는 것은 천벌을 받아야 할 사람은 내가 아니라 그였다는 말이 되는 게 아니오?'라고 대답했습니다. 그때 갑자기 내 머릿속에 삼국시대 때 제갈량이 맹획을 일곱 번 잡고 일곱 번 놓아준 곳이 이곳이라는 생각이 번쩍 들었죠. 나는 모여 있는 사람들을 향해 큰 소리로 '우리는 이당과 파당을 평정하러 떠난 조정 군사들이다. 꿈속에 제갈량이 나타나서 위험에 처한 영웅을 구하라고 하기에 일부러 이곳 대금천까지 달려온 것이다!'라고 말했습니다. 좌중의 사람들은 '제갈량이 누구지?' 하고 수군거렸습니다. 그때 누군가가 큰 소리로 '제갈공명, 공명이오!' 하고 말했습니다. 그 말에 사람들은 모두 일제히 무릎을 꿇었죠. 동시에 무릎걸음으로 나에게 다가오면서 한없이 경건한 자세로 나를 향해 머리를 조아리는 것이었습니다. 바로 그때 젊은 남자 한 명이 칼을 들고 달려 나오더니 다짜고짜 널빤지 위에 엎드려 있는 사라분을 덮쳤습니다. 순식간에 벌어진 일이라 나도 어찌할 바를 모르고 있는데, 그 전에 색륵분의 포승을 풀어준 여자가 뭐라고 소리를 지르더니 사라분의 앞을 막고 나섰습니다. 한 마디도 못 알아듣고 멍해 있는 나에게 상조가 다시 통역을 해줬어요. 알고 보니 사라분을 죽이려고 한 남자는 공포貢布, 사라분을 구해준 여자는 타운朶雲이라고 했습니다. 공포가 했던 말은 '그는 너를 사랑하지 않는다'였고, 타운이 했던 말은 '나는 너를 사랑하지 않는다'였습니다. 결국 젊은이들 사이의 사랑싸움이었죠. 나는 그냥 웃고 말았어요……."

7장
골육상잔骨肉相殘

부항이 악종기의 말에 풋! 하고 웃으면서 끼어들었다.

"정情이라는 것은 참으로 무서운 것이오. 그래 색륵분 형제는 무슨 병에 걸린 것이었소?"

악종기가 대답했다.

"나중에 알고 보니 학질瘧疾이었더군요. 가족들이 제사장의 말을 믿고 두 형제를 방 안에 가둬놓고 물과 밥을 주지 않았으니 병이 심해질 수밖에 없었고요. 여섯째어르신도 알겠지만 내가 예전에 학질을 앓았던 적이 있지 않습니까. 그래서 혹시 재발이라도 할까 싶어 항상 금계랍을 몸에 지니고 다니죠. 색륵분 형제는 내가 준 약을 먹고 한 시간도 지나지 않아 열이 내렸습니다. 이렇게 되니 마을 사람들은 나를 '신선'이나 '활불'처럼 믿고 경배하게 됐죠. 나는 가지고 왔던 금계랍을 비롯해 자금활락단紫金活絡丹, 박하유薄荷油, 구열거풍산驅熱祛風散을 마을사람들에게 조금씩 나눠줬죠. 이렇게 해서 처음 마을에 왔을 때는 거지나 다를 바 없었던 우리 일행은 매일 이집 저집 불려 다니면서 세상 부러울 것 없이 극진한 대접을 받았어요. 떠날 날이 다가오자 마을 사람들은 장홍화藏紅花, 녹용鹿茸, 사향麝香, 전칠삼田七蔘, 목엽초木葉草 등 진귀한 약재들을 노새 열 마리에 꼭꼭 박아 싣고는 호떡만 한 크기의 금덩이 열 개까지 들고 우리를 설산雪山 입구까지 배웅했죠. 색륵분 형제는 눈물을 흘리면서 우리와 작별인사를 했고요. 그때 둘은 나에게 '나리는 착한 사람이니 부처님의 보살핌을 받으실 것입니다. 언제든 우리 형제의 도움이 필요하실 때가 오면 편지를 보내십시오. 불원천리하고 달려가서 도와드리겠습니다'라고 말했습니다."

부항은 악종기의 이야기에 감동을 받아 콧마루가 찡해졌다. 그가 급기야 감개무량한 표정을 한 채 길게 탄식을 터트렸다.

"악 장군은 색륵분 형제와 이만저만한 친분을 쌓은 것이 아닌 것 같소. 두 형제의 의리도 참으로 감동적이오. 그런데 그런 두 형제가 어쩌다가 서로 반목해 골육상잔의 지경에까지 이르게 된 거요?"

"여자 때문이라고 해야죠."

악종기가 부항의 질문에 갑자기 미간을 심하게 찌푸렸다. 이어 그 표정 그대로 입을 열었다.

"그때는 옹정 원년이었어요. 나는 분위장군奮威將軍에 봉해지고 송반松潘 지역에 주둔하게 됐습니다. 또 연갱요 장군은 무원대장군撫遠大將軍으로 청해青海 전투의 총사령관을 맡게 됐습니다. 이번 상대는 나포장단증羅布藏丹增이었죠. 나는 사천 북부에 몇 년 동안 주둔해 있었기 때문에 청해성의 지세에 대해 연 장군보다는 좀 더 잘 알고 있었습니다. 그래도 연 장군과는 원래 서로 흉금을 터놓는 절친한 사이였는지라 나는 그의 휘하에서 일하게 된 것을 무척 기쁘게 생각했었죠. 정운의 꿈을 품은 벗을 위해 기꺼이 사다리 역할을 해주려고 했습니다. 허나 사랑이든 우정이든 일방적인 희생은 한계가 있다는 것을 절감하기까지는 그리 긴 시간이 걸리지 않았습니다. 그는 내가 자기의 공로를 넘볼까 두려워하고 경계했습니다. 심지어 지척에 있는 나를 외면한 채 멀리 감숙성의 군사를 동원해 청해성 남쪽 지역을 지키도록 했죠. 전쟁터에서 싸우는 것도 인간사의 모든 이치와 마찬가지로 심보가 제대로 박히지 않으면 패하게 돼 있는 법입니다. 그가 나를 경계해 그 먼 곳에서 인마를 불러오는 사이 탑이사塔爾寺에 숨어 있던 나포장단증은 여자로 변장을 하고 멀리 도주해 버리고 말았습니다."

악종기가 잠시 숨을 골랐다. 너무 많은 말을 한 듯했다. 그러나 이내 다시 입을 열었다.

"폐하께서는 연 장군의 실수를 미리 점치기라도 한 듯 나포장단증이 도주한 이튿날 저녁 나에게 성지를 내리셨습니다. 즉시 오천 인마를 거느리고 청해로 들어가 잔존한 적들을 소탕하라고 말이에요. 연 장군은 후방에 남으라고 하셨죠. 이어 성지를 받은 지 두 시간도 채 안 돼 하남, 호광, 사천 세 개 성의 녹영병을 모두 지휘하라는 상서방의 정기가 또다시 도착했습니다. 나는 정신이 없어 어찌할 바를 몰랐습니다. 그때 이번에는 사천성 성도 대영에서 수천 인마가 행장을 꾸리고 대기하고 있다는 급전이 날아왔습니다. 그곳 도통都統인 아산阿山이 나를 만나기 위해 오고 있다는 급전이었습니다. 연갱요 밑에서 찬밥 신세로 있다가 느닷없이 최고의 위치에 오르게 되니 솔직히 묘한 기분이 들었어요. 흥망이 덧없다는 생각도 들고 희비가 교차했죠. 또 권세가 이다지도 좋으니 지기知己라 믿어 의심치 않았던 벗이 나를 경계할 수밖에 없었겠구나 하는 이해도 할 수 있게 되었죠……. 잠시 후 뜨거웠던 머리가 식으면서 냉정을 되찾고 고민에 빠졌습니다. 개선장군으로 남을 것이냐 아니면 국가 대사를 그르친 죄인으로 남을 것이냐 하는 양자택일의 결정적인 순간이라는 생각 때문에 중압감이 밀려오더군요!"

"그럴 수밖에 없었을 거요. 나도 그랬으니까."

부항이 동의한다는 듯 고개를 끄덕였다. 악종기는 같은 경험을 공유한 그에게 더욱 친근감을 느끼는 듯 조용한 어조로 다시 말을 이었다.

"그날 밤, 몇몇 막료와 장군들을 소집해 작전 회의를 하고 철저한 군사 재정비에 들어갔습니다. 아예 그때를 기회로 군기를 바로 잡고 군량미 수급 통로를 점검했죠. 부상병 수용 시설도 늘리고 출전 용사들은 물론 그들 가족에 대한 지원도 물심양면으로 아끼지 않았습니다. 한마디로 모든 준비가 숨 가쁘게 진행됐습니다. 다행히 별 어려움은 없었죠. 허나 유독 청해 지리에 밝은 사람이 없어 고민이었습니다. 삼라만상이 꽁꽁 얼어붙은 한겨울에 황량한 초원에서 오천 기병으로 몇 만 명의 적을 소탕하려면 지역 지리를 손금 보듯 훤하게 아는 길잡이가 없이는 절대로 불가능했으니까요. 그렇다고 나를 눈에 든 가시처럼 미워하는 연갱요에게 손을 내밀 수도 없었죠. 출정 시간은 어김없이 다가왔습니다. 결국 우리는 막판에 이르자 포로에게 길잡이를 맡겨도 우리보다는 나을 거라는 데 생각을 같이 했습니다. 그때 십여 명의 장족藏族 백성들이 나를 만나려고 찾아왔다는 거예요. 만나보니 바로 전에 내가 목숨을 구해줬던 색륵분, 사라분 형제였지 뭡니까! 전에 볼 때는 학질에 걸린 데다 잘 먹지도 못해 피골이 상접하던 그들이 그새 건장하고 어엿한 젊은이가 돼 나타났더란 말이에요. 두 형제는 나를 보더니만 칠 척 거구를 꺾어 바닥에 엎드린 채 큰절을 올리고는 어깨를 들썩이면서 눈물을 흘렸습니다. 한바탕 울고 웃으면서 회포를 풀고 나니 그제야 문어귀에 어딘가 눈에 익은 젊은 여자가 하나 더 보이더군요. 더 말하지 않아도 짐작하겠지만 전에 색륵분을 구하기 위해 칼을 들고 달려들었던 저

녀 타운이었어요. 배가 부른 듯해서 물어보니 임신 중이라더군요. 궁하면 통한다더니, 다행히 색록분 형제가 청해 지역에서는 이사 간 쥐구멍도 찾아낸다면서 가슴팍을 치는 게 아니겠습니까? 나포장단증을 치러 간다고 하니 혼쾌히 합류하겠노라면서 자신들과 뜻을 같이 하는 장족 청년들을 데리고 와 인사를 시키더군요. 그렇게 우리 오천 명의 군사는 나포장단증을 찾아 떠나게 됐습니다. 때는 침을 뱉으면 땅에 떨어지기도 전에 얼어붙는다는 정월이었어요. 칼바람이 기승을 부리는 광대무변한 초원을 행군하는데 정말이지 안 겪어본 사람은 절대 그 어려움을 모를 거예요. 직문直門에서 청해靑海로 들어가는 데만 사흘이 걸리고 휴마만休馬灣에 도착하니 벌써부터 군량미 공급이 차질을 빚었어요. 게다가 하루가 지나니 식수와 땔감, 사료 어느 것 하나 적재적소에 공급되는 것이 없었죠. 연 장군의 밴댕이 소갈머리에 정말 화가 나더군요. 그러나 다른 한편 연 장군의 용병술만은 인정하지 않을 수 없었습니다. 귀신도 새끼치기 싫어한다는 그런 곳에서 나포장단증의 주력부대를 격퇴시키고 십만 포로를 생포했다는 사실은 실로 엄청난 성과가 아닐 수 없었기 때문이죠. 나포장단증의 잔여 세력은 십만을 넘는다고는 했으나 연 장군에게 얻어맞아 뿔뿔이 흩어진 상태였어요. 게다가 총사령관까지 도주해버렸으니 우리는 그다지 큰 어려움 없이 짧은 시일 내에 삼만 포로를 생포하고 청해 남쪽의 주요 도시들을 점령할 수 있었어요. 또 뿔뿔이 흩어져 아사餓死 직전에 이른 잔적들은 내가 점령한 곡창穀倉을 열어 먹을 것을 나눠준다고 소문을 퍼뜨리니 제 발로 찾아와 투항하기도 했죠. 배가 고프면 인간의 지조도 충정도 다 헛소리에 불과하다는 사실을 새삼 느꼈습니다."

"굶어본 사람이면 알고도 남을 거요. 나도 출정했을 때는 그런 곤경에 처한 적이 있었소."

"그렇게 첫출발부터 승승장구했습니다. 얼마 후 사월이 되자 우리는 이미 칠만 명의 포로를 잡고 십삼 개의 주현을 점령하는 쾌거를 올렸습니다. 적들의 인명 피해에 비하면 우리 군의 피해는 아무것도 아니었습니다. 부상병까지 합쳐 칠백 명도 될까 말까한 미미한 사상자를 냈죠. 그러니 연 장군의 그 속이 속이었겠어요? 질투에 불타 자멸할 정도였다고 해도 과언이 아니었겠죠. 내가 첩보를 올리자마자 그 역시 폐하께 주장을 올리기는 했습니다. 내가 이끌어낸 승리가 '눈 먼 고양이가 죽은 쥐를 만난 격'이라면서 형편없이 매도했다고 하더군요. 이에 폐하께서는 '눈 먼 고양이도 덕을 쌓아야 죽은 쥐라도 만날 수 있는 게 아니냐!'라고 호되게 꾸중을 하셨다고 하더군요. 분명히 그렇게 들었습니다……."

"선제께서는 충분히 그런 말씀을 하실 분이오. 틀린 말도 아니고. 연 장군은 하여간 문제가 많은 사람이었소. 그러니 제 명을 다 못 살았던 것 아니겠소."

"그때 당시 내 머릿속에는 속전속결로 일을 마무리 짓고 하루빨리 폐하께 완벽한 승전보를 전해드리겠다는 일념밖에 없었어요. 나는 장군들을 불러 모아 군사를 세 갈래로 나눠 공격한다는 작전지시를 내렸죠. 서로군 이천 명은 아극색阿克塞 금산구金山口, 동로군 이천 명은 가까이에 있는 덕령합德令哈, 중군 일천 명은 내가 직접 인솔해 어잡魚卡을 함락시킨다는 계획이었어요. 어잡을 점령하는 일은 별로 어렵지 않았어요. 대포 소리가 몇 발 울리자 성 안에 있던 적들은 가족들까지 모두 거느리고 성 밖으로 나와 우리에게 투항했죠. 모두들 잘 먹지 못해 피골이 상접해 있더군요. 성 안에는 식량이라고는 한 톨도 없었어요. 대신 집집마다 황금은 많이 갖고 있었어요. 우리 군사들은 황금을 보자 눈이 벌개져서 닥치는 대로 노략질을 하기 시작했습니다. 내가 백성들의 물건을 건드려서는 안 된다고 엄명을 내렸으나 아무 소용이 없었죠. 결국 천종

두 명과 친병 다섯 명의 목을 쳐서 일벌백계를 보여주고서야 겨우 군기를 바로잡을 수 있었습니다. 색륵분 형제는 이 마을에 타운의 외삼촌이 있다는 말을 들었던 모양이에요. 사람들을 데리고 찾으러 다니더라고요. 그러나 결국 찾지 못하고 말았죠. 나중에 들은 소식에 의하면 타운의 외삼촌은 이 년 전 나포장단증의 부하에 의해 객이객몽고喀爾喀蒙古로 끌려갔다고 하더라고요. 나흘 뒤 덕령합을 치러 갔던 동로군 쪽에서 소식이 들려왔어요. 그런데 안타깝게도 패전 소식이었어요. 나는 동로군의 주장인 학헌명郝憲明에게 포위만 하고 공격을 보류하라는 명령을 보냈어요. 서로군이 금산구를 함락시켜 적들의 퇴로를 차단한 다음 지원병을 보내주겠다고 말했죠. 이틀 뒤 과연 서로군 쪽에서 금산구를 점령하고 아극색 성을 수복했다는 첩보가 날아왔어요. 나는 서로군 주장에게 적을 더 이상 추격하지 말고 동로군의 소식이 오는 대로 동로군을 지원하라는 명령을 내렸죠. 이튿날 과연 동로군 쪽에서 '소식'이 왔어요. 그러나 '소식'을 전해온 것은 탐마가 아니라 동로군의 표통標統 문귀부聞貴富였죠. 그의 말에 따르면 동로군 주장 학헌명은 내 명령을 듣지 않고 섣불리 성 안으로 쳐들어갔다가 적들에게 포위당했다는 거예요. 다행히 문귀부는 주장의 지시를 따르지 않고 성 안으로 들어가지 않았기에 칠백 인마를 거느리고 이곳으로 도망쳐올 수 있었다고 했어요. 문귀부는 나포장단증의 부장副將 아포차단阿布茨丹이 삼천 군사를 거느리고 이쪽으로 오고 있으니 속히 대책을 세워야 한다고 했습니다."

악종기가 다시 말을 멈추고는 숨을 골랐다. 너무 열심히 얘기를 했는지 얼굴이 벌겋게 상기되어 있었다. 곧이어 그가 다시 말을 이어나갔다.

"문귀부가 데리고 온 칠백 명까지 다 합쳐봐야 아군의 병력은 이천이백 명밖에 되지 않았어요. 게다가 그 중 천이백 명은 적들에게 쫓겨 부상을 입은 패잔병이었죠. 이런 병력으로 용장 아포차단의 삼천 군사를 당해낼 수 있을까요? 그래도 나름 고심 끝에 부하들에게 작전 지시를 다 마치고 나니 오히려 홀가분한 느낌이 들더군요. 모든 것을 하늘의 뜻에 맡긴다고 생각하니 그 날 밤에는 코까지 골면서 단잠을 잘 수 있었죠. 이튿날 새벽 어잡 병영 동남쪽에서 나팔소리가 정적을 깨면서 은은하게 울려 퍼졌어요. 잇따라 말의 울부짖음 소리와 사람들의 고함 소리가 터져 나왔죠. 나는 놀라서 잠에서 깨어나 다급히 월대月臺에 올라 상황을 살펴봤어요. 병영 동남쪽 모래밭에서 아군과 아포차단 사이에 접전이 벌어지고 있더군요. 시작부터 아군은 속수무책으로 밀리고 있었어요. 그도 그럴 수밖에 없었죠. 아포차단의 군사들이 원래 용맹한 데다 궁지에 몰리다 보니 죽기 살기로 달려들었으니까요. 나는 포수에게 대포를 쏠 것을 명령했어요. 그런데 아포차단의 군사들은 대포 공격에 한 무더기씩 쓰러지면서도 계속 달려들었어요. 접전은 점점 더 치열해지고 사상자는 부지기수로 늘어났죠. 다행히 약 두 시간쯤 지나자 아군이 승세를 타기 시작했어요. 우리 군사들은 사기가 한껏 고무되어 닥치는 대로 적들을 베었어요. 맨 앞장에 서서 가장 용감하게 싸운 사람은 단연 사라분이었고요. 그가 큰 칼을 휘두를 때마다 적들의 목은 종이인형처럼 뚝뚝 잘려나갔어요. 월대에서 전투를 지휘하던 나는 나도 모르게 소리를 지르면서 '사라분은 과연 명불허전이로구나. 영웅호한답다!'라고 감탄사를 터트렸죠. 그러나 내 말이 채 끝나기도 전에 어디선가 날아온 화살이 정확하게 사라분의 등에 꽂혔어요. 내가 깜짝 놀라 사라분에게 후퇴하라고 소리치려는 찰나 화살이 또 한 대 날아왔죠. 이번에는 사라분의 어깨에 꽂혔어요. 사라분은 두세 번 비틀거리더니 이를 악물고 어깨에 꽂힌 화살을 뽑아내더군요. 그리고는 잔등에 꽂힌 화살은 그대로 꽂아둔 채 다시 적진으로 뛰어들더군요. 손이 닿지 않아 빼낼 수가 없어서 그랬던 모양이에요. 참으로 용맹한 젊은이였죠. 결국 아포차단의 병력은 백여 명밖에 남지 않게 됐어요. 결국 그들은 패전을 예감한 듯 칼을 내려놓았어요. 혹시 투항이라도 하려나 싶어 눈을 크게 뜨고 살펴보니 그게 아니더군요. 백여 명의 군사들이 아포차단을 가운데에 놓고 둥그렇게 원 형태로 둘러서더니 함께 노래를 부르더라고요."

악종기가 다시 말을 멈췄다. 아포차단의 병사들과 전투할 때 들었던 노래를 생각하는 것 같았다. 아니나 다를까, 그가 기억을 짜내더니 띄엄띄엄 노래를 부르기 시작했다.

아아 峨峨한 천산天山은 구름 사이로 우뚝 솟고

창창한 홍송紅松 숲 사이로 강물이 소리쳐 흐르네.

눈꽃이 흩날리는 전쟁터,

전사들의 충혼이 선혈로 흘러나오네.

용맹한 독수리 날개 꺾여

그 영혼은 고향으로 날아가네.

생이 짧다고 탄식하지도, 슬퍼하지도 말라.

긴 노래가 끝나고 나면 장사壯士들은 다시 올 수 없다네.

악종기가 노래를 부르고 나더니 다시 얘기를 이어갔다.

"웅장하고 힘찬 노랫소리를 들으면서 나는 탄식을 금치 못했죠. 용맹하고 의리가 굳은 객이객몽고인들이 어쩌다가 나포장단증의 꾐에 넘어가 조정의 적으로 전락했는지 안타깝기 그지없었죠. 그때 아포차단의 손에서 은빛이 번쩍이더니 그의 몸이 통나무처럼 맥없이 땅에 넘어졌습니다. 은빛 비수가 박힌 가슴팍에서는 선지피가 콸콸 흘러나왔죠. 아포차단을 에워싸고 있던 백여 명의 병사들 역시 말 한 마디 없이 동시에 칼을 들더군요. 이어 예리한 칼날이 그들의 목을 긋는가 싶더니 짚단 무너지듯 모두 쓰러지고 말았어요. 우리 군사들은 아연한 눈빛으로 이 모든 광경을 지켜봤죠. 눈물을 흘리는 군사도 있었습니다. 나는 곧 자결해 쓰러져 있는 시체들 한가운데로 들어갔습니다. 그리고는 아포차단의 굳어진 몸 앞에 한참동안 서 있었죠. 이어 부하들에게 '승패를 떠나 이들은 진정한 영웅들이니 서녕西寧에서 관을 사다 후하게 장례를 치러줘라'라고 명령을 내렸습니다. 이후 나는 각 군에 술과 고기를 사다 한바탕 승리를 경축하라고 이른 다음 병영으로 돌아왔습니다. 그런데 내가 폐하께 올릴 주장을 쓰려고 붓을 꺼내 들었을 때 참장 한 명이 발을 걸고 들어왔습니다. 그가 다급한 소리로 '색륵분 형제가 싸우고 있습니다'라고 외치더군요. 놀라서 밖으로 나와 보니 과연 동쪽 공터에서 색륵분과 사라분이 칼을 들고 서로를 노려보면서 대치하고 있었어요. 사실 그 전투에서는 색륵분 형제와 그들을 따라온 장족 젊은이들이 큰 공을 세웠죠. 열두 명 중에서 세 명이 죽고 두 명이 중상을 입었습니다. 그리고 타운을 제외한 나머지 사람들도 경상이기는 하나 모두 조금씩의 부상을 입은 상태였죠. '서로 치하해줘도 모자랄 판에 이게 웬 내분이라는 말인가?' 하는 생각이 들었죠. 나는 허허 웃으면서 다가가 '적들과 목숨을 걸고 싸워 겨우 살아남은 사람들이 아닌가. 왜 같은 편끼리 못 잡아먹어 안달이 났나? 내가 폐하께 잘 말씀드려 공로를 공훈록에 기입해 줄 테니 어서 칼들을 치우게. 이러다가는 온 천하의 웃음거리가 되지 않겠나!' 하고 말했습니다. 그러자 사라분이 큰 소리로 외치며 '우리는 공로를 다투는 것이 아닙니다. 그냥 사실을 밝히고 싶을 뿐입니다. 저 사람에게 물어보십시오. 내 등에 화살을 쏜 사람이 대체 누구인지를요?'라고 대답하더군요. 사라분의 말에 색륵분이 음험하게 웃으면서 '나는 적들을 향해 쐈던 거야!' 하고 말하더군요."

"······"

"그 순간 나는 사라분이 화살에 맞던 순간을 떠올렸습니다. 순간 뭔가 이상하다는 생각이 들더군요. 그때 옆에서 바들바들 떨고 있던 타운이 퉁기듯 일어나더니 색륵분에게 손가락질을 하면서 날카롭게 소리질렀습니다. '당신이 그러고도 형인가요? 내가 다 봤어요. 당신의 화살은 적들이 아닌 동생을 겨냥한 것이었어요!'라고 말입니다. 그러자 색륵분도 쉰 목소리로 '그래 맞아. 나는 적들을 향해 쏜 거야. 내 마음속의 적은 바로 저자야!'라고 말하더군요. 나는 색륵분이 스스로의 비열한 행각을 실토하는 것을 듣고 화가 치밀어 올랐어요. 그래서 '색륵분, 왜 그런 짓을 했는가?' 하고 소리쳤죠. 그랬더니 색륵분이 사라분을 노려보면서 '타운에게 물어보십시오. 배 속의 애가 누구 애인지?'라고 말하더군요. 그 말에 사라분과 타운이 거의 동시에 대답했습니다. '그래, 내 애야. 그게 어쨌단 말이야?', '그래요, 사라분의 애가 맞아요'라고 말입니다. 나는 구역질이 치밀어 오르는 것을 겨우 참으면서 사라분에게 '자고로 형제는 수족手足과 같고 여자는 옷과 같다고 했네. 수족은 없어지면 다시 생겨나지 않으나 옷은 없어지면 새것으로 갈아입을 수 있지 않은가'라고 말했죠. 그러자 사라분은 큰 소리로 '나리, 저는 그런 심오한 도리는 모릅니다. 다만 내가 타운을 사랑하고 타운도 나를 사랑한다는 것만 알고 있습니다'라고 항변하더군요. 그 말에 색륵분의 낯빛은 창백하다 못해 새파랗게 질려버렸어요. 결국 그가 불이 뚝뚝 떨어질 것 같은 눈빛으로 타운에게 '말해봐, 나를 사랑한다고 하지 않았어?'라고 물었어요. 타운은 그 말에 전혀 부끄러운 기색도 없이 당당하게 '사랑했었어요. 그러나 지금은 사랑하지 않아요. 당신은 돈밖에 모르고 동생처럼 용감하지도 못해요'라고 맞받아쳤습니다. 순간 색륵분은 큰 충격을 받은 듯 제자리에서 두어 걸음 비틀거리더니 미친 사람처럼 칼을 들고 타운에게 달려들었어요. 바로 그 순간 사라분이 쏜살같이 타운의 앞을 막아섰습니다. 두 형제 사이의 결투가 다시 시작된 것이죠."

"비극이군, 비극이야! 꼭 그렇게 해야 했을까?"

"두 사람은 십여 합이 넘도록 겨뤘습니다. 그러나 쉽게 승부가 나지 않았죠. 물론 나중에는 나이도 젊고 힘도 더 센 사라분이 우세를 점하기는 했죠. 솔직히 나는 형의 여자를 가로챈 야비한 사라분보다 색륵분이 이기기를 바랐어요. 하지만 내 바람과는 달리 얼마 후 색륵분이 발을 헛디디면서 구덩이에 빠지고 말았어요. 그 틈을 타서 사라분은 맹수처럼 달려들어 색륵분의 몸에 칼을 여러 번 찔렀습니다. 형제간의 정을 생각해서인지 차마 급소는 찌르지 못하더군요. 색륵분은 모든 것을 체념한 듯 칼을 내던진 채 땅바닥에 반듯이 누워 하늘만 바라보고 있었죠. 그때 내가 두 형제를 향해 '이제 그만하게!'라고 소리쳤습니다. 그런데 내 말이 끝나기도 전에 갑자기 옆에서 타운이 툭 튀어나오더니 다짜고짜 색륵분의 가슴팍에 날카로운 비수를 박는 것이었어요. 색륵분은 애써 몸을 일으켜 몸에 박힌 비수를 뽑아내더니 형언하기 어려운 눈빛으로 타운을 바라보면서 '나는 당신을 진심으로 사랑했어'라고 말했어요. 그 말을 끝으로 그는 숨이 끊어지고 말았죠. 그렇게 골육상잔의 비극을 눈앞에서 직접 목격하고 나니 갑자기 세상 모든 것이 허망하게 느껴지더군요. 나는 친병들을 거느리고 사라분에게는 눈길도 주지 않은 채 병영으로 향했어요. 사라분이 뒤에서 뭐라고 소리쳤지만 딱 두 마디만 했어요. '자네는 대금천으로 돌아가게. 영원히 다시 만나는 일이 없었으면 좋겠네!'라고 말입니다. 어려운 전투에서 멋진 승리를 거둔 하루였으나 나는 마음이 편치 않았어요. 눈앞에 아포차단이 자결하던 광경과 타운이 색륵분의 가슴에 비수를 박던 광경이 너무나 생생하게 떠올라 이틀 동안이나 잠을 자지 못했죠……."

8장

당아의 내조

악종기의 길고 긴 얘기가 끝났다. 그러나 부항은 그 얘기를 듣고 큰 충격을 받은 듯했다. 그는 아직도 총칼이 난무하는 전쟁터의 잔영에서 벗어나지 못한 듯 다 식은 찻잔을 손에 든 채 멍하니 천장만 바라보고 있었다. 얼마나 시간이 흘렀을까, 그가 갑자기 정신이 든 듯 실소를 흘리면서 입을 열었다.

"그래서? 그 후에는 어떻게 됐소?"

악종기가 대답에 앞서 부항에게 뜨거운 찻물을 따라줬다. 이어 한숨을 내쉬었다.

"그 후의 일은 여섯째어르신도 잘 알지 않습니까? 화통박 전투에서 대패한 다음 작위와 관직을 다 잃었죠. 총사령관으로서 백성들의 세금을 탕진하고 조정의 체통에 먹칠한 죗값은 백번 죽어도 갚을 수 없다는 것을 잘 압니다. 폐하께서 비루한 목숨이나마 죽이지 않고 살려주셨으니 딴 생각 하지 않고 얌전하게 있는 것이 도리인 줄도 잘 알죠. 그러나 나는 아직 나이도 많지 않습니다. 죽기 전까지는 폐하와 조정을 위해 미약한 힘이나마 보태고 싶은 것 역시 진심이죠. 지금 폐하의 측신인 여섯째어르신께서 이 악아무개의 마음을 폐하께 전해주신다면 그 은혜는 결코 잊지 않겠습니다."

악종기가 말을 마친 다음 부항을 향해 정중히 읍을 했다. 간절함이 온몸에서 드러나고 있었다.

"그 얘기인즉슨 다시 대금천, 소금천으로 출정하고 싶다는 말이오?"

부항이 확인하듯 물었다. 악종기가 씁쓸한 웃음을 지으면서 대답했다.

"주장이 아니라도 괜찮습니다. 막료로라도 나가 미약한 힘이나마 보탤 수 있으면 여한이 없겠습니다."

부항은 악종기의 말에 갑자기 가슴이 두근거렸다. 그는 재빨리 속으로 계산을 해봤다.

'경복이 감히 군사를 철수시키지 못하는 것으로 미뤄보면 반곤은 아직 살아 있을 가능성이 매우 커. 그렇다면 조만간 대군이 또다시 출전해야 할 거야. 지금 같은 태평성세에 전쟁터를 향한 출사표는 곧 신분상승의 기회야. 그러니 이런 기회를 놓치지 않으려고 눈독을 들이는 자들이 한둘이 아닐 거야. 일단 눌친이 유력한 경쟁자야. 만약 그가 승전고를 올린다면 내가 흑사산에서 이끌어낸 쾌거는 새 발의 피에 불과할 거야. 그러니 어떻게 해서든 내가 주장으로 나가야 해. 그런데 재기를 노리는 악종기를 참모로 데리고 나간다면? 그래서 크게 한 건을 올린다면? 이번엔 무조건 내가 출전해야 해.'

부항은 너무나 흥분한 나머지 자신도 모르게 벌떡 일어섰다. 그러다 문득 떠오른 생각 때문에 다시 주저앉았다. 눌친도 자신과 똑같은 생각을 하지 말라는 법이 없다는 생각이 뇌리를 친 것이다. 결코 만만치 않은 상대인데 이를 어떻게 할 것인가?

그러나 악종기로서는 자신을 영입해 대변신을 꾀하려는 부항의 속마음을 알 턱이 없었다. 갑자기 일어섰다 앉았다 하는 그의 모습을 의아하게 바라봤다. 부항은 그런 악종기의 시선을 의식하고는 이내 정신을 추슬렀다.

"폐하를 가까이에서 섬겨온 내가 단언하건대 폐하께서는 악 장군에 대해 아직 좋은 감정을 갖고 계시오. 그러니 인내심을 가지고 여유 있게 기다려보오. 조만간 좋은 일이 있을 터이니. 지금은 자꾸 보채면 장광사 휘하에 들어가기 십상이오. 알다시피 장광사에 대한 폐하의 성총이 아직까지는 그 누구와도 비견할 수 없소. 때문에 지금 장광사는 오만불손하기 짝이 없소. 그 누구든지 무조건 자신의 발밑에서 설설 길 것을 강요하고 있소. 동미공, 그대가 오늘 저녁 나에게 흉금을 털어놓았기에 나 역시 이런 얘기까지 할 수 있는 거요. 꼭 대금천, 소금천 전투가 아니더라도 폐하께서는 언젠가 한번은 성조처럼 친히 원정길에 나서실 거요. 만반의 준비를 갖추고 기다리노라면 언젠가는 반드시 기회가 찾아올 거요. 나도 때가 되면 악 장군을 지원할 테니……."

부항의 말이 이어지려 할 때였다. 갑자기 공진대拱辰臺에서 오포午砲 소리가 세 발 들려왔다. 부항이 품속에서 금시계를 꺼내 보았다.

"오늘 시간 가는 줄 모르고 얘기를 나누다보니 너무 늦은 것 같소. 내일 아침 일찍 폐하를 알현해야 하는데……. 오늘만 날이겠소? 앞으로 자주 집으로 놀러 오면 좋겠소. 사흘 뒤면 우리 아들의 백일이 되는 날이오. 조촐하게나마 탕병회湯餠會(아기가 태어난 지 사흘, 백일 혹은 돌 때 벌이는 잔치)를 준비했으니 꼭 참석해주기 바라오. 악 장군을 첫 손님으로 초청하는 거요. 돌아간 뒤 초청장을 보내겠소. 와줄 수 있겠소?"

부항이 돌아갈 채비를 하자 악종기가 황급히 일어나면서 대답했다.

"여부가 있겠습니까? 감동으로 가슴이 터질 것만 같습니다. 부상처럼 천부적인 자질을 지니고 장래가 촉망되는 국척이 초대하시는데 마다할 이유가 어디 있겠습니까? 팔자 도망 못 가고 오는 인연 못 막는다고 했습니다. 이런 자리는 아무하고나 만들 수 있는 것이 아닌데, 우리 두 사람도 예사 인연은 아닌 것 같네요!"

부항이 고개를 끄덕이더니 악종기의 어깨에 손을 얹었다. 이어 뜰로 나섰다. 뜰은 쥐죽은 듯한 정적에 휩싸여 있었다. 부항은 그것이 어색한지 빙긋 웃으면서 말했다.

"하루 이틀도 아니고 기약 없는 나날을 여자의 손길 없이 살려면 얼마나 불편하겠소? 내가 내일 우리 집에서 쓸 만한 계집종을 몇 사람 보내주겠소."

악종기는 그러나 조용히 고개를 저었다.

"부상의 마음은 고맙게 받겠으나 그건 아무래도 사양해야겠습니다. 나는 아직 죄를 지은 몸이지 않습니까! 몇 십 년을 동고동락한 친병들이 곁에서 번갈아가면서 시중을 들고 있으니 그럭저럭 지낼 만합니다."

악종기가 말을 마치더니 문어귀에 등롱을 들고 서 있는 늙은 군인을 가리켰다. 이어 한숨을 섞어 말했다.

"저 사람을 좀 보세요. 저리 후줄근해 보여도 한때는 전쟁터를 호령하던 이품 참장이었습니다."

부항은 악종기의 안내를 받으면서 대문 밖으로 나왔다. 이어 어슴푸레한 불빛 아래에서 긴 그림자를 밟고 서 있는 악종기를 향해 읍을 했다.

"그대와 함께 한 몇 시간이 나에게는 책 몇 수레를 읽은 것보다 더 값진 시간이었소. 조만간 또 만나도록 합시다."

악종기는 계단 위에 서서 점점 멀어져 가는 부항의 가마를 그윽하게 바라봤다. 황친답지 않은 그의 소탈함과 따뜻한 인정에 깊은 감명을 받은 모습이었다. 그는 순간 서른도 되지 않은 젊은 나이에 승승장구하며 출세가도를 달리는 부항이 무척 부러웠다. 그로서는 눈썹이 허옇게 된 나이에 골방을 지키고 있는 자신의 신세가 더 처량하게 느껴지는 순간이었다.

부항이 집으로 돌아왔을 때는 축시가 조금 지난 시각이었다. 대문 앞에서는 문지기 왕씨가 목을 길게 빼든 채 초조하게 주인을 기다리고 있었다. 이어 부항의 대교가 당도하자 황급히 달려와 그를 부축했다.
"모두들 걱정하면서 여태 기다리고 있었습니다."
부항이 안으로 들어가면서 물었다.
"다녀간 사람은 없었는가?"
왕씨가 종종걸음으로 뒤따르면서 대답했다.
"한참 전 눌친 중당이 다녀갔습니다. 무슨 이유로 걸음을 하셨는지는 말씀을 하지 않으시니 여쭐 수가 없었습니다. 그리고 오늘도 양심전 태감 복의가 폐하의 어람을 거친 주장들을 보내왔습니다. 잠깐 얘기를 들어보니 오늘 폐하께서는 심기가 불편하신 것 같다고 했습니다. 낮에 높은 코, 새파란 눈, 황색 머리카락의 서양인을 접견하셨다 합니다. 그리고 늑민 대인도 다녀갔습니다. 조설근인가 하는 분이 새로 쓴 《석두기》石頭記를 가져왔다고 했습니다. 그 외에도 어르신의 지인 몇 분이 도련님 백일 경축 선물을 보내왔습니다."
부항은 왕씨의 수다를 뒤로 하고 상방上房으로 걸음을 옮겼다. 방 안에 들어서기도 전에 아이의 칭얼대는 소리가 들려왔다. 조용히 문을 밀고 들어서자 몇몇 어멈이 아이의 기저귀를 갈아주기 위해 바삐 움직이는 모습이 보였다. 울어도 마냥 예쁘기만 한 것이 자식이라고 했던가. 부항은 빙그레 웃으면서 무엇이 불만인지 자지러지게 울고 있는 아이를 들여다봤다. 그때 저쪽 온돌에서 자는 척 눈을 붙이고 있던 당아가 발딱 일어나더니 머리를 단정히 쓸어 넘기면서 눈을 흘겼다.

"무슨 일로 이리 늦게 온 거예요? 남 생각도 좀 하셔야죠. 장상 댁으로 가신 걸로 알고 있는데, 그 어른이 칠십 고령이라는 사실을 잊었어요? 당신과 밤 새워 얘기하다가 몸져눕기라도 하면 어떻게 하려고 그래요? 여봐라, 인삼탕 한 그릇 내오너라. 그리고 어멈 서넛이 기저귀 하나도 빨리 못 갈아서 아이를 울리는 게냐? 대체 할 줄 아는 것이 뭔가? 아이 이리 내!"

어멈들이 당아의 호통에 얼굴을 붉히면서 아이를 건네줬다. 이어 부항의 발을 닦아주고 어깨를 주물러준 다음 인삼탕을 가져왔다. 부항이 인삼탕을 받아 한 모금 마시고는 옆에 내려놓고 입을 열었다.

"애들은 울면서 큰다고 하잖아. 조금 운다고 숨넘어가는 것도 아닌데 뭘 그래? 당신도 요즘 들어 부쩍 잔소리가 심해졌네? 나는 어지를 받고 악종기에게 다녀오는 길이야. 큰 수확이 있었어!"

부항이 말을 마치고는 책상 위에 놓여 있는 두 개의 빨간 보자기에 눈길을 돌렸다. 그리고는 당아에게 물었다.

"저건 뭐지?"

당아가 부항의 질문에 새침한 얼굴을 풀면서 대답했다.

"큰 보자기는 늑민 그 사람이 보내온 거예요. 안에 《홍루몽》 초안이 들었다고 하네요. 조설근의 집사람 방경이 우리 아기에게 선물한 하포荷包(허리에 차는 작은 주머니)도 있고 당신을 위해 공들여 만든 신발도 들어 있어요. 작은 보자기는 고항이 산동에서 인편으로 보내왔다고 하는데 아직 풀어보지 않았어요. 무슨 해괴한 것을 보냈는지 별로 반깁지도 않네요!"

부항은 직접 보지는 못했으나 고항이 치근댄다는 말을 당아로부터 들은 적이 있었다. 그는 그 말을 떠올리면서 보자기를 풀었다. 두 근은 족히 될 최고급 아교였다. 부항이 힐끔 당아의 눈치를 보면서 보자기를 그녀에게 밀어줬다.

"웃는 얼굴에 침 못 뱉고 선물 보낸 자는 때리지 않는다고 했어. 당신에게 흑심 품은 거야 그쪽 마음이고 당신만 흔들리지 않으면 제풀에 꺾이지 않겠어? 생판 남남도 아니고 사돈에 팔촌이라도 걸리는 사이이니 너무 티 내지 않는 게 좋겠어. 받아두오."

그러자 당아가 발끈 하면서 고운 봉황 같은 눈에 각을 세웠다.

"이봐요, 징그러우니 당장 내다 버려요! 먹고 싶으면 당신이나 먹어요. 어디 숨겨둔 계집이라도 있으면 갖다 주든가!"

뾰로통해 있던 당아가 급기야 손수건을 꺼내 눈물을 찍어냈다. 부항은 안 되겠다고 생각한 듯 주위에 어멈들이 없는 틈을 타 황급히 당아를 품속으로 끌어당겼다. 이어 머리를 쓰다듬어주면서 달랬다.

"당신은 어릴 때나 지금이나 토라질 때가 제일 예뻐. 출산하고 외로우니 나를 더 필요로 한다는 것은 잘 알고 있소. 나도 모르는 건 아니지만 사내대장부는 바깥 일이 우선이니 어쩔 수가 없지 않은가? 황후의 동생이라는 신분이 좋은 점보다 해로운 점이 더 많은 것 같아. 나에게 무슨 문제가 생기면 나 한 사람이 손가락질 당하는 것은 문제가 아니야. 그러나 죄 없는 황후마마까지 수군거리는 소리를 듣게 된다고. 나같은 사람은 잘하면 황후의 후광을 업었으니 당연한 거라고 말해. 그러나 못하면 천하에 둘도 없는 무지렁이라고 매도당하기 십상이지. 그러니 어쩌겠어. 나같이 젊은 나이에 재상 자리에 앉은 사람이 많은 것도 아니니 잘난 남편 둔 대가라 생각하고 조금만 참아줘."

당아가 애교스럽게 몸을 틀어 손가락으로 부항의 이마를 튕기면서 피식 웃었다. 이어 농담조로 장황하게 부항을 윽박질렀다.

"됐네요. 그놈의 재상 두 번만 하다가는 사람 잡겠어요! 당신의 건강을 염려해서 이러죠. 저라고 여태 잠도 못 자고 기다리고 싶겠어요? 장상을 보세요. 인생칠십고래희人生七十古來稀(예로부터 사람이 칠십을 살기는 드문 일)라는데, 벌써 향리로 보내져도 열두 번은 보내졌을 사람이 여태 성총을 받고 있잖아요. 자기 관리에 그만큼 철저하다는 얘기죠. 세상 무슨 일이 있어도 몇 시간씩은 달게 잔대요. 찬도 끼니마다 어의御醫의 지시에 따라 약선藥膳을 만들어 먹는다고 하잖아요. 듣자니 눌친도 저러고 다녀도 한 달 식비만 백이십 냥이라고 해요. 코쟁이 낭중(의원)을 불러다 한 달에 한 번씩 맥도 본다고 하더군요. 그런데 당신처럼 자기 몸을 아끼지 않는 사람이 어디 있어요?"

부항은 당아가 품속에서 꼼지락거리면서 종알거리거나 말거나 그저 눈을 감은 채 히죽 웃기만 했다. 당아는 그런 줄도 모르고 남편의 위상에 금이 가지 않도록 자신이 평소에 얼마나 내조를 잘하는지 구구절절 들려주기에 바빴다. 사람들이 방문하면 빈손으로 돌려보낸 적이 없다느니, 조설근의 마누라가 둘째를 임신했다기에 살림에 보태라고 은자 50냥을 보냈다느니 하면서 그야말로 밑도 끝도 없는 수다를 떨었다. 심지어 눌친의 조카가 눌친을 대신해 아들 백일잔치 축의금을 보내왔기에 몇 마디 주고받았다는 말도 했다…….

부항은 그 와중에 스르르 잠이 든 듯했다. 눈꺼풀이 무겁게 닫혀 있었다. 당아는 그를 살그머니 자리에 누이고는 식향熄香을 머리맡에 피워 놓은 다음 몰래 자리에서 빠져 나왔다. 이어 조심조심 까치발로 옆방으로 나와 관음보살상 앞에 향을 사르고 묵묵히 기도를 올렸다. 한참 후 그녀는 다시 침실로 돌아와 등촉을 입으로 불어 끄려고 했다. 그런데 자는 줄 알았던 부항이 갑자기 입을 열었다.

"눌친은 지금까지 예물을 보내지도 받지도 않는 걸로 유명한데 어쩐 일이지? 다른 얘기는 없었는가?"

"아유 깜짝이야! 날이 다 밝아가는데 어서 눈 좀 붙이지 않고 뭘 해요? 예물 보내온 사람이 다른 무슨 말을 하겠어요? 당신 무슨 일 있어요?"

부항이 두 팔을 뒤로 깍지 껴서 베고는 길게 숨을 내쉬면서 대답했다.

"없다고 할 수도 없지. 잠 때를 놓쳐서 그런지 잠이 안 오네. 눌친은 지금 내가 대금천으로 출병하려고 할까봐 전전긍긍하고 있을 거야."

"그게 무슨 말씀이에요? 당신 혹시 정말 그리로 가려는 것은 아니죠? 흑사산에서 비적들을 물리쳐 작으나마 공을 세웠으면 됐지 괜한 욕심 부리지 말아요! 어쩐지 당신이 요즘 들어 서부에서 나온 주현 관리들을 자상하게 대해준다 했어요. 지금껏 그쪽에는 신경도 쓰지 않던 사람이 그들에게 밥도 주고 술도 사주면서 잘 대해준다 했어요. 태의원의 의생을 불러 벌레, 모기, 뱀한테 물린 데 바르는 약도 챙겨줬죠? 그런데 왜 당신은 총칼이 난무하는 그런 위험한 곳으로 가려는 거예요?"

부항이 이상하다는 듯 오늘 따라 두 눈을 똑바로 뜨고 따지고 드는 부인을 힐끗 쳐다봤다. 얼굴에서 차츰 웃음기가 사라지고 있었다. 그러더니 갑자기 바깥방에서 기웃거리는 어멈들을 향해 벽력같은 고함을 질렀다.

"이것들이 썩 꺼지지 못해? 기웃거리기는 어딜 기웃거리는 거야?"

부항은 곧이어 한바탕 당아도 닦아세우려 했다. 그러나 곧 냉정을 되찾고 생각을 했다. 물론 부항은 당아와 건륭 사이의 불륜관계를 아직 전혀 모르고 있었다. 그러나 하루가 멀다 하고 입궐해 황태후와 황후의 비위를 맞춰주면서 총애를 듬뿍 받는 당아의 체면을 고려하지 않을 수는 없었다. 게다가 당아에게 큰소리를 쳤다가는 가인들에게 우스꽝스러운 모습을 보이는 것은 둘째치고 만에 하나 소문이 건륭의 귀에 들어가는 날에는 낭패를 볼 수도 있었다. 재상의 아량이 좁다는 인상을 주지 말라는 법이 없는 것이다. 그는 그 생각이 들자 애써 굳어진 표정을 풀면서 놀라서 멍한 표정을 짓고 있는 당아를 끌어안았다. 이어 나지막이 속삭였다.

"나를 걱정해서 이러는 건 아는데 도가 좀 지나쳤다고 생각지 않는가? 물론 내가 소리 지른 것은 잘못 됐어. 지난번 장상의 부인을 처음 만났을 때 당신도 그 기품 있고 우아한 외양과 내적인 수양에 감탄을 하지 않았는가? 그분은 정말 언제 봐도 한결같이 현숙하고 무게 있는 사람이지. 당신도 그분의 외유내강을 흉내라도 내보고 싶다고 그러지 않았어?"

당아가 부항의 말에 쑥스러워진 듯 고개를 숙인 채 대답했다.

"노력해 봐야죠. 허나 멀쩡한 재상 자리를 차버리고 전쟁터로 나간다니 걱정이 되지 않겠어요?"

"아무리 재상이라도 전공戰功이 없으면 장상처럼 한낱 백작伯爵에 불과해. 더구나 재상은 세습도 안 된다 이 말이야. 성조 때의 대장군 도해圖海를 봐. 그럭저럭 군복이 잘 어울린다 싶은 정도였는데 평량성平凉城을 함락시키는 데 앞장을 서더니 하루아침에 일등 공작公爵으로 봉해지지 않았어? 그로 인해 그의 자손들은 오늘날까지도 혜택을 톡톡히 받고 있지. 소도 언덕이 있어야 비빈다고 하지 않나. 우리 둘이야 폐하와 황후마마 덕분에 어떻게든 잘 살겠지만 우리 자손들도 대대로 조정의 중용을 받을 거라는 보장이 있는가? 자손들을 위해 큰 나무를 심는다고 생각해야지! 그리고 재상도 재상 나름이지. 나는 아직 자작子爵에 불과해. 그것도 흑사산에서의 공로가 아니었더라면 꿈도 꾸지 못했을 거야. 작위가 있는 대신들의 자택은 그 호칭부터 다르잖아. '부'府가 아니라 '궁'宮이 되지. 내가 좋아하는 글쟁이 중에 기윤이라고 있는데, 우리 집을 무슨 '궁'이라고 부르면 좋을까 하고 물었더니 혼자서 배꼽 잡고 웃는 것 아니겠어? 나중에 알고 보니 그놈은 내가 자작子爵이니 '자궁'子宮을 떠올렸던 거야."

당아가 부항의 농담에 숨넘어갈 듯 웃음을 터트렸다. 부항 역시 그녀를 안고 벌렁 드러누웠다. 당아는 워낙 웃음이 많은 그녀다웠다. 잠시 멈췄다가도 천장을 쳐다보면서 또다시 입을 감싸 쥔 채 킥킥거렸다. 그러나 그녀의 마음은 부항의 말을 듣고 벌써부터 붕 떠오르기 시작했다. 말 그대로 단순히 '재상부인'宰相夫人보다는 '국공부인'國公夫人으로 불리는 편이 훨씬 체통 있고 품격 있는 일이 아니겠는가. 급기야 그녀는 기왕이면 다홍치마라고 남편을 도와 움직여겠다는 마음을 먹었다.

'눌친처럼 별 볼 일 없는 자도 냄새를 맡고 전공을 세우려고 설치는데 여자가 남편을 잘 내조해주지는 못할망정 남편의 발목을 잡아서야 되겠는가. 내 아들의 장래를 생각해서라도 그래. 더더욱 내 자신의 좁은 소견이 부끄럽군.'

당아는 그렇게 생각하면서도 남편의 경쟁자들이 마음에 걸렸다. 눌친을 비롯해 경복, 장광사 등 누구 하나 만만한 사람들이 아니었다. 그렇다면 누가 '궁궐 안에서' 더 큰 입김을 행사하느냐가 중요할 터였다. 당아는 자연스레 건륭을 떠올렸다. 순간 얼굴이 붉어지는 것을 어쩌지 못했다.

'폐하는 아직도 나를 향한 마음이 여전할까? 별로 자신은 없어. 그러나 아직 여지가 남아있을 수도 있어. 지난번 고항이 국자감 박사가 허덕합許德合이라는 사람으로 바뀌었다고 말했어. 그 사람의 학문이 출중해서가 아니라 그 마누라 왕씨와 폐하가 그렇고 그런 사이여서 덕을 본

것이 틀림없다고 힘을 줘 강조했었지…….'

당아는 고향의 말을 떠올리자 자꾸 불길한 생각이 드는 것을 어쩌지 못했다. 만약 그게 사실이라면……. 그녀는 세차게 고개를 흔들었다. 그건 정말 상상조차 하기 싫은 최악의 그림이었다.

당아는 잠깐 눈을 붙였다 깨어났다. 시간은 이미 진시가 다 되어가고 있었다. 그녀는 벌떡 자리를 차고 일어나려다 잠시 주춤했다. 황태후와 황후를 배알하기에는 아직 이른 시간이라는 생각이 든 것이다. 사실 궁궐의 두 어른은 오전에 고명부인들을 접견하는 일이 거의 없었다. 그러니 다짜고짜 입궐해 뵙기를 청하는 것은 상당히 무례한 행동이라고 할 수 있었다. 게다가 조정에서 아직 본격적으로 논의조차 하지 않은 사안을 가지고 여자가 지레 나서서 떠들고 다니면 아무래도 남편의 체통에 흠이 갈 것도 같았다.

당아는 나른하게 기지개를 켜면서 뒤로 돌아섰다. 마침 큰 거울이 자신을 비추고 있었다. 거울 속의 자신은 스스로 봐도 놀랄 정도로 미모가 여전했다.

당아는 세수를 마치고 화장대 앞에 다가앉았다. 거울에 비치는 백옥같이 투명한 얼굴, 물기 촉촉한 봉황의 그것 같은 큰 눈, 물었다 놓은 듯한 도톰한 입술은 자기가 봐도 황홀했다.

그녀는 분홍빛 혀를 홀랑 거울에 내비쳤다. 그러면서 앳된 소녀의 앙증맞은 표정도 지어봤다. 풍만한 앞가슴을 쑤욱 내민 채 요염한 자태를 과시하는 것은 기본이었다. 스스로의 매력에 푹 빠졌다고 해도 좋았다. 그녀는 얼마 후 더 예쁘게 보이고 싶은 마음에 연지를 살짝 찍어 톡톡 펴 발랐다. 그러자 우윳빛 얼굴에 발그스레한 볼이 탐스럽기 이를 데 없었다. 그녀는 다시 입술에 장밋빛을 가볍게 물들인 다음 눈썹을 그릴

요량으로 눈썹연필을 들었다. 순간 문득 그리지 않은 자연 그대로의 눈썹이 곱다고 했던 건륭의 말이 떠올랐다. 건륭으로부터 선물 받은 불란서佛蘭西(프랑스)제 눈썹연필은 그 생각과 동시에 도로 상자로 들어갔다.

그녀는 다시 거울을 보면서 고개를 요리조리 갸웃거렸다. 그때 계집종 추영秋英이 의복을 챙겨들고 등 뒤에 다가와서 시립했다. 당아는 선녀가 따로 없다면서 숨이 넘어갈세라 호들갑을 떠는 그녀의 도움으로 화려한 옷을 차려입고는 집을 나섰다.

밖에는 거위털 같은 눈꽃이 날리고 있었다. 땅바닥에도 하얗게 눈이 덮여 있었다. 당아는 아름다운 설경을 보고 있노라니 기분이 날아갈 것만 같았다. 순간 유난히 눈을 좋아하는 부항을 생각하고는 서재 쪽에 있는 눈은 절대 쓸지 말고 발자국도 내서는 안 된다고 가인들에게 당부했다.

당아가 상방을 지날 때였다. 부항의 세 시첩이 어멈과 함께 아기의 재롱을 구경하는 모습이 보였다. 그녀들은 외출 준비를 하는 당아를 발견하더니 부랴부랴 달려 나와 문안인사를 올렸다. 그러나 당아는 그녀들에게는 시선 한 번 주지 않고 매정하게 끊어 말했다.

"아기가 복잡한 것은 질색을 하니 이제 그만 쉬게 하게. 여자 웃음소리가 담을 넘다니 이게 무슨 망측한 짓인가!"

시첩들은 느닷없이 혼이 나자 그만 머쓱해지고 말았다. 당아는 배웅 나온 가인들에게 탕병회 준비에 차질이 없도록 하라고 지시한 다음 가마에 발을 올려놓으려 했다. 그러다 이문으로 들어서는 집사 왕씨를 불러 말했다.

"왕씨, 이맘때면 우리 황장皇莊(황실의 농장)에서 잊지 않고 연례年例를 보내오고는 했는데, 올해는 아직 소식이 없나?"

"있습니다. 어제 물품 목록이 올라왔습니다. 어제는 너무 늦은 것 같아서 오늘 오후에 어르신께 보고 올리려던 참이었습니다."

"목록을 가져오게."

당아가 손을 내밀었다.

"예, 마님!"

왕씨는 안주머니에서 부랴부랴 종이 몇 장을 꺼내 당아에게 받쳐 올렸다. 종이에는 깨알 같은 물품 목록이 적혀 있었다.

흰 여우가죽 12장, 검은 여우가죽 300장, 담비가죽 30장을 망라한 각종 가죽 2200장, 화선지 5000장, 송묵松墨 50정, 단연端硯 20개, 각종 비단, 천, 녹용, 인삼 각각 20근, 산 곰 2마리, 웅담 2병, 곰 발바닥 40개, 흰 토끼 60마리, 산포도주 120항아리, 좁쌀 5000근, 높이 이 척 사 촌짜리 옥 관음 1개……

대충 훑어보는 것만으로도 눈이 아플 지경이었다. 당아는 그러나 안주인의 위엄을 잃지 않은 채 한껏 무게 있는 어조로 지시했다.

"전에는 내가 몸이 좋지 않아 집안일에 신경을 덜 썼네. 그러나 오늘부터는 아무리 사소한 일일지라도 내가 직접 챙길 것이네. 그리 알고 앞으로는 어르신께 번잡한 집안일 따위는 아뢰지 않는 것을 원칙으로 하게. 그분은 국가 대사에 골몰하기에도 벅차시니 말일세."

"예, 마님!"

왕씨가 깍듯이 대답하고 한 걸음 물러섰다. 당아가 외투 끈을 당겨 매면서 말했다.

"그리고 일전에 어르신을 따라 흑사산으로 출정했다가 변을 당한 집들 있지? 아마도 집집마다 한창 커가는 애들이 있을 텐데 가장이 어르신을 위해 피땀과 눈물을 흘렸으니 그 대가를 두둑이 챙겨줘야겠네. 그리고 당시 몇몇은 출전하기가 싫어 이런저런 핑계를 대면서 꾀를 부리고 빠졌던 걸로 기억하고 있네. 이참에 주인에게 충성한 자와 그렇지 않은 자에 대해 확실하게 차별대우를 해줘야겠네. 그렇지 않으면 앞으로 주인을 위해 사력을 다해 뛰는 사람을 어떻게 찾을 수 있겠는가?"

왕씨를 비롯한 가인들은 집안일에 전혀 무관심하던 안주인의 돌변한 모습에 적지 않게 놀란 눈치를 보였다. 그러나 당아는 사람들의 반응에는 아랑곳하지 않은 채 서화원 월동문 쪽으로 멀어져 갔다.

9장
눈바람 몰아치는 밤에 중대사를 논하다

　예로부터 북경의 첫눈은 내리는 흉내만 낼 뿐 양은 그리 많지 않았다. 먼저 찬비가 한 줄기 쏟아지고 난 다음 설탕처럼 작은 눈가루가 땅에 떨어지고 그것이 녹으면서 한밤중이 되면 그대로 얼어붙는 것이 다였다. 그래서 다음날 삽이나 곡괭이로 언 땅을 몇 번 툭툭 건드리고 나면 눈치우기 작업이 끝나고는 했다. 그러나 올해는 예외였다. 처음부터 솜뭉치처럼 큰 눈송이가 대지를 온통 하얗게 뒤덮기 시작했다. 수줍은 처녀같이 얌전히 내려앉던 눈꽃은 이튿날 아침이 되자 어느새 성질 급한 거친 아낙이 돼 펑펑 쏟아졌다. 마치 장난꾸러기 꼬마가 하늘 위에서 땅을 향해 눈덩이를 던지는 것 같았다. 이런 날은 장사를 공치는 날이었다. 가게들은 줄줄이 문을 닫아걸었다. 난전 상인들 역시 집에 붙박여 있는 것이 버는 거라고 투덜거리면서 집으로 돌아갔다. 첫눈 내리는 날의 북경은 그렇게 고요한 정적에 휩싸였다.

늦잠을 자버린 부항은 아침도 거른 채 부랴부랴 군기처로 달려갔다. 그러나 이맘때면 항시 사람들로 북적거리는 군기처는 방마다 몇몇 태감과 장경들 외에는 아무도 없었다. 부항이 그들의 문후를 받으면서 의아한 듯 물었다.

"눌친 중당은 아직 안 나오셨나? 오늘은 어찌 된 게 외관들도 왜 아무도 안 보이지?"

장경 한 명이 부항의 질문에 웃음 띤 얼굴로 대답했다.

"아룁니다. 오늘은 동지冬至인 탓에 이품 이하 관리들은 전부 국자감에 모여 장조의 《역경》, 장정옥의 《중용》 강의를 들으라는 폐하의 어지가 계셨습니다. 폐하께서도 그리로 거동하셨습니다."

부항이 다시 다그쳐 물었다.

"그러면 폐하께서는 여태 국자감에 계신다는 말인가?"

"아닙니다. 돌아오신 지 한 시간쯤 됐습니다. 부상께서 도착하시는 대로 들라 하셨습니다."

부항은 장경의 말이 채 끝나기도 전에 군기처를 나섰다. 얼굴에는 여전히 의아한 표정이 어리고 있었다.

양심전은 군기처에서 불과 몇 발자국밖에 떨어져 있지 않았다. 부항은 곧 발자국이 줄줄이 찍힌 눈길을 자박자박 걸으면서 양심전의 수화문 밖에 이르렀다. 눈이 얼마나 많이 내리는지 온몸이 어느새 눈사람이 돼버렸다. 그러자 태감 왕신이 황급히 달려 나와 부항의 몸에 내려앉은 눈을 털어주느라 수선을 피웠다. 이어 말했다.

"폐하께서는 눈이 많이 내렸으니 부항 어르신은 나오지 않으셔도 된다고 하셨사옵니다. 기왕 오셨으니 소인이 들어가 아뢰겠습니다."

잠시 후 왕신이 다시 달려 나오더니 동난각으로 들라는 건륭의 명을 전했다. 부항은 알았노라고 대답하고는 왕신을 앞세워 동난각으로 향했다. 돌계단 앞에서 외투를 벗어 왕신에게 건네자 안에서 건륭의 또렷한 음성이 들려왔다.

"부항인가? 어서 들게!"

"예, 폐하!"

부항이 흠칫 놀라면서 황급히 큰 소리로 대답했다. 이어 태감이 두텁고 묵직한 발을 걷어 올리자 성큼 안으로 들어서서 그 자리에 무릎을 털썩 꿇었다. 그리고는 땅에 납작 엎드린 채 머리를 조아렸다.

"늦잠을 자는 바람에 늦었사옵니다. 죽을죄를 지었사옵니다, 폐하……."

부항은 죄를 청하는 간절한 눈빛을 한 채 고개를 들었다. 온돌에서 책상을 마주하고 앉아 주장을 읽느라 여념이 없는 건륭의 모습이 눈에 들어왔다. 주위에는 눌친, 경복, 아계는 말할 것도 없고 관품이 낮은 외관들도 몇 명 있었다. 눌친과 경복은 작은 나무 걸상에 앉고 나머지는 모두 무릎을 꿇고 있었다.

"부항, 일어나서 경복 옆에 자리하게."

건륭이 상주문에서 잠시 눈을 떼더니 눈꽃이 흩날리는 창밖을 일별했다. 이어 다시 주장에 시선을 고정시켰다. 그리고는 한참 뒤 고개를 돌려 경복에게 물었다.

"그렇다면 과연 일지화 등은 무안武安 백초평白草坪에 집결하지 않았다는 얘기인가?"

부항은 건륭의 말이 떨어지자마자 그를 쳐다봤다. 그제야 비로소 건륭과 시선이 얼핏 맞닿았다. 순간 그는 건륭의 초췌한 모습을 보고 깜짝 놀랐다. 갸름하고 준수한 얼굴이 핏기가 없이 창백했던 것이다. 게다가 움푹하게 꺼진 눈언저리는 어두웠다. 부항은 못 볼 것을 본 것처럼 이내 고개를 숙였다. 그때 경복이 아뢰는 말소리가 들려왔다.

"예, 폐하! 당초에 접한 첩보에 의하면 그자들은 무안현에 소굴을 틀 거라고 했사옵니다. 그래서 소인이 한단邯鄲 지부, 무안 현령과 합동으로 뒤를 추격했사옵니다. 그 결과 그자들이 무안현까지 간 것은 사실이라는 것을 밝혀냈사옵니다. 그러나 내분이 일어난 데다 무안 현지 악호애惡虎崖에 둥지를 틀고 있던 비적들에게 일격을 맞아 뿔뿔이 흩어졌다고 하옵니다. 나중에 산서성에서 봤다는 제보가 있어 그곳 관부에서 쫓아갔사오나 헛물을 켜고 말았다 하옵니다……"

"흥!"

웬일로 건륭의 콧소리가 무거웠다. 무릎을 꿇고 있던 몇몇 지방관들은 그 소리에 몸을 움찔 떨었다. 참기 어려운 침묵을 깨고 건륭이 다시 물었다.

"한단 지부는 어디 있느냐?"

"신, 한단 지부 기국상紀國祥 대령했사옵니다!"

"직예 순무 손가감이 일전에 올린 주장에 따르면 악호애의 비적은 고작 서른 몇 명에 불과하다고 했네. 헌데 그자들이 어찌 일지화 같이 포악한 세력을 그리 쉽게 물리칠 수 있었다는 말인가? 그리고 손바닥만한 한단에서 그자들이 칼 놀음까지 했다는데 지부인 자네가 전혀 몰랐다니 이게 무슨 어불성설인가! 그자들이 한단 경내를 뜬 것이 과연 사실인지 의구심을 떨칠 수 없네. 자네, 설마 조정을 우습게 여기고 거짓말을 하려는 것은 아니겠지?"

기국상과 옆에 꿇어앉은 무안 현령은 건륭의 서슬에 혼비백산한 듯 죽어라 머리를 조아렸다. 곧이어 기국상이 목소리를 떨면서 먼저 입을 열었다.

"일지화를 놓친 것은 실로 소인의 불찰이 아닐 수 없사옵니다. 그자가 신출귀몰하다는 것은 익히 알고 있었사오나 소인의 경내로 숨어들었을 줄은 꿈에도 몰랐사옵니다. 중죄를 물어주시옵소서, 폐하! 하오나 소인이 뒤늦게나마 경내를 이 잡듯 뒤진 결과 일지화가 경내를 뜬 것은 확실하옵니다."

기국상의 말이 막 끝나갈 무렵이었다. 산서성 장치長治에서 온 현령이 고개를 들다 건륭의 시선과 부딪쳤다. 순간 그는 화들짝 놀라면서 말을 더듬었다.

"소인의 경내는 줄곧 태평했사옵니다. 그러다 요즘 들어 몇몇 정체불명의 남녀가 여와묘女媧廟에서 괴이한 사교邪教를 퍼뜨리고 다닌다는 제보를 받았사옵니다. 제보를 접한 즉시 달려갔사오나 어느새 냄새를 맡았는지 놈들은 이미 도망간 뒤였사옵니다. 소인의 무능을 엄히 벌해주시옵소서, 폐하!"

건륭이 장치 현령의 말이 끝나자 목소리를 가다듬더니 입을 열었다.

"그건 걱정하지 말게. 형부와 도찰원에 이미 자네들을 탄핵하는 주장이 두 건이나 올라와 있으니! 다행히 손가감이 자네들을 비호하더군. 이제 발령받은 지 두 달밖에 안 된 초보들이라 의욕만 넘쳤지 대응책이 미흡했다면서 너그럽게 봐줄 것을 주청 올렸더군. 그래서 이부에 명해 옛날 자료를 들춰보니 전에 쌓은 실적도 괜찮더군. 그러나 공로와 착오는 분명히 해야 한다는 게 짐의 신조네. 다 잡은 '천년 여우, 만년 우환'을 놓친 죄는 결코 용서받을 수 없으나 관직을 박탈하는 것으로 가볍게 처벌하겠네. 그러니 이번 일을 계기로 자성, 분발, 도약할 수 있도록 노력하기를 바라네."

건륭이 말을 마친 다음 높다란 주장 더미 속에서 서류를 찾아내 부항에게 넘겨주었다.

"도로 이부에 전해주게. 청백리는 혹독한 시련을 거쳐 만들어지는 거네. 조금 시행착오를 범했다고 해서 불문곡직하고 내치는 것은 어리석고 위태로운 짓이네."

건륭의 말투는 처음과 달리 한결 부드러워졌다. 그러자 바늘방석에 앉은 듯 안절부절 못하던 네 명의 외관들이 눈물을 짜내면서 연신 머리를 조아렸다. 이어 충성을 맹세했다.

부항은 건륭이 건네준 주장을 받아 훑어봤다. 한단 지부와 무안 현령을 탄핵하는 내용이었다. 선혈처럼 진한 주비도 한눈 가득 안겨 왔다. 내용은 죄보다 가능성이 더 큰 관리들이니 내치기에 급급하기보다는 대죄입공할 수 있는 동기를 부여해 줘야 하지 않겠느냐는 것이었다.

부항은 조심스레 주장을 접어 소매 속에 집어넣었다. 이어 상체를 깊이 숙이며 아뢰었다.

"폐하께서 청백리를 원하시고 아끼신다는 것을 유감없이 엿볼 수 있는 자리였사옵니다. 하늘같은 성덕을 지니신 폐하의 신하로 태어난 것을 무한한 영광으로 생각하옵니다. 외람된 말씀이오나 주비의 내용을 관보에 실어 온 천하에 주지케 하는 것이 어떨까 하옵니다."

"그게 무슨 말인가? 소상히 말해보게."

건륭이 관심을 보이면서 되물었다. 부항은 허리를 곧게 편 채 정색을 하며 말을 이었다.

"예, 폐하! 사실 신이 아뢰고 싶은 말씀은 성조 때부터 늘 주창해왔던 상투적인 얘기이옵니다. 폐하의 훈육 말씀을 기대하고 감히 아뢰옵니다. 폐하께서 관대한 정치를 반포하시고 적극 추진하신 다음부터 크고 작은 내외 신료들은 폐하의 드높은 성덕을 흠모해마지 않았사옵니다. 또 가렴주구에 시달려온 백성들은 부채 탕감, 부세 감면에 이은 각종 혜택에 마치 폐허에서 새싹이 돋는 듯한 희망을 봤다고 하옵니다. 곡창마다 식량이 넘치고 밤에 빗장 잠글 필요 없이 치안도 제 궤도에 들어섰으니 백성들은 이제야 사람 사는 세상이 왔다면서 폐하를 칭송하고 있사옵니다. 한마디로 지금은 대청 건국 이래 물질적인 풍요와 사회적 치안이 가장 성숙하는 시기이옵니다. 이럴 때일수록 이치吏治가 바로 서서 견인 차 역할을 잘 해줘야 할 것이옵니다. 이들 네 명의 지방관은 비록 과오 를 범한 죄신들이기는 하나 지금까지 청렴함을 유지하고 폐하의 뜻을 잘 따라준 장래가 촉망되는 관리들이옵니다. 따라서 향후 이들의 활약 상을 기대해보기로 했다는 폐하의 뜻을 이부뿐만 아니라 온 천하에 널 리 알려 청백리를 향한 폐하의 목마름을 보여주실 필요가 있다고 생각 하옵니다. 금쪽같은 시간을 할애해주시어 황감하옵니다.”

건륭이 고개를 들고 부항의 말에 조용히 귀를 기울였다. 그리고는 그 중에서 몇 마디를 곱씹으며 되새겼다. 한참 후 그가 말했다.

“짧은 시간에 이처럼 조리 있게 얘기하기는 쉽지 않을 텐데 참으로 대단하네. 처음 말을 시작할 때는 상투적인 얘기일 뿐이라고 생각했네. 사실 삼척동자도 다 아는 그런 얘기들이 때와 상황에 따라 큰 도리로 들리는 경우도 허다하다네. 자고로 뜬구름처럼 사라져버린 패망국들을 보면 뻔한 도리를 간과한 탓에 망한 경우가 십중팔구라네. 자네 생각을 따르는 것이 좋겠네. 물론 자네 말처럼 지금은 여러모로 볼 때 개국 이 래 최고인 것은 사실이네. 허나 아직 ‘극성’極盛 시대를 열려면 멀었네. 짐이 주창하는 관대한 정치의 허점을 찾아내 자신의 탐욕을 합리화하 려는 자들이 구석구석 똬리를 틀고 있다는 것을 짐은 알고 있네. 양렴 은을 제공해준다고는 하나 워낙 남의 돈을 물 쓰듯 하던 자들에게 그 돈은 기방 출입 한 번 하기에도 부족한 액수가 아니겠나? 언제 어디에 나 정신 못 차리는 자들은 있게 마련이네. 따라서 우리는 칼을 가는 모 습만 보일 것이 아니라 허연 칼이 시뻘건 피를 잔뜩 묻혀내는 장면까지 다 보여줘야 하네.”

건륭은 장황하게 한바탕의 사자후를 토해냈다. 이어 가슴속 갈피갈피에 낀 묵은 때를 씻어내듯 숨을 길게 들이마시고는 무겁게 내쉬었다. 그리고는 손을 내밀어 우유 잔을 잡으려고 했다. 순간 태감 고대용이 기다렸다는 듯 새로 데워서 내온 따끈따끈한 우유를 따라 받쳐 올렸다. 눌친이 그 틈을 놓치지 않고 대화에 끼어들었다.

"역대로 부패와의 전쟁을 치렀던 것을 보면 으레 '닭 잡아 원숭이에게 보이는 격'에 불과했사옵니다. 원숭이도 처음에 피를 볼 때는 놀라고 도망가나 횟수가 늘어날수록 대수롭지 않게 여긴다고 하옵니다. 나중에는 자신들 때문에 희생양이 된 닭들을 위해 제사를 지내는 여유까지 보인다고 하옵니다. 그러니 신의 소견으로는 반드시 원숭이를 잡아 원숭이들에게 보여줘야 한다고 생각하옵니다. 조정에서는 쉽게 칼을 뽑지 않으나 일단 칼을 뽑으면 피도 눈물도 없다는 결연함을 과시해야 하옵니다. 이는 황친훈척들도 예외가 아니어야 하옵니다."

눌친은 재상이자 황족이었다. 청렴과 근신의 대명사이기도 했다. 좌중의 사람들은 그런 눌친의 입에서 평소와는 다른 무시무시한 말이 나오자 마치 약속이나 한 듯 별 이견 없이 수긍하는 눈치를 보였다. 부항과 눌친이 잇따라 그처럼 '듣기에 괜찮은 말'을 하고 나서자 경복은 초조해졌다. 그러나 그로서는 애간장만 태울 뿐이었다. 현 상황에서 어떤 말을 해야 건륭의 환심을 살 수 있을지 도무지 감을 잡을 수 없었던 것이다. 결국 그가 망설이는 사이 건륭이 어느새 다 마신 우유 잔을 내려놓으면서 총결산을 하듯 입을 열었다.

"오늘 다들 영양가 있는 말을 많이 쏟아놓았네. 내일 자네들 몇몇이 형신을 만나 조금 더 합의한 뒤 조서 초안을 작성하도록 하게. 이치쇄신이 가시적인 성과를 거둔 것은 사실이나 낙관하기에는 이르다는 쪽으로 다루도록 하게."

건륭은 처음 볼 때보다 신색이 많이 밝아진 것 같았다. 기분도 좋아졌는지 목에 감긴 머리채도 살짝 어깨 너머로 넘기더니 기국상을 비롯한 네 명의 외관들을 향해 말했다.

"오늘 불려 와서 피가 되고 살이 되는 좋은 얘기들을 많이 들었으리라 믿네. 자네들 뱃속에만 꿀꺽 삼켜버리지 말고 동료나 벗들에게 좋은 얘기 많이 들려주도록 하게. 좋은 관리는 성실하고 강직한 인품이 뒷받침돼야 만들어진다는 것을 명심하게. 오늘은 이만 물러가게!"

"망극하옵니다, 폐하!"

네 외관이 정중하게 대답하고는 자리를 털고 일어났다. 건륭은 그들이 물러가기를 기다렸다가 웃음 띤 어조로 말했다.

"일지화를 운운하다가 어느 사이에 이치까지 거론하게 됐는지 모르겠군. 다시 본론으로 돌아오지! 누누이 강조해도 지나치지 않은 것이, 일지화는 반드시 빠른 시일 내에 싹을 잘라버려야 하는 독버섯 같은 존재이네. 단순한 생계형 비적이 아니라 민심을 선동할 수 있는 조정의 적이네. 그자의 파괴력과 위험성은 이미 위험 수위를 넘어섰으니 심각하다고 할 수 있지. 그리고 그자는 주朱씨 왕조의 후예들과도 관련이 있다고 들었네."

부항이 즉각 건륭의 말을 받아 입을 열었다.

"선제 때는 비적들의 간담을 서늘하게 만드는 '도적잡기의 명수' 이위가 있었사옵니다. 그러나 지금 그는 와병 중이옵니다. 유감스럽사오나 이제라도 늦지 않았으니 이위와 같은 인재를 발굴해야 하옵니다. 신이 볼 때는 유통훈이 강직한 인품과 임기응변에 능합니다. 또 신출귀몰하는 다방면의 능력까지 겸비하고 있사오니 이 분야의 적임자가 아닐까 하옵니다. 물론 형부에서 한족 상서로 진가를 발휘하고 있는 사람을 느닷없이 차출해 그쪽으로 보낸다는 것은 큰 재목을 작은 일에 쓰는 것이 아닐까 하는 아쉬움도 있을 수 있사옵니다. 그렇지 않다면 왕년에 이위가 양강 총독을 겸했듯 윤계선에게 이 일을 겸하게 하는 것은 어떻겠사옵니까?"

건륭은 부항의 말에 바로 절레절레 고개를 저었다.

"윤계선은 그런 일을 맡기에는 어깨가 너무 무거운 사람이네. 양강 총독에 해관, 조운, 하공까지 두루 겸했으니 아마 밥 한 끼도 제대로 못 차려먹을 정도로 바쁠 것이네. 조정 세수의 삼분의 이를 책임진 사람이니 절대 다른 일로 신경 쓰게 만들어서는 안 되지. 짐의 생각에는 유통훈이 적임자일 것 같네. 이위가 와병 중이기는 하나 아직 사리분별력이 또렷한 데다 가까운 북경에 있으니 자주 찾아가 자문을 구하면 별 문제 없을 것이네. 그리고 부항, 자네가 흑사산을 평정한 뒤로 강호의 검은 무리들은 자네의 이름만 들어도 무서워 벌벌 떤다고 하더군. 그러니 자네가 유통훈을 데리고 잘해보게."

부항은 솔직히 건륭이 흑사산 대첩을 자주 거론하는 것이 싫었다. 어쩐지 자신의 능력을 강호의 좀도둑들을 때려잡는 데만 국한시키는 것 같아 답답했던 것이다. 하기야 그의 뇌리에는 10만 대군을 인솔해 사방에 위망을 떨치고 대청 역사의 한 페이지를 멋지게 장식하고 싶은 야망이 꽉 차 있었으니 그럴 법도 했다. 곧이어 그가 건륭의 말에 얼굴을 붉히면서 눌친을 힐끔 일별한 다음 대답했다.

"어명에 기꺼이 따르겠사옵니다! 신은 흑사산 대첩을 계기로 문관보다는 무관이 되고자 하는 욕구가 불타올랐사옵니다. 그쪽 방면으로 재능도 조금 있는 것 같사옵니다. 신이 나서겠사옵니다. 폐하와 조정의 안위를 위해, 서강西疆과 남강南疆의 평화를 위해 공을 세우겠사옵니다."

"짐은 경의 그런 속내를 일찍이 알아봤지."

건륭은 소탈하게 웃은 다음 몸을 놀려 온돌에서 내려섰다. 이어 신발을 꿰고 가볍게 발걸음을 떼어놓으면서 계속 말을 이었다.

"군사에 뜻이 없는 사람이라면 서부에서 상경한 관리들을 직접 나서서 접견하고 챙기지 않았겠지. 그리고 서부의 기후, 지리, 풍속, 산천과 도로의 방향까지 꼼꼼히 연구할 리가 없지! 눌친, 자네 역시 마찬가지 아닌가? 지난번에 우연히 보니 서재를 서부 전선 지도로 도배해 놨더구먼."

부항과 눌친은 건륭에게 속내를 고스란히 들켜버리고 말았다. 둘은 당혹스런 기색을 감추지 못한 채 서로를 일별하고는 말없이 자리에서 일어섰다. 그러자 건륭이 부채 끝으로 앉으라는 시늉을 했다.

"어찌 그리 죄를 지은 사람처럼 불안해하나? 짐은 경들을 치하하는 거네. 문관이 재물을 멀리 하고 무관이 목숨을 초개같이 여길 때 천하가 태평하다고 했네. 자네 둘은 종친 황족임에도 현실에 안주하지 않고 공을 세우고 싶어 다투고 있네. 총대를 메려고 하는 그런 모습이 대견스럽고 보기 좋네. 고향도 산동에서 주청도 올리지 않은 채 일지화 소탕에 나섰지. 짐은 성패 여부를 떠나 그의 의지와 마음가짐을 높이 사고 싶네. 태평한 시절에는 쥐도 나태해져 밤일에 게으르다고 했네. 경들과 같이 비루한 행복을 추구하지 않고 의욕에 부푼 열혈남아들이 있어 짐은 얼마나 다행인지 모르네. 성조 말년에 서부는 특히 불안했었지. 대군이 누차 출정했으나 번번이 패전을 거듭했네. 심지어 성조께서 종친 황족들에게 객이객몽고로 출전해줄 것을 간절히 호소하셨음에도 모두들 지레 겁을 먹고 뒷걸음치기 바빴다고 하네. 그런데 오늘날 짐의 신하들은 달라. 이처럼 의젓하고 늠름한 기상을 구천에 계신 성조께서 보신다면 얼마나 기뻐하실지 모르겠네."

건륭이 두 눈을 형형히 빛냈다. 흥분에 겨운 듯 얼굴도 벌겋게 상기돼 있었다. 그 열기에 창문에 무겁게 쌓인 눈이 스르르 녹아버릴 것 같았다. 그 모습을 우러러보는 부항 등의 가슴에도 뜨거운 격정이 솟구쳤다.

잠시 후 눌친이 자신에 찬 어조로 선수를 쳤다.

"폐하의 기대에 어긋나지 않을 영웅으로 거듭날 것을 약조 드리옵니다. 신에게 상방보검尙方寶劍을 내려주시옵소서. 조정과 폐하를 위해 서부에서 이 한 몸을 불사르고 싶사옵니다."

"신에게도 기회를……."

부항이 눌친에게 지지 않기 위해 막 입을 열었을 때였다. 경복이 단호하게 나서며 그의 말을 잘라버렸다.

"서부 전선의 일은 어디까지나 신이 제대로 마무리 짓지 못한 책임이 있사옵니다. 두 분 재상 대인께 감히 뒤치다꺼리를 맡길 수는 없사옵니다. 신은 곧 서행길에 오르겠사옵니다. 올해 안으로 반드시 대금천, 소금천을 평정해 서부의 우환을 깨끗이 없애버릴 것을 약조 드리옵니다."

건륭은 경복의 말에 잠시 생각에 잠겼다. 용단을 내리지 못하는 것 같았다. 곧이어 도무지 답을 찾지 못하겠다는 듯 아계를 향해 물었다.

"아계, 사천 녹영 장광사 휘하에 있는 자네가 말해보게. 일 년 안에 대, 소금천을 평정하는 것이 가능한지 말이네. 그리고 반곤의 생사 여부에 대한 장광사의 견해는 어떠한가?"

아계는 건륭의 느닷없는 질문에 황급히 머리를 조아렸다. 몹시 당황한 듯했다. 그의 입장에서는 신중하게 답변하지 않을 수 없었다. 부항과 눌친, 그리고 경복의 속내를 훤히 꿰뚫고 있는 상황에서 말 한마디라도 자칫 잘못하면 세 사람의 운명이 바뀌는 것은 말할 것도 없고 자신의 장래에도 지대한 영향을 미칠 수 있는 탓이었다. 아계가 침을 꿀꺽 삼키면서 조심스레 입을 열었다.

"아뢰옵니다, 폐하! 대, 소금천과 상, 하첨대는 사실상 동일한 전장戰場이라고 할 수 있사옵니다. 땅이 넓어 천리이옵니다. 또 산이 높고 숲이 우거져 미로가 따로 없사옵니다. 신의 소견으로는 일 년은 조금 무리가 아닌가 싶사옵니다. 반곤의 생사 여부는 풍문만으로 단언할 수는 없사옵니다. 장 군문은 반곤이 금천 지역으로 도주했을 것이라고 추측하고 있사옵니다. 물론 확증이 있는 것은 아니옵니다."

아계는 내무부 사무관 출신으로 대장군 장광사의 직속 휘하에 있었다. 건륭이 궁금해 하는 현장의 상황을 누구보다 잘 알고 있는 사람이었다. 게다가 무장들 중에서 밀주권이 있는 몇 안 되는 관리이기도 했다. 지금껏 성실하고 소신껏 매사에 임해왔던 터라 건륭의 신임이 두터웠다. 그러나 이번에는 아무래도 실수를 한 것 같았다. 하지 않은 것보다 못한 시원찮은 대답이었던 것이다. 건륭은 어느 틈에 미꾸라지처럼 약게 변해버린 아계를 보더니 얼굴에서 순식간에 웃음기를 지운 채 말했다.

"정말 실망을 금할 길이 없네, 아계!"

건륭이 말을 마치고는 얼음장같이 차디찬 눈빛으로 아계를 쓸어봤다. 이어 다시 힐책했다.

"어쩐지 병사들의 사기가 날로 떨어진다 했지. 자네같이 물에 물 탄 듯, 술에 술 탄 듯 줏대 없는 자에게 뭘 보고 배우겠나? 자고로 장군이라는 사람은 일갈에 천만 대군을 움직일 수 있어야 하는 법이야. 병사들이 위망을 잃은 장수를 따라줄 리가 없지 않은가? 자네는 그만 물러가게. 달리 어지가 있을 때까지 아무것도 하지 말고 근신하게!"

아계는 순간 머릿속이 하얗게 되는 것을 느꼈다. 동시에 아무런 생각도 떠오르지 않았다. 이게 도대체 무슨 영문이라는 말인가? 건륭이 어떤 답을 원하는지 모른 탓에 조심스럽게 대답할 수밖에 없었는데 그것이 오히려 그의 심기를 건드려 놓을 줄이야! 그러나 그로서는 뭐라고 항변할 수도 없었다. 급기야 그가 불만과 비애로 가득한 가슴을 애써 가라앉히면서 안타까운 목소리로 말했다.

"통촉해주시옵소서, 폐하! 신은 그저 소신껏 아뢰었을 뿐이옵니다. 신

의 충심을 깊이 헤아리시어 다시 군중으로 돌려보내주시옵소서. 이놈은
전장에 뼈를 묻고 싶사옵니다."

"흠!"

건륭이 큰 기침 한 번으로 답변을 대신했다. 이어 창가로 걸어가더니
잠시 창밖의 설경에 시선을 보냈다. 그리고는 깊고 긴 숨을 뿜어내면서
거칠게 발을 걷고 양심전을 나섰다. 두 손을 팔소매에 찌른 채였다. 순간
자라목을 하고 있던 태감들이 화들짝 놀라면서 일제히 무릎을 꿇었다.
그 와중에도 왕충은 황급히 달려 나와 건륭에게 외투를 걸쳐주는 기민
함을 보였다. 그에 반해 대전 안의 네 대신은 이러지도 저러지도 못했
다. 말 한마디 못하고 목을 빼든 채 정원에 서 있는 건륭만 바라보았다.

건륭은 하얀 햇솜 같은 눈밭에 발자국을 찍으면서 천천히 거닐었
다. 그러다 갑자기 길게 기지개를 켜는가 싶더니 그대로 벌렁 드러누웠
다. 눈꽃이 그의 이마, 얼굴, 입술과 코 위에 떨어지며 그대로 녹아 내
렸다. 그에게는 흰 입김이 왈칵왈칵 쏟아져 나오는 엄동의 추위가 오
히려 시원하게 느껴지는 듯했다. 더불어 피곤도 고민도 순식간에 날려
버리는 것 같았다. 그러기를 얼마나 했을까, 건륭은 양강 포정사 겸 회
남 양도淮南糧道 진세관陳世倌이 뵙기를 청했다는 태감의 말에 다시 안으
로 들어왔다.

"들라 하라."

건륭이 찻물로 목을 축이고 나서 찌푸렸던 얼굴을 폈다. 이어 네 대
신에게 말했다.

"짐이 너무 성급했던 것 같네. 그깟 금천 지역을 평정하는 일쯤이야 식
은 죽 먹기라고 생각했었지. 그런데 수만 명이 수년 동안 백만 냥이 넘
는 은자를 소모하면서 아직까지도 결판을 못 내지 않았는가. 그러다보
니 짐의 마음이 조급해진 것 같네."

경복과 아계가 황송했는지 건륭의 말에 얼굴을 붉히면서 죄를 청하려 했다. 그러자 건륭이 괜찮다는 듯 손사래를 쳤다.

"됐네! 짐도 적을 너무 가볍게 생각했네."

부항과 눌친은 건륭이 자책하고 나서기까지 한 상황에서 더 이상 자리에 앉아 있을 수 없다고 생각했다. 곧바로 자리에서 일어나 무릎을 꿇었다. 눌친이 먼저 입을 열었다.

"폐하의 심모원려에 감복하옵니다. 모두 다 신들이 무능하기 때문이옵니다. 군주의 걱정은 곧 신하의 치욕이라고 했사옵니다. 신은 이번에 경복과 함께 금천에 가서 조정의 우환을 깨끗이 처리해버리고 오겠사옵니다. 윤허해주시옵소서."

건륭이 막 입을 열어 대답을 하려고 할 때였다. 진세관이 난각 밖에서 머리를 조아리면서 문후를 올리는 소리가 들려왔다. 추운 날씨임에도 천마 가죽 장포에 얇은 공작 보복만 입고있는 터라 부들부들 떨고 있었다. 게다가 밖에서 달고 들어온 눈이 녹으면서 엎드려 있는 등허리도 축축하게 적시고 있었다. 건륭이 진세관의 초라한 모습을 보면서 웃음을 터트렸다.

"그렇지 않아도 살집이 없어 추울 터인데 의복이 어찌 그리 부실한가? 설마 해녕海寧의 명문가가 의복도 못 챙길 정도로 궁색해진 것은 아니겠지?"

진세관이 건륭의 농담에 대답하는 대신 우선 콧물을 훌쩍 들이마셨다. 이어 웃는 얼굴로 입을 열었다.

"아뢰옵니다, 폐하! 남쪽에서 막 북경에 당도하니 설경이 하도 아름다워 수레 대신 노새를 타고 왔사옵니다. 그런데 정양문과 관제묘 앞을 지나면서 보니 추위에 떨고 있는 거인擧人이 있기에 외투를 벗어 주었사옵니다. 소인은 궁색하지 않사옵니다. 에, 에…… 에취!"

진세관이 말을 채 끝마치지도 못하고 요란한 재채기를 토해냈다. 그 소리에 좌중의 사람들이 모두 배를 잡고 웃었다. 건륭 역시 웃으면서 명령을 내렸다.

"짐의 원호元狐(검은 여우) 장포를 가져다 진세관에게 하사하거라! 불쌍한 사람을 보면 그냥 지나치지 못하는 것이 어진 인간의 본성이지. 자네가 설경이 좋아 노새를 탔다니 짐도 노새를 타보고 싶은 욕구가 생기네그려."

건륭이 여전히 소탈한 웃음을 잃지 않은 채 진세관으로 하여금 화롯불 옆자리로 옮겨 앉도록 했다. 이어 눌친을 비롯한 여러 대신들을 향해 입을 열었다.

"짐이 아까부터 쭉 생각해봤네. 장정옥은 근력이 하루가 다르게 약해지고 있지. 짐의 신변에는 그를 거들어줄 사람이 필요하네. 그 적임자가 바로 눌친과 부항이지. 그러니 아무래도 경복을 다시 금천으로 보내야겠어. 한번 가봤던 사람이니 다른 사람보다는 아무래도 좀 낫겠지. 결자해지라는 말도 있고 말이야. 경복, 경은 대학사이자 국척이네. 당연히 매사에 자네가 주동적으로 움직여야 해. 장광사는 어디까지나 자네의 부하일 수밖에 없어. 두 사람이 손발을 맞춰 잘 협력한다면 조만간 좋은 소식을 들을 수 있지 않을까 싶네. 지금 밖에서는 경에 대해 수군대는 소리들이 많아. 다들 반곤이 아직 살아 있다고 하지. 짐은 대, 소금천의 반란을 잠재우는 것이 목적이지 그자의 생사에는 별로 관심이 없네. 짐의 깊은 뜻을 헤아려 부디 진력해주기를 바라네. 이번에도 군사軍事를 엉망으로 만들어버린다면 짐의 뜻과는 무관하게 국법이 자네를 용서하지 않을 것이네!"

"망극하옵니다, 폐하! 이 한 목숨 초개같이 내버리겠사옵니다!"

경복은 반곤의 생사 여부 때문에 줄곧 불안에 떨고 있던 차였다. 그런 마당에 반곤의 생사 여부에 대한 죄를 묻지 않겠다는 건륭의 말을 들으니 긴장이 다소 풀렸다. 그는 얼굴을 활짝 펴면서 연신 머리를 조아렸다.

"군량미와 화약만 제대로 공급받을 수 있다면 일 년 안으로 반드시 목적을 달성하고 오겠사옵니다."

"자네는 세종을 따라 다니면서 잔뼈가 굵은 국척이네. 또한 이 나라의 운명과 고락을 같이 해온 훈신勳臣 가문의 자손이네. 짐은 경의 투지에 심히 마음의 위안을 느끼네. 군비라고 해봤자 몇 백만 냥씩 가져다 쏟아 부을 일은 없을 것 아니겠나. 군량미는 여기 진세관과 상의하게. 그리고 화약이나 무기는 아계에게 부탁하면 되겠네. 짐이 일 년 반, 아니 이 년을 기다려 줄 테니 짐에게 대, 소금천과 상, 하첨대의 안정을 선물하도록 하게. 진세관만 남고 나머지는 모두 물러가게."

건륭이 감개에 젖은 어조로 말했다. 그때 자명종이 미시 끝을 가리키고 있었다. 건륭이 배가 고픈지 다과상을 가져오도록 했다. 잠시 후 태감이 각종 떡과 우유 두 사발을 가져왔다. 건륭이 진세관의 앞으로 우유 한 사발과 떡 접시를 밀어주었다.

"세끼 밥을 못 먹을 처지는 아닐 테지. 그러나 우유는 아무나 마실 수 있는 것이 아니니 따끈할 때 한 사발 마셔두게."

진세관은 평소 소식을 지향하는 터였다. 그랬으니 건륭이 하사한 우유 한 사발을 다 마신다는 것은 고문이나 다름없었다. 그러나 군주가 내린 음식이나 물건은 절대 사양해서는 안 되는 법이 아닌가. 그는 약을 마시듯 찌푸린 미간을 대접에 숨긴 채 꿀꺽꿀꺽 우유를 들이마셨다. 이어 손등으로 입술을 쓱 닦아냈다.

"사실 신은 이번에도 폐하께 주청을 올리려고 왔사옵니다. 다름 아니오라 전량을 면제해 주셨으면 하온데 폐하께서는 신에게 군량미까지 책임지라고 하시니 신은 당황스럽기 그지없사옵니다."

건륭이 진세관의 말을 듣는 둥 마는 둥 하면서 하얗고 부드러운 떡을 두 손으로 쪼개 입안에 넣었다. 이어 화제를 돌렸다.

"그래 북경에는 언제 도착했나?"

"아뢰옵니다, 폐하. 어젯밤에 당도했사옵니다."

"수로로 왔는가? 아니면 육로로?"

"먼저 육로로 안휘성까지 온 다음 하남성을 거쳐 산동 덕주에서 배를 타고 천진으로 들어왔사옵니다. 남하하는 조운 선박이 많이 붐벼 족히 한 달은 걸렸사옵니다."

건륭이 떡 접시를 저만치 밀어내고 찻물로 입가심을 했다. 그런 다음 다시 물었다.

"그래 길에서 보니 올해 작물 수확은 낙관할 수 있겠던가?"

진세관이 건륭의 질문에 턱을 들어 기억을 더듬으면서 대답했다.

"신이 올 때는 이미 수확이 끝나 창고에 집어넣은 뒤였사옵니다. 그러나 들은 소문은 있사옵니다. 그에 의하면 강소江蘇는 전년 대비 십이 할 쯤 더 거뒀고 절강浙江도 풍작이었다 하옵니다. 강서江西는 남쪽은 가물었으나 북쪽은 역시 백년 만의 풍년이었다고 들었사옵니다. 산동은 풀무치 피해가 심각하다고 하옵니다. 그러나 불행 중 다행으로 바다와 인접한 동부는 어획량이 풍부하고 인근에 염전이 많사옵니다. 소신의 생각으로는 상대적으로 생선과 식염이 귀한 강서, 남경과 물물교환을 하면 어떨까 하옵니다. 방금 폐하께서 군량미와 양초에 대해 언급하셨사온데, 신의 어리석은 생각으로는 풍재風災를 입은 산서 남부에서 사들이면 일석이조의 효과를 기대할 수 있지 않을까 사료되옵니다. 그 지역은 낟알은 못 건졌으나 옥수숫대와 볏짚은 멀쩡하니 양초로 적합하옵니다."

진지하게 진세관의 말을 듣고 있던 건륭의 입에서 순간 탄성이 터져 나왔다.

"거 참 탁월한 발상이네! 짐은 경이 청렴하고 백성들을 사랑한다는 것은 믿어 의심치 않았으나 두뇌 또한 이렇게 비상할 줄은 몰랐네. 자신의 본직에 충실하면서도 타 지역 백성들의 질고까지 헤아리는 마음이 얼마나 넉넉한가. 이런 모습이야말로 진정한 애민 사상을 지닌 관리의 표본이라고 할 수 있지 않나 싶네. 자네는 실로 요즘 보기 드문 신하일세. 내친김에 자네가 이번에 장광사의 군수품을 조달하는 일도 맡아주게! 돌아가서 방금 진언했던 말을 글로 적어 주장을 올리도록 하게. 짐이 어비를 달아 부의에 넘길 것이니."

건륭이 숨도 쉬지 않고 긴 말을 마쳤다. 그리고는 잠시 숨을 고르더니 짧게 덧붙였다.

"짐은 자네가 이번에도 해녕 백성들을 위해 눈물 콧물 쥐어짜러 온 줄 알았네!"

진세관은 건륭의 격려와 치하를 받자 흥분하지 않을 수 없었다. 전신이 활활 타오르듯 열기가 올라왔다. 곧이어 그가 앙상한 등허리에 힘을 줘 곧게 펴면서 결연한 의지를 밝혔다.

"신은 일개 지방관에 불과하나 군주의 걱정은 곧 신하의 치욕이라는 도리쯤은 알고 있사옵니다. 사실은 해녕 백성들을 위해 주청을 올릴 것도 있었사옵니다. 강희황제께서 준갈이 정벌에 나선 후로 절강과 강소에서는 천하의 군량미軍糧米와 양초糧草의 삼분의 이를 부담해왔사옵니다. 그 때문에 원래는 그토록 부유하던 지역이 지금은 백성들이 고구마와 잡곡으로 겨우 연명할 정도로 가난해졌사옵니다. 어떤 현에서는 심지어 산나물로 연명하고 있다 하옵니다. 비옥한 땅도 비료를 주지 않고 연속해서 심기만 한다면 척박해지기 마련이옵니다. 이 몇 년 동안 해녕의 부자들 중에서 농업을 포기하고 장사에 뛰어든 사람이 급증하고 있사옵니다. 땅값도 폭락하고 있사옵니다. 폐하께서 군비와 군량미 조달에 대해 거론하셨사오니 신도 한마디 올리겠사옵니다. 강남이 부유하다고 전적으로 그곳에만 의지해서는 안 될 것이옵니다. 이번 금천 전역에 필요한 물자는 호광, 하남, 산동, 안휘를 중심으로 조달하게 하고 강남에는 숨통을 좀 틔워줘야 한다고 생각하옵니다. 강남은 유사시를 대비해 힘을 길러둬야 된다고 생각하옵니다. 그렇게 해야 장래에 대군이 서역으로 출정할 때 큰 힘을 보탤 수 있을 것이옵니다."

"자네 말이 옳네."

건륭이 다 식은 찻물 한 모금을 입 안에 넣더니 도로 뱉어냈다. 이어 덧붙였다.

"강남, 절강, 복건, 강서 이 네 성의 올해 전량을 모두 면제하겠네."

진세관이 환하게 웃으면서 대답했다.

"망극하옵니다, 폐하! 하온데 호부에서는 또 소인을 탄핵할 건수가 생겼다고 할 것이옵니다."

그러자 건륭이 몸을 일으키면서 대답했다.

"탄핵은 두려워할 필요가 없네. 짐이 있지 않은가. 내일 다시 패찰을 건네게."

10장
궁중의 여인들

　건륭은 진세관을 보내고 난 다음 한동안 희비가 교차하는 감정을 다스리지 못했다. 여러 가지 생각이 두서없이 머릿속에 떠오르기도 했다.

　'평생 건재할 줄 알았던 장정옥도 이제는 늙었어. 악이태 역시 병치레가 잦아. 그런데 이 두 사람을 추종하는 문생, 친족들은 만주족과 한족으로 나뉘어 날마다 신경전을 벌이고 있어. 파벌 싸움이 일어날 수 있지.'

　파벌 싸움을 누구보다 경계하는 건륭은 그런 생각이 들자 걱정이 되지 않을 수 없었다. 그나마 다행인 것은 문무를 겸비한 부항과 근검하고 청렴한 눌친이 계속 성장하고 있다는 사실이었다. 또 한족 중에서는 유통훈이 강직한 성품과 탁월한 지혜로 건륭의 낙점을 받은 게 다행이라고 할 수 있었다. 그럴 경우 그나마 인재난은 무난히 넘길 수 있을 것 같기도 했다. 게다가 금상첨화라고 진세관도 오늘 지켜본 결과 보통이 아니라는 결론이 나왔다. 해박한 학문, 대세를 읽을 줄 아는 혜안, 그리고 특유의 괴짜 기질은 대청大淸의 기둥으로 인정받기에 충분한 것이었다. 황혼의 저녁놀은 서글프지만 아침에는 또 새로운 태양이 떠오르지 않는가. 건륭은 그렇게 좋은 쪽으로만 생각하면서 불길한 생각을 지우려고 애를 썼다…….

한 줄기 찬바람이 집요하게 문틈을 비집고 들어왔다. 건륭은 가볍게 몸을 떨면서 태후에게 문후를 올리러 가야겠다는 생각을 하고 즉시 자리에서 일어났다. 태감들을 인솔해 서편전 벽에 서화 작품을 새로 걸고 있던 고대용이 눈치 빠르게도 그 모습을 보고는 황급히 달려왔다. 건륭은 추운 지역의 유격군을 위해 담요처럼 어깨에 두를 수 있도록 특별 제작한 외투를 먼저 착용해 보고 만족해했다.

"생각보다 더 따뜻하구먼. 병부에 명해서 하루도 지체하지 말고 내려 보내라고 해. 비가 그친 뒤 우산을 준비하는 식의 어리석음은 범하지 말도록!"

건륭은 말을 마치고는 바로 양심전을 나섰다. 다행히 기분이 조금 나아졌다.

밖은 온통 백설의 세계였다. 궁전의 붉은 벽과 기와는 모두 눈이불 속에서 곤히 잠든 것 같았다. 그저 이따금씩 불어오는 광풍만이 쌓인 눈을 쓸어내리면서 시야를 뿌옇게 만들 뿐이었다. 그런 와중에도 제법 굵은 눈발은 팽그르르 선회하면서 담 모퉁이에 가 박히는가 하면 문풍지를 뚫고 비집고 들어가려고 아우성을 치기도 했다. 그런 엄동설한의 추위에도 각 궁전 앞의 시위와 친병들은 눈사람처럼 꼼짝도 하지 않은 채 지키고 서 있었다.

건륭은 눈을 특별히 좋아했다. 눈 덮인 풍경을 보면 어느새 피곤함도 잊고는 했다. 그는 그 기분 그대로 두껍고 무거운 군용 외투를 든든히 두른 채 뽀드득뽀드득 눈을 밟는 발자국소리를 즐기면서 영항을 나섰다. 이어서 눈의 무게에 짓눌려 더욱 낮아 보이는 군기처로 향했다. 곧 발이 조금 걷혀 있는 군기처의 모습이 눈에 들어왔다. 설광에 비친 어두컴컴한 방 안에서는 방금 불을 지핀 듯 가벼운 연기가 흩날리고 있었다. 몇 사람이 얼씬거리는 모습도 보였다. 순간 건륭은 몇 년 전 이곳에서 전도를 처음 만났던 기억을 떠올렸다. 그날도 오늘처럼 눈이 내리고 추운 날이었다. 그는 당시 황제의 신분을 드러내지 않은 채 무명소졸과 마주 앉아 화롯불에 땅콩을 구워먹으면서 술잔을 기울인 바 있었다. 그 일은 나중에 관가에서 꽤 알려진 미담으로 전해지기도 했다. 그 일이 어제 같은데 벌써……. 건륭은 그렇게 당시의 생각을 하다 말고 갑자기 실소를 터트렸다. 태후가 있는 자녕궁으로 간다고 나섰는데 느닷없이 군기처에 걸음이 묶이다니? 그는 자신을 자책하면서 다시 자녕궁 쪽으로 돌아섰다.

얼마 후 건륭은 자녕궁 의문儀門으로 들어가 대배전大拜殿을 에돌아 걸음을 멈췄다. 이어 수행원들에게 걸음을 멈추라고 이르고는 홀로 복도를 따라 침궁으로 향했다. 몇몇 태감들이 처마 밑에서 화로에 부채질을 해가면서 차를 끓이고 있었다. 또 일부는 조롱 안의 새에게 먹이를 주느라 바쁘게 돌아다니고 있었다. 그래서일까, 건륭이 외투를 펄럭이면서 가까이 갈 때까지 아무도 그를 알아보지 못했다. 그나마 눈치 빠른 태감 진미미가 엉겁결에 건륭을 발견하고는 부랴부랴 무릎을 꿇고 문후를 올렸다. 이어 특유의 목소리를 끌어올리며 아뢰었다.

"폐하께서 의복을 조금 달리 하시니 이놈의 눈구멍이 알아 뵙지 못했사옵니다! 태후마마께서는 오늘 웃음소리도 명랑하시고 놀라운 식욕을 보이셨사옵니다. 장친왕 복진께서 들고 온 칠면조 다리를 다 드시고 쌀죽도 한 그릇 거뜬하게 비웠사옵니다. 조금 전에는 황손들을 불러 한참 즐거운 시간을 보내셨사옵고 지금은 몇몇 태비, 귀비들과 서화 작품을 감상하고 계시옵니다."

태감이 발을 걷었다. 건륭은 안으로 들어섰다. 그러나 눈밭을 걷다가 어두운 실내로 들어서자 눈앞이 캄캄한 탓에 잠시 동안 아무것도 보이지 않았다. 그는 가만히 제자리에 멈춰 서 있었다. 그렇게 얼마가 지나자 긴 발을 드리운 서난각에서 태후가 태비 경耿씨, 제齊씨, 이李씨에게 둘러싸인 채 서화를 감상하고 있는 모습이 눈에 들어왔다. 경씨는 태후의 옆자리, 제씨와 이씨는 태후의 등 뒤에 서 있었다. 귀비 나랍씨와 돈비 왕汪씨 역시 있었다. 그러나 그녀들은 원탁에 그림을 올려놓고 열심히 감상을 하느라 아무도 건륭이 가까이 오는 것을 알지 못하고 있었다.

건륭은 나랍씨의 어깨 너머로 슬쩍 원탁을 훔쳐봤다. 《낙신거마도》洛神車馬圖였다. 낙수洛水가의 쓸쓸한 버드나무 밑에 숙연히 서서 시리도록 푸른 호수에 시선을 박은 조자건曹子建의 옆모습이 처연하게 보였다. 호수 맞은편으로는 낙신을 호위하고 있는 만신萬神들의 모습도 보였다. 또 낮은 구름 아래로는 바람에 날리는 채색 깃발 같은 만신들의 오색 찬연한 허리띠가 보였다. 낙신은 그런 주위 풍경을 배경으로 한 채 미간에 내 천川자를 그리면서 조식曹植에게 뭐라고 준열하게 이르는 것 같았다. 그러나 두 손을 펴들고 탄식하는 조식의 얼굴에는 온통 망연한 기색뿐이었다……. 오랜 연륜을 말해주듯 그림의 도화지는 누렇게 바래 있었다. 왼쪽 끝머리의 낙관은 희미해 알아보기조차 힘들었다. 아래 위로는 도장이 수도 없이 박혀 있었다. 대단히 진귀한 고화古畵임이 틀림없었다.

"누구의 작품입니까?"

건륭이 참지 못하고 물었다. 그제야 건륭을 발견한 좌중의 사람들이 한바탕 소란을 떨었다. 우선 태비 제씨와 돈비 왕씨가 서둘러 무릎을 꿇었다. 또 다른 태비들은 황급히 두 손을 앞에 모으더니 두어 걸음 뒤로 물러났다. 태후가 돋보기를 벗으면서 미소 띤 얼굴로 말했다.

"거동을 하셨으면 미리 아뢰게 했어야죠. 뭐 나이 먹어 애 밸 일은 없지만 이 어미가 간 떨어지는 줄 알았지 뭡니까! 빨라도 두 시간은 더 있어야 오실 줄 알았는데……. 이 그림은 폐하의 열여섯째숙부가 은자 만 냥을 주고 사들인 작품이랍니다. 오도자吳道子라는 사람이 그렸다고 하더군요. 말로는 이 늙은 것의 생신선물이라고 하는데 혹시 가짜는 아닌지 나에게 전문가를 불러 감별해 보라고 하네요. 헌데 내가 뭘 알아야지. 잘 됐네요, 황제가 좀 봐주세요."

건륭이 태후의 말에 화답했다.

"소자도 골동품을 감별하는 데는 까막눈입니다. 내일 한림원의 기윤을 불러보면 진가가 밝혀질 것입니다."

건륭이 말을 마치고 돌아서더니 그때까지 무릎을 꿇고 있는 돈비 왕씨와 태비 제씨를 향해 물었다.

"그만 일어나지 왜 죄지은 사람들처럼 그러고 있는가?"

제씨와 왕씨는 건륭의 명령에도 일어날 생각을 하지 않았다. 그저 머리만 계속 조아릴 뿐이었다. 태후가 건륭의 눈치를 살피더니 말했다.

"이는 열여섯째황숙이 정한 규칙이라고 합니다. 왕씨는 전에 몹쓸 일을 해서 강등당해 저리 기가 죽어 있는 겁니다. 또 태비 제씨는 황제의 셋째형님 일 때문에 면목이 없는 모양입니다. 스님 면목은 안 봐줘도 부처님 면목은 봐준다고 했습니다. 괘씸하더라도 이 늙은 어미의 체면을 봐서 그만 너그럽게 용서해주시죠!"

"그러죠, 어머니."

건륭이 조용히 미소를 지었다. 옛날 일이 떠올랐다. 언젠가 내정의 황족사무를 남당하는 장친왕 윤록이 상주문을 올린 적이 있었다. 전반적인 내용은 죄를 지은 황자의 어머니와 실수를 범해 강등당한 궁빈은 황제를 알현할 때 외관들의 복진과 마찬가지로 무릎을 꿇어 예를 갖춰야 마땅하다는 것이었다. 당시 건륭도 그렇게 하라고 윤허한 바 있었다. 그랬으니 건륭의 셋째형이자 보위 찬탈을 꿈꾸다 옹정에 의해 죽임을 당한 홍시弘時의 어머니인 태비 제씨는 죄인처럼 예를 갖출 수밖에 없었다. 돈비 왕씨 역시 크게 다르지 않았다. 사소한 일로 궁녀를 때려죽인 죄 때문에 빈嬪으로 강등당한 이력이 있었다. 그래서일까, 가녀린 어깨를 축 늘어뜨린 채 죽은 듯 무릎을 꿇고 있는 두 사람의 모습이 애처로워 보였다. 곧이어 건륭이 한숨을 내쉬면서 말했다.

"이 엄동설한에 태후마마를 시봉하러 입궐했다는 사실만으로도 짐은 그대들의 효심을 엿볼 수 있네요. 하늘은 스스로 돕는 자를 돕는다고 했죠. 아마 이런 경우를 일컫는 것 같군요. 왕씨, 자네는 그 동안 충분히 잘못을 뉘우쳤으리라 믿네. 이 자리에서 다시 돈비로 승격시키는 바이네. 그리고 태비 제씨, 작은 어머니는 뭐 죄라고 할 것도 없어요. 자식을 몸뚱이만 낳았지 속까지 낳은 것은 아니잖아요. 자식이 비뚤어지는 것을 어미인들 무슨 수로 바로잡겠어요? 어릴 때 짐을 많이 안아주고 귀여워 해주셨잖아요? 이렇게 짐이 미처 못 다하는 효도를 대신해 주시니 그저 고마울 따름입니다. 저기 저 경씨는 홍주弘晝 아우의 생모가 아닙니까? 짐이 황태귀비로 승격시키려 했는데 이참에 두 분을 함께 황태귀비로 봉해드리겠습니다. 태후마마를 시봉하기에는 신분이 좀 어울리지 않을 것 같아서 짐이 특별히 신경을 썼습니다."

건륭은 존댓말까지 써 가면서 조곤조곤 부드럽게 얘기를 이어갔다. 태비 제씨와 돈비 왕씨는 그에 감동한 듯 바로 눈물을 펑펑 쏟으면서 소리 죽여 울었다. 아마 그동안 온갖 설움을 받았던 것 때문에 복받치는 감정을 참지 못한 듯했다. 태후 역시 두 사람이 숨 한번 제대로 못 쉬고 잔뜩 기죽어있는 모습을 항상 안쓰럽게 여겨왔던 터라 건륭의 말을 듣자 만면에 희색을 감추지 못했다.

"나 같으면 덩실덩실 춤을 춰도 모자라겠구먼. 좋은 날에 눈물은 왜 그리 흘리나? 황제, 아직 수라를 안 드셨죠? 왕씨, 자네는 요리를 잘하니 폐하의 입맛에 맞는 음식을 두어 가지 만들어오게. 황제도 긴요한 공무가 없으시면 이렇게 큰 눈이 펑펑 내리는 날에는 상서방, 군기처, 육부 모두 휴가를 주는 것이 어떻겠어요? 모두들 모처럼 가족끼리 화롯불에 둘러앉아 설경을 감상하면 얼마나 좋겠습니까? 그들이 환호작약하면 곧 황제의 성덕이 아니십니까?"

눈치 빠른 왕씨는 태후의 말에 곧바로 칠면조 요리를 다시 만들어 오겠노라며 물러갔다. 제씨 역시 자신도 돕겠다고 따라 나섰다. 건륭은 둘이 물러가자 태후에게 양해를 구했다.

"어머니, 음식을 만드는 사이 소자 잠깐 황후를 들여다보고 오겠습니다. 어젯밤에 황후가 구토 증세와 어지럼증이 심해 고생을 했다고 합니다. 아침에 그 소식을 접하고도 급히 처리해야 할 용무가 있어 미처 가보지 못했습니다. 그리고 방금 말씀하신 휴가는 지금 당장 진미미를 시켜 의지懿旨를 전하도록 하겠습니다. 다만 군기처와 호부는 정상업무를 봐야 할 것입니다. 순천부와 구문제독아문도 마찬가지고요. 사실 설경을 즐긴다는 자체가 죄스러울 만큼 이 폭설 때문에 가옥이 무너지고 거리에 나앉아 끼니를 못 잇는 사람들이 허다할 것입니다. 인명피해가 없도록 각별히 유의해야 할 것입니다."

태후는 건륭의 말이 끝나기도 전에 두 손을 맞잡은 채 연신 기도를 올렸다. 입에서는 자연스럽게 염불이 흘러나왔다.

"아미타불 관세음보살! 훌륭하신 군주, 착한 내 아들, 실로 백성을 아끼는 마음이 지극하고 대자대비하시옵니다. 그러고 보니 경씨, 아까 그게 무슨 골목이라고 했지?"

경씨가 태후의 질문에 대답했다.

"신첩의 아들 홍주의 화친왕부가 있는 선화 골목이라 말씀 올렸습니다."

태후가 경씨의 말에 손뼉을 치면서 정색한 얼굴을 한 채 말했다.

"그래, 맞아! 선화 골목이라고 했지. 거기서 밤새 초가집이 세 채나 무너졌다고 합니다. 다행히 인명피해는 없었으나 어른이고 아이고 졸지에 길바닥에 나앉게 됐다지 뭡니까? 이태리伊太利(이탈리아)의 몇몇 코쟁이 선교사들이 보다 못해 집을 지어주겠노라고 팔을 걷어붙였다는데, 고맙기는 하지만 우리 백성들의 일을 그들에게 맡길 수는 없지 않습니까? 마치 우리 중국인들은 덕을 쌓고 선을 행할 줄 모르는 것처럼 그들에게 비쳐지면 절대 아니 됩니다. 어찌됐건 폐하께서 한발 앞서 염려하시고 계셨다 하니 이 어미는 그저 뿌듯할 따름입니다. 황후의 처소로 걸음하시는 것은 그리 서두르지 않으셔도 괜찮을 듯합니다. 이 어미가 벌써 약을 지어 들여보냈습니다. 지금은 약 기운이 퍼져 잠시 눈을 붙였다고 들었습니다. 부항의 안사람도 입궐해 황후 시중을 들고 있다고 하니 여기서 천천히 식사를 하시고 가셔도 늦지 않으실 겁니다."

건륭이 '부항의 안식구'가 와서 시중을 든다는 말에 자동으로 두 눈을 반짝거렸다. 이어 황급히 대답했다.

"그래요? 그렇다면 당연히 어머님의 말씀에 따라야죠!"

건륭은 말을 마치고는 속을 내보인 것 같아 부끄러운 듯 얼굴을 약간 붉혔다. 이어 나랍씨를 힐끗 일별하고 나서 다시 입을 열었다.

"이제 막 출산을 한 터라 많이 조심해야 할 때인데 이 추운 날씨에 입궐했다니 정성이 갸륵합니다."

나랍씨가 건륭의 말을 듣더니 그와 당아 두 사람의 미묘한 관계를 잘 알고 있는 사람답게 야릇한 미소를 지었다. 이어 상체를 꺾으며 공손히 아뢰었다.

"내일 아들의 탕병회를 앞두고 태후마마께 문후를 올리러 온 모양이옵니다. 내친김에 태후마마께 길하고 좋은 이름을 하사해 주십사 청을 드린 것으로 알고 있사옵니다. 황후마마와는 일반 여염집 같았으면 형님 올케 사이이온데 이럴 때 가까이에서 시중드는 것은 당연지사라 사료되옵니다. 밖에 눈도 줄기차게 내리니 오늘밤은 신첩의 궁전에 잠자리를 마련해 줄까 하옵니다."

나랍씨는 건륭과 당아의 밀회를 가장 잘 알고 있는 사람이었다. 한마디로 둘의 과거지사를 거울 보듯이 잘 알고 있다고 해도 과언이 아니었다. 그녀는 또 건륭으로부터 '질투'하지 말고 눈치껏 중간다리 역할을 잘하라는 명령까지 받은 터였다. 지시를 잘 이행하고 있는 중이라고 해도 좋았다. 건륭은 나랍씨의 말을 듣고는 흡족한 듯 고개를 끄덕였다.

"그리 하는 것이 좋겠네. 사실은 짐이 그 아이 이름을 지어주기로 약조했었네. 백일잔치에 정식 이름이 없는 것도 보기에 안 좋을 테지. 어머니, 소자가 생각하기에 부항은 이 나라의 공신이고 황친이니 다른 신료들과는 뭔가 대우가 달라야 하지 않겠습니까? 그 아이에게 복강안福康安이라는 이름을 하사하는 것이 어떨까 합니다."

태후가 건륭의 말을 듣더니 은쟁반 같은 얼굴에 환한 미소를 지은 채 무릎을 쳤다.

"그거 좋은 생각입니다. 복강안, 부르기도 좋고 뜻 역시 더할 나위 없이 상서롭군요. 복 있고 건강하고 평안하라고! 이보다 더 큰 축복이 어디 있겠습니까!"

건륭과 태후가 대화를 나누는 동안 제씨와 왕씨가 식합을 든 태감을 앞세우고 들어왔다. 이어 음식들을 식탁 위에 한 가지씩 꺼내놓았다. 물만두, 숙주나물 볶음, 닭요리에 칠면조탕까지 척 봐도 모두 다 정살하고 맛깔스러워 보이는 음식들이었다. 순식간에 구수한 냄새가 사방으로 퍼졌다. 건륭은 구미가 한껏 동한 듯 김이 모락모락 피어오르는 식탁에 다가가 연신 코를 벌름거렸다. 그 모습이 꼭 배고픈 소년 같았다. 곧이어 그가 칠면조탕 국물을 한 숟가락 떠넘기면서 맛을 음미하더니 긴장한 기색이 역력한 왕씨를 향해 연신 엄지를 내둘렀다.

"칠면조 요리를 처음 먹어보는 것도 아닌데 맛이 참 독특하고 좋네."

건륭이 막 물만두 하나를 집어 입가에 가져가려고 할 때였다. 태감이 알록달록하게 한껏 재주를 부린 음식을 한 접시 들고 왔다.

"이건 또 뭔가?"

건륭이 잠시 의아해하자 왕씨가 아뢰었다.

"태후마마께서도 이런 요리는 처음이실 것이옵니다. 두어 젓가락밖에 안 되는 이 요리를 만들려면 은자 오백 냥은 들어야 하옵니다."

순간 건륭의 얼굴에서 웃음기가 점점 엷어지는 듯싶더니 곧 연기처럼 사라지고 말았다. 그리고는 방금 전과는 판이하게 굳어진 표정으로 물었다.

"금가루라도 뿌렸다는 얘기인가?"

별생각 없이 말했다가 건륭을 불쾌하게 만든 왕씨를 대신해 제씨가 건륭에게 말했다.

"일명 폭룡수爆龍須라는 요리이옵니다. 잉어의 수염으로 만들었사옵니다. 한 접시 만들려면 적어도 잉어를 몇 십 마리는 잡아야 하오니 오백 냥 아니고서는 꿈도 못 꾼다는 얘기인 것 같사옵니다. 돈도 돈이지만 왕씨의 정성이 정말 대단하다 싶사옵니다."

요리 한 접시에 은자 500냥이라니! 건륭은 놀랍고도 불쾌했다. 그러나 치밀어 오르는 화를 애써 죽였다. 태후의 밝은 모습을 보기도 흔치 않은데 모처럼의 화기애애한 분위기를 망치고 싶지는 않았던 것이다. 그는 천천히 심호흡을 하면서 억지로 웃음을 지었다.

"짐은 차를 즐겨 마시니 차에 대해서는 좀 까다로운 편이나 음식은 그리 따지는 편이 아니네. 이런 음식은 한 번 맛보는 것으로 족하네. 하남성 주구점周口店이라는 곳에 올해 백년 만의 큰 홍수가 났지. 수재민들은 주린 창자를 안고 하루하루 죽지 못해 연명하고 있다고 하네. 헌데 짐이 한 접시에 오백 냥짜리 요리를 먹었다고 하면 이 역시 걸桀과 주紂(걸과 주는 유명한 폭군)와 같은 황제라고 지탄받아 마땅하지 않겠는가?"

태후가 건륭의 말을 듣고는 쥐구멍이라도 있으면 기어 들어가고픈 모습으로 오그라드는 왕씨를 천천히 쳐다보며 말했다.

"나름대로 정성을 기울인다는 것이 조금 과했으니 오늘 일을 교훈으로 삼고 앞으로 조심하면 되겠네. 자, 비싼 음식이라니 이 늙은이도 어디 한번 먹어 볼까? 누가 알아, 내일 아침 일어나면 회춘을 한 탓에 얼굴이 반들반들해질지?"

태후가 농담을 하면서 폭룡수 앞으로 다가앉았다. 그러자 건륭이 젓가락으로 요리를 집어 태후의 그릇에 놓아줬다. 자칫 싸늘해질 뻔했던 분위기는 두 모자의 그런 노력으로 겨우 회복되었다. 건륭은 순간 세상만사 모든 것이 생각하기 나름이라는 사실을 새삼스레 깨달으면서 언제나 대장부처럼 마음이 넉넉한 어머니 태후를 우러러보지 않을 수 없었다.

조곤조곤 얘기를 주고받으면서 식사를 마친 모자는 하녀가 올린 물에 손을 씻었다. 이어서 양치를 하고는 상에서 물러앉았다. 말은 그렇게 했어도 마음이 불편했던지 태후가 방금 전 잉어 수염을 씹으면서 언급했던 말을 다시 꺼냈다.

"황제, 그래 주구점 상황은 요즘 어떻게 돌아가고 있습니까? 물론 폐하께서 이미 발등에 떨어진 불이야 끄셨겠지만 조정과 지방이 합심해

구제를 서둘러야겠습니다. 선제께서는 이 같은 자연재해가 일부 불손세력에게 이용될 것을 우려하셨습니다. 불쌍한 백성들을 선동해 민변이라도 일으키면 선량한 백성들이 두 번 죽는 셈이 된다고 각별히 관심을 기울이셨습니다. 늙은이가 노파심에서 하는 소리이니 고깝게 듣지는 마십시오. 배고픔에는 장사가 없다고 했습니다. 성조와 선제께서 입버릇처럼 하시던 말씀이라 아직도 귓전에 쟁쟁합니다."

건륭이 몸을 숙이면서 대답했다.

"고깝다니요. 당치도 않으십니다. 천만번 지당하신 훈육이십니다. 소자는 이미 전도를 현지로 특파해 피해상황을 조사하도록 했습니다. 그저께는 어지를 내려 이번 사건에 늑장 대응함으로써 피해를 키운 몇몇 지부들을 백성들이 보는 앞에서 정법에 처했습니다. 소자가 관대한 정치를 지향하는 것은 사실이나 죗값은 철저히 받아낸다는 것을 보여주고 싶었습니다. 지켜봐 주십시오, 소자는 결코 자금성에 눌러앉아 조상들의 음덕을 소모하면서 비루하게 살지는 않을 것입니다. 근자에 소자는 북경을 떠나 순유를 다녀올 계획을 가지고 있습니다. 빈대를 잡는다고 초가삼간 태우는 격이 될지도 모르겠습니다. 그러나 소자는 은자 앞에서 지조도 목숨도 초개같이 버리는 자들과 백성들에게 빨대를 꽂은 채 기생하는 흡혈귀들의 목을 가차 없이 쳐버릴 것입니다!"

건륭의 무시무시한 말에 궁전 안의 분위기는 삽시간에 싸늘하게 얼어붙었다. 더불어 방금 전까지 식탁을 마주한 채 담소를 나누던 부드러운 모습은 어디론가 사라지고 말았다. 태후가 좁쌀처럼 돋은 소름을 떨쳐내듯 두 손으로 팔을 쓸어내리더니 한참 후에야 혼잣말처럼 중얼거렸다.

"사람의 목은 뗐다 붙일 수 있는 것이 아니니 신중을 기해야 할 줄로 믿습니다. 홧김에 서방질이라고 성질이 나면 못할 일이 없죠. 그러나 그리 되면 태평성세에 피비린내가 진동할 것입니다. 동시에 예기치 못한 사달이 속출할 수 있습니다. 이 어미는 참새 심장이라 그런지 목을 친다는 소리만 들어도 가슴이 오그라듭니다."

건륭이 태후의 우려를 덜어주려는 듯 따뜻한 미소를 지어보였다.

"현명하신 훈육 명심하겠습니다! 심려 놓으십시오. 소자는 억울한 죽음은 절대 일어나지 않도록 할 겁니다. 소자는 이미 진세관에게 재해 복구와 군무 두 가지 일을 맡겼습니다. 그는 청백리이니 이재민들에게 은자와 식량 그 무엇도 아낌없이 전력 지원할 것입니다. 민간 속담에 '보리가 눈 이불을 세 겹 덮으면 농민들은 이듬해 머리에 밀가루 포대를 베고 잔다'고 했습니다. 눈이 이토록 기를 쓰고 내리는 것을 보니 내년에는 풍작이 기대됩니다. 풍년일지라도 부세는 면하게 해줘야죠. 백성들이 부유해진다고 우리 황실이 궁색해지는 것은 아니지 않습니까?"

건륭의 말에 태후도 표정이 환해졌다.

"지당하신 말씀입니다. 이 어미는 염려하지 마시고 이제는 그만 황후전에나 다녀오시지요. 아직 해가 긴데 우리는 조금 더 입방아를 찧다가 헤어져야겠습니다."

태후의 말에 건륭은 기다렸다는 듯 일어났다. 경씨와 제씨는 건륭이 자리를 뜨자마자 다시 지패놀이판을 벌이려고 했다. 그러자 태후가 인자한 목소리로 말했다.

"지패는 심심풀이로 매일 노는 것이니 오늘은 거두게. 자네들 다 온돌로 올라와 앉게. 우리 오랜만에 차나 마시면서 속에 있는 말을 서로 털어놓고 얘기해보세."

태후의 호의가 황감하기만 한 경씨와 제씨 등 세 사람은 그녀의 말이 떨어지기 무섭게 온돌에 올라 다소곳이 예를 올렸다. 셋 중에서 품위가 가장 높은 경씨가 태후의 옆자리, 제씨와 이씨는 아랫자리에 앉았다. 네후가 여유 있고 부드러운 목소리로 다시 입을 열었다.

"제씨, 이씨 두 아우는 선제께서 붕어하시던 해에 궁을 나가 지금까지 창춘원에 머물러 있는 것으로 알고 있네. 두 아우의 근황이 궁금해서 황제께 물어보니 집이 조금 작은 게 흠이지 사는 데는 지장이 없다 하더군. 그래도 내무부에서 아침 굶은 시어미처럼 괄시하지는 않는지 말해보게."

제씨와 이씨는 잠시 멍하니 서로를 마주봤다. 청나라 제도에 따르면 황제가 붕어한 경우 태후만 황궁에 남아 있는 것이 원칙이었다. 따라서 나머지 비빈과 답응答應, 상재常在 등 시첩들은 모두 궁 밖으로 나가 생활하지 않으면 안 됐다. 말이 좋아 창춘원이지 사실 그들 후궁은 모두 창춘원 서북쪽의 외진 곳에 기거하고 있었다. 당연히 궁중에 있을 때와는 대우가 천양지차일 수밖에 없었다. 내무부에서 제때에 월례月例를 제공하고 땔감을 공급한다지만 힘든 점이 한두 가지가 아니었다. 필요한 물건 일체를 대신 구입해주는 내무부 태감들이 걸핏하면 뇌물을 요구하고 심술을 부린 탓이었다. 물론 경씨는 이씨나 제씨와는 사정이 달랐다. 아들 홍주가 친왕에 봉해졌기 때문에 살림살이도 이씨, 제씨에 비할 바 없이 월등했다. 배부른 사람이 배고픈 사정을 모른다고 경씨가 침을 한 모금 삼키고 나서 좋은 소리만 했다.

"나름대로 잘 돌봐주기 위해 애를 쓰고 있는 것 같습니다. 모두 태후 마마 덕분 아니겠습니까."

태후가 한숨을 지었다.

"굳이 덮어주느라 애쓸 것 없네. 나도 비빈이었던 시절이 있었네. 내무부 인간들의 그 속을 내가 모를까? 똑같이 자금성 안에서 사는 비빈 사이에도 차별이 엄연히 있지 않은가. 황제의 총애를 받아 황자를 생산한 사람이 있는가 하면 일 년 가도록 머리 한 번 풀어보지 못하는 불행

한 비빈들도 있다네."

태후가 잠시 숨을 고르고 나서 다시 말을 이었다.

"나도 심술보 고약한 요리사가 음식이랍시고 보낸 돼지죽 같은 것을 먹어봤다네. 바람만 불어도 찢어질 것 같은 백년 묵은 천 쪼가리도 몸에 둘러 봤고…… 아무튼 설움도 많이 겪어본 사람이라네. 좋은 소식을 먼저 전하지. 폐하께서 이제 곧 서해자西海子를 비롯해 창춘원 북쪽과 원명원을 하나로 묶어 규모가 어마어마한 원園을 만들기로 하셨다네. 벌써 실사에 들어가신 걸로 알고 있네. 완공되면 내가 그쪽으로 자리를 옮길 거야. 가까운 곳에 있으면서 자네들을 더 잘 보살펴 줄 수 있을 것이네."

좌중의 경씨 등은 태후가 말한 세 곳을 합칠 경우 규모가 얼마나 클지 도무지 상상이 안 되는 듯했다. 눈이 휘둥그레진 채 그저 연신 혀만 내둘렀다. 경씨가 먼저 두 손을 합장하며 입을 열었다.

"아미타불 관세음보살! 사방 백 리는 더 될 터인데 은자를 얼마나 쏟아 부어야 할지 상상이 안 갑니다."

태후가 말을 받았다.

"진시황秦始皇의 아방궁阿房宮보다는 좀 작을 테지. 그렇지 않아도 내가 황제께 얘기했었네. 황제의 극진한 효심은 이 어미가 뼛속 깊이 느끼고 있으니 진시황이 아방궁을 지어 백성을 혹사시키듯 해서는 안 될 것이라고 말이야. 그랬더니 황제께서는 오히려 이 어미를 설득하시더군. 손바닥만 한 나라에서도 군주랍시고 이보다 더한 사치를 즐기고 있는데 우리 대청이 그런 자들 앞에서 위상을 잃어서야 되겠냐면서 말일세. 대국의 수도에 동서양 건축의 정수만 뽑아 모은 멋진 집과 원림園林을 건설한다면 만국의 사절단들이 저절로 고개를 숙이고 경앙하게 되지 않겠냐고 하시더군. 그 말씀에는 나도 공감했네. 오랑캐들이 감히 범섭 못하도록 천조天朝의 위엄을 보여줘야 함은 당연지사가 아닌가. 어미를 향한 효심의 발로이기도 하나 그처럼 더 큰 뜻이 계셨다니 내가 더 이상 말릴 수가 없었네. 은자로 치자면 자그마치 수천만, 수억 냥은 쏟아 부어야겠지. 시간도 수십 년은 잡아야 할 테고. 물론 하늘이 굽어 살펴 나라 재정이 윤택해지면 시일이 더 앞당겨질 테고, 그리 못 되면 늦어질 테지. 거대한 원림에 서양풍, 동양풍, 강남풍, 북경풍의 산수와 풍광이 그대로 옮겨진다고 상상해보게. 고금의 도서를 전부 그리로 옮겨 묵향과 수려한 자연경관이 어우러지게 한다면 우리의 덕성도 함양되고 얼마나 좋겠나. 또 온갖 맹수까지 들여와 엄청난 규모의 사냥터도 만든다고 하니 부른 배를 쓸어내리면서 유유자적 구경 다니는 기분도 기가 막힐 것 같지 않은가?"

태후가 창밖의 설경에 시선을 고정시키면서 흥분을 감추지 못했다. 눈빛이 보석처럼 빛나기도 했다. 이어 고르지 못한 숨소리를 내면서 한참 동안 말을 하지 않다가 넋을 잃고 듣고 있는 태비들을 향해 물었다.

"방금 무슨 얘기를 하려다가 샛길로 빠졌지? 늙으면 기억력이 하루가 다르다니까. 다들 창춘원에 있으니 어떤 일은 나보다 더 잘 알고 있을 것 같아서 묻는 것인데 요즘 괴괴한 소문이 돌지 않던가?"

"그게 무슨 말씀입니까?"

아직 원명원의 황홀경에서 채 빠져 나오지 못한 제씨가 느닷없는 태후의 말에 흠칫 놀랐다. 원래 과부들은 '소문'에 대해 지나칠 정도로 예민한 법이었다. 대답을 촉구하는 태후의 시선에 제씨가 서둘러 입을 열었다.

"신첩과 이씨는 담벼락을 마주 하고 가까이 살고 있습니다. 평소에 태감과 시녀들만 가까이에서 시중을 들고 시위들은 먼발치에서 지켜줄 따름입니다."

태후가 피식 웃었다.

"누가 자네들이 서방질이라도 할까봐 의심해서 그러는 줄 아는가? 내 말은 황제에 대한 소문을 못 들었나 하는 것이네. 듣자니 하남의 여자 애 둘을 창춘원에 데려다 놓고 밤에 자주 들른다던데, 그런 소문을 자네들은 못 들었냐 이 말이야."

태후가 말한 그 소문이라면 반년 전부터 나돌았던 것이었다. 새삼스러울 것도 없었다. 건륭이 즉위하기 전 강남 순시 도중에 만난 한족 여자 둘을 북경으로 데려왔다는 소문이었다. 두 여자는 침선이면 침선, 무술이면 무술, 재주가 뛰어난 데다 미색까지 고와 건륭의 총애를 받고 있다고 했다. 옹정이 위태로울 때 그의 간병을 도왔다는 말도 있었다. 옹정이 임종을 앞두고 그녀들을 기적旗籍에 넣어줬으나 태후의 태도가 하도 지엄해 감히 그녀에게만은 알리지 못했다는 얘기도 있었다. 그러나 그것은 소문이 아닌 엄연한 사실이었다. 다만 국상 기간에 한족 궁녀를 들이는 것이 큰 불경을 저지르는 일인지라 건륭이 감히 태후에게 고하지 못했을 뿐이었다.

그는 물론 창춘원에 기거하는 두 '작은 어머니'에게는 사실을 군이 속이려들지 않았다. 사실대로 고하고 비밀을 지켜줄 것을 신신당부하기까지 했다. 두 태비는 당연히 건륭이 직접 태후에게 고할 때까지 비밀을 무덤까지 가지고 가려고 했다. 그런데 태후가 따지듯 캐물으니 이를 어쩌면 좋다는 말인가. 한쪽은 사해의 지존인 황제, 한쪽은 육궁을 호령하는 황태후이니 도대체 누구의 말을 들어야 한다는 말인가. 말 한마디 잘못했다가는 자칫 쥐도 새도 모르게 이 세상에서 먼지처럼 사라져버릴 수도 있는 일이었으니 두 태비는 서리 맞은 매미처럼 입을 꾹 다물고 얼굴을 붉혔다. 그리고는 입술만 맥없이 달싹였다. 그러자 태후가 표정과 말투를 부드럽게 하면서 설득했다.

"겁먹지 말고 말해보게. 아니 땐 굴뚝에 연기 나는 것 봤나? 다 알고 묻는 거니까 대답해보게. 선제께서 그 애들을 기적에 올려주신 것이 사실이라면 굳이 머리 싸매고 드러누울 것까지는 없다고 생각하네. 애들이 무술 실력이 뛰어나다고 하니 황제가 먼 길 떠날 때 안심도 되고 말일세."

태후가 너그러운 반응을 보이자 제씨와 이씨는 그제야 천근 돌덩이를 내려놓은 듯 마음이 홀가분해졌다. 급기야 이씨가 먼저 입을 열었다.

"이 일로 감히 입방아 찧는 노비들은 아직 없는 걸로 알고 있습니다. 궁녀들 중에 누군가가 폐하께서 편전으로 자주 거동하시는 걸 몇 번 봤다고 합니다. 두 여자가 살고 있는 것은 분명하다고 합니다. 하나는 언홍嫣紅이라고 부르는 것 같았습니다."

태후가 고개를 끄덕였다.

"그게 사실이라면 됐네. 가서 나의 의지懿旨라고 하고 그 애들을 이씨 자네의 처소에 데려다놓게. 설을 쇠고 나면 입궐시켜 나하고 황후에게 차례로 인사를 시키게. 자격을 물어 서둘러 비빈으로 들이든가 해야지. 황제가 정체불명의 여자 처소에 드나든다는 소문이 나면 고약하지 않겠는가?"

경씨도 할 말이 있는 듯 입을 열었다.

"요즘 기무旗務는 장친왕과 제 아들 홍주가 보고 있습니다. 소문대로 기적에 입적된 것이 확실하다면 좋겠으나 그렇지 않은 경우에는 소리소문 없이 처리하라고 이르겠습니다."

태후가 탄식하듯 다시 말했다.

"이 모든 것은 황제의 체통을 지키기 위함이네. 폐하께서는 다 좋은데 유독 여자문제에 대해서만은 장담을 못하겠네그려. 여자에게 저리 약하시니 언젠가는 화를 입지 않을까 내가 걱정이 태산 같다네. 철이 들면서부터 쭉 여자를 좋아하는 건 알았어도 저 정도일 줄은 몰랐네. 한림원 허씨의 마누라도 황제와 어지간한 사이가 아니라는 소리가 들리던데 사실인지 모르겠네. 하남에서 데려다 놓았다는 애들은 아직 처녀이니 그렇다치고, 이건 남편 있는 여자이니 이 어미가 조마조마해서 바늘방석에 앉은 느낌이네. 여염집도 아니니 어미가 못난 아들에게 회초리를 들 수도 없고 이러지도 저러지도 못하고 참으로 난감하네. 즉위초에는 금하라는 궁녀와 각별하기에 내가 트집을 잡아 그 애를 저승으로 보내버렸지. 독한 마음을 먹고 말이네. 그랬더니 그 애가 살던 궁에 찾아가 제사까지 지내줬다지 뭔가. 내가 자비로운 '부처님'이라는 칭호도 마다한 채 자신의 장래를 위해 손에 피까지 묻혔건만 어찌 어미 마음을 몰라줘도 이렇게 몰라 줄 수가 있을까."

태후가 상심한 듯 급기야 손수건을 꺼내 눈물을 찍어냈다. 세 태비는 순간 다급히 태후를 위로하느라 진을 뺐다. 특히 제씨는 눈물을 닦아내면서 젖은 목소리로 위로했다.

"그렇다고 태후마마 위상에 추호도 금이 간 것은 아닙니다. 금하도 폐하를 위해 죽었으니 영광으로 여기고 저승에서 잘 살고 있을 것입니다. 신첩도 처음부터 홍시를 조금 더 엄하게 다그쳤더라면 그런 말로를 걷지는 않았을지 모른다는 생각에 가슴이 미어집니다!."

제씨가 옹정에게 사사賜死 당한 아들 홍시를 떠올린 듯 자기 설움에 겨워 어깨를 들썩였다. 그러자 이씨도 황급히 나섰다.

"그리 상심 마십시오, 태후마마. 열이면 열 가지 다 잘하는 사람은 없습니다. 폐하께서는 효심이 지극하시고 성명하신 데다 정무까지 잘 돌보시어 만백성이 우러러마지 않습니다. 일각에서는 폐하의 치적이 성조와 선제를 능가한다고 칭송이 자자하다고 합니다. 번고를 관장하는 신첩의 아우가 그러는데 지금 조정은 대청 개국 이래 최고의 부를 사랑하고 있다고 합니다. 동전에 녹이 슬고 돈 궤짝에 먼지가 두텁게 앉았다고 합니다. 따귀 맞을 말이오나 신첩이 한 말씀 드리자면 세상에 열 여자 싫다는 남자가 어디 있습니까? 폐하께서 이룩하신 치적에 비해 그 과오는 실로 언급할 정도도 못됩니다."

자식 이기는 부모는 없다고 했던가. 두 태비가 한마디씩 건네는 말에 태후는 어느새 눈물을 거두고 희미하게 미소를 띠었다. 한참 후에는 한층 밝아진 표정이 되었다.

"자네들 말처럼 한낱 어미의 기우에 불과하다면 좋겠네. 자매들끼리 이렇게 흉허물 없이 가슴속 말을 주고받으니 얼마나 좋은가. 우리야 다 한솥밥 먹고 사는 사람들이 아닌가? 한마디로 황제가 불운하게 돼 득될 것이 없는 사람들이지. 좀 못났더라도 잘한다, 잘한다 하면서 밀어주는 것이 가족 아니겠나? 전쟁터에서는 아비와 아들만 한 사이가 없고, 호랑이 잡는 데는 친형제가 제일이라고 했네. 경씨 자네는 홍주를 시켜 어떻게든 그 불여우 같은 허씨 여편네를 멀리 내쫓으라고 하게. 눈에서 멀어지면 마음에서도 멀어지는 게 인지상정이니까."

태후의 명령에 경씨가 황급히 대답했다.

"그거야 손바닥 뒤집기보다 쉬운 일 아니겠습니까. 국자감에서 별 볼일 없이 코나 후비고 앉아 있는 허 아무개에게 도대道臺 자리 하나 내줘 지방으로 내려 보내면 그 가솔이 북경에 남을 이유가 없죠."

경씨의 말에 태후는 한결 안도가 되는지 홀가분한 표정을 지었다. 그때 양심전 태감이 나무쟁반에 노란 보자기를 씌운 물건을 받쳐 들고 들어섰다. 태후는 건륭이 있는 줄 알고 찾아온 것이라고 생각하고는 불렀다.

"황제를 알현하러 왔느냐? 폐하께서는 익곤궁으로 걸음을 하셨느니라. 신주단지처럼 받쳐 들고 있는 그것은 또 뭔가? 이리 가져와보게."

"문후 여쭈옵니다, 태후마마!"

태감이 애교스런 눈웃음을 치면서 나무쟁반을 온돌 위에 올려놓았다. 이어 예를 갖추고 일어나더니 노란 보자기를 벗기면서 태후에게 아뢰었다.

"이는 구라파歐羅巴(유럽)의 천주교 신부가 올린 공품이옵니다. 폐하께서 태후마마께 바치라면서 보내셨사옵니다. 태후마마께서 마음에 들어 하시면 남겨두시라고 하셨사옵니다."

보드라운 융단을 깐 목판 위에는 스무 점 남짓한 정교한 옥 제품, 무소뿔로 만든 빗, 금으로 만든 십자가, 열 몇 개의 금시계 따위가 있었다. 태후는 호기심이 동하는지 빗들을 집어 들었다. 그러더니 태비들에게 하나씩 나눠줬다. 이어 노란 보자기를 도로 씌워 한쪽으로 밀어놓다가 말고 다시 보자기를 젖혔다. 그리고는 금시계를 꺼내더니 태비들에게 다시 하나씩 나눠줬다. 그녀가 잠시 머뭇거리더니 경씨에게 금시계 하나를 더 주면서 덧붙였다.

"홍주에게 선물하는 거네. 밖에서 일하다 보면 꼭 필요할 것 같아서 말이네."

경씨가 흡족하고 황감해 어찌할 바를 모르겠다는 표정을 지었다. 태후가 그런 경씨를 힐끗 일별한 다음 쟁반 한 귀퉁이에서 거무스레하고 누리끼리한 환약을 발견했다. 이어 한참 들여다보더니 물었다.

"이건 뭐지? 처음 보는 건데?"

태감이 즉각 대답했다.

"그건 아편阿片이라는 물건이옵니다, 태후마마. 양귀비꽃에서 추출한 물질을 제련한 것이라 합니다. 머리가 아프거나 열이 날 때 손톱만큼 떼서 복용하면 즉효를 볼 수 있다 하옵니다."

태감이 말을 마치자마자 등 뒤에서 돌돌 감은 종이를 꺼내더니 온놀

위에 펼쳐놓았다. 한 장의 서양화였다. 가슴을 아슬아슬하게 드러낸 풍만한 여인이 치마를 석자나 끌고 파란 눈을 요사스레 반짝이고 있는 그림이었다. 귀에는 팔찌로 써도 좋을 만큼 큼직한 귀고리를 걸고 있었다.

"아니, 아낄 것을 아껴야지 손바닥만 한 천이 모자라 옷을 이 지경으로 만들었다는 말인가? 젖퉁이 다 드러나겠네. 귀에 달린 저 바퀴는 또 얼마나 무거울까? 하여간 코쟁이들은 하다하다 별짓을 다하는구먼!"

태후가 그림을 밀쳐내면서 혀를 끌끌 찼다.

11장
나라를 위해 정을 끊는 풍류황제

건륭은 황후의 병세가 염려스러워 나랍씨와 왕씨를 데리고 익곤궁^翊坤宮을 찾았다. 술시^{戌時}가 다 된 시각이었기에 밖에선 어둠의 장막이 서서히 내려앉았다. 동시에 탕약 달이는 냄새가 멀리서도 풍겼다. 동쪽 별채 뒤의 쪽방에는 불이 밝혀져 있었다. 창문 너머로 6품 정자를 드리운 중년의 태의가 처방전을 적고 있는 모습이 보였다. 조용한 자녕궁^{慈寧宮}과는 달리 복도에 언뜻언뜻 사람의 모습도 많이 눈에 띄었다. 그러나 그들은 서로 어깨를 스쳐갈 뿐 아무 말도 주고받지 않았기에 뭔가 신비스러운 느낌이 들게 만들었다.

건륭은 어의를 불러 황후의 병세를 묻고 싶은 생각이 굴뚝같았으나 꾹 참았다. 황후가 건륭의 인기척을 알아차리고 아픈 몸에 애써 의복을 정제한 채 영접 나오느라 더 힘들지 모른다는 생각을 했기 때문이었다. 건륭은 아무 말 없이 두 귀비에게 눈짓을 했다. 함께 정침^{正寢} 대전으로 가자는 뜻이었다. 황후는 이제 막 약을 먹은 듯 태감 진미미와 당아의 부축을 받으면서 양치를 하는 중이었다. 그리고 수건으로 입을 닦고 돌아서려고 할 때 건륭을 발견했다. 그녀는 자리에서 일어나 앉으려고 애를 썼다. 그제야 태감과 당아도 건륭을 발견하고 황망히 무릎을 꿇었다.

건륭이 당아를 힐끗 쳐다보고는 침대에 누운 황후를 찬찬히 들여다보았다.

"음…… 볼에 혈색이 도는 것을 보니 안색은 어제보다 좋아 보이는군. 그래 아직도 배가 아프고 기운이 없고 어지럽고 그러하오? 짐이 방금 들어오면서 보니 태의가 바뀐 것 같더군. 먼젓번 태의의 약은 잘 받지 않았소? 움직이지 마시게. 그대로 누워 있어도 누가 뭐라는 사람 없으니까. 진미미, 베개가 좀 낮아 보이네. 까치를 수놓은 베개를 하나 더 가져다 높여 드리거라. 둔하기는! 머리를 이렇게 받쳐야지, 목덜미와 침대 사이에 틈이 많이 있으면 목이 아프지 않은가!"

건륭이 진미미를 가볍게 꾸짖으면서 손수 황후의 머리를 감싸듯 하고는 베개를 받쳐줬다. 두 귀비와 당아는 건륭의 그런 자상한 모습을 보면서 여인 특유의 질투심이 마구 솟아오르는 것을 느꼈다. 그러나 억지로 참으며 아무런 내색도 않고 서로를 마주보고 조용히 서있었다.

건륭은 침대 모서리에 걸터앉은 채 부드러운 눈빛으로 뚫어지게 황후를 응시했다. 황후는 두 눈 가득한 그의 관심과 사랑을 온몸으로 느끼면서 깊은 감동을 받은 듯 파리한 아랫입술을 살짝 깨물며 미소를 지었다. 그리고는 수줍게 입을 열었다.

"폐하께서 그리 보시니 신첩이 쑥스럽사옵니다. 그동안은 약이 몸에 맞지 않았던가 봅니다. 어제는 최악의 상황이라 느낄 정도였사옵니다. 오죽하면 신첩이 마지막이라고 생각하고 같아 폐하께 '효현'孝賢이라는 시호를 내려주십사 부탁드렸겠사옵니까? 오늘 새로 온 어의는 전에 있던 하맹부^{賀孟頫}의 아들이옵니다. 낮에 그 사람이 맥을 짚고 지어준 약을 먹으니 몸이 한결 좋아진 것 같사옵니다. 방금도 먹었사온데 배 속이 거북하고 메스껍던 기운이 차츰 사라지고 한동안 느껴보지 못했던 시원한 느낌이 드옵니다. 의원과 환자도 궁합이 따로 있나 봅니다."

건륭은 하루 전에 비해 한결 밝아진 황후를 보고 크게 안도했다. 그역시 밝은 표정으로 웃으며 말했다.

"어제 시호를 운운하고 나설 때는 정말 괴롭고 야속했소. 뭘 먹으면기운이 날까, 어찌하면 즐거울까 이런 생각만 염두에 두고 노력하면 병마도 겁에 질려 도망가지 않겠소? 그렇지 않고 시호니 지옥이니 온통나쁜 생각만 한다면 없던 병도 생겨나지!"

건륭이 나무라듯 밉지 않게 황후를 흘겨봤다. 두 눈에 애정이 가득 흘러넘쳤다. 그는 곧이어 황후의 식사를 책임진 정이와 새로 온 태의를 들라고 명령을 내렸다. 그리고는 비로소 여유를 갖고 당아를 눈여겨봤다. 연두색 긴 치마를 입고 털외투를 길게 걸친 그녀는 아기를 출산하고 피부가 더 고와진 것 같았다. 백옥 같은 얼굴에는 수줍은 미소가 여전했다. 건륭은 입을 가리는 섬섬옥수가 한때 자신의 목을 감았던 그 손이라고 생각하자 갑자기 온몸이 후끈 달아오르는 기분을 느꼈다. 이름 모를 감동도 밀려왔다. 그가 잠시 멍하니 앉아 있더니 환한 표정을 지었다.

"오래간만이네. 출산 후 건강이 더 좋아진 것 같은데, 그래 아이는 잘자라는가?"

"망극하옵니다, 폐하. 폐하의 홍복 덕분에 윤택한 나날을 보내고 있사옵니다."

건륭이 자신에게 말을 걸어오자 당아가 당황했는지 황급히 몸을 낮추면서 대답했다. 그리고는 다시 입을 열어 뭔가 말하려고 했다. 그러나건륭은 손사래를 치면서 그녀의 말을 막았다. 그 사이 요리사 정이와 태의가 들어섰던 것이다. 태의는 마흔 살이 안 되어 보였고 얼굴이 길었다.

"자네, 하맹부의 아들이라고 했나? 전에 얼굴을 본 기억이 없는데, 이름은 뭔가?"

태의가 건륭의 물음에 소리 나게 이마를 찧으면서 아뢰었다.

"소인은 하맹부의 아들이옵고, 하요조賀耀祖라고 하옵니다. 소싯적부터 가부家父의 어깨 너머로 의술을 익혔사오나 실은 공명에 뜻이 있었사옵니다. 글공부를 해서 과거에 응시했사오나 번번이 낙방했사옵니다. 그 후, 서른이 넘어 겨우 효렴이 됐사옵니다. 그러다보니 현실을 비관하기도 했사옵니다. 또 그때부터 벼슬을 하려는 꿈을 접고 의술에 정진하게 됐사옵니다. 황산黃山의 왕세명汪世銘을 스승으로 모시고 기황술岐黃術을 연마해 8년 동안 그분의 휘하에서 의원 노릇을 했사옵니다. 그러던 중 우연히 안휘 순무 마가화馬家化의 천거를 받아 태의원에 들어오게 됐사옵니다."

"음, 공명에 불우하니 과감히 뜻을 접고 의도를 택한 것이 가상하군. 더구나 오 대에 걸친 실력에도 불구하고 도를 찾아 심산深山으로 들어갔었다니 그 뜻이 보통이 아니군."

건륭이 계속 말을 이었다.

"짐이 좀 궁금한 게 있네. 자네 하씨의 의술이라면 이미 천하 으뜸으로 인정받았는데 어이해서 자네는 밖으로 떠돌았던 것인가? 자네는 조상의 의술이 아직 미흡하다 생각한 것인가?"

하요조가 건륭의 질문에 정중하게 대답했다.

"소인은 부친의 엄명을 받고 천하를 방랑하게 된 것이옵니다. 가문의 의술이 남다른 데가 있는 것은 사실이오나 천하의 으뜸이라고 하기에는 미흡한 데가 있다고 생각하옵니다. 선친께서는 소인에게 부족한 점이 많으니 학문에 더욱 정진하라고 편달, 격려하셨사옵니다. 무릇 대도大道라는 것은 그 깊이를 헤아릴 수 없다고 사료되옵니다. 기황岐黃의 변증학辨證學은 하늘 위로부터 땅 밑까지 두루 다 아우르는 큰 학문이라고 생각하옵니다. 또 의도醫道라는 것은 죽을 때까지 익혀도 다 못 익힌다고 생각하옵니다. 하오니 이제 겨우 토끼 눈곱만큼 배운 소인이 감히 폐하의 면전에서 '의도'라는 두 글자를 세 치 혓바닥에 올린다는 것 자체가 심히 죄스럽사옵니다."

조용히 귀를 기울이던 건륭의 눈빛이 갑자기 진지해졌다. 말은 사람의 마음을 대변한다고 했으니 하요조의 말로 미루어 보아 그가 결코 빛 좋은 개살구는 아니라는 사실을 알게 되었던 것이다. 건륭이 흡족한 듯 치하했다.

"참으로 이치에 밝고 주관이 뚜렷한 사람이군. 마음에 드네. 허나 짐도 의도에 그리 어두운 것은 아니네. 무릇 대도는 사람의 세 치 혓바닥에 있는 것이 아니라 그 사람의 마음속에 있다고 했네. 병증을 대할 때는 큰 적을 상대하듯 해야 하고, 약을 투여할 때는 군사를 부리는 것과 같은 마음가짐이 필요하지. 말해보게, 황후의 증세는 어떠한가?"

하요조는 건륭이 설파하는 의술에 대한 일가견에 탄복한 듯 바로 오체투지를 했다. 이어 연신 머리를 조아리면서 아뢰었다.

"소인은 폐하의 드높으신 식견에 놀랄 따름이옵니다. 황후마마께서는 삼 개월 동안 달거리가 안 보이시고 옥체가 날로 수척해지시옵니다. 일전의 어의들은 몸에 쌓인 한기가 발산되지 못해 임맥任脈이 허하고 대맥帶脈이 막혀 밤에 답답함과 오한惡寒이 심해진다고 오진했던 것 같사옵니다. 하오나 신은 희맥喜脈(임신을 말함)이 틀림없다 생각하옵니다. 황후마마의 맥박이 고르지 않은 것으로 보면 정말 그렇사옵니다. 마지막으로 한 번만 더 진맥을 윤허해 주시옵소서."

건륭은 뜻하지 않게 임신이라는 말을 듣자 기쁨을 감추지 못했다. 마치 펄쩍 뛸 것처럼 좋아하며 황급히 말했다.

"그게 과연 틀림없는가? 윤허하고말고! 이봐라, 어서 하 태의에게 의자를 가져다 주거라!"

건륭은 경황없어 하는 황후와 맥을 짚고 있는 태의를 번갈아 보면서 입이 귀에 걸렸다. 그에 반해 나랍씨의 표정은 어색하기 이를 데 없었다. 방금 전 황후를 자상하게 보살피는 건륭을 보면서 느꼈던 질투심도 채 가라앉지 않았는데 황후가 임신했다는 말을 들으니 속이 부글부글 끓어올랐다. 그녀는 순간 마음속으로 하 태의의 진맥이 오진이기를 간절히 기도했다. 돈비 왕씨 역시 서글프기는 마찬가지였다. 딸이라도 한 명 낳았기에 슬하에 일점혈육도 없는 나랍씨보다는 나은 처지라고 할 수 있었으나 다른 비빈들에 비해 황제의 걸음이 잦음에도 불구하고 아들이 생기지 않으니 속이 탈 수밖에 없었던 것이다. 그녀는 사실 아들 하나 점지해 주십사 하고 부처님 앞에 엎드려 빈 적도 한두 번이 아니었다. 화무십일홍花無十日紅이라고, 나이는 먹어가고 미색도 전보다 못해가니 건륭이 단물이 다 빠진 자신을 계속 찾아줄 리 만무하다는 생각이 그녀를 더욱 조급하게 만들고는 했다.

두 비빈이 황후의 회임이 사실이 아니기를 간절히 바라고 있을 때였다. 황후의 가녀린 팔목에 손가락을 올려놓고 눈을 지그시 감고 있던 하요조가 자신 있게 고개를 끄덕이면서 확신에 찬 어조로 아뢰었다.

"폐하! 황후마마! 이는 분명 희맥이 틀림없사옵니다. 만복을 경하 드리옵니다! 일전에 약을 잘못 처방해 태기가 조금 허해진 것 같사오나 모유母乳에 홍당紅糖을 타서 자주 복용하시면 곧 태중의 아기도 건실해지실 것이옵니다."

태의가 잠시 뭔가 생각하더니 곧 덧붙였다.

"말띠 여인의 젖이 가장 바람직하옵니다."

건륭은 얼마나 흥분했는지 희색이 만면한 얼굴을 한 채 큰 소리로 말했다.

"황후가 입궁할 때 관상 보는 이가 남자들을 이롭게 만들 관상이라고 하더니, 과연 그 말이 그른 데가 없군! 아들은 어미의 음덕을 받아먹고 자란다고 했네. 영련永璉은 당연히 황태자로 책봉될 것이고, 이제 황후가 건실한 아우를 떡하니 낳아주면 태자가 얼마나 든든하겠는가!"

건륭이 말을 마치고는 즉각 태감 진미미를 불러 명령을 내렸다.

"내일 당장 건장한 말띠 젖어멈 다섯 명을 선발해 익곤궁에 들여보내도록 하라. 모자라면 민간에 내려가 더 수소문하도록!"

건륭이 잠시 숨을 돌리고 나서 다시 분부를 내렸다.

"황금 오십 냥을 가져와서 하요조에게 상으로 내리도록 하라! 하요조에게 오품 정자를 하사해 앞으로 태후와 황후 그리고 귀비들을 전문 시봉하게 하라."

황후는 자신이 죽을병에 걸린 줄 알고 유언까지 염두에 두고 있던 차였다. 그런데 자신이 무사한 것은 말할 것도 없고 배 속에 황자까지 잉태하고 있다고 하니 믿어지지가 않는 모양이었다. 그러나 곧 일어나 앉더니 태의와 그 동안 마음 써준 궁인들을 챙기기 시작했다. 대견한 듯 그 모습을 지켜보던 건륭이 그제야 내내 엎드려 있던 황후의 요리사 정이를 향해 말했다.

"다 들었으니 짐이 시시콜콜하게 분부하지 않아도 알아서 잘하리라고 믿네. 황후가 자네 요리만큼은 입맛에 맞는다고 하니 전처럼 하루에 고기를 적어도 한 냥은 드실 수 있도록 재주를 부려보게. 그리 하면 짐이 매일 은자 한 냥씩을 하사할 것이네. 자네 손버릇에 대해서는 예전에 들은 바 있네. 다 돈이 궁색해서 한 짓이 아니겠는가. 자네 월례月例도 두 배로 올려줄 테니 궁중의 물건을 밖으로 빼돌리는 짓은 삼가게."

정이가 부끄러운 표정으로 바로 대답했다.

"폐하께서 소인을 다시 불러주신 후로 그런 짓은 절대 하지 않고 있사옵니다. 소인은 폐하, 황후마마를 위해 충성을 다할 것을 맹세 드리옵니다. 그리고 이제 소인의 아들놈이 태어나면 태자와 황자들을 위해 충성을 다하도록 가르치겠사옵니다."

정이는 당황했는지 얼토당토 않은 맹세까지 했다. 좌중의 사람들은 모두 웃음을 터트릴 수밖에 없었다.

익곤궁에는 화기애애한 분위기가 넘쳐흘렀다. 건륭이 계속해서 덕담을 섞은 담소를 이어가다 말고 잠깐 뭔가를 생각하는 표정을 지었다. 이어 돈비 왕씨를 향해 말했다.

"먼저 궁으로 돌아가 있게. 짐이 오늘 저녁은 그리로 갈 것이네."

왕씨는 갑작스런 건륭의 말에 쑥스러움과 반가움에 다소곳이 고개를 숙였다. 건륭이 그런 왕씨를 일별하면서 다시 황후를 향해 입을 열었다.

"황실에 또 한 번 경사가 나게 됐으니 아무쪼록 복중의 황자를 잘 지켜주기 바라오. 무슨 일이 있으면 왕씨를 통해 짐에게 전하도록 하시오. 짐은 당아와 함께 나랍씨 처소에 잠깐 들를까 해."

황후가 바로 대답했다.

"신첩이 무슨 긴요한 일이 있겠사옵니까? 다만 전에 서장의 활불이 보낸 향을 거의 다 썼사오니 인편에 기별해 조금 더 보내 주었으면 하옵니다."

건륭도 대답했다.

"앞으로 그런 자질구레한 일에는 심려를 기울이지 말라고. 짐이 양심전에 하명해 빠른 시일 내에 보내도록 하겠네!"

건륭은 말을 마치고 나랍씨와 당아를 대동한 채 밖으로 나갔다. 발걸음이 무척 가벼워 보였다.

나랍씨의 처소는 어화원 동쪽에 위치한 경화궁景和宮이었다. 귀비의 침궁이었기에 규모나 시설 면에서 익곤궁이나 종수궁에 비해 조금 차이가 났으나 대체로 비슷했다. 앞에는 기둥 다섯 개짜리 대전이 덩실하니 산 같은 위용을 자랑할 뿐 아니라 침궁은 방이 여섯 칸이었다. 동쪽으로 두 칸은 손님 접대용, 서쪽 두 칸은 궁녀들이 기거하는 곳이었다. 또 가운데 두 칸은 나랍씨의 침실이었다.

건륭을 비롯한 세 사람은 정침전正寢殿에 들어섰다. 아늑하고 따사로운 기운이 은은한 향기와 더불어 심신을 편안하게 어루만져 주었다. 나랍씨의 몸을 탐닉하게 만들었던 이름 모를 향이 건륭을 취하게 만들었다.

나랍씨는 건륭과 당아의 관계를 알고 나서부터 자신의 침실을 가끔씩 내주고는 했다. 당아가 출산하고 나서 처음 건륭과 회포를 푸는 날인 오늘도 그럴 수밖에 없었다. 나랍씨는 속으로 질투와 미움이 차올라 견딜 수가 없었다. 그러나 애써 담담한 척 행동하며 자기 감정을 억눌렀다. 나랍씨는 온돌에 걸터앉은 채 건륭의 장화를 벗기고 그가 어깨에 걸쳤던 외투를 조심스레 벗겨냈다. 당아는 쑥스러워 볼이 발갛게 익은 채 옷자락만 만지작거리고 있었다. 건륭 역시 당아와의 하룻밤 운우지정을 고대하는 듯 조바심을 내고 있었다. 그 느낌은 고스란히 나랍씨에게 전해졌다. 그녀는 하는 수 없다는 듯 한숨을 내쉬고는 당아에게 말했다.

"백합 향이 다 떨어졌네? 가서 가져올 테니 자네가 그동안 폐하를 시중들게."

당아는 묘한 여운을 남기면서 물러가는 나랍씨의 뒷모습을 바라봤다. 그사이 눈치 빠른 궁녀들 역시 순식간에 종적을 감춰버렸다.

침전 안에는 잠시 적막이 감돌았다. 바람에 싸라기 이는 듯한 눈 소리와 궁전 모퉁이의 자명종 소리만이 느리지도 빠르지도 않게 방 안을 가득 채우고 있었다.

"당아, 짐에게로 가까이 오게."

건륭이 당아를 불렀다. 당아는 머뭇거리며 너울대는 촛불 밑에 서 있었다. 풍만한 젖무덤이 촛불에 탐스럽게 비쳤다. 그녀는 옷고름을 계속 만지작거리면서 수줍게 고개를 숙이고 있었다. 완만한 곡선의 하얀 뒷덜미가 눈부시게 빛났다. 그 모습이 건륭의 불붙는 욕정을 폭발시켰다.

"애를 낳았어도 미모는 여전하구먼. 어서 이리로 와 보게."

당아는 고개를 들고 건륭을 쳐다봤다. 늠름하고 의연한 건륭의 숨결이 느껴졌다. 순간 그녀는 아래가 흥건해지는 쾌감에 오싹 몸을 떨었다. 그리고는 천천히 그에게 다가갔다. 건륭은 독수리가 병아리 덮치듯 당아의 가녀린 허리를 꺾었다. 이어 수줍음에 입을 꼭 다물고 있는 그녀의 앵두 같은 입술을 사정없이 파헤치고 발갛게 날름대는 혀를 탐욕스레 빨아댔다. 당아는 어느새 취한 듯 신음을 하기 시작했다. 건륭이 곧 여자의 속곳 안으로 손을 집어넣었다. 봉긋하고 탄력 있는 젖무덤이 오똑했다. 또 검은 숲이 무성한 그곳은 어느새 질펀해져 있었다. 건륭이 거친 숨소리를 내면서 다그치듯 물었다.

"그 동안 짐이 많이 그리웠지? 짐과 만리장성을 쌓고 싶었지? 자네는 짐의 혼을 빼놓는 요정이야, 요정!"

당아가 눈을 살짝 감은 채 볼우물을 파면서 속삭였다.

"거칠게 다루지 마시옵소서. 출산한 지 백일밖에 안 돼 조심해야 하옵니다. 아직 그 사람에게도 허락하지 않은 몸이옵니다. 소인도 폐하가 너무 그리웠사옵니다. 예전에 그 사람과 할 때마다 폐하인 줄 착각할 정도였사옵니다……."

당아가 건륭의 목을 더욱 힘을 줘 껴안았다. 몸이 불처럼 뜨거워지고 있었다. 그러나 어쩐된 영문인지 건륭은 마치 냉수욕을 하고 난 사람처럼 차갑게 식어가고 있었다. 빳빳하게 일어나 그녀를 한껏 달궜던 남성 역시 어느새 후줄근해져 맥없이 나뒹굴고 말았다. 건륭은 까닭을 몰라 당황해하는 당아의 팔을 풀어내리면서 암담한 어조로 말했다.

"낙양화洛陽花(모란꽃을 달리 이르는 말)가 아무리 곱다 한들 내 것이 아님에야! 당아, 짐이 잠깐 깜빡했던 것 같네. 일 년 전 함약관咸若館 화원의 관음정에서 헤어지면서 자네에게 했던 약조를 말이네."

"신첩, 그날을 또렷이 기억하고 있사옵니다. 하오나 신첩은 폐하를 가까이에서 섬길 수만 있다면 십팔층 무간지옥에 떨어져도 여한이 없사옵니다."

건륭이 당아의 말에 화들짝 놀랐는지 황급히 그녀의 입을 막았다.

"무슨 그런 흉흉한 말을 하나. 짐은 더 이상 자네와 이런 자리를 가지면 안 되네. 부항의 체면도 지켜줘야 하고 짐의 아들도 그늘 없이 자라게 해줘야 하네. 매일 같이 하지 못할지라도 살아만 있다면 가끔씩 얼굴은 볼 수 있지 않겠나? 짐은 자네에게 금하의 전철을 밟게 할 수는 없네……."

건륭의 목소리는 축축하게 젖어 있었다. 눈빛에서는 진심이 묻어나고 있었다. 당아는 그제야 높고 높은 현실의 장벽을 깨닫고는 소리 죽여 흐느끼기 시작했다. 그러자 건륭이 서럽게 우는 그녀를 살포시 감싸 안으면서 위로했다.

"그래도 자네를 향한 짐의 마음은 변치 않을 것이니 너무 슬퍼 말게. 황홀했던 추억을 간직하면서 잘 살아주게. 그리고 자네는 이번에 입궐해 달리 할 말이 있는 것 같던데, 짐이 과연 자네의 속내를 제대로 읽었는지 모르겠군."

당아는 건륭의 말이 끝나자 눈물을 닦고 옷섶을 단정히 여몄다. 이어 다소 주름져 올라간 건륭의 장포자락을 당겨 펴면서 한숨을 지었다.

"아이가 내일 백일잔치를 앞두고 있사온데 아직 부를 이름이 없사옵니다. 폐하께서 전에 복강안이라는 이름을 하사하시기로 약조하셨기에……."

당아가 말끝을 흐렸다. 건륭이 대수롭지 않다는 듯 허허 소리 내어 웃었다.

"그래 아비가 돼서 이름 석 자도 지어주지 않을까봐 눈썹 휘날리면서 달려왔다는 말인가? 걱정 말게. 짐이 벌써 태후마마께 아뢰어 복강안이라고 정했네. 내일 하객들이 운집해 있을 때 짐이 태감을 파견해 어지를 전달할 것이네. 어떤가, 이 정도면 짐이 그리 몰인정한 것은 아니겠지?"

당아는 샐쭉해 있다가 건륭의 말을 듣고서는 얼굴을 활짝 폈다. 금세 복사꽃이 피어나는 듯했다. '하객들이 다 모였을 때 폐하로부터 아이의 이름 석 자를 하사받는다면 얼마나 좋을까?'라고 생각하는 것 같았다. 그녀가 기쁨을 감추지 못하고 다시 말을 이었다.

"망극하옵니다, 폐하. 신첩은 역사적인 그 순간을 기다리겠사옵니다."

건륭이 무거운 어조로 말했다.

"짐의 혈육이 분명한데도 당당하게 황자의 신분을 줄 수 없다는 것이 그 아이에게 정말로 미안하구려. 부항이 별 볼 일 없는 무지렁이 국구國舅였다면 짐은 이 눈치 저 눈치 볼 것 없이 자네를 입궁시켰을 것이네. 그런데 그 사람은 하필이면 호랑이에 날개 돋친 듯 잘 나가는 사람이고 종묘사직에 꼭 필요한 인물이야. 그러니 그 사람에게서 자네와 강아康兒(복강안을 일컬음)를 빼앗아올 수는 없네. 이것도 팔자소관 아니겠는가."

당아는 일단 자신의 남편이 황제에게 꼭 필요한 인물이라는 말을 듣자 기분이 좋은 듯했다. 순간 부항이 서정西征을 소원하던 모습을 떠올렸다. 그녀가 잠시 뭔가 생각하더니 건륭의 눈치를 보면서 입을 열었다.

"폐하께서 신첩을 위하는 마음이 이리도 깊고 넓으시니 신첩은 이 몸이 가루가 되어도 성은을 다 갚지 못할 것이옵니다. 소인의 남정네도 늘 폐하와 같은 주군을 섬기게 된 것이 얼마나 다행인지 모른다면서 변함없는 대장부의 충성을 맹세하고는 했사옵니다."

당아는 자연스럽게 말머리를 꺼냈다. 그러면서 은근히 부항이 군사를 이끌고 금천지역으로 출전하고 싶어 한다는 의사를 내비치는 것도 잊지 않았다. 이어 덧붙였다.

"솔직히 소인의 남편 부항은 눌친보다 체격도 좋고 전투 경험이 풍부하지 않사옵니까? 일전에 흑사산 전투 때도 부항이 표고의 소굴을 일망타진했으니 망정이지 장광사의 부하 장군 범고걸만 믿고 있었더라면 사태가 어떤 방향으로 흘러갔겠사옵니까? 저는 분명히 그렇게 들었사옵니다."

당아는 말을 마치고는 건륭을 뚫어지게 바라봤다. 뭔가 용단을 내려달라는 자세였다.

"금천 전투에 나갈 사령관은 조정에서 이미 적임자를 물색해 놓은 상태네."

건륭의 목소리가 갑자기 높아졌다. 어조도 마치 칼로 무 자르듯 단호하기 이를 데 없었다. 그가 곧이어 궁전 입구로 다가가더니 무뚝뚝한 어조로 당직 태감에게 명령을 내렸다.

"차 한 잔 가져 오거라. 나랍씨 귀비에게 들라 하라."

건륭의 표정은 어느새 근엄하게 바뀌어 있었다. 곧이어 돌아서서 당아를 향해 입을 열었다.

"결자해지라고 했네. 그곳은 경복이 발을 담갔던 곳이야. 그래서 이번에도 경복을 파견하기로 했네. 전쟁이 아이들 장난인 줄 아는가? 전공은 하늘에서 떨어지는 호떡 받아먹듯 그리 호락호락한 것이 아니네. 듣기 싫은 얘기지만 금천 지역은 경복이 반곤을 놓치고 장광사가 사오만 인마를 거느리고 수년간 죽치고 있었으나 아직 이렇다 할 성과를 올리지 못한 곳이야. 한마디로 공을 들여도 수확이 없고, 그렇다고 손을 뗄 수도 없는 '계륵'鷄肋같은 존재라고 할 수 있지. 서장으로 통하는 길목의 안전을 확보하기 위한 것이 아니라면 짐도 이리 서두르지 않았을 것이네. 눌친과 부항은 전쟁을 살짝만 건드리면 툭 떨어지는 감처럼 쉽게 생각하는 것이 문제네."

건륭이 말을 마치기 무섭게 나랍씨가 은병銀瓶을 들고 들어섰다. 건륭은 조용히 차 한 잔을 따라 올리고 한발 물러나는 나랍씨를 향해 고개를 끄덕이면서 웃어 보였다. 그리고는 말을 이었다.

"그 밖의 이유를 굳이 말하라면 눌친과 부항은 둘 다 짐의 왼팔, 오른팔 역할을 충실히 해내는 중요한 재상들이네. 듣기 거북하겠으나 그건 경복이 싸지른 똥을 짐의 두 고굉들에게 치우라는 격이 아니고 뭔가? 무슨 말인지 알겠는가?"

"예, 폐하."

건륭이 정색을 한 채 다시 말을 이었다.

"더 심오한 이치는 내가 말해봤자 자네는 모를 거네. 짐은 비록 천자라 불리는 사람이지만 따지고 보면 한낱 하늘의 심부름꾼에 불과하네. 사직社稷은 공기公器이기에 추호의 사심도 개입돼서는 안 되네. 얼굴 붉힐 것 없어, 당아. 짐이 가장 존경하고 소중히 여기는 황후도 정무에 관여할 권한은 없네. 정령政令은 천자 한 사람에게서만 나올 때 천하가 비로소 태평할 수 있는 법이네. 그렇지 않고 개나 소나 다 떠들고 다니면 천하는 불안할 수밖에 없지. 공과 사는 엄연히 다른 것이거늘 그걸 분명히 해야지. 자네가 방금 했던 말은 안 하느니만 못했네. 부항이 자네를 입궐하라고 등 떠밀었나?"

건륭은 되도록 부드럽고 알아듣기 쉽게 말했다. 그러나 말 속에는 가시가 있었다. 그걸 눈치 못 챌 당아도 아니었다. 순간 그녀는 부끄러움에 얼굴이 달아오르고 가슴이 콩닥거리는 것을 주체할 수 없었다. 하지만 애써 진정을 하면서 황급히 건륭의 질문에 대답했다.

"소인이 괜한 말을 꺼내 몰상식한 속내를 드러내고 말았사옵니다. 하오나 이는 분명 소인의 짧은 소견에서 나온 치졸한 발상일 뿐 절대 그 사람의 뜻은 아니옵니다. 그 사람은 절대 태후마마나 황후마마의 면전에서 자신의 토끼 꼬리만 한 공적을 운운하며 웃음거리를 만들지 말라고 신신당부했사옵니다. 그 사람은 폐하께서 소인을 이렇게…… 단독으로 만나주실 줄은 꿈에도 생각지 못할 것이옵니다. 모두 소인이 사려 깊지 못해 생긴 오해이옵니다. 부디 하해와 같은 아량으로 용서해주시옵소서."

당아는 당황하고 겁에 질린 표정을 지었다. 마지막에는 부들부들 떨면서 무릎까지 꿇었다.

"짐이 한마디 했다고 해서 고양이 앞에 잡혀온 쥐처럼 그리 무서워할 것은 없네. 어서 일어나게."

건륭이 당아를 일으키는 시늉을 했다. 이어 당아가 일어나기를 기다렸다 가볍게 그녀의 어깨를 잡은 채 미소를 지어보였다.

"그렇게 큰 잘못을 저지른 것은 아니네. 부항은 조정을 위해 기꺼이 전쟁터로 나가려고 하지 않는가. 나가라고 명했는데 피해가려고 수작부리는 것이 아니지 않은가! 짐은 그의 속내를 다 알고 있네. 조만간 그에게 능연각凌煙閣(나라에 공이 있는 신하를 표창하는 누각)에 이름을 새기고 현량사賢良祠에도 기록될 입신양명의 기회를 줄 것이네. 헌데 자네 입에서 이런 말이 나와서는 곤란하지 않겠나? 부항이 자기 마누라를 앞세워 억지로 공로를 훔쳤다는 말을 들으면 안 되지. 자네도 부항이 졸장부라고 사서史書에 불명예스런 이름을 남기기를 원하는 것은 아니지 않은가."

건륭이 말을 마치고는 고개를 숙인 당아의 어깨에 손을 얹었다. 이어 부드러운 표정으로 덧붙였다.

"돌아가서 아들의 탕병회나 잘 치르게. 짐이 내일 사람을 보낼 거네. 나랍씨, 난교暖轎를 부르게. 아직은 산모라고 해야 하는데 일반 수레는 너무 흔들려 좋지 않을 거네."

나랍씨는 당아를 배웅하고 돌아왔다. 그리고는 두 궁녀가 건륭에게 장화를 신기는 모습을 보면서 애교 섞인 목소리로 말했다.

"폐하, 아직 시각이 얼마 되지 않았사온데 조금만 더 계시다 가시옵소서. 솔직히 왕씨는 요리만 잘한다 뿐이지 소첩보다 나은 점이 하나도 없지 않사옵니까. 소첩이 폐하의 다리를 주물러드리겠사옵니다."

나랍씨는 말을 마치자마자 두 궁녀를 물리치고는 무릎을 꿇고 앉았다. 이어 건륭의 발을 주무르기 시작했다. 발을 다 주무르고 나서는 일부러 안 그런 척 손을 종아리로, 다시 허벅지로 옮겨갔다. 급기야는 건륭의 귓가에 대고 속삭였다.

"폐하, 방금 전 당아와 '그걸' 하지 않으셨사옵니까?"

"허, '그거'라니 어떤 것을 말하는가?"

건륭이 기분이 나쁘지 않은 듯 나랍씨의 손에 몸을 맡긴 채 빙그레 웃었다. 나랍씨가 건륭의 볼에 입을 쪽 맞추고는 말했다.

"폐하께서는 다시는 당아와 '그걸' 하지 않겠다고 말씀하시지 않았사옵니까. 그리고 저하고 '그걸' 하는 것이 왕씨하고 하는 것보다 더 좋다고 하시지 않았사옵니까. 오늘은 소첩에게 사랑을 주시옵소서. 소첩 달거리가 갓 지났사옵니다."

건륭은 그렇지 않아도 당아와 운우지정을 나누지 못해 뭔가 허전하던 차였다. 당연히 나랍씨의 아양에 무너질 수밖에 없었다. 그는 나랍씨를 번쩍 안아 온돌에 눕히고 허겁지겁 속곳을 벗겨내기 시작했다.

부항의 관저에서는 복강안의 백일 탕병회를 맞아 음식을 만든다, 손님 맞을 준비를 한다 하면서 북적대고 있었다. 그런데 한 가지 이상한 점은 손님들 중에 남자 손님이 별로 없다는 사실이었다. 거기에는 이유가 있었다. 부항이 사흘 전에 대문 밖에 다소 엉뚱한 내용의 방을 붙였던 것이다.

예물을 들고 내방한 모든 관리들은 일률적으로 본인의 이름을 명시하고 선물의 가격대를 제시해주기 바람. 귀가할 때 가지고 온 예물의 값어치에 해당하는 은자를 답례로 내줄 것임. 친척, 친우들도 예외가 아님. 경사를 빌어 뇌물을 받는다는 소리가 듣기 싫어서 부득이하게 요구하는 것이니 이해 바람!

자고로 탕병회 같은 자리는 벼슬과 공명을 바라는 사람들이 몰려오는 곳이라고 해도 좋았다. 뭔가 원하는 게 있는 관리들이 뇌물 같은 것을 바리바리 싸들고 와서 아부를 떠는 공공연한 장소로 일찍부터 이용돼왔던 것이다. 그런데 부항은 미리 선수를 치고 나선 것이다. 그랬으니 바쁘기 짝이 없는 관리들이 남의 애 재롱이나 보려고 찾아올 리 만무했다. 몇 안 되는 남자 손님들의 대부분은 부항이 내무부에서 산질대신散秩大臣으로 일할 때 가까이 지냈던 가난한 사무관들이었다. 물론 간혹 큰 가마를 타고 오는 고관대작들도 눈에 띄기는 했다. 그러나 모두들 홀가분하게 빈손으로 찾아와 덕담을 건네는 정도로 예를 갖출 뿐이었다. 그럼에도 음식을 준비하는 가인들은 비록 조촐한 상차림이기는 했어도 가랑이에 바람이 일 정도로 바쁘게 움직였다.

그들로서는 전날 밤 부항과 당아가 말다툼을 벌였다는 사실을 전혀 몰랐다. 싸움의 발단은 부항이 당아로부터 건륭이 자신의 줄정을 윤허하지 않았다는 얘기를 전해들은 것이었다. 그는 당아가 괜한 짓을 했다면서 나무랐다. 그리고는 건륭이 무슨 말을 어떻게 했고 표정과 말투가 어땠는지 다그치듯 곱씹어 물었다. 그러니 당아의 입에서도 고운 말이 나올 리 만무했다. 뾰로통한 기색으로 집어던지듯 부항의 물음에 마지못해 대답을 했다. 부항은 당아의 말을 되새김질하면서 건륭이 자신에 대해 얼마나 큰 기대를 걸고 있는지를 새삼 깨달을 수 있었다. 그러는 한편 자신의 허락도 없이 일을 저지른 당아에 대한 원망이 쉽게 해소되지 않았다.

"경복이 금천으로 되돌아가는 것은 이미 어지까지 내려 결정된 상태인데 여자가 뭘 안다고 가서 들쑤시고 그래? 그런 식으로 성심을 되돌릴 수 있었다면 내가 우리 누나를 찾아가도 열두 번은 찾아갔을 것 아닌가! 다행히 폐하께서 하해와 같은 도량으로 너그러이 이해해주셨으니 망정이지 그렇지 않았다면 내가 얼마나 미운 털이 박혔겠나? 이번 일로 인생 종 쳤으면 어쩔 뻔했어?"

"제가 당신 인생 종 치게 만들려고 작정하고 그런 것은 아니잖아요!"

당아 역시 거칠게 내뱉었다. 가까스로 감정을 죽이는 듯 가슴도 오르락내리락했다. 그러다 결국 신경질적으로 발을 탕 구르고는 쌩하니 안방으로 들어가 버렸다. 당아의 울음 섞인 그 한마디는 결정적이었다. 뒤늦게나마 부항의 마음에 와 닿았다. 그는 급기야 이불을 뒤집어쓰고 심술을 부리는 부인을 달래느라 밤이 깊도록 진땀을 빼야 했다.

탕병회 당일인 다음 날 태감 왕충이 웬일로 새벽같이 달려왔다. 부항은 허겁지겁 마중을 나갔다. 왕충이 뜰에 선 채로 어지를 선독했다.

"부항은 짐의 고굉지신이자 훈척이다. 부항의 득남을 진심으로 경하하노라. 황태후마마의 의지에 따라 부항의 장자에게 '복강안' 이름 석 자를 하사하고 거기교위車騎校尉 직을 세습하게 하노라. 이로써 부항의 변함없는 충정을 고무하노라!"

부항 부부는 황감해 어쩔 줄 몰랐다. 연신 머리를 조아리며 어지를 받았다. 부항은 왕충에게 상을 내리고 즉각 입궐 차비를 서둘렀다. 태후와 황제를 만나 고마움을 표하려는 생각이었다.

부항은 가슴 벅찬 감동을 간직한 채 정신없이 이문을 나섰다. 뜰에서는 하인들이 빗자루를 들고 눈을 치우느라 여념이 없었다. 한편 하객들이 이른 시각임에도 입에서 흰 김을 뿜으며 하나둘씩 들어서고 있었다. 부항은 갈 길이 바빴던 터라 손님들에게 가볍게 고갯짓으로 인사를 건네고 서둘러 밖으로 향했다. 그때 골목길로 어깨를 나란히 한 두 사람이 성큼성큼 들어서는 모습이 보였다. 부항은 힐끗 그들 쪽으로 눈을 돌렸다. 내무부 동료였던 돈민敦敏, 돈성敦誠 형제였다. 부항이 반색을 하면서 몇 걸음 다가갔다.

"어서 오게. 참으로 반갑네! 아직도 이 사람을 잊지 않고 찾아와주니 참으로 고맙네. 그래 아직도 종학宗學에서 교습敎習으로 있는가?"

부항은 말을 마치자마자 두 사람의 손을 양손에 하나씩 잡았다. 그리고는 다시 이것저것 관심 있는 듯 물었다.

"빈손으로 입만 가지고 왔는데 뭐가 그리 반갑습니까?"

조용한 돈민과는 달리 성격이 시원시원하고 호탕한 돈성이 격의 없이 말하면서 웃었다. 부항은 다시 갈 길이 급하다고 생각한 듯 두 사람에게 먼저 술잔을 기울이고 있으라면서 다급하게 등을 떠밀었다. 그때 갑자기 대문 밖에서 소란스러운 소리가 들렸다. 문지기가 누군가를 밀치면서 거칠게 내모는 소리가 들려왔다.

"이게 무슨 소리야? 오늘이 무슨 날인데 아침부터 큰 소리를 내고 그래?"

부항은 문지기 왕씨를 불러 대뜸 고함을 질렀다.

"행색이 꾀죄죄한 여자가 애까지 안고…… 도련님의 백일을 축하하러 왔다고 하옵니다."

왕씨가 황급히 대답했다. 부항이 즉각 안색을 일그러뜨리고 소리쳤다.

"황제에게도 빈궁한 친척이 셋은 있다고 했어! 외양만 보고서 자초지종도 묻지 않은 채 사람을 문전박대하다니! 어서 들어오게 하지 못할까!"

부항의 호통에 왕씨는 연신 굽실거리면서 뒷걸음쳐 대문 밖으로 나갔다. 잠시 숨을 돌리며 기다리고 있자니 스무 살 가량의 젊은 부인이 등에 혼곤히 잠든 어린애를 업고 들어섰다. 왼팔에 대바구니를 끼고 조심조심 다가오는 여인의 하얗게 바랜 솜저고리에는 천을 덧대 기운 자국이 여럿 있었다. 척 보기에 행색은 몹시 남루했으나 얼굴에는 당당함이 서려있었다. 부항은 여인의 모습이 어딘가 눈에 익어 눈썹을 모으고 자세히 뜯어봤다. 그러다 여인이 조금 더 가까이 다가오자 그만 깜짝 놀라 큰 소리를 지르고 말았다.

"아니 이게 누군가? 방경 자네가 그 먼 서산에서 여기까지 찾아오다니! 이 추운 날에 애까지 업고!"

부항은 놀란 나머지 연신 혀를 찼다. 그리고는 멍하니 서 있는 하인에게 명령을 내렸다.

"어서 바구니를 받지 않고 뭘 해?"

방경은 바구니를 내려놓고는 한결 홀가분한 듯 파리한 얼굴에 미소를 띠었다. 부항은 방경의 그런 얼굴을 한참이나 안쓰럽게 바라보다가 돈민과 돈성 형제에게 소개를 했다.

"자네들, 우리 집에서 《석두기》를 빌려보고 조설근을 입에 침이 마르게 칭찬했었지? 이 사람이 바로 조설근 선생의 안사람이네. 우리 집사람과도 잘 아는 사이지. 날도 추운데 없는 살림에 이렇게 수선 떨고 나설까봐 일부러 알리지 않았는데 어찌 알고……."

돈민과 돈성 형제는 부항의 말에 천하의 재주꾼으로 명성이 자자한 조설근을 곧바로 머리에 떠올렸다. 그들은 조설근이 엄청난 부자까지는 아니어도 윤택한 생활을 누릴 것이라고 대충 생각하고 있던 터였다. 그런데 오늘 처음 만난 조설근의 안사람은 행색이 비루하기 이를 데 없었다. 두 형제는 그만 가슴이 막혀 할 말을 잃고 말았다. 그러다 돈성이 먼저 정신을 차리고 황급히 방경에게 예를 갖춰 인사를 올렸다.

"처음 뵙겠습니다, 부인! 설근 선생은 근자에 평안하십니까? 아직도 북경에 계신가요?"

방경은 조금 전 초라한 행색 때문에 문지기로부터 문전박대를 당했었다. 그래서 자신의 남편 이름을 듣자마자 깍듯하게 예를 갖추는 두 귀공자를 보고는 부담스러운 듯 예를 피하려고 했다. 그때 부항이 말했다.

"이 두 사람은 진짜배기 금지옥엽이오. 태조 때 영친왕英親王의 오 대 적손이니 명실상부한 종실의 귀공자들이지! 둘 다 종학에서 글을 가르치고 있어. 글재주 역시 비상하지. 시간만 있으면 이친왕부怡親王府 아니면 이곳에 찾아온다니까. 설근의 새 글이 나오지 않았나 하고 말이오. 설근의 글이라면 껌뻑 죽는 충실한 '주구'走狗라고 해도 과언이 아니지!"

돈성이 부항의 농담에 시무룩이 웃고만 있는 돈민과 달리 스스럼없이 대꾸했다.

"설근 선생이라면 내가 탄복해서 오체투지라도 할 판인데 주구走狗면 어떻고 우마牛馬면 어떻겠습니까. 여기서 이렇게 사모님을 만난 것도 연분입니다. 자, 무거우실 텐데 아이는 제게 맡기세요, 괜찮죠?"

"고맙기는 하지만 미안해서 어찌……."

방경은 아이를 업고 수십 리 눈길을 헤치면서 오느라 그야말로 기진맥진한 상태였다. 다짜고짜 아이를 받아 안으려는 돈성의 정에 못 이기는 척하면서 응할 수밖에 없었다. 그녀가 띠를 풀면서 난감한 기색으로 말했다.

"나중에 누추한 처소나마 걸음을 해주시면 따뜻한 차 한 잔이라도 올리고 싶습니다. 그 사람도 대단히 반가워하실 것입니다."

방경이 돈성에게 말을 마친 다음 다시 부항을 향해 입을 열었다.

"아시다시피 저희의 살림살이는 삼시 세 끼 때우는 것도 힘겨울 정도로 궁색합니다. 그러니 마음뿐이지 달리 들고올 만한 물건이 없었습니다. 그래도 이년이 한 땀 한 땀 정성을 담아 도련님의 백일 옷과 호두화虎頭靴 한 켤레를 만들어 왔습니다. 약소한 물건이나 성의를 봐서 받아주시면 고맙겠습니다."

부항은 더 이상 말하지 않아도 방경의 깊은 뜻을 알겠다는 듯 고개를 끄덕였다. 그리고는 말했다.

"나는 급한 일이 있어 입궐해야 하니 들어가 축하주를 마시고 맛있는 것도 많이 먹고 가게. 답례품도 준비했으니 가져가게. 이봐 왕씨, 여기 이분에게는 답례품을 두 배로 들려 보내도록 하게!"

"예, 그리 하겠사옵니다."

부항은 옛정을 듬뿍 담아 방경의 가녀린 어깨를 살짝 두드려 줬다. 그리고는 서둘러 문밖으로 나갔다.

하객은 갈수록 더 많이 밀려들었다. 복도, 전당前堂, 중당中堂 등 어디나 할 것 없이 연회석이 즐비했으니 자리가 모자라지는 않았다. 하지만 그런 속에서도 제자리를 찾지 못해 우왕좌왕하는 사람들도 가끔 보였다. 그들이 웅성거리는 소리로 장내는 떠나갈 듯했다. 후당後堂의 풍경도 크게 다르지 않았다. 남의 집 경조사를 기막히게 알고 찾아온 동네 풍각쟁이들이 신들린 듯 연주에 열을 올리고 있었다.

화려한 능라綾羅를 걸친 고명부인들 역시 폭죽 연기가 매캐한 가운데

품위 있게 예를 주고받으면서 들어서고 있었다. 방경은 가져온 선물을 대바구니째 왕씨에게 넘겨주고는 몇 마디 귀엣말을 하고 돌아섰다. 두 살밖에 안 된 아이가 어느새 돈민, 돈성 형제와 친해졌는지 숨이 넘어가도록 까르르 웃고 있었다. 방경이 아이를 받아 등에 업으면서 말했다.

"저는 그만 가봐야겠어요. 오늘 같은 날에는 더 있어봤자 마님을 따로 뵐 수도 없고 별 도움도 되지 않을 것 같아서요. 누추한 저희 집은 서산의 옛 마을로 유명한 괴수둔槐樹屯에 있으니 괜찮으시다면 언제든지 들러주세요."

방경은 말을 마치고는 두어 발자국 앞으로 걸음을 내디뎠다. 돈민이 그런 그녀를 아쉬운 눈빛으로 바라보더니 갑자기 무언가 떠오른 듯 황급히 불렀다.

"부인, 군이 따로 시간을 낼 것 없이 지금 부인을 따라가면 안 될까요? 자연스럽게 이어지는 만남이 곱절로 즐겁거든요. 여기 있어봤자 술밖에 더 마시겠어요? 우리가 타고 온 타교駄轎로 부인과 아기를 모시고 가고 우리 둘은 말을 빌려 타고 뒤따라가면 안 될까요? 눈길에 말 타고 벗을 만나러 가는 것도 사내대장부로서 유쾌한 일이 아니겠어요?"

방경이 잠시 생각하는 것 같더니 흔쾌히 대답했다.

"그러시죠! 그이의 벗들을 보면 하나같이 취향이 비슷한 것 같네요. 그러면 염치불구하고 저희 모자가 호강 한번 해보겠습니다."

잠시 후 돈성이 말 두 필을 빌려왔다. 두 형제는 방경 모자를 타교에 태운 다음 말에 올라탔다. 일행은 그렇게 조설근을 찾아 서산으로 향했다.

12장
풍류남아와 황친의 의기투합

청나라 때의 타교馱轎는 '전삼후사중오척'前三後四中五尺이라는 말이 있
는 것처럼 앞부분의 길이가 3척이었다. 당연히 뒷부분과 가운데 몸체의
길이는 각각 4척과 5척이었다. 보통 두 마리의 노새가 함께 끌었다. 수
레 안에는 자리가 두 줄로 나뉘어 있는 것이 일반적이었다. 네 명이 마
주 보고 널찍하게 앉을 수 있는 구조였다.

돈민의 타교는 오동나무로 만들어진 데다 비바람을 막기 위해 유포油
布(방수포)까지 빈틈없이 둘러쳐져 있는 것이었다. 또 추운 겨울에는 늘
묵직하고 따뜻한 방한용 털 담요를 덮어놓았다. 그랬으니 엄동설한에
도 전혀 추위를 느낄 수 없었다. 첫새벽부터 추위에 떨면서 길을 나섰
던 방경은 따뜻한 수레에 올라앉아 흔들리는 움직임에 몸을 맡기고 창
밖을 내다보았다. 그러다 잠시 후에는 아들을 재우다 말고 자신도 깊이
잠들어 버리고 말았다.

다행히 수레를 모는 마부는 길을 잘 알고 있었다. 방경은 덕분에 한숨 푹 자면서 괴수둔에 도착할 수 있었다. 돈민과 돈성 형제는 수레와 멀지 않은 거리를 유지한 채 시조를 읊고 노래도 하면서 무척 즐거워했다. 그러다 수레가 괴수둔 동구 밖에 도착하자 말에 채찍질을 가했다. 그리고는 곧 방경이 탄 수레를 따라 잡았다. 돈성이 가마의 면렴棉簾을 걷어 올리면서 나직하게 말했다.

"부인! 다 왔습니다, 부인!"

"어머!"

방경은 돈성이 부르는 소리에 눈을 번쩍 떴다. 이어 눈에 익은 창밖의 풍경을 보고는 쑥스러운 듯 웃었다.

"깜빡 졸았네요. 다 왔어요. 저기 저 꺾어진 과수나무가 보이죠?"

방경이 서둘러 내리려고 했다. 그러자 돈민이 다급하게 말렸다.

"아직 한참 더 가야 하니 그대로 앉아계세요."

돈민과 돈성 두 형제는 말에서 내려 타교 뒤를 천천히 따라 걸었다. 이어 조금 더 가자 허름한 사립문이 보였다. 방경은 돈민 형제의 부축을 받으면서 조심스레 수레에서 내렸다. 그녀가 안으로 들어간 지 얼마 지나지 않았을 때였다. 안에서 굵직하고 시원스런 웃음소리와 함께 사내의 음성이 들려왔다.

"난데없는 수레 소리가 들려 웬일인가 했더니 귀한 손님이 거동하셨군요! 누추한 거처를 찾아주셔서 참으로 고맙소이다. 날도 추운데 어서 안으로 드시죠. 귀한 손님이 오실 줄 알았으면 방을 좀 치워놨을 텐데 너무 지저분해서 미안하게 됐습니다."

조설근은 거의 맨발로 뛰쳐나왔다. 그리고는 돈민, 돈성 두 사람과 서로 예를 갖춰 인사를 하면서 후덕한 미소를 지었다.

"별 말씀을! 선생의 우레 같은 대명은 익히 들어 흠모해마지 않고 있습니다."

돈민이 점잖게 다시 말을 이었다.

"《석두기》 11장 원고를 빌려서 읽었는데 어찌나 감명이 깊던지 몇 날 며칠 잠을 못 잤어요. 꼭 한번 뵙고 싶었는데 오늘 소원성취를 했으니 실로 삼생三生의 행운이 아닌가 싶네요."

돈성은 처음 오는 남의 집인데도 점잔을 빼는 형과 달리 넉살좋게 주위를 두리번거렸다. 그리고는 형에 이어 말했다.

"누추하다니 웬 말씀이에요? 배산임수의 절경인데요. 양춘가절陽春佳節이 오면 졸졸졸 시냇물 소리에 귀를 씻는 것이 얼마나 좋은 일인가요. 도림桃林의 꽃향기에 마음을 깨끗이 헹구고 서산의 만하晩霞를 안주삼아 술잔을 기울이는 것도 좋고요. 아마 그대로 죽어도 여한이 없을 것 같네요."

조설근은 돈성의 너스레 아닌 너스레에 호탕하게 웃었다. 그리고는 시원스러운 어조로 입을 열었다.

"하기야 서리들의 세금 독촉과 주점의 외상값 독촉만 아니라면 풍류를 즐기기에는 더할 나위 없이 좋은 곳이죠."

조설근과 돈민 등 세 사람은 말을 마치자마자 서로 마주보면서 파안대소했다. 첫 만남에서의 어색한 분위기는 순식간에 사라져버렸다.

돈민은 동생 돈성에 비해 성격이 차분하고 꼼꼼한 편이었다. 방 안을 유심히 둘러보는 것은 그런 성격 때문인 듯했다. 그의 눈에 비치는 방 안은 단출했다. 우선 서쪽에는 서까래를 깐 커다란 구들이 있었다. 구들 위에는 여러 번 덧기운 이불과 요가 덩그러니 놓여 있었다. 그 옆에서는 어린아이가 쌔근대며 자고 있었다. 한마디로 막대기를 휘둘러도 걸릴 것 하나 없는 곳이었으나 묘하게 마음의 여유가 생기는 곳이었다. 그 여유를 말해주듯 구들 한가운데 있는 낮은 탁자에는 붓과 먹, 화선지 등이 어지러이 널려 있었다.

조설근이 방 안을 두리번거리느라 바쁜 돈민 형제를 빙그레 웃으며 바라봤다. 그리고는 탁자를 한쪽으로 밀어놓았다.

"추운데 어서 구들에 올라앉으세요. 앉을 자리도 없이 어질러놓아도 돈이 되는 것은 별로 없죠. 웃지 마세요. 설날이 내일 모레인데 고기냄새라도 맡아볼까 해서 여기저기서 부탁을 받고 동네 영련楹聯이나 써주려던 참이죠."

돈민과 돈성 두 형제는 방경이 건네는 찻잔을 받아들었다. 그리고는 조설근을 자세히 뜯어봤다. 체구가 건장하고 모난 얼굴이 검실검실한 게 남자다웠다. 또 싸리나무 빗자루 같은 눈썹도 제법 강한 인상을 풍겼다. 넓은 어깨에 하얗게 색이 바랜 면 두루마기를 걸치고 굵게 땋은 까만 머리채를 길게 드리운 것 역시 형제의 눈길을 끌기에 부족하지 않았다. 얼마 후 평소 조설근의 외모에 대해 이런저런 상상을 해왔던 돈성이 피식 웃으면서 입을 열었다.

"설근 선생, 나는 그대를 《홍루몽》의 남자 주인공 가보옥賈寶玉이나 여자 주인공 임대옥林黛玉처럼 어딘가 아녀자의 청순함을 지닌 미남으로 상상했어요. 책만 읽는 샌님 같은 얼굴 말이죠. 하하, 그런데 오늘 보니 건장한 장군상이네요. 마치 시커멓고 큰 탑塔 같습니다."

돈성의 말에 돈민과 조설근이 동시에 크게 웃었다. 방경 역시 솥에 쌀을 일어 안치다 말고 웃음을 터트렸다.

조설근이 잠시 후 입을 열었다.

"그런 오해를 종종 받았습니다. 옛날에 사마천司馬遷은 장량張良이 대영웅, 대장부라는 말만 듣고 틀림없이 덩치가 사자 같고 눈이 호랑이처럼 부리부리한 칠척 사내일 거라고 상상했다 하지 않습니까! 그런데 막상 그의 초상화를 대면해 보니 아니었다고 해요. 곱기가 마치 귀부인 것고 온화하기가 처녀 같은 사람이었다고 하지 뭡니까. 또 전에 어떤 재상의 딸이 연극에 미친 나머지 나중에 꼭 장원에게 시집가겠다고 고집을 부렸다고 하더라고요. 장원급제한 수재들은 모두 빼어난 재주와 수려한 외모를 겸비한 사람인 줄 착각하고 만석꾼 부자도 외면한 채 오로지 장원만 고집했다고 해요. 결국 장원을 물색해서 혼사 날짜도 잡았는데 동방화촉을 밝히는 날에 붉은 두건을 벗겨준 장원 신랑을 본 순간 그만 그 자리에서 혼절해버렸다고 하잖아요. 남자가 허리는 열 아름 되는 장독대, 얼굴은 석삼년 묵은 돼지상이었더래요."

"하하하하……."

"허허허허……."

조설근의 말이 이어지는 동안 돈민, 돈성 형제는 배꼽을 잡고 뒤로 넘어갔다. 고즈넉한 절을 방불케 하던 가난한 집에는 모처럼 화기애애한 분위기가 넘쳤다. 그때 동쪽 주방에서 방경이 몰래 손짓을 했다. 조설근이 다가가 물었다.

"돈이 없어 그러는가?"

"쉿! 뭐가 자랑거리라고 그렇게 큰 소리로 말해요?"

방경이 밉지 않게 조설근을 나무랐다. 그리고는 덧붙였다.

"부항 어르신 댁에서 답례로 은자 다섯 냥을 받아온 것이 있어요. 안주거리는 당신이 나가서 사오면 안 돼요? 저는 새벽부터 길을 나서서 온종일 걸었더니 다리가 너무 아파요."

"그래, 그러면 내가 갔다올게. 집에 절인 고기가 조금 있는 것 같던데!"

"작년에 절인 거예요. 그런데 소태처럼 짠 데다 이상한 냄새까지 나는 걸 우리나 먹지 손님상에 어떻게 올려요?"

방경이 말을 마치고는 다시 잠시 망설였다. 그러다 도리질을 했다.

"아무래도 제가 다녀와야겠어요. 당신은 제대로 사오지 못할 것 같네요. 아무리 없이 살아도 나중에 웃음거리는 되지 말아야 하지 않겠어요?"

방경이 막 돌아서서 나가려고 할 때였다. 갑자기 "응애!" 하고 선잠을 깬 아이의 울음소리가 터져 나왔다. 조설근이 후닥닥 방 안으로 뛰어 들어갔다. 이어 아기를 싼 이불을 들쳤다. 그러자 어린 녀석이 기다렸다는 듯 조설근의 얼굴에 대고 오줌을 갈겼다. 그것을 본 돈민, 돈성 형제의 입에서는 또다시 한바탕 웃음이 터져 나왔다. 돈민은 가까스로 웃음을 참았다.

"아무래도 설근 선생은 애 보는 데는 한참 서툰 것 같군요. 그러나 걱정하지 마세요. 빈손으로 오는 게 도리가 아니지 싶어 오늘은 우리가 주안상을 보기로 했어요. 아까 마부를 보냈으니 따로 준비할 것 없이 담소나 즐기면서 기다리면 되겠습니다."

조설근도 터지려는 웃음을 참은 채 말을 받았다.

"하도 사람 사는 꼴이 말이 아니라 멀건 죽에 절인 배추조각이나 내놓을까 그랬나 본데 내게도 돈이 있습니다. 이번에 남경에서 올 때 윤계선 대인이 노자에 보태라면서 은자 오십 냥을 주셨는데, 열 몇 냥만 쓰고 아직 많이 남았어요. 아무리 내외를 할 사람들이 아니라고 해도 어찌 처음 걸음을 하는 손님에게 주안상을 차리게 할 수 있겠소이까?"

돈성 역시 정색을 했다.

"우리야 누가 목을 매서 끌고 온 것도 아니고 좋아서 제 발로 찾아온 사람들이 아닙니까. 자기가 먹을 것은 챙겨가지고 다니는 게 도리죠. 천하에 유명한 《석두기》의 기인 저자를 만나는데 염치없이 빈손으로 와서 한보따리 챙겨 갈 수는 없지 않겠습니까? 공자孔子도 문생門生을 받아들일 때는 근채芹菜에 건육乾肉은 받았다고 하지 않습니까? 설마 우리가 선생 문하의 '주구'走狗가 될 자격이 없다는 뜻은 아니겠죠?"

조설근은 돈성의 말이 무슨 뜻인지 몰라 잠시 어리둥절한 표정을 지었다. 그러다 다시 뭔가 감을 잡은 듯 호탕하게 너털웃음을 터트렸다.

"난데없이 또 무슨 소리라고……. 당치도 않습니다. 문하의 주구라니요! 그저 좋은 친구, 지기로 거리낌 없이 지냈으면 합니다."

돈민과 돈성 두 형제는 조설근의 진심 어린 말에 기쁜 기색을 감추지 못했다. 돈성이 먼저 사의를 표했다.

"설근 선생이 그렇게 생각해주신다면 우리야 더할 나위 없죠. 그렇다면 이제부터는 더더욱 격식을 차릴 필요가 없겠구먼. 그건 그렇고 윤계선 대인이라면 천하의 재자才子(재능이 출중한 사람)들 사귀기를 즐기고 재물을 가벼이 여겨 나누기를 좋아하는 명사名士가 아닙니까? 그런데 남경에서 북경으로 오는데 어떻게 노자로 겨우 은자 오십 냥밖에 보태주지 않았다는 말입니까?"

돈민이 동생의 말에 거들었다.

"엄청난 부자이면서도 답례로 은자 다섯 냥만 준 사람도 있는데 뭘 그래!"

조설근이 돈민, 돈성 형제의 입방아에 난감한 표정을 지었다.

"절대 돈의 액수로 사람을 재단하려고 들지 마세요. 얼마를 주든 그 사람의 성의가 아니겠습니까? 윤계선 대인도 하루 세 끼 채소와 두부 반찬만 먹는 날이 많아요. 점잖은 집안 자손이라 재물을 대하는 태도가 담담한 데다 문하에 식객을 수십 명씩 두고 있으니 가난한 서생들을 구제하는 것도 사실 예삿일은 아닙니다. 부항 어르신도 나에게 야박한 사람이 아니에요. 말이라는 것은 잘못 전해지면 화근이 되니 말하는 사람이나 전하는 사람 모두 각별히 조심해야 할 겁니다."

조설근의 말이 이어질 때였다. 밖에서 누군가의 목소리가 들렸다.

"설근 공, 안에 있는가?"

조설근은 찾아온 사람의 목소리를 듣자마자 황급히 문을 열고 밖으로 나갔다. 늑민과 아계 두 사람이 말에서 내리고 있는 모습이 보였다. 조설근이 반색을 하면서 둘을 맞이했다.

"오늘은 어쩐 일인가! 아침에 까치소리도 못 들었는데……. 그야말로 귀한 손님들이 가득 모였군."

아계가 조설근의 말이 끝나기 무섭게 말 잔등에서 자루 하나를 내려놓았다. 이어 웃음 머금은 얼굴로 말했다.

"까치소리는 못 들어도 백년 묵은 까마귀가 지붕을 세 바퀴 도는 소리는 들었겠지. 아니면 내가 올 리 없잖아."

조설근을 비롯한 일행은 와자지껄 웃으면서 방 안에 들어섰다. 조설근이 미처 소개하기도 전에 돈민이 먼저 입을 열었다.

"아까 설근 선생이 곰 같은 장원이 색시를 기절시킨 얘기를 하더니 이번에는 제대로 된 장원이 행차했군요!"

아계는 돈민 형제와 서로 흉허물 없는 사이인 듯 부담 없이 가볍게 문안인사를 올렸다. 이어 농담을 했다.

"두 분 어르신께서는 오늘 또 일을 저질러서 영감마님께 쫓겨난 것은 아니겠죠?"

돈성이 기다렸다는 듯 대답했다.

"노인네도 이제는 우리를 포기하신 것 같아! 하지만 다들 늑민 그대처럼 장원급제하면 누가 수레를 끌겠어? 그리고 요즘은 《석두기》에 홀딱 반해 우리에게 베껴 보내라고 성화를 부리시네. 우리가 이렇게 설근 선생을 만나고 있는 줄 아시면 아마 덩실덩실 춤이라도 추실 걸?"

돈성이 말을 마치고는 아계가 들고 온 자루를 앞으로 당겼다. 보기보다 꽤나 무거웠다. 그가 호기심 가득한 얼굴로 끈을 풀자 삽사기 뚝 하는 소리와 함께 팔뚝만 한 잉어가 허공으로 치솟았다. 이어 공중회전을 하면서 꼬리로 아계의 얼굴을 때리고 떨어졌다.

아계는 땅에 떨어져 숨을 할딱이면서 죽어가는 잉어를 쳐다봤다. 동시에 얼얼한 뺨을 소매로 닦아냈다.

"전쟁터로 나가기 전에 한방 먼저 얻어맞았으니 가서 총구멍 하나는 덜 뚫리겠지!"

아계의 우스갯소리에 좌중에는 다시 한 번 폭소가 터졌다. 그 와중에 방경은 자루를 부엌으로 들고 가려했다. 그러나 자루는 끄떡도 하지 않았다. 그러자 늑민이 황급히 달려가더니 주방까지 들어다 주겠다고 했다.

"부인이 들지 못하는 것은 당연한 일입니다. 잉어 네댓 마리, 돼지기름 열 근, 언 쇠고기와 돼지고기 이삼십 근, 언 닭 네 마리, 그밖에 돼지 간과 소 천엽까지 있으니 백 근은 더 될 겁니다."

방경은 늑민, 아계와 너무나 잘 아는 사이였다. 그랬던 터라 별로 부담 갖지 않고 웃음을 머금었다.

"우리가 정육점을 열 것도 아닌데 무슨 고기를 이렇게 대책 없이 많이 가져오셨어요?"

"오늘 못 먹으면 내일 먹고, 내일도 못 먹으면 모레 먹으면 되죠! 많아도 걱정입니까? 날이 추워 상할 염려도 없으니 복에 겨운 소리는 좀 그만 하세요."

그런데 늑민은 정육점이라는 세 글자를 듣자마자 바로 마음속이 찡하고 아팠다. 한때 혼삿말까지 오갔던 장씨 부녀가 갑자기 떠올랐던 것이다. 그러나 이내 마음을 다잡고 미소를 지었다.

"며칠 뒤면 나와 아계는 북경을 떠나게 됩니다. 아무래도 둘째의 백일 잔치 때는 돌아오지 못할 것 같습니다. 그래서 약소하지만 미리 성의 표시를 하는 거예요. 너무 구박하지는 마세요."

방경과 늑민 등이 말을 주고받는 사이에 안주거리를 마련하러 갔던 마부가 식합을 한아름 안고 돌아왔다. 이어 그릇을 하나씩 꺼내놓았다. 좌중 사람들의 눈에 채소 요리 여덟 접시에 닭찜, 양고기볶음, 소고기 버섯볶음과 돼지껍질 요리가 들어왔다.

조설근은 아직도 김이 모락모락 피어오르는 요리들을 둘러보더니 그 중에서 양고기 볶음 접시를 하나 빼서 방경에게 건네주었다.

"양고기는 약간만 식어도 맛이 없지. 저번에 내가 알려준 방법 있지? 이걸 넣고 잉어찜을 하라고. 이분들이 우리 둘째 백일잔치를 미리 축하 한다니 칼국수도 좀 만들게."

조설근의 주문에 늑민이 웃는 얼굴로 말했다.

"됐어, 뭘 또 만들라고 성화야! 이것도 다 못 먹겠는데! 두 아이만 해도 경황이 없을 텐데 큰애까지 보채면 안 되지!"

돈성 역시 농담조로 말했다.

"설근 선생의 부인께서 바쁜 것을 알면 요리까지 만들어 올 일이지 왜 하필 살아서 펄떡대는 걸 가져와서 가정불화를 일으키나! 정말 못 쓰겠군!"

늑민이 기다렸다는 듯 대답했다.

"아계가 그렇게 하자고 한 겁니다. 직접 맛있는 요리를 만들어드리겠 다고 자청해 나서더군요."

방경 역시 오랜 지기들 간의 화기애애한 모습을 지켜보면서 미소를 지었다.

"요리라면 그래도 여자들이 잘하죠. 입 닫고 다들 술이나 드세요."

방경이 물러가자 성격이 급한 아계가 먼저 술 주전자를 기울였다. 그 리고는 한 모금 꿀꺽 마셨다.

"캬, 술맛 좋구나!"

아계는 말과는 달리 목구멍이 타들어가는 느낌에 바로 인상을 찡그렸다. 그러나 곧 분위기를 생각한 듯 연신 엄지를 치켜세웠다. 이어 감탄사를 터트렸다.

"술은 역시 회안노곡淮安老曲이야! 순하면서도 어딘가 강한 여운이 남는단 말이야. 술이라는 것은 역시 끝 맛이 중요한 거야. 이 년 동안 서부 사막에서 말 오줌같이 미적지근한 술만 마시다 왔더니 이거 완전히 환장을 하겠구먼!"

좌중의 사람들은 아계의 구수한 입담에 모두들 빙그레 웃었다. 이어 약속이나 한 듯 술잔을 기울였다.

"음! 같은 회안노곡이라도 어딘가 조금 색다른 맛이 첨가된 것 같은데?"

돈민이 한 모금을 마시고서는 꼼꼼히 술맛을 음미하면서 고개를 갸웃거렸다. 조설근이 웃음을 머금었다.

"역시 애주가들은 뭐가 달라도 다르구먼! 작년에 복팽福彭이 회안주淮安酒 누룩을 보냈기에 손수 만들어 봤어요. 뒤뜰에 몇 항아리 파묻어 놓았으니 양껏 마시라고!"

"말이 나왔으니 말인데……."

조설근의 말이 끝나자마자 늑민이 바로 큰 사발로 연신 두 잔을 들이키고는 벌겋게 상기된 얼굴로 한숨을 내쉬면서 말을 이었다.

"설근, 자네가 사는 모습을 보면 내 가슴이 찢어지는 것 같네. 복팽이라면 정변장군定邊將軍 복팽을 말할 텐데, 자네와는 고종사촌 사이가 아닌가? 그는 북경에 없지만 그의 가족들은 모두 북경에 있지 않은가. 그런데 지척에 사는 사촌아우가 어찌 살고 있는지 들여다보지도 않는다는 것이 말이나 되는가? 자네 고모부도 요즘 내무부 총관대신에 정람기正藍旗 도통都統까지 하늘 높은 줄 모르고 승승장구하던데? 재물이 산더미처럼 쌓여 썩어나게 생겼던데 삼시 세 끼 걱정하는 조카를 외면하다니! 그 사람들도 정말 너무하는 것 아닌가? 내가 보기에는 자네의 그고오高傲한 성정이 친지들을 소원해지게 하는 데 한몫 했을 것 같네."

조설근은 늑민의 말에도 별로 개의치 않는다는 듯 히죽 웃기만 했다. 이어 시원스러운 어조로 말했다.

"나는 이렇게 사는 현실에 만족하는 사람이야. 굳이 부탁을 하려면 여기저기 사람을 수소문해서 지금의 폐하까지도 알현할 수 있어. 그러나 그렇게까지 비굴해지고 싶지는 않네. 성명하신 천자 덕분에 이 정도라도 안거낙업安居樂業하는 것이 어딘가. 자자, 주흥酒興 깨는 얘기는 그만 하고 우리 술이나 마시지!"

조설근은 말을 마치자마자 손사래를 치면서 주전자를 들었다. 동시에 늑민에게 한 잔 따라줬다. 그때 아계가 입을 열었다.

"오늘은 지연재脂硯齋 선생이 안 보이네. 여기 있었더라면 방금 설근이 한 말을 듣고 벌써 도망갔을 텐데……."

아계의 말이 채 끝나기도 전이었다. 흰 수염이 석 자나 되는 남자가 때맞춰 발을 걷으며 안으로 들어서고 있었다. 겉으로 보이에 쉰 살은 되어 보이는 유소림이었다. 그가 안으로 들어서기 무섭게 입을 열었다.

"이 폭설에 내가 도망가기는 어딜 간다는 말인가? 도망갔다가도 이좋은 술 냄새에 이끌려 다시 돌아왔을 텐데!"

유소림의 뒤를 따라 하지도 들어서고 있었다. 언제나 빈손으로 오는 법이 없는 두 사람은 오늘도 묵직한 돼지머리와 쇠고기 덩어리를 가져왔다. 둘은 각자 가져온 물건들을 주방에 내려놓고는 손을 닦았다. 그리고는 얼굴에 웃음을 가득 담고 사람들에게 다가왔다. 조설근이 황급히 돈민 형제를 소개했다. 그리고는 다시 돈민 형제에게 말했다.

"이분은 유소림 선생이에요. 이렇게 방금 자다 깬 사람처럼 부스스해 보여도 한때는 잘 나가는 탐화랑探花郎이었어요. 여기 이분은 하지 선생이라고, 한마디로 멋쟁이죠. 그런데 앞으로는 집도 좁은데 이렇게 한꺼번에 몰려들지 말고 당번을 정해서 오도록 하세요."

조설근의 농담에 하지가 화답했다.

"이보게 근포芹圃(조설근의 호), 우리가 무슨 선생인가? 이 댁의 문하 주구이지!"

돈민 형제는 너나없이 솔직하고 격의 없는 모습에 서로 마주보면서 크게 웃었다. 그때 아계가 뒤늦게 합석한 유소림과 하지를 위해 술 석 잔을 연속해서 비우고 나더니 한숨을 내쉬었다.

"이보게, 근포! 내가 자꾸 이런 얘기를 꺼내 귀에 거슬릴지 모르겠네. 솔직히 나는 자네의 재학才學에는 오체투지를 하고 싶어. 그러나 자네가 지나치게 고오한 성정 때문에 다른 사람들을 배척하는 것은 참으로 유감스럽네. 그 좋은 재주에 눈높이를 조금만 낮춘다면 어느 문을 두드려도 들어갈 수 있을 텐데. 대나무가 너무 꼿꼿하면 부러지게 돼 있어. 또 너무 맑은 물에는 물고기가 살지 못하는 법이야. 사람은 어차피 자연의 섭리에 따라야 하지 않겠나? 자네는 관가의 생리에 혐오감을 느껴서 그런다고 하지만 탁한 물에 있어도 연꽃처럼 전혀 오염되지 않는 사람도 있지 않은가? 깨끗한 물에서는 머리를 감고 탁한 물로는 발을 씻으면 될 것 아닌가!"

아계는 얼굴이 벌겋게 상기된 채 속사포를 쏘아대고 있었다. 조설근은 그런 아계의 진심을 모르지 않았다. 오히려 충분히 헤아리고도 남았다. 하지만 아무런 대답도 하지 않았다. 그저 방경이 막 볶아낸 돼지 간을 식탁 가운데로 밀어놓으면서 나지막한 목소리로 입을 열었다.

"관가의 생리는 물론 그대들이 더 잘 알겠지. 일단 그곳은 인간의 '

상성'常性을 박탈하는 곳이라네. 오욕칠정五慾七情이 있는 사람이 윗사람 눈치를 보느라 울고 싶을 때 꾹꾹 눌러 참고, 박장대소하고 싶을 때에도 생살을 꼬집으면서 참아야 한다면 그보다 더 비참한 일이 어디 있겠는가! 하늘이 내리고 부모로부터 받은 인간 본연의 감정을 억제하면서 무골충 같은 삶을 산다는 것은 나에게는 곧 죽음이나 마찬가지야."

아계가 연신 도리질을 하면서 말을 받았다.

"그래도 대장부 일생에 한 번은 출장입상出將入相을 해야 하지 않겠는가? 군주와 사직을 위해 재능을 펼치면서 살아보는 것도 큰 의미가 있지 않을까?"

조설근과 아계의 입장 차이는 좀처럼 좁혀질 기미가 보이지 않았다. 그때 사색에 잠겨 있던 유소림이 흰 수염을 매만지면서 감회에 젖었다.

"아계의 말에도 일리는 있어. 하지만 꿈과 현실 사이에는 언제나 엄청난 괴리가 존재하기 마련이지. 진한秦漢 시대 이래로 시대를 주름잡은 풍운아들치고 전시전종全始全終한 사람은 극히 드물었네. 이유는 있지. 지금 시대에 제齊 위왕威王이나 진晉 문공文公과 같은 제왕이 없기 때문이 아닐까 싶어. 제 위왕은 군주의 체통에 손상이 갈 줄 뻔히 알면서도 아랫사람의 담대한 진언에 손을 들어주었어. 또 진 문공은 부하로부터 가래침을 맞고 모욕을 당하고서도 부하의 충용忠勇을 장려했지. 먼 얘기를 끄집어낼 것도 없어. 가까운 우리 대청大淸의 경우만 봐도 그렇지. 소위 명재상으로 불린 색액도索額圖, 명주明珠, 웅사리熊賜履, 고사기高士奇와 명장으로 유명한 오배鰲拜, 도해圖海, 주배공周培公, 연갱요年羹堯, 조량동趙良棟, 채육영蔡毓榮, 악종기岳鍾麒 등 불세출의 인물들이 큰 공로를 세웠으나 좋은 결말을 얻지 못했어. 이 얼마나 서글픈 일인가? 병사하지 않으면 파직, 유배당하고 그렇지 않으면 패가망신해 형장의 한 점 이슬로 사라져 버렸지. 사실 이 사람들은 모두 이 나라의 기반을 세우는 데 크게 기여한 영웅들이었어. 하지만 그 사실을 기억하는 사람이 얼마나 되겠나?"

유소림이 잠깐 멈췄다가 다시 말을 이었다.

"사람에게는 다 운과 팔자라는 것이 따로 있는 법이야. 설근 선생의 《석두기》에 가탐춘賈探春을 묘사한 글이 있지. '재주가 뛰어나고 뜻은 높았으나 말세에 태어나 운이 막혔네'라는 구절 말이야. 그 한마디로 세상만사를 통찰할 수 있는 사람은 없는 것 같아. 하루를 살아도 사는 거고 평생을 살아도 사는 거야. 그러니 즐길 수 있을 때 즐기는 게 최고지. 설근 선생의 집안이 한때는 얼마나 큰 부자였는지 모르는 사람은 아무도 없을 거야. 그러나 한번 내리막길을 걷게 되니 설근 선생도 이렇게 되고 말았지 않은가. 그리고 돈씨 아우, 아우의 조상인 영친왕英親王(청 태조 누르하치의 열둘째 아들인 아제격阿濟格. 섭정왕 다이곤多爾滾의 친형이기도 하다)은 얼마나 유명한 영웅이었소. 그러나 단 한 번의 실수로 패가망신하지 않았는가. 늑민 자네는 장원이고 나도 예전에 탐화였다네. 아계는 장군이고 하지는 몰락한 선비지. 이 많은 사람들이 오늘 이 자리에 모인 것도 운명이 아니면 뭐겠는가?"

조설근은 유소림의 일장연설에 동의한다는 듯 고개를 끄덕였다. 그리고는 젓가락으로 접시 모서리를 두드리면서 한 곡조 뽑기 시작했다.

지금은 낡고 찌그러진 빈집이지만
옛날에는 객들로 북적이던 짱짱한 가문이었더라.
지금은 황량한 뜰이지만
옛날에는 풍악소리 높았더라.
아름다운 무늬가 있던 들보에는 거미줄이 엉켜 있고,
화려하던 사창은 거적문이 되었구나.

꽃다운 얼굴에 지분 향기 짙더니

어느새 귀밑머리에 성에가 꼈는가.

어젯밤에는 붉은 휘장 아래 원앙 한 쌍이 누웠더니

오늘은 북망산에 백골을 보내는구나.

조설근의 노래는 누군가를 향한 하소연처럼 몹시 구슬펐다. 곡조도
낮았다. 그러다 갑자기 높아지기 시작했다.

금은, 양곡이 그득할 때는 문지방이 닳더니

눈 깜짝할 사이에 걸인 되니 비웃음을 받는구나.

타인의 명 짧다고 탄식하며 돌아앉으니

내 앞에 죽음이 드리운 줄 어이 알았나.

법도 있게 가르쳐도

뒷날에 탕자 되기 십상이요,

귀공자 만나려다

청루에 빠짐을 어이하리.

벼슬이 작다고 불평하더니

항쇄 차고 큰칼 쓴 신세 되누나.

어제는 관포가 길다고 뭐라고 하더니,

오늘은 헌옷도 그립구나.

조설근의 두 눈에서는 어느새 커다란 눈물이 방울처럼 흘러내렸다.
좌중의 사람들은 그의 처절한 하소연에 모두 숙연해지고 말았다. 그럼
에도 그의 울음이 밴 노래는 그칠 줄 몰랐다.

떠들썩한 네 노래 그치자 내가 등장하네.

타관을 고향이라고 우겨대네.

참으로 허황하도다,

결국에는 남을 위해 혼수를 차려주니.

조설근이 그 짤막한 노래를 끝으로 콧물을 훌쩍이면서 천천히 목소리를 거뒀다. 그러나 좌중은 이미 눈물바다가 돼 있었다. 잠시 후 하지가 무거운 침묵을 밀쳐내면서 천천히 입을 열었다.

"설근 자네가 쓴 〈호료가주〉好了歌注인가? 참으로 좋은 가사네. 자, 좋은 노래를 들었으니 다 함께 건배하세."

여섯 사람은 하지의 말대로 일제히 잔을 들었다. 하지가 계속 말을 이었다.

"근포가 며칠 전에 〈호료가주〉의 가사를 쓰기가 힘들다고 했어. 내용이 지나치게 고아하지도, 속되지도, 가볍지도, 무겁지도, 부드럽지도, 딱딱하지도 않아야 된다면서 난색을 표했다고. 그런데 어느새 다 완성했네그려. '법도 있게 가르쳐도 뒷날에 탕자 되기 십상이요'라는 구절은 아마 류상련柳湘蓮(《홍루몽》의 등장인물 중 한 명)을 가리킬 테고, '벼슬이 작다고 불평하더니 항쇄 차고 큰칼 쓴 신세 되누나'라는 구절은 가우촌賈雨村(《홍루몽》의 등장인물 중 한 명)일 테지? 그렇다면 '타인의 명 짧다고 탄식하면서 돌아앉으니 내 앞에 죽음이 드리운 줄 어이 알았나'라는 구절은 누구를 가리키는 건가? 아무리 생각해도 잘 모르겠는 걸?"

하지의 물음에 조설근이 대답했다.

"딱히 누구라고 꼬집어 말할 수 없네. 나중에 알 일이지. 오늘 이 자리에는 '고관대작'들이 오셨는데 왕후장상에 대해 얘기하지 않고 퇴락한 노래나 듣게 해서 미안하네. 자, 여러분 술이나 마십시다."

아계가 곧이어 두 눈을 뒤룩뒤룩 굴리더니 입을 열었다.

"'벼슬이 작다고 불평하더니 항쇄 차고 큰칼 쓴 신세 된다'라고? 이게 아니지. '벼슬이 작다고 불평하더니 이곳저곳 인맥 찾아 기웃거리네. 네가 무대에서 내려오면 내가 등장해야지, 네가 안 내려오면 내가 총으로 한 방 갈겨서 대장 자리를 빼앗아야지……' 이렇게 해야지."

아계의 말이 채 끝나기도 전에 늑민이 그를 밀치면서 웃었다.

"그 입 다물게. 담도 크게 못 하는 소리가 없구먼. 자네 속셈을 누가 모를까봐!"

그때 방경이 숯불이 빨갛게 타오르는 화로를 들고 들어왔다. 곧이어 커다란 질그릇 냄비도 들고 와서는 화롯불 위에 올려놓았다. 벌렁벌렁 끓어 넘치는 냄비 안에는 머리와 꼬리를 서로 맞댄 잉어 두 마리와 얇게 썬 돼지고기, 양고기, 소 내장, 미역을 비롯해 환자丸子(완자, 동그랗게 빚은 모양) 등속이 가득 들어 있었다. 향긋한 냄새가 방 안에 확 퍼졌다. 그러자 유소림이 말했다.

"설근 선생이 제일 잘하는 요리라네. '십금어과什錦魚鍋', 즉 물고기 모듬 전골이지. 그런데 표고버섯은 왜 안 보이지?"

방경이 즉각 대답했다.

"제가 잊을 리 있겠어요? 물고기 배 속에 있어요."

방경의 말이 끝나기도 전에 성격이 급한 아계가 젓가락으로 커다란 양고기 한 점을 집어 들고 입안에 넣었다. 그러나 곧 그의 입에서 비명소리가 터져 나왔다.

"앗, 뜨……, 뜨…… 뜨거워!"

아계는 음식이 너무나 뜨거운 듯 뱉지도 삼키지도 못한 채 눈물까지 찔끔 흘렸다. 그리고는 얼른 찬물로 입을 헹궜다. 이어 엄지손가락을 척 치켜들었다.

"양고기가 이렇게 맛있는 줄 몰랐네. 이참에 장군이고 뭐고 다 집어치우고 양고기나 팔까?"

조설근이 말없이 접시에 생강, 마늘, 설탕, 식초와 술을 넣고 고루 저었다. 그리고는 그것을 전골냄비에 부었다. 순간 고기와 술, 채소 향이 어우러진 말로 형언 못할 시원하고 구수한 냄새가 방 안에 가득 퍼졌다. 돈민이 순간 군침을 삼켰다.

"세상에, 이런 요리가 다 있었다니!"

그러자 유소림이 말해주었다.

"이 요리의 이름은 '무재탕'無材湯이라네. 내가 지은 이름이지. 내가 탐화가 됐을 때 궁중에서 경림연瓊林宴에 참석한 적이 있지. 그러나 궁중연회상에서도 이보다 더 맛있는 것은 없었다네. 이렇게 좋은 음식이 황제의 수랏상에 오르지 못하다니 안타까운 생각에 《석두기》의 시 한 구절을 인용해서 '무재탕'이라고 명명한 것이네."

유소림은 이어 낮은 소리로 노래를 읊조리기 시작했다.

이 몸이 재주 없어서 하늘을 깁지 못했네.
억울하게 홍진紅塵 세계 헤맨 것이 몇몇 해던가.
기구한 전생과 후생 이 운명을
누가 대신 기문奇文으로 전할 것인가.

좌중의 사람들은 약속이나 한 듯 숟가락으로 전골 국물을 떠서 입안에 넣느라 바빴다. 향긋하고 구수한 맛이 정말 일품이었다. 얼마 후 조설근이 배도 어지간히 불렀겠다고 생각한 듯 입을 열었다.

"여러분의 주흥을 돋우기 위해 새로 지은 〈오미인〉五美人이라는 노래를 읊어보겠소이다."

희대의 미인도 한낱 물거품처럼 사라지고,
오궁五宮에서는 망연히 그를 그리네.
찡그린 표정 따라 하던 동촌東村의 여인을 비웃지 마라,
백발이 되도록 냇가에서 명주를 씻었으니.

—서시西施

갈까마귀 울고 밤바람 소슬한데,
우희의 깊은 한 눈동자에 서렸다네.
맹장 경포黥布와 팽월彭越은 달갑게 죽임을 당했는데,
초나라 군막에서 자결했다니 웬 말인가.

—우희虞姬

놀라운 절색이 한궁漢宮을 떠났거늘
미인박명은 고금이 마찬가지라네.
황제가 여색을 하찮게 여겼다 한들
어이해서 사람의 생사를 화공畵工에게 맡겼던가.

—명비明妃

자갈도, 진주도 아낌없이 버렸거늘
석위石尉가 언제 미녀를 아꼈더냐.
복도, 업도 모두 전생에 지은 것이거늘
저승길 함께 가니 적막함을 덜겠네.

—녹주綠珠

조설근의 노래가 끝나기 무섭게 바로 유소림이 끼어들었다.

"'오미인'이라면 나머지 한 사람은 양옥환楊玉環이겠네?"

조설근이 즉각 고개를 저었다.

"아니지, 나는 홍불녀紅拂女를 꼽았소."

　　남아다운 행동거지 남달리 뛰어나니
　　미인은 밝은 눈으로 궁한 영웅을 알아봤네.
　　산송장 다름없는 양공楊公의 휘하에
　　여장부 어찌 매어살 수 있으리.

- 홍불녀紅拂女

　조설근의 노래가 끝나자 좌중 사람들의 입에서는 찬탄이 끊이지 않았다. 급기야 친구를 위하는 마음이 극진한 늑민이 더 이상 못 견디겠다는 듯 입가를 쓱 문지르면서 입을 열었다.

　"여보게, 설근! 도연명陶淵明은 세상과 더불어 더러워지는 것이 싫다고 울타리 밑에 심은 국화꽃을 친구 삼아 유유자적 남산을 바라보면서 살았다고 했네. 그대도 도연명처럼 담백하게 살고 싶어 한다는 것을 잘 알고 있어. 그대의 소박한 꿈을 나는 백번 이해하지. 그대의 꿈 역시 나의 이상이기도 하니 말이야. 하지만 매미가 아닌 이상 사람이 어찌 이슬만 먹고 바람만 마시면서 살 수 있겠나? 저 깊은 산속 절간의 중들도 땅뙈기며 몇 푼씩은 숨겨두고 있다네. 색깔이 검다고 다 까마귀인 것은 아니지 않은가! 관가도 한번쯤은 뒹굴어볼 만한 곳이라네."

　조설근이 기다렸다는 듯 즉각 자신의 생각을 조용히 털어놓았다.

　"나도 그런 도리를 몰라서 이러는 게 아니야. 옹정 육 년에 서혁덕이 우리 집을 수색해 죄 없는 남녀노소 열네 명을 마구 짓밟는 것을 목격한 뒤부터 관리라면 정나미가 다 떨어져서 그래. 그렇게 승승장구만 할 것처럼 안하무인이던 서혁덕도 옹정 십일 년에 똑같이 당하지 않았는 가. 그걸 보면서 아무리 돌고 도는 물레방아 같은 게 인생이라고는 하지 만 기막힌 윤회에 소름이 끼치더군. 내가 앞뒤가 꽉 막힌 융통성 없는 사람이어서 이러고 있는 것은 아니야."

조설근의 말이 끝나자 바로 돈민이 정색을 하면서 나섰다.

"설근 선생, 그러지 말고 두 마리 토끼를 한꺼번에 다 잡는 게 어떻겠 습니까? 내가 종학宗學에서 알아보니 그대는 일을 아예 그만둔 것이 아 니라 장기 휴가를 낸 것으로 되어 있더군요. 원한다면 언제든지 다시 종학에서 글공부를 가르칠 수 있으니 우선 성城 안으로 이사를 하는 게 좋겠어요. 아계와 늑민은 곧 외지로 나가니 기대할 것이 없고, 전도 와 장유공도 바쁜 사람 아니오? 나와 돈성은 할 일 없이 하루 종일 빈 둥거리는 사람이니 설근 선생을 위해 기꺼이 먹을 갈고 종이를 펴 드리 겠어요. 여기는 너무 멀어 이것저것 챙겨주고 싶어도 마음뿐이지 힘이 미치지 못해요."

조설근이 순간 감격한 듯 초면에 구면이 된 돈민을 물끄러미 바라봤 다. 이어 한참 생각하더니 드디어 결심을 굳혔다.

"두 분의 진심은 잘 알겠습니다. 그렇다면 염치불구하고 호의를 받아 들이겠습니다. 봄이 되면 성 안으로 이사 가는 것도 고려해 보겠습니 다."

좌중의 사람들은 다시 웃고 떠들면서 날이 어두워질 때까지 술을 마 셨다. 그리고는 조설근의 집을 나설 때는 십시일반으로 주머니를 털어 모은 은자 110냥을 억지로 방경의 손에 쥐어주었다. 그 돈은 조설근 가 족이 겨우내 밥과 술을 배불리 먹을 수 있는 충분한 액수였다.

13장

전쟁의 불길은 타오르고

　어둡고 축축한 자금성의 담벼락 틈새로 가냘픈 나팔꽃 순이 수줍게 얼굴을 빼꼼히 내밀었다. 비록 꽃샘추위 때문에 겨울이 지지리도 길고 추운 것처럼 느껴졌으나 건륭 7년에도 봄은 어김없이 찾아왔다.

　강남 순무 윤계선은 전날 건륭의 밀지를 받은 흥분을 이기지 못하고 새벽같이 자리를 박차고 일어났다. 내용이 범상치 않았던 밀지였기에 다시 한 번 읽어야겠다고 생각한 것이다.

　……경복과 장광사는 이미 대영大營을 성도成都에서 강정康定으로 옮겼다. 군사는 두 갈래로 나눠 출정한다. 북로군北路軍은 순무 기산紀山이 인솔하여 송반松潘에서 동남쪽으로 곧바로 진군하고, 남로군南路軍은 제독 정문환鄭文煥이 인솔하여 이당里塘에서 서북으로 진군하기로 한다. 경복과 장광사는 중군을 친히 이끌고 강정에 주둔키로 한다. 남로군과 북로군이 대금

천에서 합류하면 자연스럽게 소금천과 청해靑海, 상첨대, 하첨대로 이어지는 통로를 차단할 수 있다. 설령 전세가 아군에게 다소 불리하더라도 이미 고립무원의 처지에 빠진 적들을 물샐틈없이 포위하고 있다 보면 언젠가는 결판이 날 것이다. 문제는 대군의 이동에 따른 군수물자 부족이다. 북로군은 양초가 오만 석 가량 부족하다. 습지를 지나야 하는 남로군은 각종 독충, 거머리, 지네의 피해가 심각해 목엽초木葉草, 수박하水薄荷, 패독산敗毒散 등의 약품이 절실히 필요하다. 사천 포정사 능민을 파견했으니 윤계선은 즉시 필요한 물자 일체를 일괄 구매해 각 진영으로 보내라.

건륭은 사태의 중요성을 명시하듯 밀지의 끝부분에 "절대 차질을 빚어서는 안 된다"라고 적고 주필朱筆로 동그라미를 몇 개나 그려 보냈다.

윤계선은 어지를 받은 즉시 직접 약품명을 적어 소주, 항주, 양주, 강녕 등지의 약국에 내려 보냈었다. 그리고는 "무릇 열거한 약을 가지고 있는 자들은 평균 시가로 공급해야 한다. 비상시기를 틈타 약품을 은닉하거나 사재기하는 자는 법에 따라 엄히 처벌한다"고 덧붙이기도 했다. 그리고는 필요한 약품을 반드시 열흘 안으로 준비하도록 다시 한 번 강조했다. 마지막에는 800백 리 긴급 서찰을 하남, 안휘에 띄워 각각 은 65만 냥씩을 남경으로 보내도록 했다.

윤계선은 일을 조리 있게 잘 처리하는 사람이었다. 건륭의 밀지에 따라 동분서주하는 와중에도 여가를 내 원매袁枚, 황숭黃嵩, 8대산인八大山人들과 더불어 막수호를 유람하는 여유를 부린 것은 그의 능력으로 보아 이상할 것도 없었다. 그는 막수호에서 돌아오자마자 전체 막료 회의를 소집한 데 이어 하공河工에 보태라면서 은자 1만 냥씩을 기부한 염상鹽商들도 접견했다. 또 공문결재처에서 불침번을 서는 막료에게 사천, 하남, 안휘, 북경에서 오는 사람과 문서는 모두 밤을 넘기지 말고 언제든

전하도록 하라는 지시 역시 내렸다. 이 때문에 몸은 비록 이불 속에 있어도 늑민, 아계, 전도, 고항 그리고 초로(소로자)가 남경에 당도했다는 사실을 실시간으로 알 수 있었다. 그들이 각자 무슨 일로 내려왔고 또한 각각 어떻게 대처할지 이미 속으로 밑그림을 그려 놓았으니 그로서는 이제 차분히 기다리는 일만 남았다고 할 수 있었다.

윤계선은 그래서 다음날 일어난 뒤에도 평소와 다름없이 아문 뒤쪽의 정원에서 등골에 땀이 줄줄 흐르도록 태극검을 휘두를 수 있었다. 다시 서재로 돌아와서는 당시唐詩 몇 편을 소리 내어 읊기도 했다. 그리고는 두 하인을 앞세우고 공문결재처로 향했다. 그가 나타나자 궁등을 끄고 비질을 하던 몇몇 불침번 아역들이 달려와 문안을 올리고 아뢰었다.

"고항, 늑민 두 대인께서 아침나절에 함께 아문을 방문하실 뜻을 전해왔습니다. 이밖에 사천에서 온 양도행주糧道行走 초로 나리는 어젯밤 역관에 들지 않고 아문 객방에 머물렀습니다. 아침 일찍 일어나서 지금 서재에서 기다리고 계십니다. 지금 접견하실 수 있으시다면 소인이 달려가 불러오도록 하겠습니다."

"그럴 것 없네!"

윤계선이 아역들의 말을 듣고는 잠시 생각에 잠겼다가 손사래를 쳤다. 그리고는 곧장 서재로 꺾어들었다. 이어 문을 밀고 들어서면서 큰 소리로 말을 건넸다.

"누군지 본의 아니게 오래 기다리게 해서 안 됐소!"

초로가 윤계선의 말에 황급히 다가와 공손히 자신의 수본手本을 건넸다. 이어 배시시 웃으면서 말했다.

"중승 대인께서는 하관을 모르실 겁니다. 그러나 하관은 중승 대인을 잘 압니다. 전에 군기처에서 장상의 필묵을 시중들면서 중승 대인을 자주 봤거든요."

윤계선은 가볍게 고개를 끄덕였다. 그러나 초로는 전혀 인상에 남아 있는 사람이 아니었다. 그래도 그는 엷은 미소를 띤 채 대답했다.

"과연 그런 인연이 있었다면 이런저런 격식을 차릴 필요는 없겠지. 자리에 앉게!"

윤계선이 초로가 건넨 수본을 두어 장 넘겼다. 이어 천천히 물었다.

"객잔 일꾼 출신이 군기처의 문지방을 넘었다는 것은 대단한 일이 아닐 수 없네. 군기처는 왕공들도 적당히 이마를 낮추고 허리를 굽혀야 하는 어마어마한 곳이지. 내로라하는 고관들도 그곳에서는 이유 없이 위축된다고 하지 않은가. 해마다 외관들이 충성경쟁을 하면서 보내주는 빙경氷敬, 탄경炭敬도 적지 않을 텐데 자네는 뭐가 아쉬워 돈 주고 관직을 사서 밖에 나와 이런 고생을 하는 것인가?"

윤계선의 무뚝뚝한 얼굴에는 어이가 없다는 표정이 가득했다. 언뜻 봐도 초로를 무시하는 티가 역력했다. 그러나 초로는 태연하게 몸을 등받이에 걸친 채 웃는 얼굴로 입을 열었다.

"백번 지당하신 지적입니다. 돈을 좇았다면 굳이 밖으로 나와 설칠 이유가 없겠죠. 다른 사람들은 어떤지 몰라도 저는 돈 때문에 관직을 산 것이 아닙니다. 호랑이는 죽어서 가죽을 남기고 사람은 죽어서 이름을 남긴다고 했습니다. 칠 척 사내로 태어나 조상의 이름을 한번 빛나게 해드려야 죽어서도 조상을 뵐 면목이 있는 것이 아닐까요?"

초로는 그동안 관가의 여러 곳을 전전하면서 그야말로 닳을 만큼 닳았다고 해도 좋았다. 그러니 윤계선의 속내는 훤히 들여다보고도 남음이 있었다. 이쯤에서 자신의 능력을 과시할 필요가 있다고 생각했다. 급기야 초로는 건륭을 접견한 일을 비롯해 건륭이 자기에게 이름을 하사하며 해준 덕담까지 한마디도 빼놓지 않고 상세하게 쏟아놓았다.

윤계선의 낯빛은 과연 조금씩 달라지기 시작했다. 건방지게 나리를 꼬고 의자에 완전히 기댔던 몸을 앞으로 당기면서 다그치듯 물었다.

"그러면 자네 조상 어르신은 생전에 어떤 벼슬을 하셨는가?"

이런 것을 일컬어 천년 묵은 바위에도 틈이 있다고 하는가. 초로는 윤계선의 흔들리는 표정을 바로 간파했다. 그러나 짐짓 아무렇지도 않은 표정을 한 채 대답했다.

"대청을 위해 공명을 떨친 조상은 없습니다. 굳이 꼽으라면 전 왕조인 명나라 때 한 분이 계시기는 합니다. 양계성楊繼盛이 하관의 육대조입니다."

윤계선은 가만히 듣고 있다 순간 가슴이 철렁하는 기분을 느꼈다. 양계성은 명나라 만력萬曆 연간의 명신이자 '3양'三楊(양사기楊士奇, 양영楊榮, 양부楊溥)에 버금가는 대단한 인물인 탓이었다.

'위충현魏忠賢을 탄핵한 죄로 투옥당해 죽은 유명한 사람이 눈앞의 이 보잘것없는 군기처 졸병의 조상이라니! 세상에는 실로 불가사의한 일들이 많구나!'

윤계선은 그런 생각이 들자 숙연해지지 않을 수 없었다. 황급히 자세를 고쳐 앉으면서 직급이 한참 낮은 그에게 공수의 예를 갖췄다.

"귀인의 자손을 몰라봤으니 대단한 무례를 범했네! 폐하의 은총을 받을 법도 하네."

초로는 어깨가 으쓱해지는 기분을 느꼈다. 그 기분을 살려 내친김에 부채를 꺼내 설렁설렁 부치는 척했다. 부채 하단에는 장정옥의 서재 이름인 '자지'紫芝라는 낙관이 박혀 있었던 것이다. 그것을 발견한 윤계선이 손을 내밀었다.

"그 부채 한번 볼 수 없겠는가?"

초로가 씩 웃으면서 두 손으로 공손히 부채를 건넸다. 이어 천천히 입을 열었다.

"하관이 북경을 떠날 때 장형신 대인이 황감하게도 이걸 하사해주시지 뭡니까! 일필휘지로 좌우명도 적어주셨습니다. 제가 잘 나서 그러셨겠습니까? 명색이 충렬忠烈의 후예라는 덕을 본 거죠. 그러니 하관이 어찌 정진하지 않을 수 있겠습니까!"

윤계선은 부채를 펼쳐봤다. 오강연우도吳江煙雨圖라는 그림 주위에 쓰여 있는 예서체의 몇 글자가 한눈에 확 들어왔다.

河山之固在德不在險
강과 산의 견고함은 덕에 있지 험난함에 있지 않다.

글자의 아래에는 '자지'紫芝라고 쓴 낙관이 있었다. 틀림없는 장정옥의 필체였다. 윤계선은 장정옥으로부터 서화 선물을 받은 적이 없었다. 그러나 공문 왕래가 빈번한지라 필체를 한눈에 알아볼 수 있었다. 장정옥은 자타가 공인하는 명필이었다. 하지만 필묵을 남에게 선물하는 것에는 인색하기로 소문난 사람이었다. 그런 사람이 눈앞의 미관말직에게 서화를 선물하지 않았는가! 윤계선은 속으로 적이 놀랐다.

"사천으로 대기 발령을 받았다고 하던데, 어느 현의 무슨 자리인가?"

윤계선의 말투가 한껏 부드러워져 있었다. 초로에게 관심을 보이기 시작한 것이 틀림없었다. 초로가 윤계선을 뚫어져라 쳐다보면서 대답했다.

"아직 미결입니다. 금천 지역의 전사戰事로 인해 사천으로 대기 발령을 받은 관리들은 일률적으로 종군해 충성을 다지라는 지시가 내려진 상태입니다. 하관은 남로군에 배치를 받았습니다. 정문환 제독의 배려로 아계 대인을 따라 군량미를 조달하는 업무를 맡게 됐습니다. 그래서 남경에 내려오게 됐고요."

"오, 그랬군!"

정문환은 학문과 재능이 특출한 사람은 아니었다. 그러나 성격이 고분고분해 장광사의 두터운 신임을 받고 있었다. 윤계선은 정문환의 말을 닮은 얼굴을 떠올리면서 피식 웃음을 흘렸다.

"결국 자네는 아직 마땅한 자리가 없다는 얘기군!"

윤계선이 다시 장황한 말을 이어가기 위해 막 운을 뗐을 때였다. 밖에서 문지기가 아뢰는 소리가 들렸다.

"늑 대인 일행이 당도하셨습니다. 서재로 모실까요? 아니면 공문결재처로 들일까요?"

윤계선이 문지기의 말에 웃는 얼굴로 초로를 힐끗 쳐다봤다. 그리고는 권했다.

"함께 건너가세. 우리 둘은 나중에 따로 시간을 내 천천히 얘기를 나누자고."

초로가 황공하다는 듯 황급히 일어나 허리를 굽실거렸다. 동시에 윤계선을 따라 발걸음을 옮겼다.

고항을 비롯해 늑민과 아계 등은 이미 중문을 지나 계단 앞에서 윤계선을 기다리고 있었다. 고항은 다른 사람들이 인사를 다 끝내기를 기다렸다가 희색이 가득한 얼굴을 한 채 윤계선에게 다가왔다. 이어 부채 끝으로 윤계선의 허리를 살짝 찌르면서 유들유들한 표정으로 말했다.

"중승, 일전에 도롱뇽 요리를 먹었다면서요? 왜 나를 부르지 않았죠? 사람이 의리가 그렇게 없어서 되겠어요? 쯧쯧. 북경에 계시는 윤태 어르신은 좋은 음식이 있으면 나를 제일 먼저 부르시는데……."

윤계선도 색마의 기질이 다분한 고항의 농담을 받았다.

"도롱뇽 요리야 나중에라도 먹을 수 있지 않겠어요? 그대가 교미娇媚에게 눈독을 들여 나를 닦달하는 것을 내가 모를까봐 그래요? 그런데 어쩌죠? 교미는 모친이 편찮다고 지난달에 고향에 가고 없는데……."

윤계선은 말을 하다말고 갑자기 입을 꾹 다물었다. 그제야 늑민과 아계의 존재가 생각난 듯했다. 그가 서둘러 사람들을 공문결재처로 안내했다.

"오늘은 허심탄회하게 군사 문제를 상의하고자 마련한 자리예요. 서먹한 분위기를 풀어보려고 실없는 소리를 한 것이니 너무 괘념치 말았으면 하오."

윤계선의 말에 아계가 싱긋 웃으면서 자리에 앉았다. 이어 그동안 말이 몹시 하고 싶었던 듯 단도직입적으로 입을 열었다.

"북로군은 식량 때문에 고생이 이만저만이 아닙니다. 또 남로군은 약재가 시급히 필요합니다. 무더위가 기승을 부리는 데다 다습한 숲속에서 유격전을 펼쳐야 하니 한순간도 독충의 위협에서 자유롭지 못하다고 합니다. 독충에 물린 사람이 여럿이고 독사에게 물려 죽은 말도 있다고 합니다. 학질로 고생하는 사람도 스무 명이 넘는다고 합니다. 오기 전에 경복 대인을 찾아뵈었더니 '가서 윤 증승에게 전하시오. 이십일 이내에 약품이 도착하지 않으면 몇 십 년 우정이고 뭐고 없다고 말이오'라고 하셨습니다."

윤계선이 아계의 말을 듣더니 연신 고개를 끄덕였다.

"내가 그 사정을 어찌 모르겠나? 나름대로 약재를 구하느라 발바닥이 닳도록 여기저기 뛰어다녔네. 그러나 부족한 은자를 지원받지 못하고 있어. 다 이유가 있어서 이러고 있는 것이지."

윤계선의 말이 끝나자 잠자코 듣고만 있던 늑민이 앉은 자리에서 몸을 숙이면서 말했다.

"윤 증승! 은자는 걱정하지 않으셔도 될 겁니다. 호부에서 육십오만 냥을 내려 보낸 지가 일주일째라고 하니 아무리 늦어도 지금쯤 하남성 신양부信陽府까지는 도착했을 겁니다. 이밖에도 폐하께서 강남의 재성에 큰 영향을 미치지 않는 선에서 지원하라고 하명하셨으니 곧 좋은 소식이 있을 겁니다. 문제는 남로군의 식량과 약재가 반드시 열흘 내로 군중에 조달돼야 할 정도로 화급한 실정이라는 겁니다."

윤계선의 검은 눈썹이 가운데로 모였다. 뭔가를 생각하는 눈치였다.

'그동안 청해 대첩, 과포다科布多 전투, 묘강 대첩이니 하면서 이름을 널리 알린 장광사는 자자한 명성만큼이나 오만불손해. 경복 역시 고집스럽고 제멋대로야. 옹정황제께서 한쪽 눈을 감아줬을 정도였지. 그들 두 황소고집이 만났으니 수레가 산으로 가지 말라는 법이 없지 않은가.'

윤계선은 그런 생각이 들자 늑민의 말이 도대체 누구의 뜻인지를 먼저 파악해야겠다는 생각을 했다. 그가 다시 잠시 뭔가 생각하더니 천천히 입을 열었다.

"올 때 경복 대인을 뵈었다고 하니 이는 그분의 뜻일 거라고 짐작 되는군. 그래 장광사 장군께서는 아무런 분부도 하지 않으셨나?"

늑민이 바로 대답했다.

"그 자리에는 장광사 장군도 함께 계셨으나 달리 지시는 없었습니다."

그에 윤계선이 웃으면서 말했다.

"한 치의 실수도 있어서는 안 되겠다는 생각에 물어본 거네. 이미 구한 약재는 연자기燕子磯 부두로 실어다 놓았네. 기왕 온 김에 직접 금천 전선까지 운송해 가면 되겠군."

순간 늑민은 자신의 귀를 의심했다. 자신도 모르게 황당한 눈빛으로 아계를 바라봤다. 아니나 다를까, 아계 역시 어이가 없다는 표정을 짓고 있었다. 두 사람은 사실 강정에서 이곳까지 오는 도중 떠올리기조차 끔찍하도록 온갖 고생이란 고생은 다 하고 왔다. 도로가 수년 동안 방치된데다 홍수까지 나는 바람에 말이 걷기 힘들 정도로 노면이 울퉁불퉁했다. 더구나 심각한 산사태가 나는 바람에 하천 물길마저 바뀌었는지 지도를 봐도 길을 찾을 수가 없었다. 그뿐만이 아니었다. 산을 등진 곳은 눈이 채 녹지 않아 얼음판인데 양지바른 산자락은 정수리에 불이 날 지경으로 햇볕이 뜨거워 몸이 적응하기가 힘들었다. 그런데 맨몸으로 다시 가라고 해도 힘들 그런 험난한 노정을 수천 마리의 말에 식량과 약재를 가지고 다시 가라고 하니 눈앞이 아득해질 수밖에 없었다. 아무려나 열흘 내에 당도하라는 군령을 엄수하기는 이미 글렀다고 할 수 있었다. 심지어 어느 산골짜기에서 불귀의 객이 될지도 모르는 일이었다. 늑민이 어찌할 바를 몰라 하고 있을 때 아계가 입을 열었다.

"본의 아니게 중승 대인의 심기를 불편하게 해드렸다면 정말 죄송합니다. 열흘 내에 식량과 약재를 가져가야 한다는 것은 늑민 공의 주장이 아니라 경복 대인의 지시입니다. 하관은 직설적인 성격이라 속에 없는 소리는 못합니다. 솔직히 주변 여건을 감안할 때 열흘 안으로 기일을 정한 것은 말도 안 되는 억지입니다. 하관이 윤 중승이라도 화가 났을 법합니다. 그러나 어쩌겠습니까? 무지막지한 윗사람을 만난 것도 하관들의 복 아니겠습니까! 누가 뭐라고 해도 중승께서는 천자의 측신이시니 하해와 같은 아량으로 저희들의 난처한 입장을 헤아려 주셨으면 합니다."

아계의 진심 어린 하소연에 윤계선 역시 웃으면서 화답했다.

"그래, 진작 그렇게 나왔더라면 우리가 조금 더 허심탄회하게 얘기를 할 수 있었을 텐데 말이야! 그러면 이 일은 고항 대인이 맡는 것이 어떻겠습니까?"

무슨 엉뚱한 생각에 빠졌는지 눈동자까지 풀어진 채 멍하니 앉아 있던 고항이 윤계선의 부름에 흠칫 놀라는 표정을 지었다. 이어 손가락으로 자신의 코를 가리키면서 물었다.

"나 말입니까?"

윤계선이 알 듯 말 듯한 웃음을 머금으면서 다시 입을 열었다.

"그렇습니다! 경복 대인은 누구를 잡으려고 앙심을 품고 이러는 것이 아니라 여정의 험난함을 몰라서 그런 것일 겁니다. 경복의 딸은 대인의 형수이고, 그대 역시 흠차 신분을 겸하고 있지 않습니까. 때문에 설령 조금 늦어지더라도 그대 체면을 봐서 크게 나무라지는 않을 겁니다. 내가 알기로 경복 대인은 고집스러운 반면 주관은 별로 없는 사람이에요. 방금 내가 장광사 군문의 지시가 있었는지의 여부를 물은 것도 그 때문이에요. 오늘 저녁 안으로 낙타 스무 마리에 약재를 실어 일단 출발하세요. 그 사이 내가 폐하께 육백리 긴급서찰도 띄우겠습니다. 존귀한 국구國舅가 험산준령을 타면서 목숨을 걸고 약재를 운반했다는 사실을 폐하께서 아신다면 얼마나 대견스러워하시겠어요? 그대에게 점수를 몰아주기 위한 이 사람의 진심을 부디 받아주시기 바랍니다."

고항의 얼굴에서는 어느새 희열이 물결치고 있었다. 그는 순간 재빨리 머리를 굴렸다.

'앞서 산동에서는 비적 소탕에 앞장서서 두고두고 우려먹을 큰 공을 세웠어. 그런데 이번에는 말도 많고 탈도 많은 금천 전선에까지 발을 담가 몸값을 올린다면 금상첨화가 아니겠는가. 만주족 황친 귀족들 중에서 그 누구와도 비견할 수 없는 용맹함의 대명사로 떠오를 것이 아닌가.'

고항은 그런 생각을 하자 윤계선에게 고마운 마음이 드는 것을 어쩌지 못했다. 더구나 공을 세우는 것은 차지하더라도 당장 곤경에 빠진 늑민과 아계를 도와줄 수도 있게 되었다. 그러니 두 사람은 두고두고 그 은혜에 고마워할 터였다.

그러나 다른 한편으로 험난하고 먼 노정을 떠올리자 마음이 무거워지는 것도 어쩔 수 없었다. 그는 애써 불길한 생각을 누르고 조롱 섞인 표정을 한 채 내뱉듯 말했다.

"세 살 때부터 칼을 들고 다녔다는 장광사 군문도 그렇고 서부에서 잔뼈가 굵었다는 경복 대인도 말짱 허수아비예요! 장님이 코끼리다리 만지듯 해서야 어찌 간교한 적들에게 대적할 수 있겠어요?"

고항이 말을 마치고는 잠시 머뭇거렸다. 이어 윤계선을 보면서 말했다.

"나 혼자서는 힘에 부칠지 모르니 누구 한 사람을 딸려 보내주세요."

"누구를 보내면 좋을까……?"

윤계선이 턱을 잡고 잠시 생각하는 표정을 지었다. 그러더니 초로를 향해 웃는 얼굴로 말했다.

"크게 무리가 없다면 자네가 흠차 대인을 수행하도록 하게. 전에 운남에서 양명시 대인 휘하에 있었다니 그 길이 처음인 흠차 대인보다야 그곳 지리에 밝을 것 아닌가?"

초로가 기다렸다는 듯 대답했다.

"이것 역시 중승 대인의 크나큰 배려라 생각하고 기꺼이 응하겠습니다! 그러나 하관은 직분이 사천에 있는지라……."

윤계선이 초로가 말을 끝맺기도 전에 손사래를 쳤다.

"그거야 내가 사천에 공문을 띄워 자네를 강남으로 전근시키면 되는 거지. 대사는 흠차 대인이 알아서 결정하겠지만 명색이 종군차사從軍差使를 맡은 사람이 아무런 직함도 없어서는 곤란하니 일단 즉석에서 자네를 지부知府로 임명하겠네. 일이 끝나면 문직이든 무직이든 원하는 곳으로 보내줄 테니 차질이 없도록 해주게."

초로의 눈빛이 순간 보석처럼 빛났다. 은근히 장정옥이라는 큰손을 내세운 효과를 보는구나 하고 생각했다. 그는 속으로 쾌재를 부르면서 연신 허리를 굽실거렸다. 이어 아첨 어린 웃음을 얼굴에 잔뜩 띠운 채 대답했다.

"중승의 은혜는 결코 잊지 않을 겁니다. 뼛가루를 빻아서라도 반드시 보답하겠습니다!"

윤계선은 원래 성격과 행동이 원만한 사람이었다. 삼교구류三教九流를 가리지 않고 온갖 사람들과 두루 어울리기도 했다. 누가 보더라도 풍류명사風流名士라고 할 수 있었다. 그러나 아무리 그렇다 해도 노비 근성이 다분해 보이는 하관인 초로를 깍듯하게 대하자 좌중의 사람들은 하나같이 고개를 갸웃거렸다. 그들은 자신들이 모르는 속사정이 무엇인지 몹시 궁금했다. 물론 윤계선도 겉으로는 환한 미소를 짓고 있으나 마음 속으로는 초로를 혐오하고 있던 터였다. 황제와 장정옥이 이 인간을 찍어 보낸 이유가 무엇인지 몹시 궁금하기도 했다. 그는 좌중의 사람들이 다 입을 다물고 있는 것을 보고 웃으면서 말했다.

"초로는 하로형 사건과도 관련이 있는 사람이에요. 머리에 든 것은 적으나 걸어본 길은 만 리도 넘는다고 할 수 있어요. 겉모습만 보고 사람을 평가하면 안 되지 않겠어요? 고 대인이 강정으로 가기로 했으니 식량 운송은 수고스러운 대로 늑민과 아계 그대들이 맡아줘야겠소. 아계 그대는 하남으로 가서 그곳 번고의 백은 육십오만 냥을 무사히 여기 남경까지 운송해오면 되겠네. 또 늑민 그대는 남경 번고에서 은자 십만 냥과 소금 오만 근을 꺼내 남창南昌에 가져다주고 그곳의 홍미紅米 십만 석을 여기까지 날라다주면 되네. 여기 남경의 백미를 강정에 보내면 쌀값이 뛸 것이니 대용품이 있어야 할 것이 아닌가."

윤계선은 그밖에도 고항 등이 염두에 둬야 할 사항을 조목조목 짚어가면서 당부하는 것을 잊지 않았다. 그리고는 저마다 다리가 뻐근하고 허리가 시큰할 정도로 오랜 시간이 흐른 다음 자리를 끝냈다.

고항은 그러나 별로 서두르지 않았다. 무슨 생각을 하는지 질질 시간을 끌었다. 그러다 늑민과 아계가 말을 타고 저만치 사라지자 비로소 윤계선에게 말했다.

"내일 아침 새벽같이 길을 떠나면 앞으로 고생문이 훤할 텐데 오늘밤을 그냥 보낼 수야 없죠. 술은 내가 살 테니 우리 둘이 날밤을 새면서 즐겨 보는 것이 어떻겠습니까?"

윤계선이 웃음 머금은 얼굴로 화답했다.

"마음은 자나 깨나 봉채루鳳彩樓에 가 있군요! 교미가 그렇게 좋으면 몸값을 치르고 당당하게 집으로 데려다 놓지 그래요. 관리들은 업무 수행 중에 기방 출입을 못하게 돼 있지 않습니까. 이는 성조 때부터 내려오는 규칙이 아닌가요? 자칫 세상 조용한 꼴을 못 보는 어사 놈들이 붓을 들고 설치는 날에는 기가 막힌 꼴을 당하게 돼요. 안 그래요?"

고항이 윤계선의 진심 어린 충고에 쑥스러운 표정을 지었다

"나도 그런 생각을 해보지 않은 것은 아닌데 기방 어멈이 욕심이 어지간해야 말이죠. '양로전養老錢'인가 뭔가로 자그마치 은자 오만 냥을 요구하더군요. 중승도 알다시피 우리 마누라가 오죽 깐깐한 사람인가요? 집안 대소사 다 챙기고 파리채 하나를 사도 장부에 적는 사람이니 내가 무슨 수로 그런 거금을 빼돌리겠어요? 규범을 어겨 어사들에게 얻어맞는 것쯤은 내가 감당할 수 있어요. 지난번 화친왕和親王의 세자를 보니 종인부에 끌려가 곤장 사십 대 맞는 걸로 끝이던데요, 뭘?"

윤계선이 고항의 뻔뻔한 말에 어이가 없다는 듯 고개를 절레절레 저으면서 뭔가 말하려고 했다. 그때 저만치에서 전도의 모습이 보였다. 윤계선은 입가에 맴돌던 말을 꿀꺽 삼키면서 전도가 가까이 오기를 기다렸다가 말했다.

"조금 더 일찍 올 줄 알았는데 예상보다 늦었군!"

전도가 두 사람을 향해 읍을 하면서 입을 열었다.

"어젯밤 역관에서 늦게까지 술을 퍼마셨더니 지금도 머리가 지끈지끈합니다. 사실 여기 도착한 지는 한참 됐습니다만 군무를 논하고 계실 것

같아서 밖에서 기다리고 있었습니다. 제가 낄 자리가 아니지 않습니까."

윤계선이 격식을 차리면서도 할 말은 다 하는 전도를 가리키면서 고항에게 말했다.

"이 친구한테서 돈 냄새 안 납니까? 이렇게 보여도 지금은 운남성 동정사銅政司에서 큰 목소리를 내고 있어요. 대인의 염정보다 생기는 것도 많고 권력도 무시할 수 없죠. 정법권이 있으니 누구 모가지를 쳐도 지방에서 뭐라고 간섭할 수 없다고 하지 뭡니까! 주머니 사정이 궁색하다면 이 친구에게 달라붙어보지 그래요?"

전도는 고항이 행여나 진짜로 말을 붙일세라 얼른 웃어넘겼다. 이어 윤계선의 말을 받았다.

"농담도 잘하시네요, 윤 증승! 제아무리 금은보화를 산더미처럼 쌓아뒀다고 해도 소인은 어디까지나 폐하를 위해 금고를 지키는 금고지기에 불과할 뿐입니다. 아무리 밟히는 것이 돈이라지만 정작 소인의 돈은 한 푼도 없습니다. 소인이 중승을 뵙고자 하는 이유는 남경 주전국鑄錢局에서 도안이나 주조에 능한 장인을 몇 사람 빌려주십사 요청하기 위해서입니다. 하관은 아직 이 분야에 어수룩합니다. 눈에 돈독이 오른 교활한 아랫것들을 부리려면 곁에 든든한 장인들을 심어야 할 것 같습니다."

전도의 말에 고항이 잽싸게 끼어들었다.

"그쪽이라면 내가 도와줄 수 있어. 나에게 주판알 튕기는 데는 타의 추종을 불허하는 고수들이 몇 사람 있거든. 필요하다면 내가 보내주지."

전도가 고항의 속내를 미뤄 짐작하고도 남는다는 듯 웃는 얼굴로 말했다.

"하관은 주조에 능한 장인이 필요합니다. 주판 다루는 사람은 얼마든지 있습니다. 하관도 주판이라면 어느 정도 자신이 있고요."

전도가 말을 마치고는 담담하게 웃었다. 그러면서 윤계선의 답변을 기다렸다. 그런 그의 눈매에 결연한 의지가 묻어났다. 윤계선이 말했다.

"그 일이라면 내가 곧 장인들의 이력을 작성해서 보내줄 테니 자네가 알아서 선발해. 그러나 셋 이상은 곤란해!"

윤계선이 말을 마치고는 할 말이 끝났다는 듯 손사래를 치면서 방 안으로 들어갔다. 고항은 전도에게 보기 좋게 거절을 당한 터라 내심 불쾌한 듯 의문 밖에서 계속 자신을 기다리고 서 있는 초로를 큰 소리로 불렀다.

"역관으로 가서 문서를 정리하게. 떠날 차비를 서두르게. 날이 밝기 전에 떠나야겠네!"

고항은 말을 마치자마자 옆에 있는 전도에게 시선 한 번 주지 않은 채 쌀쌀맞게 소매를 털면서 돌아섰다. 눈치 빠른 전도가 그러자 황급히 뒤쫓아 갔다.

"소인의 처사가 고깝게 느껴지셨다면 그만 화를 푸십시오. 낮은 처마 밑에서 머리 숙이지 않을 수 없는 소인의 처지를 ……."

"됐어. 화나고 자시고 할 것도 없어. 내가 돈을 구하려면 어디 간들 못 구해서 자네에게 빌붙겠나? 우리 애들 거기에서 고생 좀 시켜보려고 그랬더니 생사람 잡으려고 드는군!"

고항은 단단히 화가 난 듯했다. 어조가 몹시 퉁명스러웠다. 하지만 그에 비해 낯빛은 그리 흉하지 않았다. 전도는 내심 안도하면서 종종 걸음으로 고항의 뒤를 따랐다. 곧이어 어느새 발걸음을 늦춘 고항과 나란히 총독아문을 나설 수 있었다. 그가 입을 열었다.

"고 대인의 깊은 뜻을 소인이 어찌 모르겠습니까? 사실은 소인이 동정사에서 일하기 시작한 이후부터 청탁이 적지 않았습니다. 왕공에서부터 육부 관리에 이르기까지 그야말로 자기 사람을 심으려는 사람들로 문지방이 닳을 지경입니다. 이제는 '천거'의 '천'자만 들어도 머리가 지끈지끈합니다."

전도가 잠시 말을 마치고는 정면으로 불어 닥치는 찬바람에 흠칫 몸을 떨었다. 그러다 다시 몸을 추스르고 말을 이었다.

"고 대인은 워낙 너그러우신 분이라 밑에서 보면 수박 같고 위에서 보면 깨알 같은 소인의 처지를 널리 이해해 주시리라 믿습니다. 북경에 가면 길에 밟히는 게 삼품관이고, 똥개보다 못한 것이 사품관이라고 하지 않습니까?"

마침내 고항이 양볼 가득 부은 웃음을 토해내고 말았다.

"풋! 알았어, 알았어! 사내가 수다스럽기는!"

전도가 그러자 마치 쓴 담즙을 삼킨 것 같은 얼굴로 애써 웃으면서 덧붙였다.

"흠차 대인께서 너그러이 이해해주시니 소인도 너무 각박하게 거절할 수는 없을 것 같습니다. 두어 명만 보내 서재에서 필묵 시중이나 들게 해주십시오. 하는 걸 봐서 팍팍 밀어주겠습니다."

"그러면 그렇지! 통쾌해서 좋군!"

고항은 전도의 병 주고 약 주는 행동에 방금 전의 불쾌함은 어느새 잊은 듯했다. 곧바로 전도의 어깨를 힘껏 잡고 떠들어대기 시작했다.

"자, 비 온 뒤에 땅이 굳는다고 자네와는 좋은 사이가 될 것 같네. 오늘은 내가 낼 테니 봉채루로 가서 몸 한번 풀어보자고!"

고항과 전도 두 사람은 각자 자신의 관교官轎로 돌아가 의복을 갈아입었다. 고항은 미색 비단 두루마기에 자주색 띠를 멋스럽게 두르고 굽이 높은 검정 포화布靴(헝겊신)를 신었다. 희고 갸름한 얼굴에서 귀티가 좔좔 흘렀다. 반면 거무칙칙한 색깔의 옷을 입은 전도는 완전히 달랐다. 그렇지 않아도 까무잡잡한 얼굴에 수염까지 거뭇거뭇하게 돋아난 것이 고항의 아버지뻘이라고 해도 믿을 정도였다. 그랬으니 고항이 제 딴에는 자신만만하게 관교에서 나오는 전도를 보고 입을 감싸 쥐고 웃은 것은 당연할 수밖에 없었다.

"명색이 돈깨나 주무른다는 사람이 행색이 그게 뭐야! 속이 꽉 차서 외모에는 신경도 쓰지 않는 거야?"

전도가 즉각 대답했다.

"사람이 근본을 잊어서는 안 되죠. 막료 출신인 소인이 어찌 천가의 귀공자인 흠차 대인에 비하겠습니까? 호박에 줄을 긋는다고 수박이 되는 것도 아니잖습니까."

"자네는 기생들에게 푸대접 받는 것도 기분 더러운 일이라는 걸 뼈저리게 느껴봐야 돼!"

고항이 말을 마치고는 바로 고개를 절레절레 저었다. 전도가 안 됐다는 듯한 태도였다.

두 사람은 수레를 타는 대신 걸어서 청량산淸凉山, 도엽도桃葉渡, 성황묘城隍廟 일대를 누볐다. 이것저것 지방 특색의 진미를 맛보기도 했다. 그 사이 어느덧 진회하秦淮河가 눈앞에 모습을 드러냈다. 여름이 가까워오는 늦봄인지라 강가에는 파란 버드나무가 하느작거렸다. 또 시리게 푸른 쪽빛 물결은 보는 사람의 속까지 시원하게 만들었다. 이제 막 꺼지려는 한줌의 잔양殘陽은 서산에 걸터앉아 지친 날개를 퍼덕이면서 집을 찾아가는 새들을 그윽하게 바라보는 듯했다. 사실 이때가 진회하의 아름다움을 가장 만끽하기 좋은 시기라고 할 수 있었다. 얼마 후 붉은 등이 점점이 명멸하는 홍루들에서 간드러진 노랫소리가 새어나왔다. 고항이 걸신들린 표정으로 말했다.

"금릉金陵 지역에는 그 옛날의 왕손들 모습은 가뭇없이 사라지고 여인들의 지분 향만 코끝을 간질이는군! 색기가 성하다고 해서 나쁠 것은 없지. 이 모든 것이 이위李衛 그 양반의 공로라는 것을 알고 있나?

웅사리가 극구 반대했어도 결국 폐하는 이위의 손을 들어줬지. 이위가 이곳 세수稅收를 두 배로 늘려 국가 재정에 크게 기여했으니 누가 뭐라고 하겠어!"

고항이 탄식하다 말고 전도를 쳐다봤다. 멍하니 생각에 잠겨 있는 것이 이상했던 것이다. 급기야 팔꿈치로 전도를 툭 치면서 물었다.

"벌써 황홀경에 빠져 버린 것은 아니겠지?"

전도는 과거 전문경의 휘하에서 막료로 있을 때도 홍루를 찾은 적은 단 한 번도 없었다. 나중에 북경에서 유통훈을 섬겼을 때는 더욱 더 그랬다. 전문경과 유통훈 둘 다 원리원칙을 따지는 딱딱한 사람들이라 전도 역시 솔선수범해 법도를 지키지 않을 수 없었던 것이다. 그로 인해 그는 한창 나이에도 기생 한 번 품어본 적이 없었다. 고항에게 이끌려 홍루까지 왔어도 솔직한 마음으로는 다시 역관으로 돌아가고 싶었다. 그러나 그럴 경우 갖은 말로 겨우 마음을 풀어놓은 고항에게 단단히 미운 털이 박힐 수밖에 없었다. 그는 그것이 두려웠다. 또 다른 한편으로는 기방이 어떤 곳인지 은근한 호기심도 생겼다. 어찌할 바를 모르고 망설이고 있었던 것은 바로 그래서였다. 그는 고항이 말을 걸어오자 흠칫 놀라면서 주섬주섬 얼버무렸다.

"아! 저…… 그냥 이것저것 생각해 봤습니다. 거칠고 제멋대로인 동광銅鑛의 수만 광부들을 어찌 다스릴까 걱정도 되고……."

"아휴, 둘러대기는!"

고항이 입꼬리를 올리면서 조롱하는 미소를 지었다. 이어 덧붙였다.

"물고기는 먹고 싶지만 비린내는 무섭다, 이건가? 걱정 붙들어 매게. 개국 이래 이 동네 물에 빠져 죽은 대신은 아직 없다네!"

전도는 고항의 말에 멋쩍게 웃고 말았다. 자신의 마음속을 훤히 들여다보고 있는 그와 입씨름을 해봤자 소용없다고 생각한 것이다. 얼마 후 그가 뭔가를 물으려고 할 때였다. 상류 쪽에서 갑자기 등불을 휘황찬란하게 밝힌 화방畵舫(놀잇배 또는 유람선) 한 척이 애수에 젖은 노랫소리를 강바람에 날리면서 미끄러지듯 달려오고 있었다.

> 항주香舟에 그리움 담아 넘실넘실 띄워보니,
> 거울에 발갛게 익은 이내 얼굴 어느새 춘심이 가득하구나.
> 그 옛날 보고 뜸한 발길 야속하다 원망하니,
> 등불 등지고 미소 짓는 저 나그네 오늘밤 쉬어가면 어떠하오?

이런 것을 두고 술 한 잔 안 마시고 마음부터 취한다고 하는가. 전도는 간드러진 노랫소리에 뼈까지 녹아드는 느낌을 어쩌지 못했다. 고항은 한술 더 떴다. 가까이 다가온 놀잇배에서 '봉채'鳳彩라고 쓰인 미색 등롱을 발견하더니 마치 어린애처럼 방방 뛰면서 손나팔을 하고 소리를 질렀다.

"조 어멈, 여기야 여기! 나 고영高永이오!"

"어머, 이게 뉘시오? 보고 싶어 눈까지 다 멀었건만 오늘 온 건가요? 그래, 여태 북경에 있었어요? 자기瓷器 장사는 잘되고요?"

전도는 자신의 신상을 철저히 숨기는 고항의 빈틈없는 모습에 은근히 존경 어린 시선을 보냈다. 그러면서 곁눈질로 '조 어멈'이라는 여자를 살펴보는 것을 잊지 않았다. 여자는 말이 '어멈'이지 풍만하고 탄력 있는 몸매가 돋보이는 삼십대 미녀였다.

고항은 놀잇배가 가까이 다가오기 무섭게 기다렸다는 듯 성큼 올라탔다. 그리고는 다짜고짜 '어멈'을 껴안고 입부터 맞춰댔다. 전도는 그런 고항을 보고 못 볼 것이라도 본 것처럼 황급히 고개를 돌리고 말았다.

14장
광란의 봉채루

전도가 기방이라는 곳에 발을 들여놓은 것은 머리털 난 이후 평생에 처음이었다. 그랬으니 칠보단장을 하고 갖은 아양을 떨어대는 여자들이 그저 부담스럽기만 했다. 급기야 진땀을 철철 흘리면서 고항에게 애원 어린 눈길을 보내기까지 했다. 그러나 고항은 입을 싸쥐고 킥킥거리기만 할 뿐이었다.

전도는 그러나 여자들에게 둘러싸여 정신을 차릴 수 없는 와중에도 솔직히 기분은 그다지 나쁘지 않았다. 아니 황홀하다고 하는 편이 더 정확했다. 하나같이 꽃다운 얼굴에 세련된 자태를 가진 여자들이었으니 그럴 수밖에 없었다. 게다가 그녀들은 각자 독특한 매력을 뽐내며 하나같이 풍만한 몸매가 무척이나 탐스러웠다.

노련한 고항은 물 만난 고기가 따로 없었다. 이 여자 저 여자 돌아가며 가슴을 움켜쥐고 볼을 꼬집느라 손과 발이 바빴다. 그러면서도 누군가를 찾으려는 듯 부지런히 눈동자를 굴리기에 여념이 없었다. 얼마 후 기생 한 명이 요염한 눈꼬리를 치켜뜬 채 고항의 모습을 밉지 않게 흘기더니 술 한 잔을 따라서 손에 들고 다가왔다. 이어 간드러지게 애교를 떨었다.

"절세미녀들을 곁에 이만큼이나 두고 뭘 그리 두리번거리십니까! 교미를 찾으시는 모양인데 우리가 교미 그년보다 못한 게 뭐예요? 못 생긴 것도 아니고 잠자리 솜씨가 서툰 것도 아니잖아요. 오늘밤은 이년의 맛을 좀 보시죠. 입안에서 살살 녹을 테니까. 교미 년의 그것보다 훨씬 맛있을 걸요?"

고항은 여자의 당돌한 말에 놀랐는지 게슴츠레 미간을 좁혔다. 그러나 곧 얼굴에는 희열이 만발했다. 결국 그 역시 걸쭉한 음담패설을 늘어놓았다.

"공짜면 양잿물도 마신다는데 공짜로 준다면 당연히 먹어야지! 그래, 이참에 우리 떼거지로 한번 해 보자. 어멈, 교미 년까지 두어 명 더 붙여줘. 아랫도리가 근질거려 먼저 덤비는 년들부터 우선 요절을 내줄테니까!"

전도는 신분을 숨긴 채 시정잡배에 가까운 언행을 서슴지 않는 고항을 보면서 몸 둘 바를 몰라 했다. 급기야 뒷간을 핑계로 밖으로 나와 버리고 말았다. 곧이어 찬바람을 맞고 나서야 벌겋게 상기된 얼굴이 어느 정도 정상으로 돌아왔다. 머리도 맑아지는 것 같았다.

전도는 그제야 봉채루를 찬찬히 살펴 볼 여유가 생겼다. 봉채루는 사면에 담벼락이 없이 탁 트인 2층 홍루였다. 날아오를 듯한 처마와 우람한 붉은 기둥에 새겨진 각종 문양이 멋스러워 보였다. 특히 복도에 대롱대롱 걸려 있는 각양각색의 채색등이 황홀하게 빛났다.

홍루의 계집종들은 대목을 만났다고 생각한 듯 쟁반에 술과 자를 받쳐 들고 발걸음도 가볍게 종종걸음을 걷고 있었다. 시원한 밤공기 속에 그녀들이 흩뿌리는 술 향기를 비롯해 고기 냄새, 분 냄새가 마구 섞여 있었다. 전도는 길게 숨을 들이마신 뒤 시원하게 흰 입김을 토해냈다. 이어 구석자리에서 서성거렸다. 그때 갑자기 2층에서 "교미 아가씨 당도하셨나이다!"라고 외치는 하인의 째지는 목소리가 들려왔다.

전도는 소리 나는 쪽을 향해 고개를 들었다. 과연 머리를 양 갈래로 땋은 하녀가 조심스레 한 여자를 부축해 서쪽 별채에서 걸어 나오고 있었다. 때를 같이 해 주렴이 걷히는 소리가 요란하게 났다. 마치 귀한 손님을 맞듯 급히 달려 나오는 고항의 허둥대는 모습이 불빛에 아른거렸다. 고항은 곧 여자를 껴안은 채 얼굴에 쪽 소리 나게 입을 맞췄다. 그리고는 북쪽 끝 방으로 들어갔다.

밖에서 머리를 시원하게 식힌 전도가 안으로 들어가려고 막 계단을 오를 때였다. 어디선가 갑자기 와당탕 하고 물대야 엎어지는 소리가 들려왔다. 잇따라 거친 사내의 악에 받친 욕설이 터져 나왔다.

"이 쌍년아! 어떤 거지새끼 X 빨던 생각을 하느라 물을 엎질렀어? 어제 새로 깐 양탄자가 다 젖었잖아. 이 귀한 걸 어쩔 거야? 네년을 팔아도 못 산다, 못 사!"

곧이어 사내가 씩씩거리며 황소 같은 숨을 내쉬면서 뭔가 걷어차는 듯한 소리가 들렸다. 동시에 손수건으로 얼굴을 가린 가냘픈 여자가 봉두난발을 한 채 엉엉 울면서 뛰쳐나왔다. 전도가 흠칫 놀라며 영문을 물어보려고 할 때였다. 마치 절구통 같은 상체를 훤히 드러낸 험상궂은 사내가 덮치듯 쫓아 나와 여자의 목덜미를 덥석 움켜잡았다. 이어 겁에 질려 바들바들 떠는 여자를 종잇장 구기듯 힘껏 먼발치에 내치면서 이를 갈았다.

"이 갈보 같은 년아, 손님을 안 받겠다니! 네년이 무슨 열녀라도 되는 줄 알아? 한번만 더 앙탈을 부렸다가는 가랑이를 쫙쫙 찢어 버릴 거야!"

사내가 무섭게 화를 내면서 또다시 발길질을 해대기 시작했다. 전도는 땅바닥에 쓰러진 채 반항 한 번 못하는 여자와 솥뚜껑 같은 주먹으로 그녀를 사정없이 구타하는 사내를 안타까운 표정으로 번갈아 바라봤다. 그러다 더 이상 보고 있을 수가 없었던 그가 앞으로 나섰다.

"어찌 사람을 그리 개 패듯 할 수 있소! 그것도 사내가 돼서 가냘픈 여자를 말이오!"

"그게 말입니다……."

사내는 전도의 일거수일투족에 묻어나는 위엄을 느낀 듯했다. 바로 체구에 어울리지 않게 배시시 웃으면서 대답했다.

"이년은 제 수양딸입니다. 계집애가 하도 고집이 세서……. 다른 애들은 열다섯이면 알아서 척척 손님도 받고 하는데 이년은 어찌 된 게 열아홉을 넘기고도 그저 맹하기만 하니, 나 원 참! 재수가 없으려니 별게 다 속을 썩이네. 내가 땅 파서 장사하는 것도 아니고 이깟 년을 고이 모셔놓고 우러러 볼 일이 어디 있나요? 안 그렇습니까, 나리?"

"술시중만 잘 들면 몸은 안 팔아도 된다고 하지 않았어요?"

죽은 듯 찬 바닥에 쓰러져 있던 여자가 사내의 말을 듣더니 분노에 찬 두 눈을 뾰족하게 세웠다. 이어 악에 받쳐 대들었다.

"아비규환의 지옥이 따로 없는 이놈의 봉채루, 확 불 질러 버릴 거야! 여자가 한을 품으면 오뉴월에도 서리가 내린다는 말 알지? 두고 봐, 너 죽고 나 죽고 결판내는 날이 오지 않는가!"

여자가 다시 바드득바드득 이를 갈았다. 그때 어느새 달려 나온 어멈이 게거품을 허옇게 문 사내를 힐끗 쩨려보고는 무릎을 낮춰 여자를 일으켜 세웠다. 이어 달래듯 말했다.

"운운芸芸아, 웬만하면 저 인간은 건드리지 말라고 내가 그랬지? 똥이 더러워서 피하지 무서워서 피하냐? 저게 노름을 해서 다 털어먹고는 분풀이 할 데가 없어서 저러는 거야. 어서 일어나."

어멈이 말을 마치자마자 사내를 향해 퉷! 하고 침을 뱉었다. 이어 바로 얼굴색을 풀면서 웃는 낯빛으로 전도를 향해 코맹맹이 소리를 했다.

"우리 전 나리, 괜히 기분 잡치게 해서 어떻게 하나? 어서 올라가세요. 이년이 성심성의껏 모실게요."

운운은 어멈의 말대로 그녀의 부축을 받고 일어섰다. 그러나 곧 어지러운 듯 한 손으로 이마를 짚고 휘청거렸다. 갸름한 얼굴에 눈썹이 가늘고 입술이 앵두처럼 빨간 처녀였다. 화장기 없는 얼굴이 절색까지는 아니어도 남자들이 충분히 반할 만한 미모였다. 특히 부드러운 턱선이 고왔다. 전도가 몽롱한 등불 빛을 빌어 여인을 한참 응시하더니 나지막하게 입을 열었다.

"조 어멈, 처녀가 양순하고 얌전해 보이는구먼. 이런 판에서 거칠게 굴리기에는 아까운 것 같네. 일 년 동안 데리고 있으려면 얼마나 필요하겠는가? 내게 그만한 돈이 있을지는 몰라도 아무튼 들어나 보자고."

"아휴! 전 나리, 왜 이러세요? 나는 운운이를 내 배 아파 낳은 친자식처럼 생각하는데! 사람을 어찌 돈으로 사고팔겠어요?"

어멈이 말은 그렇게 하면서도 살살 눈웃음을 치면서 덧붙였다.

"인간으로서의 도리가 그렇다는 것이고요, 사람이 사람을 좋아하는데 어찌할 도리가 없지 않겠어요? 전 나리께서 정 우리 운운이가 마음에 드신다면 사올 때의 본전만 내고 데려가세요. 그게 얼마였더라? 아마 일천오백 냥이었을 거예요. 전 나리께서 당장 주머니 사정이 여의치 않으시다면 조금 에누리해 드릴 수도 있고요!"

"고맙네. 일천오백 냥이라고 했나? 한 입으로 두 말 하기 없기야!"

전도가 평소 깐깐한 그답지 않게 통쾌하게 승낙했다. 이어 운운에게 다가가 그녀의 팔을 잡으면서 말했다.

"자, 두 번 다시 얻어터지는 일은 없을 테니 위층으로 올라가자고!"

"아니에요……."

운운이 까맣고 비쩍 마른 전도의 얼굴을 힐끗 훔쳐봤다. 그러더니 바로 결연하게 고개를 저었다.

"저는 죽어도 몸은 허락할 수 없어요!"

운운의 얼굴에는 마지막까지 각오한 듯 처연한 기운마저 감돌았다. 전도는 그런 그녀의 얼굴을 찬찬히 뜯어보면서 어깨를 다독였다.

"내가 흑심을 품고 자네의 몸값을 갚은 것은 아니네. 두고 보면 알 거야. 나는 이삼일 내에 운남雲南으로 떠나니까 여기에 없을 거야. 내가 곁에 없어도 누구든 더 이상 자네를 괴롭히는 일은 없을 테니 마음 놓고 잘 있어줬으면 해. 감지덕지해서 큰절까지 할 것은 없고, 나를 따라 올라가 그저 노래나 한 곡조 불러주면 좋겠는데……."

전도의 말은 후덕하고 인정미 넘치게 들렸다. 운운은 그 말을 듣고는 딱딱하기만 하던 얼굴을 서서히 부드럽게 풀었다. 그리고는 다소곳이 고개를 숙인 채 발끝만 내려다봤다. 이어 한참 후 살며시 고개를 끄덕였다. 어멈은 기다렸다는 듯 함박웃음을 지으면서 그녀에게 다가가 8대 조상의 음덕을 입었다느니, 황천보살 덕에 출세했다느니 하면서 한바탕 너스레를 떨어댔다.

세 사람은 2층으로 올라가 북루北樓로 들어갔다. 전도의 눈에 한 떨기 연꽃 같은 여자와 마주 앉아 있는 고항의 모습이 들어왔다. 두 사람의 주위에서는 각각 생황적소笙篁笛簫를 손에 든 네 여자가 청아한 곡을 연주하고 있었다. 눈처럼 하얀 비단으로 풍만한 몸을 감싸고 아미를 살포시 숙인 여자는 다름 아닌 고항이 자나 깨나 입에 올리던 교미였다. 그녀의 용모는 과연 대단했다. 특히 뽀얀 뒷덜미는 강철 심장을 가진 사나이 전도에게도 유혹으로 다가올 정도였다.

교미는 미리 한 곡조 뽑은 듯 얼굴이 발갛게 상기돼 있었다. 고항은 그런 그녀를 품에 안고 흡족한 표정으로 눈동자를 들여다보고 있었다. 그러나 전도와 운운이 들어서자 반색을 하면서 손짓했다.

"이봐, 전씨! 오늘 보니 여자 후리는 재주가 이만저만이 아닌데? 내가 백방으로 먹어보려고 했어도 못 먹은 걸 오자마자 똑 따먹어버렸으니 말이야!"

고항의 말에 좌중의 여자들이 입을 감싸 쥐고 웃었다. 그러나 교미는 기분이 나쁜 듯 샐쭉한 표정을 지었다. 그리고는 고항의 품에서 빠져나오려고 몸부림을 쳤다.

"농담도 못하나? 아휴, 우리 교미가 토라지니까 더 예쁘네그려."

고항은 겨우 교미를 달래고 나서 슬쩍 손을 내밀어 운운의 볼을 만지려 했다. 그러나 눈치 빠른 운운은 고항의 손을 툭 내치면서 앙칼지게 쏘아붙였다.

"그 손 좀 치워요. 나는 기생오라비처럼 생긴 남자는 싫어요."

그 말에 좌중의 사람들이 다시 와 하고 폭소를 터트렸다.

고항 역시 웃으면서 말했다.

"알았어, 알았어. 내가 가만히 있으면 될 것 아니야. 그러지 말고 운운이 노래나 한 곡조 들어보자고."

"그러죠."

운운이 고항의 주문에 바로 비파를 가져와서는 연주와 함께 청아한 목소리를 뽑아내기 시작했다.

옥경玉京(옥황상제가 산다는 하늘의 수도)에서 노닐던 선녀, 홍진紅塵 세계에 떨어졌구나. 그 옛날 홍루紅樓의 꿈 되새기니 그 사람의 부드러운 정 새록 새록 생각나네. 꽃에 물을 주고 화롯가에서 시를 읊으면서 십이금채十二金 釵(《홍루몽》에 등장하는 열두 여자) 함께 모여 즐거웠었지. 소상瀟湘(동정호洞 庭湖 남쪽에 있는 소수瀟水와 상강湘江을 아울러 이르는 말) 풍경은 여전한데 빈 경顰卿(《홍루몽》의 여자 주인공)아, 빈경아, 나는 네가 안타깝구나.

전도는 눈을 감은 채 미동도 하지 않았다. 완전히 노래에 심취한 표정이었다. 그러다 갑자기 두 눈을 번쩍 떴다.

"이것은 《홍루몽》에 대한 노래가 아닌가? 자네가 어떻게 《홍루몽》을 다 아는가? 그러면 이 가사는 누가 쓴 건가?"

고항도 한마디를 곁들였다.

"어쩐지 귀에 익다 했어. '빈경'이라면 임대옥을 가리키는 것이 아닌가? 나도 부 어르신 댁에서 본 건데. 항간에는 아직 이 책이 없을 테고, 운운 네가 어찌 《홍루몽》을 다 아느냐?"

그러자 운운이 입을 가리고 웃음을 머금은 채 대답했다.

"나리들이 얘기하는 부 어르신은 지금 폐하의 국척 아닌가요? 그분은 찻잎 장사꾼이라고 했다가 황상皇商이라고 했다가 볼 때마다 거짓 말투성이에요. 이제는 다 들통났네요! 나리들도 십중팔구 관리죠? 이 사詞는 왕년에 탐화에 급제했다가 벼슬을 포기한 유소림이라는 분이 지은 거예요. 그 사람에게서 《홍루몽》 필사본 몇 권을 빌려 읽었어요."

그때 밖에서 고항의 수행원 가사賈四가 황급히 들어왔다. 중요한 일이 있는 것 같았다. 고항이 불길한 느낌이 드는 듯 황급히 물었다.

"무슨 일인가?"

"남창南昌의 유劉 장궤掌櫃(부자)가 조운漕運을 통해 스무 척의 배로 소 금을 실어왔는데, 그동안 무사하더니 남경 해관에서 오롯 수비守備에게 압류 당했다고 합니다. 염인鹽引(소금 운반에 필요한 서류)이 없어서 생긴 오해라면서 유 장궤가 발을 동동 구르고 있습니다. 대인께서 직접 가셔서 해결하셔야겠습니다."

고항이 가사의 말을 다 듣더니 별일 아니라는 듯 말했다.

"내가 직접 움직일 것까지는 없잖아? 몇 글자 적어 줄 테니 가지고 가서 사람을 먼저 풀어주고 나중에 서류를 보낸다고 하게. 알겠어?"

가사가 즉각 대답했다. 그러나 그러고 나서도 자리를 뜨지 않더니 다시 입을 열었다.

"그리고…… 병부와 형부에서 사관司官 두 분이 내려오셨습니다. 지금 역관에서 대인을 기다리고 있습니다."

그러나 고항은 가사의 말을 다 들어보지도 않고 말머리를 잘라버렸다.

"가서 내 말을 전해. 나는 내일이면 사천으로 떠날 사람이니 이곳 일은 더 이상 나하고 무관하다고 말이야."

가사는 난감한 모양이었다. 그러나 곧 마른침을 꿀꺽 삼키더니 몇 마디를 더 입에 올렸다.

"소인도 그리 말씀을 올렸습니다. 그런데도 두 사람은 가타부타 대답 없이 자리를 꿰차고 앉아 있습니다. 뭐 일지화가 창덕부彰德府에서 번고의 은을 털려다가 실패하고 어디론가 종적을 감췄다는 것 같았습니다. 또 직예 번고에서 은자 육십오만 냥을 사천으로 운송하려고 하는데 대인께 호송을 책임지시라고 하는 것 같았습니다. 대인께서는 속히 풍릉도風陵渡로 가서 인수인계를 받으시라고 이미 어지도 내려왔다고 합니다."

"그만하지 못해!"

고항이 들으면 들을수록 짜증이 나는 듯 버럭 고함을 질렀다. 가사가 눈치도 없이 입이 가볍기로 소문난 기생들 앞에서 기밀 사항을 거리낌 없이 쏟아놓았으니 화가 날 만도 했을 터였다.

고항이 벌떡 일어나 옷매무새를 다듬었다. 이어 조 어멈과 교미를 향해 겸연쩍은 미소를 지어보였다.

"등신 같은 부하 덕에 신분이 들통나버렸구먼! 놀랄 것은 없네. 그리 어마어마한 벼슬아치는 아니니까."

고항은 툭 하고 던지듯 내뱉고 나서 쌩하니 밖으로 나가버렸다. 순간 전도는 당황했다. 고항이 온다간다 언질도 없이 밖으로 사라졌으니 그럴 만도 했다. 그러나 곧 정신을 차리고는 황급히 주머니에서 은표 두 장을 꺼내 운운에게 건네면서 당부했다.

"이백 냥짜리는 내가 없는 동안 용돈으로 쓰고 일천 냥짜리는 잘 챙겨두게. 내일 사람을 시켜 오백 냥을 더 보낼 테니 합쳐서 어멈에게 주게. 다시는 하기 싫은 일을 강요받는 일은 없을 거야. 그리고 혹 내일 떠나기 전에 시간이 남으면 잠깐 들르겠네."

운운은 눈물이 그렁그렁한 채 애꿎은 옷고름만 만지작거렸다. 곧이어 큰 결심을 한 듯 고개를 쳐들었다. 동시에 전도의 눈을 똑바로 쳐다보면서 말했다.

"나리처럼 인정 많으신 분은 처음 봅니다. 나리, 차라리 이년의 몸값을 다 내주시고 이년을 데리고 가시면 안 될까요? 나리와 마님을 위해 평생 소와 말처럼 일하겠습니다."

전도는 여자의 뜻밖의 말에 당황해서 어쩔 줄 몰랐다. 말까지 더듬었다.

"그게, 그게 아니라 나는 나이도 있고 얼굴도 못 생기고……, 그리고 솔직히 이런 곳은 처음이라……."

운운이 처연한 표정으로 전도의 말을 받았다.

"제 주제에 사람을 가리겠습니까? 그저 나리처럼 마음씨 고운 분의 시중을 들 수만 있다면 여한이 없을 것 같습니다. 오늘 밤은 저와 함께…… 여기 계세요."

운운이 말을 마치자마자 바로 전도에 품으로 뛰어들었다. 마침 고향을 배웅하고 돌아온 조 어멈이 그 광경을 보더니 깜짝 놀란 표정을 한 채 두 눈을 휘둥그렇게 떴다. 이어 집이 떠나가라 손뼉을 치면서 소리를 질렀다.

"얘들아, 다들 모여라! 해가 서쪽에 떴다! 오늘 저녁에는 운운의 합환주合歡酒 한번 먹어보자꾸나."

조 어멈의 말에 기녀들이 삽시간에 우르르 몰려들었다. 전도는 또다시 여자들에게 둘러싸이고 말았다. 그러나 교미는 언제 사라졌는지 모습을 보이지 않았다.

'일지화' 역영易瑛의 반군은 가는 곳마다 관군에게 얻어맞았다. 산동山東에서 세력을 키우려다 실패하고 식량도 얻지 못했을 뿐 아니라 흑풍채와 상교桑橋에서도 패전했다. 그러다 보니 갈수록 세력이 약해지고 기진맥진해졌다. 그로 인해 그 많던 인마는 겨우 56명밖에 남지 않게 됐다. 설상가상으로 그 중에는 언제 등을 돌릴지 장담할 수 없는 흑풍채 유삼독자의 무리도 열 몇 명이나 포함돼 있었다.

역영은 어쩔 수 없이 앞으로의 계획을 상의하는 자리를 만들었다. 참석자들의 의견은 심하게 엇갈렸다. 어떤 사람은 관군이 갓 승리를 거둬 경계가 느슨해진 틈을 타서 다시 산동으로 쳐들어가자고 했다. 연입운燕入雲 같은 경우는 예동豫東(하남성의 동쪽)에서 먼저 대별산大別山으로 들어간 다음 다시 동백산桐柏山에 둥지를 틀고 역량을 재정비할 것을 제안했다. 원래 유삼독자의 부하였던 호인중은 이사람 저사람 할 것 없이 사이가 틀어진 터라 입을 꾹 다물고 아무 말도 하지 않았다.

일지화는 결국 황보수강皇甫水强의 의견을 받아들였다. 머리카락 숨길 곳 하나 없이 광활하게 펼쳐진 예동의 대평원을 지나가다가는 자칫 대별산에 진입하기도 전에 관군에게 꼬리를 잡힐 수도 있다고 생각한 때문이었다. 이렇게 해서 일행은 무안武安에서 북쪽으로 방향을 틀어 태항산太行山 깊이 들어가 전열을 재정비하는 것이 낫다는 결론을 내렸다.

그러나 그 어디에도 관군의 눈을 피할 수 있는 안전지대는 없었다. 심지어 찬천령鑽天嶺을 지날 때는 미리 매복해 있던 관군으로부터 기습을 당했다. 나중에는 유삼독자가 총대를 돌려 같은 편을 공격하는 바람에 큰 곤욕을 치르기까지 했다. 역영은 밤새 펼친 치열한 싸움 끝에 스무 명 안팎에 불과한 인마를 거느리고 황급히 부산浮山의 여와낭랑묘女媧娘娘廟로 퇴각하지 않으면 안 됐다. 말, 은자 그리고 얼마 남지 않은 건량乾糧까지 모두 내던지고 도망쳐야 했으니 그의 비참함은 이루 형언할 수가 없었다.

어느새 밤이 깊었다. 여와낭랑묘는 숨 막히는 적막감에 휩싸였다. 씻은 듯 맑은 하늘에는 잔월殘月이 걸려 있었다. 무리들은 달빛 아래 하얗게 빛나는 돌계단 여기저기에 송장같이 널브러져 있었다. 참으로 처량한 모습이었다.

역영은 좀처럼 잠을 이룰 수가 없었다. 이리저리 뒤척이다 재를 넘는 찬바람 소리를 들으며 어느새 과거의 추억에 빠져들었다.

하남河南 동백현桐柏縣 태생인 그녀는 언뜻 보면 열여덟 소녀처럼 앳돼 보였으나 사실은 마흔이 넘은 나이였다. 여섯 살에 조실부모하고 이리저리 떠돌면서 홀로 자란 그녀는 우여곡절 끝에 백의암白衣庵의 비구니 정공靜空을 만났고, '무색'無色이라는 법명을 얻었다. 그러나 '무색'無色이라는 이름이 무색할 정도로 그녀의 용모는 갈수록 누드러졌다. 급기야 동백현의 남자들은 말할 것도 없고 멀리 북경의 어마어마한 가문의 도련 님들까지 '부처님 참배'를 핑계로 암자를 찾는 일이 잦아졌다.

때는 강희 59년이었다. 비구니 정공은 원적圓寂을 앞두고 그녀의 손을 잡고 당부를 했다.

"내가 몇 번이나 관음보살님께 여쭤봤지만 그분의 응답은 하나였어. 너는 이 물에서 놀 사람이 아니고 달리 중요한 일을 해야 할 사람이라는 거야. 그러니 미련 없이 보내야 한다고 했어. 내가 죽으면 너는 여기서 버텨낼 수 없을 거야. 그러니 일찌감치 적당한 사람을 만나 혼인을 하거라. 이는 정해진 너의 팔자이니 거부해도 허사니라!"

과연 정공이 죽은 다음부터 역영은 괴로움의 연속인 하루하루를 보내야 했다. 오가는 사내들마다 밤낮 없이 그녀를 집적댔던 것이다. 심지어 한밤중에 그녀를 불러내느라 소란을 떠는 자들까지 생겨났다. 그녀는 급기야 잠도 제대로 잘 수가 없었다. 나중에는 베개 밑에 암기暗器를 숨겨놓고도 악귀들에게 숨통이 졸리는 악몽에 시달리고는 했다. 그때마다 그녀는 식은땀을 흘리며 깨어나기 일쑤였다.

그러던 어느 날이었다. 암자에 가사방이라는 도사가 나타났다. 그는 늙은이와 소년을 각각 한 명씩 데리고 공터에서 재주를 선보였다. 호기심에 몰려든 구경꾼들은 마술에 가까운 가사방의 묘기에 손바닥이 얼얼하게 박수를 쳤다. 그러나 정작 가사방이 장내를 돌면서 구경값을 요구하자 급히 자리를 떴다.

역영은 그러나 주머니를 탈탈 털어 동전 몇 닢을 꺼내놓았다. 가사방은 그런 그녀를 유심히 뜯어보더니 묘한 말을 했다.

"낭자는 여와낭랑(중국의 창세여신)이 낳은 금동金童이 사람으로 환생한 몸이오. 험난한 인간세상에서 인간의 고뇌를 모두 겪은 뒤 제자리로 돌아가게 될 것이오. 그러니 어떠한 고난이 있더라도 참고 견뎌야 할 것이오!"

　……한줄기 찬바람이 등허리를 휘젓고 지나갔다. 역영은 깊은 생각에서 빠져 나왔다. 달은 어느새 서쪽으로 멀어졌고 주위는 점점 더 어두워지고 있었다. 그 어스름한 달빛에 비친 기암괴석들은 마치 시뻘건 피를 머금은 호랑이 아가리를 방불케 했다. 역영은 이번에는 자신이 오늘날 이곳까지 오게 된 것에 대해 생각하기 시작했다. 순간 우연의 일치라고 하기에는 너무나 기묘한 인연이라는 생각이 들었다. 이곳 부산은 여와낭랑이 돌을 녹여 하늘을 기웠다는 전설이 전해지는 곳이 아니던가. 그러고 보면 역영을 여와낭랑의 자식이라고 하던 가사방의 말이 아주 허튼소리는 아닌 것 같았다. 실제로 산 위의 흰색 부석浮石들은 모두 새둥지처럼 움푹하게 파인 모양을 하고 있었다.

　'소문에 의하면 이 돌들을 물에 던지면 수면 위로 떠오른다고 하지. 그건 여와씨가 하늘을 기울 때 녹아내린 석액이 응고돼 만들어졌기 때문이라고 했어. 이제 앞에 있는 것은 절벽이야. 뒤도 역시 천 길 낭떠러지만 남았어. 그렇다면 이 역시 하늘의 뜻이 아닐까. 비록 막다른 골목이기는 하나 여와가 하늘을 기웠던 곳까지 흘러들어왔으니 다른 방도가 생길 수도 있지 않을까. 여기에서 한 줄기 연기가 돼 흔적도 없이 사라질 것인가, 아니면 하늘의 기운을 받아 기사회생할 것인가!'

　그녀는 가만히 생각을 정리해보고는 의식적으로 앞가슴을 가만히 쓸어내렸다. 가사방이 던져주고 간 천서天書가 거기에 들어 있었다.

　역영은 가사방이 《만법비장》萬法秘藏이라고 명명한 그 책을 거의 30년 동안 품속에 소중히 간직해왔다. 음양오행의 원리에서부터 갖가지 둔갑술에 이르기까지 다양한 법술을 세세히 기록한 책이었으니 그럴 만도 했다. 실제로 그녀가 천서로 우러러 모시는 그 보물 같은 책은 그녀로 하여금 수없이 많은 어려운 고비와 위기를 순탄하게 넘을 수 있도록 도와주었다. 때문에 그녀는 이 순간에도 자신이 신봉하는 '진주'眞主가 돈오頓悟의 계시를 내려주시기를 간절히 기도하고 있었다.

"진주眞主시여, 건륭에게 대도大道가 있습니까? 아니면 제가 모시는 진주의 대도만이 진실입니까? 가르침을 주시옵소서."

그러나 높고 먼 하늘에서는 밤잠을 모르는 별들만 무심하게 깜빡거릴 뿐 아무런 대답도 없었다.

"성사聖使!"

갑자기 등 뒤에서 나직한 여자의 말소리가 들려왔다. 역영은 깊은 사색을 거둬들이며 고개를 돌렸다. 팔에 화살을 맞아 붕대를 감은 뇌검雷劍이었다. 역영이 심드렁한 표정으로 말했다.

"조금 더 눈을 붙이지 그래? 여기는 내가 지키고 있잖아. 추우면 불을 지피든가."

뇌검이 대답했다.

"견딜 수 있습니다. 저 밑에서 한매韓梅와 엄국嚴菊이 내일 어떻게 해야 하는지를 묻고 있습니다."

뇌검이 말을 마치고는 갑자기 손가락으로 왼쪽 산자락을 가리켰다.

"저 횃불을 보세요!"

역영은 뇌검의 말에 따라 아래쪽을 굽어봤다. 과연 아스라한 저 밑 골짜기에서 명멸하는 횃불이 활 모양을 그리고 있었다. 미리 정한 암호였다. 연입운을 비롯해 황보수강, 호인중 등도 역시 그 불빛을 본 모양이었다. 곧이어 약속대로 하나둘씩 역영의 곁으로 모여들었다.

15장
일지화의 군비 탈취 계획

연입운이 횃불을 보더니 입을 열었다.

"방금 성사께서 추우면 불을 지피라고 하셨습니다. 그건 호랑이를 안방으로 끌어들이는 위태로운 발상이 아닐 수 없습니다. 두 눈에 쌍심지를 켜고 우리 종적을 찾아다니는 관군들이 수십 리 밖에서도 우리를 발견할 수 있습니다. 사람을 보내 저들을 데려오는 것이 낫겠습니다."

황보수강이 연입운의 말을 받았다.

"저 아래까지는 적어도 이십 리 길은 될 겁니다. 우리가 내려갈 때까지 저들이 그 자리에 있을 것이라는 보장도 없습니다. 또 우리가 찾아나섰다가 길이 어긋나면 어떡합니까? 사방 수십 리에 인가가 없고 온통 부석 뿐이니 굶어 죽기 십상입니다. 관군의 주력부대는 아직 장치長 治 남쪽에 있으니 성사, 주저하지 마시고 점화를 해서 저들과 연락을 취하십시오."

연입운은 사사건건 자신의 말에 토를 다는 황보수강이 괘씸했다. 그러나 역영의 눈치를 보지 않을 수 없는 상황인 터라 억지로 화를 눌렀다. 그래도 말투가 싸늘해지는 것은 어쩔 수 없었다.

"점화를 해서 적군의 주력이 달려오기만 해봐. 내가 자네의 목을 칠 테니!"

황보수강은 일지화 세력의 초창기 우두머리중 하나였다. 따라서 동백산 산채에 있을 때는 연입운이 감히 명함도 못 내밀 정도로 명성과 위엄이 높았다. 하지만 연입운은 나중에 합류했어도 나이가 황보수강보다 몇 살 더 많았다. 게다가 무예 실력도 더 뛰어났다. 그뿐만이 아니었다. 그는 강호에서 이름만 대면 알아주는 팔방미인이기도 했다. 결국 나중에는 역영의 믿음과 관심을 한 몸에 받을 수 있었다.

역영의 연입운에 대한 총애는 자타가 공인하는 바였다. 게다가 두 사람 사이에는 남녀 사이의 오묘한 감정까지 싹터 있었다. 황보수강 역시 그 사실을 모르지 않았다. 매사에 연입운에게 양보하면서 긁어 부스럼을 피해온 것은 다 이유가 있었다. 문제는 그럴수록 연입운의 횡포와 객기가 수위를 더해갔다는 사실이었다. 그 생각이 분노를 치밀게 한 듯 황보수강이 가볍게 코웃음을 치면서 대꾸를 했다.

"뼈대 있는 가문에서 귀하게 자란 몸이 언제 어디서 불귀의 객이 될지 모를 우리 무리에 가담한 것이 가상해서 그 동안 참고 봐준 거요. 그런데 뭐? 내 목을 치겠다고? 이제는 아주 기어오르는구먼! 성사를 부추겨 우리 형제들을 동백산에서 끌어내린 사람이 누구인가? 동백산에 있었으면 관군이 우리의 털끝 하나 건드렸겠는가. 누구 때문에 우리가 강서로 와서 지금 집도 절도 없이 이 생고생을 하고 있는데! 그래 놓고도 뭐가 그리 잘났다고 누구 목을 따네 마네 하는가! 성사의 체면만 아니었다면 나야말로 진즉에 네놈의 명줄을 따버렸을 것이야."

연입운도 지지 않았다. 황보수강의 말이 떨어지기 무섭게 살기가 등등한 어조로 똑같이 큰 소리를 질렀다.

"지금도 늦지 않았어! 명줄을 따보라고, 어디! 별 볼 일 없는 건달 주제에!"

"그만하지 못해?"

역영이 급기야 참다못해 버럭 고함을 질렀다. 이어 입씨름을 멈춘 두 사람을 노려보면서 호통을 쳤다.

"다 같이 합심을 해도 될까 말까 한 판국에 언제까지 같은 편끼리 물고 뜯고 할 거야? 둘 다 쫓겨나고 싶어서 안달이 났지? 그건 그렇고 호인중 그대의 견해는 어떤가?"

호인중은 연입운과 황보수강이 말싸움을 벌이는 내내 침묵을 지키고 있었다. 신중하면서도 결단력이 돋보여 역영의 두터운 신임을 받고 있기는 했으나 두 사람 중 그 어느 쪽에게도 밉보이기에는 아직 세력이 미약했던 것이다. 그가 오랫동안 깊은 생각에 잠겨 있더니 가볍게 한숨을 지으면서 입을 열었다.

"제 생각에는 아무래도 산 아래와 연락을 취하는 것이 바람직할 것 같습니다. 얼마 남지 않은 형제자매들이 산지사방으로 흩어지는 것만은 막아야 합니다. 또 산 아래의 정세를 분석해야 다음 행동을 하는 데도 도움이 될 것입니다."

"그래, 그 말이 맞네. 절의 창틀을 뜯어내 불을 지펴라. 산 아래에 신호를 보내라!"

역영이 호인중의 말을 듣더니 두말없이 지시를 내렸다. 곧 타닥타닥 콩 볶는 소리를 내면서 얼기설기 던져놓은 창틀이 타들어가기 시작했다. 어둠의 장막이 드리웠던 부산의 정상에는 삽시간에 화염이 치솟았다.

역영 등은 장검을 멘 채 말없이 불꽃만 들여다보고 있었다. 각자 깊은 생각에 빠진 듯했다. 그 모습들이 마치 무거운 석고상을 방불케 했다.

시간이 얼마나 흘렀을까. 마침내 연입운이 거칠고 무거운 한숨을 토해냈다.

"우리가 이 지경까지 이른 것은 뭐니 뭐니 해도 은자가 부족했던 것이 치명적인 이유였습니다. 산동에서 무리들을 이천 명씩이나 불러 모았으나 무기라고 해봤자 호미와 낫이 고작인 급조된 인력이었으니 결과는 불 보듯 뻔한 게 아니었겠습니까? 성사께서 우리는 도둑이 아니니 민가를 털어서는 안 된다고 지시하신 탓에 돈 나올 구멍도 없잖습니까. 지금까지는 맨주먹으로 버텨왔으나 이제부터라도 숭고한 세상의 도래를 위해 가진 자들을 끌어들여야겠습니다."

호인중도 조심스럽게 자신의 의견을 개진했다.

"아무리 삼십육계 줄행랑이 최후의 방책이라고는 하나 이렇게 대책 없이 쫓겨만 다니는 것은 한계가 있습니다. 어디든 정착할 곳이 시급하다고 생각됩니다. 양산梁山의 영웅호걸들도 한때는 고배를 마신 적이 있지 않습니까. 그러나 수박水泊에 진입해 터를 잡으니 관군들도 주춤했다지 않습니까."

연입운도 가만히 있지 않았다.

"톡 까놓고 말해서 사실 우리는 지금까지 정착할 곳을 찾아 헤맸다고 봐야죠. 다만 힘이 달려 이러지도 저러지도 못하고 있었을 뿐이죠."

황보수강은 아예 연입운과 입씨름을 벌이기로 작심이라도 한 것 같았다. 바로 연입운의 말꼬리를 짓이겨버렸다.

"가는 곳마다 남의 둥지만 탐냈으니 일이 될 리가 있나!"

황보수강이 잠시 연입운의 반응을 살피더니 다시 목청을 가다듬었다. 그리고는 다시 말을 이었다.

"내 생각에 우리는 황하를 건너면서부터 별 재미를 못 본 것 같습니다. 사실 돌이켜 보면 강서江西에서부터 판단을 잘못 했던 것 같습니다. 그때는 비록 수세에 몰리기는 했으나 수뇌부는 건재하지 않았습니까? 관군이 물러가기를 기다렸다가 흩어진 무리들을 모아 다시 채寨를 세웠더라면 좋았을 걸 그랬어요. 현지인들은 성사를 신선으로 경배를 했었는데……."

역영은 휘하들의 설왕설래에 귀를 열어놓고 있었으나 속으로는 다른 생각을 하고 있었다. 그녀의 판단은 연입운 등과는 조금 달랐다. 그녀가 법술을 내세워 포교布敎를 하고 재앙이 있는 곳에서 이재민들과 함께 하면서 신도를 모은 것은 분명 사실이었다. 그러나 홍양교紅陽敎의 취지를 제대로 아는 백성들이 별로 없다는 것이 문제라면 문제였다. 게다가 근래에는 조정에서 부세 감면, 의약품과 구호품 및 식량 지원 등 다양한 명목으로 이재민들에게 혜택을 쏟아 부었다. 역영이 비집고 들어갈 틈새가 갈수록 좁아졌던 것이다.

백성들은 역영이 '제세의인濟世醫人'의 기치를 내걸고 밤을 새워 무료로 질병을 치료해줄 때는 그녀를 신처럼 떠받들었다. 그러나 조정에서 손을 내밀자 곧바로 매정하게 등을 돌려 버렸다. 때문에 자신의 웅심을 따라주지 않는 백성들이 야속한 적이 한두 번이 아니었다. 때로는 의기소침해지고 모든 것을 놓아버리고 싶은 마음도 굴뚝같았다. 그럼에도 그녀가 지금까지 포기하지 않고 버텨왔던 것은 꼭 이루고 싶은 그 무엇이 있어서였다.

그렇게 잠시 이런저런 궁리를 하던 역영이 갑자기 고개를 번쩍 쳐들었다.

'하늘의 계시를 받고 하늘의 뜻에 따라 도를 행하는 살적제요殺賊除妖의 성스러운 사자가 코털만 한 난관에 흔들리다니!'

역영은 그런 생각이 들자 자신도 모르게 말도 안 된다는 듯 결연히 고개를 저었다. 이를 악물면서 느슨해지는 마음의 고삐를 힘껏 낚아챘다. 그리고는 좌중을 향해 천천히 입을 열었다.

"여러분의 주장은 각기 모두 일리가 있다고 생각하네. 현재 주삼태자朱三太子의 세자世子는 여송국呂宋國(필리핀)에서 고생하고 있다네. 그분이 제자리로 돌아오시지 못하고 우리에게 진주의 계시를 주시지 못하니 우리가 시행착오를 겪는 것은 당연한 일이지. 그렇다고 모두가 손을 놓아버리면 세자께서 돌아오셨을 때 얼마나 슬프겠는가. 그분이 안거할 곳조차 마련하지 못한다면 우리 모두의 치욕이 아닐 수 없네. 이런 생각 때문에 나도 마음이 지나치게 성급했던 것 같네. 우리로서는 견고하고 안전한 둥지를 우선 점거하는 것이 급선무라고 생각되네. 동백산桐栢山과 정강산井崗山에서 고배를 마신 이유는 본가가 털렸을 때를 대비해 흩어진 형제들이 다시 모일 수 있도록 만들어둔 두 번째의 장소가 없었기 때문이지. 아무래도 동백산으로 돌아가는 것이 나을 것 같네. 대별산과 이웃해 있고, 복우산伏牛山과도 통해 있으니 유사시 교토삼굴狡兎三窟(교활한 토끼는 굴을 세 개 판다는 말로 위기에 대비하는 것을 일컬음)의 지혜를 발휘하는 데 일조를 할 것이네. 오늘 이 자리에는 자기편에 칼을 겨눌 사람은 없을 거라 믿어마지 않네. 대채大寨가 정해지면 한 살림씩 나게 해줄 테니 앞으로는 일이 터지더라도 나에게만 의존할 생각은 말게. 군량미는 직예, 산서 일대에서 몇몇 부잣집을 털어 마련하도록 하겠네. 은자는 우리가 챙기고 나머지는 현지 백성들에게 나눠주면 되니까 걱정하지 말게. 그러나 가진 자가 무슨 죄인가? 부자들을 괴롭히는 것도 처음이자 마지막이 돼야겠지. 앞으로 부족한 군량미는 관부를 털어 충당해야겠네. 우리는 비록 조정과 뜻을 같이 할 수는 없으나 물불 가리지 않는 비적들과는 엄연히 차원이 다른 사람들이라는 걸 명심하게!"

역영의 말은 허심탄회했다. 진심이 담겨 있었다. 순간 연패를 당하고 의기소침해 있던 부하들은 그녀의 말에 깊은 감동을 받은 듯했다. 심기 일전하여 새로 시작하면 되지 않겠느냐는 희망이 다시금 솟아나는 것 같았다. 연입운이 먼저 밝은 얼굴로 입을 열었다.

"부잣집을 터는 일이라면 소생에게 맡겨주십시오. 큰 소리 한 번 내지 않고 순순히 바치도록 하겠습니다. 전에 태평진太平鎭에서도 제 주장대로 요모조모 젤 것 없이 무작정 마씨 집안을 들이쳤더라면 지금쯤 우리는 흑풍채에서 술잔을 기울이면서 밤을 즐기고 있을지도 모르죠!"

황보수강이 흥분한 얼굴로 벌떡 일어선 연입운을 보면서 큰 기침을 했다. 딴죽을 걸겠다는 심사인 듯했다. 아니나 다를까, 그가 비아냥거렸다.

"다른 곳에서는 날고 기었는지 몰라도 태평진만큼은 그쯤에서 끝난 것이 다행인 줄 알라고. 엎어지면 코 닿을 곳에 북경이 있는데 술잔을 기울이기는커녕 총알이나 먹지 않은 것을 조상 전에 감사해야 할 것일세."

역영의 표정은 어둠에 가려져 있는 탓에 잘 보이지 않았다. 그러나 연입운의 표정은 어느새 무섭게 변해 있었다. 그는 어떻게든 자신을 깎아내리려고 하는 황보수강을 천천히 일별했다. 장검자루를 힘껏 움켜쥔 울퉁불퉁한 손등이 하얗게 변해 있었다. 무겁고 긴장된 분위기였다. 마침 그때 병사 한 명이 달려 들어와 보고를 올렸다.

"한매, 당하唐荷 일행이 서른 명 정도 데리고 정상까지 올라왔습니다!"

"서른 명이나 데리고 왔다는 말이지?"

역영이 반가운 표정을 감추지 못한 채 반문했다. 그러나 곧 웃음을 거둬들이면서 확인하듯 물었다.

"낯선 얼굴들은 아니지?"

"예! 전부 흩어졌던 우리 형제들입니다."

역영이 순간 자신에 찬 웃음을 지었다. 이어 몇 마디를 덧붙였다.

"잘 됐어! 정말로 여와낭랑묘는 나에게 특별한 곳일지도 몰라. 꺼져가던 불씨가 한줄기 바람을 맞아 거대한 들판을 불태울지 누가 알아. 자, 우리 다 함께 가보자고."

역영이 말을 마치기 무섭게 자리를 박차고 일어났다. 한매와 당하 두 사람이 비틀거리면서 눈앞에 모습을 드러냈다. 활활 타오르는 장작불빛에 비친 두 사람의 모습은 완전히 상거지가 따로 없었다. 머리는 검불 같고 의복은 남루했다. 두 사람은 역영을 보자마자 털썩 허물어지면서 "우우!" 하는 소리와 함께 목 놓아 울기 시작했다. 그리고는 이구동성으로 보고를 했다.

"성사……, 저희들이 성사의 기대를 저버렸습니다. 칠십 명을 데리고 가서 고작 서른 명만 돌아왔습니다……."

한매가 온몸을 사시나무 떨 듯 떨면서 띄엄띄엄 말을 이었다.

"……성사를 뵈올 면목이 없습니다. 여기까지 오느라 엿새 동안 낮에는 숨어 지내고 밤에만 길을 재촉했습니다. 다행히 웬 나무꾼 노인을 만나 성사께서 이 방향으로 움직이셨다는 소식을 들었습니다. 길에서 몇 명은 도망가 버렸습니다. 성사를 뵙지 못하면 자결하려고 마음을 먹었습니다."

"살아서 돌아왔으면 됐어."

한매와 당하의 몰골은 잘잘못을 따지기에는 너무나도 처참했다. 오히려 위로를 해야 할 상황이었다. 역영은 그들이 관군을 피해 어미를 찾아 나선 새끼새처럼 처절하게 자신을 찾아 나섰을 광경을 떠올리면서 눈시울을 붉혔다. 얼마 후 그녀가 길게 탄식을 하면서 두 사람을 부축해 일으켰다. 이어 조용한 어조로 말했다.

"동백산으로 돌아가 역량을 재정비한 후 조정과 다시 붙어보기로 했네!"

역영이 말을 마치더니 결의를 다지듯 허리에 두 손을 얹었다. 눈빛이 장작불빛을 받아 빨갛게 타오르고 있었다. 그녀가 다시 말을 이었다.

"여기는 오래 머물 곳이 못 돼. 잠시 휴식을 취하고 풍릉도風陵渡에서 황하를 건널 준비를 하자고. 하남은 우리 근거지이니 은자만 충분하면 인마를 끌어 모으는 일은 손바닥 뒤집기보다 쉬울 거야!"

한매가 은자에 대한 얘기가 나오기 무섭게 눈빛을 반짝거렸다. 뭔가 중요한 할 말이 있는 듯했다. 바로 입을 열었다.

"성사, 반갑고 상심이 크다보니 깜빡했습니다. 긴히 아뢸 말씀이 있습니다. 남경에서 사람을 파견해 전한 바에 의하면 은자 육십오만 냥을 석가장石家莊에서 사천으로 운송해간다고 합니다. 목적지가 사천인 걸로 미뤄 보아 관군의 군비가 분명합니다. 그러나 비밀이 새어나갈까 봐 대대적인 호송 작전은 삼가는 것 같습니다. 성사께서 사람을 파견해 선수를 치면 충분히 승산이 있을 거라고 남경에서 온 사람이 귀띔을 해줬습니다."

역영은 너무나 기쁜 나머지 뭐라고 말하려고 했다. 그러나 이미 입이 근질거려 안달이 난 연입운이 더 빨랐다. 어느새 끼어든 그가 말했다.

"그쪽에서 운송을 책임진 자는 누구라고 하던가? 그리고 소식을 전한 사람은 누구기에 이 같은 기밀 정보를 입수할 수 있었지?"

연입운이 생각나는 대로 툭툭 내뱉다 말고 잠시 말을 멈췄다. 자신의 실수를 깨달은 것이다. 역영이 그런 그를 힐끗 쳐다보고는 질문을 던졌다.

"그 사람은 어디 있는가?"

"저는 보지 못했습니다. 노무老茂 객잔으로 성사의 행방을 물으러 갔다가 그곳 절름발이한테서 들었습니다."

"은자가 어느 지점까지 와 있다는 얘기는 없었고?"

"아직은 석가장에서 출발하지 않았을 거라고 했습니다. 객잔에서 이미 염탐꾼을 보냈다고 합니다."

"운송을 책임진 자는 누구라고 하던가?"

"한 개 성을 경유할 때마다 운송을 맡은 자를 비밀리에 바꾸지 않을까 싶습니다. 일단은 고향이 하남성 정주鄭州에서 은자를 인계 받는 모양입니다. 운송을 책임진 자는 황천패黃天覇라고 하더군요. 직예直隷에서 유명한 황씨 가문의 자손인 걸로 알고 있습니다."

역영의 미간이 갑자기 좁혀지는가 싶더니 바로 한매의 말허리를 잘랐다.

"됐어, 무슨 말인지 알겠어! 저리 가서 좀 쉬게."

"예!"

한매와 당하가 물러가자 뇌검도 따라가려고 했다. 그러자 역영이 그를 불러세웠다.

"내 곁에 아무도 없어서는 안 되니. 자네는 남아."

역영이 말을 마치고는 다시 좌중을 향해 물었다.

"다들 들었을 테니 이 은자를 탈취할 것인지 말 것인지 각자의 의견을 말해보게."

이번에도 연입운이 기다렸다는 듯 가슴을 쭉 펴면서 가장 먼저 입을 열었다.

"당연히 빼앗아야죠! 한탕만 하면 몇 년 동안은 요긴하게 쓸 것입니다. 육십만 냥이 아니라 십만 냥만 있어도 밥 한 끼에 목을 매는 자들이 우리 문전에 득실댈 겁니다. 은자만 있으면 만사대길입니다. 두부처럼 물렁물렁한 팔기八旗놈들을 쳐부수고 우리 깃발을 꽂는 것은 일도 아닙니다."

황보수강 역시 천문학적인 돈의 액수에 혹한 듯했다. 언제 반대만 했는가 싶게 바로 연입운의 말에 동조하고 나섰다.

"저도 같은 생각입니다. 하늘에서 우리에게 천재일우의 기회를 내리신 것 같습니다. 관군이 대거 출동한 것도 아니고, 그쪽 길은 워낙 험하고 멉니다. 우리가 치고 빠지기에는 안성맞춤입니다."

연입운이 입맛을 쩝쩝 다시면서 덧붙였다.

"은자, 그놈의 개도 안 먹는 은자만 있다면 이마를 딱딱 퉁기면서 인마를 골라도 될 테지!"

그러나 한쪽에 그림처럼 앉아 있던 호인중은 연입운이나 황보수강과는 생각이 달랐다. 누구 말대로 천문학적인 거액을 운반하면서 조정에서 경계를 그렇게 허술하게 하지는 않을 거라는 생각이 들었던 것이다. 동시에 조정이 자신들이 생각한 것처럼 너 가져라 하고 손쉽게 은자를 내줄 정도로 만만한 상대가 아니라는 생각도 들었다. 하지만 합류한 지 얼마 안 돼 말발이 서지 않는 처지에 함부로 왈가왈부할 수는 없었다. 호인중이 잠자코 있었던 것은 바로 그 때문이었다. 그때 역영이 연입운과 황보수장의 말에 몇 마디 덧붙이면서 강조했다.

"조심해야 돼. 반드시, 기필코 빼앗아야 해. 이번에도 냄새만 잔뜩 풍기고 패하는 날에는 우리는 하늘 아래 갈 곳이 없을 거야!"

역영이 말을 마치고는 안주머니에서 검은콩 한 줌을 꺼내 손바닥에 받쳐 들었다. 이어 북두칠성을 향해 걸어가면서 중얼거렸다.

"내가 기대고 있는 부산아, 부디 나를 도와다오. 여와낭랑의 가호가 있기를 비나이다. 이 사람이 진주의 뜻을 높이 받들어 새 세상을 열어갈 수 있도록 이끌어 주시옵소서……."

역영은 경건한 마음으로 천지의 신에게 빌고 또 빌었다. 너무나도 간절해 보였다. 얼마 후 각오를 다진 무리는 곧 하산했다. 그리고는 노무 객잔에 숨어들었다. 그 와중에도 무예 실력이 날아다니는 잠자리도 타고 다닐 만큼 뛰어난 연입운은 이번 기회에 큰 공을 세울 의욕을 불태우고 있었다. 또 황천패가 나타나기를 바라마지 않았다.

황천패는 출발 전부터 한껏 가슴을 졸이고 있었다. 하기야 은자 65만 냥을 운반해야 하는 일이므로 그럴 만도 했다. 원래 그의 황씨 가문은 명나라 천계天啓(희종熹宗 때의 연호) 연간부터 조정의 군비나 군량미를 안전하게 운송하는 일로 천하에 소문이 자자한 집안이었다. 호부戶部로부터 '금표황가'金鏢黃家라는 편액까지 받았을 정도였다. 그로서는 명가의 자손답게 이번에도 실수가 없어야 된다는 압박감이 엄청날 수밖에 없었다. 불안하지 않다면 그게 이상할 일이었다.

화물을 안전하게 운송하려면 세 가지 조건이 반드시 갖춰져야 했다. 우선 뛰어난 무예 실력을 갖춘 부하들이 있어야 했다. 기나긴 여정 중에 어떤 상황에 부딪칠지 모르기에 그들은 꼭 필요한 존재였다. 발이 넓고 인맥이 든든한 것도 중요했다. 강호에는 무예가 뛰어난 호걸과 기인들이 많았으므로 여러 파벌들과 두루 친하지 않으면 언제 어디서 어떻게 곤경에 빠질지 모르는 탓이었다. 마지막으로 지방관들의 협조 역시 꼭 필요했다. 다행히 황천패는 필수 불가결의 세 가지 조건을 모두 갖추고 있었다. 그가 그나마 무사, 무탈하게 일을 완수할 것이라는 기대를 한 것은 다 그렇게 나름의 이유가 있었다.

사실 그의 무예 실력은 부친 황곤黃滾이나 조부 황구령黃九齡을 가볍게 뛰어 넘을 정도로 상당한 경지에 올라 있었다. 또 그에게는 '십삼태보'十三太保라고 불리는 든든한 제자 열세 명도 있었다. 그 열세 명 역시 어지간한 일에는 황천패가 직접 나서지 않아도 될 정도로 무예가 출중했다. 그 외에도 그에게는 강호에서 사귄 서른여섯 명의 호걸들이 있었다. 그들은 각자 무리를 이끌고 직예, 산동, 산서, 양강, 호광, 사천, 귀주, 운남에 포진해 있었다. 필요할 때에 도움을 청하는 것은 일도 아니었다. 마지막으로 그는 거기교위車騎校尉라는 직책을 가지고 유통훈의 휘하에서 일하고 있었다. 지방관들도 나 몰라라 할 상황이 아니었다.

그럼에도 불구하고 이번 임무는 그로서도 쉽지 않았다. 황천패는 줄곧 어깨가 무겁다 못해 바스라질 것 같은 느낌이 들었다. 말이 쉬워 은자 65만 냥이지 웬만한 성에서 1년 동안 거둬들이는 세금 총액에 달하는 양이었으니 부담스럽지 않다면 오히려 그게 이상한 일이었다. 무게만 해도 4만 근을 웃돌아 노새를 200마리나 동원해야 할 판이었다. 다행히 병부에서 은자 중 일부를 황금으로 바꿔줬기에 그나마 짐이 많이 줄었다. 그래도 수레 서른 대에 가득 실어야 할 정도였다.

황천패는 은자를 약재와 식량으로 위장해 허름한 포대에 담아 실었다. 그런 다음 빗물에 젖지 않게 방수포로 꽁꽁 쌌다. 사천으로 약재를 운송하는 거상巨商처럼 보일 필요가 있었던 것이다. 그는 그럼에도 불구하고 어딘가 석연치 않아 수레 주위를 빙빙 돌면서 고개를 갸웃거렸다. 그의 이마에는 어느덧 내 천川자가 깊게 패어 있었다.

얼마 후 그가 짚단을 가져다 방수포 위에 아무렇게나 던져 놓았다. 그런 후에야 안심이 되는 듯 긴 숨을 토해냈다. 물론 그는 떠나기에 앞서 평소에 친분 있던 녹림의 호걸들에게 글을 띄워 유사시를 대비해 도움을 요청하는 것도 잊지 않았다.

모든 준비가 끝나고 이제 떠나는 일만 남았다. 그러나 이제나저제나 아무리 기다려도 진두지휘를 맡은 고항은 도무지 모습을 드러내지 않았다. 다급해진 황천패는 호부에 독촉장을 보냈다. 그러나 호부에서는 이미 고항에게 어지를 내렸으니 조금 더 기다려 보라는 말만 할 뿐이었다.

"장인 제삿날도 아니고 미룰 일이 따로 있지. 이게 어디 코흘리개 장난인가? 일각이 여삼추인데 언제까지 기약 없는 사람을 기다려야 한다는 말인가?"

황천패는 속이 타서 재가 될 것 같았다. 할 수 없이 다시 남경에 글을 보내 독촉을 했다. 그러자 더 기가 막힌 답장이 날아왔다. 고항은 이미 염무鹽務 인수인계 때문에 과주도瓜洲渡로 떠나고 없다는 내용의 답장이었다. 기다리기 싫으면 먼저 출발해 나중에 정주에서 회합하자는 내용이 답장의 마지막을 장식하고 있었다.

황천패는 편지를 든 손에 땀이 흥건할 정도로 치를 떨고 있었다. 급기야 십삼태보들이 자신들의 지혜를 짜 모은 한마디씩을 던졌다. 곧 은자의 안전도 그렇고 고항에게 밉보이는 것도 득이 될 일은 없을 테니 석가장에서 그가 올 때까지 기다리자는 쪽으로 의견이 모아졌다. 또 십삼태보 중에서 여섯째까지만 황천패를 호위해 현장에 남고 나머지는 경유지의 접선에 문제가 없는지 다시 살펴보기로 했다.

그렇게 60년처럼 긴 엿새가 더 흘러서야 고항은 비로소 황천패 앞에 모습을 드러냈다. 그리고는 빈틈을 찾으려고 해도 찾을 길이 없는 황천패의 주도면밀함에 연신 감탄하면서 입을 열었다.

"황천패, 역시 자네는 대단한 인물이네. 나는 발 벗고 쫓아가도 못 따라가겠네. 이 일이 무사히 마무리되는 대로 폐하께 그대의 공로를 아뢰겠네. 준비가 다 됐으면 우리 힘차게 출발하자고!"

고항의 한마디에 황천패는 그 동안 쌓였던 불만이 봄눈 녹듯 사르르 녹아내렸다. 일행은 황도길일黃道吉日을 선택해 날이 밝기 전에 석가장을 떠났다.

십삼태보의 맏형인 가부춘賈富春은 가는 내내 앞장을 서서 길을 안내했다. 황천패도 매일 닭이 첫 홰를 치기도 전에 일어나 간밤에 이상한 낌새가 없었는지, 주변 상황에 변동이 없는지를 꼼꼼히 따져보았다.

그렇게 긴장과 불안 속에서 별일 없이 8, 9일이 흘러갔다. 그 사이 일행은 한단邯鄲의 마두진馬頭鎭에 도착했다. 한단과 60여 리, 창덕부彰德府와 70리 떨어진 마두진에는 인가가 드물었다. 사방을 둘러봐도 마땅히 묵어갈 만한 장소도 눈에 띄지 않았다. 길옆의 허름한 가게에서 대충 한 끼 때우고 난 고항이 잠자리 걱정을 하자 황천패가 다른 의견을 제시했다.

"남쪽으로 가면 인가가 있을 것 같습니다. 그러나 남쪽은 비가 내려 안 그래도 험한 도로에서 빼도 박도 못하는 궁지에 몰릴 게 자명하니 그리 할 수는 없습니다. 상대적으로 도로 사정이 나은 서쪽으로 가는 것도 그렇습니다. 산간지대를 경유하다가 복병이라도 뛰쳐나오지 않을까 우려되는 실정입니다. 대단히 노곤하실 테지만 오늘밤은 잠을 자지 않고 길을 나서야겠습니다."

"밤길을 재촉한다는 것은…… 너무 위험해. 도처에 일지화의 위협이 도사리고 있다는 것을 명심하게. 내 생각에 오늘은 길을 떠나지 않고 야숙野宿을 하는 한이 있더라도 여기 마두진에서 자는 것이 좋을 것 같네."

그러나 황천패는 힘껏 도리질을 했다. 이어 절대 안 된다고 힘주어 말했다.

"이곳에서 묵는 것은 예정에 없던 일입니다. 이곳은 직예, 하남의 접경지대이자 산서와도 가깝습니다. 이 같은 삼각지대에서는 사고가 나는 경우가 많습니다. 관청의 도움도 바랄 수 없는 곳입니다. 만에 하나 사고가 나도 서로 자신의 책임이 아니라면서 남에게 떠넘기기 바쁜 족속들이니 말입니다."

고항이 시무룩한 표정으로 주변을 두리번거렸다. 이어 입을 열었다.

"나도 그 정도는 모르는 바가 아니네. 전에 들은 얘기가 있어 그러는데, 이곳 마두진은 오일장이 서는 날만 빼고는 조용하다고 하네. 참새가작아도 오장육부는 완벽하게 갖추고 있다는 말처럼 진장鎭長도 있고 모든 것이 다 있다고 들었네."

황천패가 피식 웃으면서 말을 받았다.

"진장이 있으면 뭐 합니까? 도적떼가 닥치면 제일 먼저 줄행랑을 칠텐데! 진장이 도적과 한통속일 수도 있습니다."

두 사람은 숙박 문제를 놓고 의견이 엇갈렸다. 그때 저만치에서 목에나무간판을 두른 앳된 일꾼이 달려왔다. 고항이 보니 간판에 적힌 문구가 매우 특이했다.

노무 객잔에 머물다 가시는 남래북왕南來北往의 손님들은 모두 부모형제나 진배없습니다. 그러니 백년전통 객잔의 자존심으로 손님들의 안전을 지켜드리겠습니다!

일꾼은 빙그레 웃으면서 아무 말도 없이 서 있기만 했다. 그러나 고항은 마치 구세주라도 만난 양 일꾼을 옆으로 끌어당기면서 너스레를떨었다.

"이렇게 멋있는 객잔이 어디에서 나타났지? 그새 땅에서 솟았나? 느낌이 괜찮은데 이 집에서 묵어가지!"

황천패는 고항의 태도에 볼이 부어오르지 않을 수 없었다. 화가 나서고항을 힐끗 쩨려보기도 했다. 그때 그의 시선이 고항의 웃는 얼굴과 마주쳤다. 순간 그는 바로 고개를 숙였다.

"국구 대인의 분부에 따르겠습니다."

황천패는 마지못해 일꾼을 따라나섰다. 그러나 두 다리는 천 근 만 근

무겁기 그지없었다. 고항 일행을 객잔으로 모셔간 일꾼은 몰라보게 변했다. 처음의 어수룩한 모습은 어디로 갔는지 정신없이 수다를 떨어댔다. 심지어 고항에게 찰싹 들러붙어 혓바닥에 참기름을 바른 것처럼 살살 아부를 떨어댔다.

"소인이 이리 어수룩하게 보여도 사람 보는 눈은 기가 막힙니다. 나리는 큰일을 하시는 존귀하신 몸임에 틀림이 없습니다! 여기 마두진에 숙박하기로 결정하신 지혜만 봐도 놀라울 따름입니다. 백년 역사를 자랑하는 저희 객잔을 한눈에 알아봐주시고 왕림해주셨으니 대단한 광영이 아닐 수 없습니다. 솔직히 이 시간에 마두진을 거쳐 길을 재촉한다는 것은 아예 죽을 자리를 찾아나서는 것과 마찬가지입니다. 앞으로의 십리 길은 워낙 험악합니다. 게다가 폭우까지 퍼붓고 있어 언제 천 길 낭떠러지로 추락할지 모른답니다. 그뿐이 아닙니다. 길옆에 갈대밭이 무성해 도적떼가 심심찮게 출몰한다고 합니다. 사흘 전에도 찻잎 장사꾼 두 명이 목숨을 잃었다지 뭡니까! 요즘은 일지화가 잠입했다는 흉흉한 소문까지 나돌고 있어 밤에는 쥐새끼도 바깥출입을 삼간다고 합니다."

고항은 턱 밑에 바싹 다가앉아 곰살궂게 아부를 떠는 일꾼이 싫지 않은 모양이었다. 사람 좋은 표정을 한 채 화답했다.

"자식! 처음에는 벙어리인 줄 알았지 뭐야. 말문이 한번 터지니 완전 줄방귀로구먼! 똑 떨어진 것이 쓸 만한데?"

고항은 크게 흡족해하면서 일꾼의 머리까지 쓰다듬었다. 일꾼은 그러자 아예 한 술 더 떴다.

"보아하니 나리는 약재장수이신 것 같군요. 혹시 임자가 생기면 여기에서도 팔 수 있나요?"

"가격만 적당하다면 어디서든 못 팔겠나?"

고항은 사인스럽게 받아 넘겼다. 그 사이 횡찬패는 물긴을 내리고 노새를 마구간에 붙들어 매느라 분주하게 움직였다. 이어 일을 다 끝내고 더운 물에 발을 담근 뒤 편히 누웠다. 그러나 좀처럼 긴장의 끈을 놓지 못했다. 결국 슬며시 밖으로 나가 앞뒤 뜰을 둘러보고는 밤새워 불침번을 설 부하들에게 다시금 단단히 주의를 주었다.

그때 방으로 들어가려는 황천패의 등 뒤에서 객잔 주인의 웃음 띤 말소리가 들려왔다.

"이봐요, 나리! 대박 터졌습니다. 소인이 재신財神 한 분을 모셔왔다는 것 아닙니까!"

"그게 무슨 소리인가?"

황천패가 대뜸 경계 태세를 취하면서 의혹에 찬 눈초리로 주인을 바라봤다. 주인은 황천패의 물음에는 대답도 않고 돌아서서 누구인가를 향해 손짓했다.

"사史 나리, 양楊 나리! 여기 이분이 내가 말하던 황 나리시니 어서 인사나 나누시오. 황 나리, 이들은 우리 마두진에서 알아주는 천석꾼들입니다. 약재가 필요한 모양이니 흥정을 해 보시죠."

가게 주인의 느닷없는 행동에 적이 놀란 황천패는 짜증 섞인 말투로 퉁명스레 답했다.

"나는 운송만 책임졌지 매매는 책임지지 않네. 임자가 있는 물건이니 그만 물러가게!"

옷차림이 깔끔하고 인상이 좋아 보이는 사내가 황천패의 말이 끝나기 무섭게 자기소개를 하고 나섰다.

"나는 사성공史成功이라는 사람이오. 그대의 명성은 익히 들어 알고 있소."

회색 비단 두루마기를 점잖게 차려입고 한쪽에서 미소만 짓고 있던 다른 한 사내도 상비죽선湘妃竹扇을 거머쥔 손을 들어 읍을 하고서 입을 열었다.

"나는 소명小名이 양천비楊天飛라는 사람이오. 만나서 반갑소!"

"내 이름을 이미 알고 있다니 길게 말할 것은 없겠군요! 나는 황천패라고 하오. 그런데 무슨 일로 나를 보자고 하신 거요?"

황천패가 사성공, 양천비 두 사람에게 읍을 하면서 물었다. 그리고는 두 사람을 일행이 머물고 있는 방에서 조금 떨어진 별채로 안내했다.

"여기 앉으시오."

사성공과 양천비는 사실 연입운과 황보수강의 가명이었다. 아무려나 두 사람은 곧 황천패를 따라 방 안으로 들어왔다.

"황 나리! 편히 앉아서 천천히 말씀 나누세요."

주인이 수선을 떨면서 찻물을 따라주고 물러갔다. 다리를 외로 꼬고 앉은 연입운이 기다렸다는 듯 먼저 입을 열었다.

"볼일이 없으면 삼보전三寶殿에 오르지 않는다는 옛말이 있지 않소? 송구스럽지만 우리가 긴히 상의하고자 하는 일은 황 나리께서 결정할 수 있는 일이 아닌 것 같소. 동행하신 윗사람을 뵙고 싶소. 뵙기를 청해도 되겠소?"

황천패가 기다렸다는 듯 즉각 대답했다.

"무슨 일인지 들어봐야 윗사람을 만나게 하든가 말든가 할 것이 아니오."

그러자 황보수강이 슬며시 말했다.

"다름이 아니라 이 양씨 슬하에 아들 둘이 있소. 그런데 큰아들은 운남성雲南省 대리大理에서 지부知府로 출세를 했으나 둘째아들은 관운이 여의치 않아 지금껏 속을 끓이고 있다는 거 아니겠소? 백방으로 수소문해 겨우 이부吏部에 선을 댔더니 문선사文選司의 당관堂官이 질질 끌면서 속 시원한 대답을 해주지 않는다지 뭐요? 인사치레가 덜 된 것 같아

고심하던 중 그 노인이 건강이 안 좋다는 언질을 받고 보약을 좀 올려 볼까 해서 그런다오. 아시다시피 우리 시골에서는 돈을 주고도 좋은 약재를 구하기 힘들지 않소? 그렇지 않아도 양씨가 몸이 달아 발만 동동 구르던 중 마침 객잔 주인으로부터 약재상이 머물고 있다는 말을 듣고 황급히 달려온 거요. 누이 좋고 매부 좋고, 도랑 치고 가재 잡는다는 것이 이런 경우를 두고 하는 말인 것 같소."

황보수강은 말을 마치기 무섭게 약재 이름이 적힌 종이를 내밀었다. 황천패는 반신반의하면서 종이를 펼쳐봤다. 과연 약재 이름들이 가득 적혀 있었다.

인삼 10근, 당삼 20근, 황기 15근, 빙편 5근, 사향 3근, 산수유 8근, 구기자 8근, 당귀 50근

순간 황천패의 얼굴에 어이가 없는 듯 실소가 흘러 나왔다. 연입운이 그런 황천패의 눈치를 슬쩍 살피면서 말했다.

"조정에서 탐관오리의 전형으로 객이흠과 살합량 두 사람을 공개 처형한 뒤로 아무도 감히 대놓고 은자를 요구하지 못하지 않소. 아쉬운 사람들은 알아서 그 깊은 뜻을 헤아려 섬겨야지."

황천패는 잠시 아무 말도 하지 않았다. 속에서 주먹만 한 것이 울컥울컥 치밀어 올랐다. 말하자면 '국구'인 고항에 대한 불만이었다. 사실 그는 평소에 고항이 문무를 겸비하고 맡은 바 임무에 최선을 다하는 사람이라는 호평을 익히 들어왔던 터였다. 그래서 크게 기대를 걸었었다. 그러나 실제로 겪어보니 그게 아니었다. 더구나 처음부터 사람을 기진맥진하게 만들더니 끝까지 엉뚱한 곳에 묵자고 고집을 부려 쓸데없이 골머리를 앓게 만들었다.

황천패는 속에서 천불이 일 것만 같았다. 이럴 줄 알았더라면 당초에 일주일씩 기다리느라 속 끓이지 말고 출발할 걸하는 후회도 들었다. 아마 그랬더라면 지금쯤은 이미 황하를 건너고도 남았을 것이었다. 황천패는 다시 한 번 원망과 울분으로 부글부글 끓어오르는 가슴을 겨우 누른 채 어떤 식으로든 고항에게 책임을 떠넘겨야겠다는 생각을 하고 또 했다. 그리고는 천천히 입을 열었다.

"정 그렇다면 우리 표주鏢主에게 여쭤보겠소. 되든 안 되든 내가 결정할 일은 아닌 것 같으니 말이오. 잠깐 기다리시오, 내가 여쭙고 올 테니."

연입운과 황보수강은 예상했던 대로 일이 척척 돌아가자 속으로 연신 쾌재를 불렀다. 그렇게 기분이 좋아지니 서로에 대한 불쾌한 기분도 조금씩 사라지기 시작했다. 얼마 후 황보수강이 혼잣말처럼 중얼거렸다.

"저 자식이 다 된 밥에 코 빠뜨리는 일은 없어야 하는데!"

연입운도 입을 열었다.

"그게 뭐가 대수야! 못 팔겠다고 뒤로 자빠졌다가는 밖에서 대기 중인 '전염병' 환자들이 아우성을 치면서 달려들 텐데!"

연입운의 말이 채 끝나기도 전에 고항과 황천패가 들어섰다. 고항이 자리에 앉자마자 흔쾌하게 말했다.

"원하는 약재는 팔 수 있소. 다만 황기와 구기자는 낱개로 팔지 않고 상자째로 팔고 있소. 고작 몇 십 근을 팔려고 상자를 헐었다가는 수지를 맞추기 힘드오. 장사꾼이 돈을 벌어야 하는 것은 두 말 하면 잔소리니 시중가보다 삼 할은 더 쳐줘야겠소. 대신 물건은 보증하겠소. 모두 다 최상급이라오. 인삼은 장백산長白山에서 나는 오십 년 이상 된 것들이오. 당삼과 빙편 역시 끝내주는 진품들이오."

고항은 일부러 물건이 최상급임을 강조하면서 가격대가 만만찮다고 쐐기를 박았다. 그리고는 상대방이 시원스럽게 나오지 못하도록 덧붙였다.

"결제는 황금으로 해줘야겠소. 이는 우리 가게의 백년 전통이라 어길 수 없소."

고항이 말을 마치고는 팔짱을 낀 채 니들이 어쩔 테냐 하는 표정으로 연입운과 황보수강 두 사람을 지켜봤다. 황보수강이 잠시 뭔가를 생각하더니 미간을 찌푸리면서 난색을 표했다. 이어 짜증 섞인 목소리로 말했다.

"아무리 진품이라도 가격을 터무니없이 부르면 곤란하오. 전통 있는 가게라면 지킬 것은 지켜야 하는 게……."

그때 황천패가 다짜고짜 그의 말허리를 잘랐다.

"매매가 성사되지 않아도 인의仁義는 지키는 것이 장사꾼의 생리가 아니겠소? 뜻이 맞지 않으면 없었던 일로 하면 되지 괜히 트집 잡을 일은 아니잖소!"

연입운이 갑자기 황보수강을 한쪽으로 밀치면서 나섰다. 이어 큰 선심을 쓰듯 황천패에게 말했다.

"싼 게 비지떡이라는 말처럼 가격대가 세다는 것은 그만큼 물건도 쓸만하다는 얘기겠지. 좋은 일에 쓸 물건이니 만큼 우리가 양보하겠소. 그건 그렇고 우리 두 약골이 이 많은 것들을 다 지고 가려면 힘들 것 같은데 사람 좀 빌려 쓰면 안 되겠소?"

연입운의 말에 고항과 황천패가 동시에 쓴 웃음을 지었다. 눈치 빠른 연입운이 즉시 몇 마디를 덧붙였다.

"아, 걱정하지 마시오. 우리 가게는 여기서 엎어지면 코 닿을 데에 있소. 그러니까 금방 갔다 올 수 있소."

고항은 연입운의 호언장담에 당황한 듯 아래 위 이빨을 딱딱 소리 나게 부딪치면서 한참 생각을 했다. 이어 통쾌하게 승낙을 했다.

"그러든가! 황씨, 자네가 따라 갔다 오게!"

황천패는 고항의 지시가 떨어지기 무섭게 물건을 저울에 달아 수량을 맞췄다. 그런 다음 두 자루에 나눠 담았다. 이어 여섯째태보 양부운梁富雲을 불러 지시했다.

"자네가 따라가게. 영특한 사람이니 경우에 따라 요령껏 잘 처리하리라 믿네."

양부운은 즉각 대답했다.

"사부님, 심려 놓으십시오. 최선을 다하겠습니다."

황보수강 일행은 한참이나 승강이 끝에 드디어 물러갔다. 고항과 황천패는 그제야 안도의 숨을 내쉴 수 있었다. 특히 고항은 나머지 태보들에게 잠을 충분히 자둘 것을 지시하고는 안락의자에 비스듬히 기댄 채 바로 코를 골기 시작했다.

그러나 황천패는 고항과는 달랐다. 습관처럼 밖에 나가 동정을 살피고 자리로 돌아왔으나 이리 뒤척 저리 뒤척 하면서 좀처럼 잠을 이루지 못했다. 이유 없는 불길한 예감이 자꾸 찾아드는 탓이었다.

시간이 얼마나 흘렀을까, 황천패가 겨우 몽롱하게 잠에 빠져들었을 때 갑자기 다급한 발걸음 소리가 들려왔다. 그는 용수철처럼 튕기듯 벌떡 일어나 습관적으로 장검을 움켜잡았다. 동시에 고항이 무겁게 내려앉은 눈꺼풀을 간신히 밀어 올리면서 잠꼬대 하듯 물었다.

"이게 무슨 소리야? 왜 이리 소란스럽지?"

고항의 말이 끝나기도 전에 황보수강 일행을 따라갔던 양부운이 안색이 하얗게 질린 채 뛰어 들어왔다. 그리고는 어안이 벙벙해 있는 두 사람의 면전에서 발까지 동동 구르면서 다급하게 외쳤다.

"고 대인, 사부님! 우리가 저자들의 농간에 걸려들었습니다!"

"뭐야?"

고항과 황천패가 이구동성으로 되물었다.

"약재를……."

양부운이 울상을 지은 채 말을 더듬었다. 이어 다급하게 털어놓았다.

"약재를 도둑맞았습니다!"

〈5권에 계속〉